U0500161

中国社会科学院外国文学研究所创新工程阶段性成果

外国文论与比较诗学

第1辑

周启超　主编
“外国文学理论核心话语反思”创新团队　著

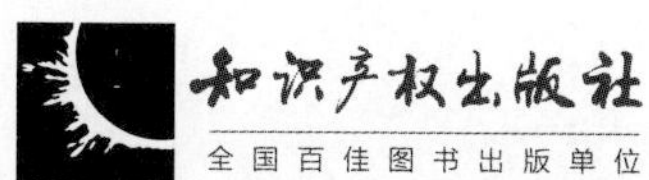

图书在版编目（CIP）数据

外国文论与比较诗学．第 1 辑／周启超主编．—北京：知识产权出版社，2014.3
ISBN 978－7－5130－2627－7

Ⅰ．①外…　Ⅱ．①周…　Ⅲ．①外国文学－文学理论－研究②比较诗学－研究
Ⅳ．①I0

中国版本图书馆 CIP 数据核字（2014）第 046258 号

责任编辑：刘　睿　徐　浩　　　**责任校对**：韩秀天
文字编辑：徐　浩　　　**责任出版**：刘译文

外国文论与比较诗学（第 1 辑）

Waiguo Wenlun yu Bijiao Shixue

周启超　主编

出版发行：知识产权出版社 有限责任公司　**网　　址**：http：//www.ipph.cn
社　　址：北京市海淀区马甸南村 1 号　**邮　　编**：100088
责编电话：010－82000860 转 8113　**责编邮箱**：liurui@cnipr.com
发行电话：010－82000860 转 8101/8102　**发行传真**：010－82000893/82005070/82000270
印　　刷：北京科信印刷有限公司　**经　　销**：各大网上书店、新华书店及相关专业书店
开　　本：720mm×960mm　1/16　**印　　张**：21.25
版　　次：2014 年 5 月第一版　**印　　次**：2014 年 5 月第一次印刷
字　　数：322 千字　**定　　价**：52.00 元
ISBN 978－7－5130－2627－7

发刊词

为了大力拓展“外国文论”与“比较诗学”研究，不断推进“文艺学”和“世界文学与比较文学”学科建设，及时刊发跨文化的文学理论研究最新学术成果，及时传递外国文论、比较诗学领域的学术信息和研究动态，集中推出“当代外国文论核心话语反思”创新工程的阶段性成果，经过相关专家同行的反复论证，同时也基于这些年来创办《跨文化的文学理论研究》的经验积累，我们认为，今天已然有必要也有可能来创办一份且以“外国文论与比较诗学”为主题、为名称的学刊。

《外国文论与比较诗学》践行“多方位吸纳与有深度开采”“开放与恪守并举”“反思与建构并行”这一基本理念，放眼于当代国外马克思主义文论、当代欧陆文论、当代英美文论、当代斯拉夫文论、跨文化的文学理论等研究领域，秉持前沿性译介与基础性研究并重、最新研究成果与最新学科态势兼容的编辑方针，力求为学界同仁提供一个切磋问题、交流观点的互动平台。

《外国文论与比较诗学》主要板块有“前沿视窗”：当前国外最新文论力作的新译；“经典名篇”：外国文论名家经典文本的补译；“学人专论”：外国文论与比较诗学学科本体问题的探析；“佳作评点”：外国文论与比较诗学领域有材料、有见解、有分量的专著或文集的评析；“名家访谈”：外国文论与比较诗学园地杰出学者、译者、编辑的访谈；“学刊钩沉”：曾经刊发外国文论与比较诗学研究相关论文、译文的学术期刊历史的梳理；“新书简介”：汉、英、俄、法、德等多种语言世界里新近面世的文学理论与比较诗学重要著作的推介。

《外国文论与比较诗学》呱呱坠地，我们衷心祈盼学界朋友鼎力扶持。

目　　录

前沿视窗

再论当下理论 ………………………………………… ［美］乔纳森·卡勒（3）

历史与文学：学科危机的征兆 ……………… ［法］安托万·孔帕尼翁（12）

巴赫金、卢卡契与德国浪漫主义 ……………… ［英］加林·蒂哈诺夫（23）

——以史诗和反讽为例

叙述“交往”中的“对话性” ……………… ［德］沃尔夫·施密德（38）

比较与“普通理论” ……………………… ［俄］亚历山大·马霍夫（52）

——各个诗学系统中的历史比较要素

文学知识树 ……………………………… ［瑞士］列昂尼德·赫勒（62）

——写在安托万·孔帕尼翁《理论的幽灵》

一书页眉边

当代小说的多文化视野及人类学视野………………… ［法］让·贝西埃（76）

意象的政治性……………………………………… ［英］特里·伊格尔顿（86）

经典名篇

论形式论学派（1935 年布尔诺讲稿节选） …… ［俄］罗曼·雅各布森（99）

论结构主义 ……………………………… ［捷克］扬·穆卡若夫斯基（117）

巴赫金的遗产与符号学前沿课题 ………………… ［俄］尤里·洛特曼（130）

学人专论

象似符号与认知诗学：一个历史的回顾 ………………………… 张汉良（145）
“聚焦”的焦虑 ………………………………………………… 傅修延（165）
——关于“focalization”的汉译及其折射的问题
符号学的得与失：从几个关键词谈起 ………………………… 史忠义（183）

佳作评点

诗性：海德格尔诗学的意义 ………………………………… 任　昕（195）
——《诗性的思：走近海德格尔》评介
《理解德里达》：走进解构主义的导游图 ……………………… 萧　莎（202）
邪恶与文学 …………………………………………………… 马海良（208）
——读伊格尔顿的《论邪恶》
孔帕尼翁的中庸之道 ………………………………………… 钱　翰（217）
——评《理论的幽灵——文学与常识》
作为美国发明的“法国理论” ………………………………… 张　弛（222）
——评《法国理论——福柯·德里达·德勒兹公司与美国
智识人生活的变迁》
《批评理论在俄罗斯和西方》评介 …………………………… 汪洪章（232）

名家访谈

茱莉娅·克里斯特瓦谈法国对巴赫金的接受 ……………… 周启超译（241）
——克莱夫·汤姆逊对茱莉亚·克里斯特瓦的访谈
卡瑞尔·爱默生谈巴赫金 …………………………………… 周启超译（248）
王文融先生访谈 ……………………………………… 王文融　任　昕（259）

就《汉堡剧评》的翻译答任昕同志 ……………………………… 张　黎（274）

学刊钩沉

从《文艺理论译丛》到《世界文论》 ……………………………… 杜常婧（283）
——外文所域外文论译介阶段性回顾
《外国文学评论》早期文学理论文章述评（1987～1996） …… 张　锦（296）

附　录

附录1：国内外文论新书简介 ……………………………………………（309）
附录2：我们的作者与译者 ………………………………………………（326）

前沿视窗

再论当下理论*

■ [美] 乔纳森·卡勒　著
张　欣　译**

对当下理论的思考会引发两种反应。只要在理论前面加上一个“当下”，这个“当下”就会把理论限定在学科和机构的时代里，限定在制度的轨道上。想要弄清理论目前的发展状况，就要首先对理论的过去和未来有一种把握。当然，当下理论的发展可圈可点的地方很多，比如，叙事学在经历了一段时间的低迷后似乎再度流行。叙事学告别语言学，转而借鉴认知科学的模型，但目前还很难看出这条路是否行得通。创伤理论因其与大量热点问题相关而继续受到追捧，不过，精神分析学的影响力已整体大不如前，虽然它仍然占据着理论的核心地位。关于身份性质的研究似乎已经退潮，正如雷伊·寺田（Rei Terada）指出的，理论界对身份问题的辩论无疑使人们能更敏感地认识到，人的身份既不是简单被赋予的，也不是完全自主决定的。灵魂出没理论（theory of haunting）和幽灵性（spectrality）研究为包括记忆、过去的存在模式和互文性等多种以往难以解决的问题带来新的思考方法。曾经一度被哲学和文学以及文化研究流放到心理学边缘的情感研究（the study of affect）如今已经走到舞台中心，羞耻、同情、嫉妒和多愁善感等问题需要理论化和历史探索。酷儿理论随着研究范围的扩大和讨论的不断深入，继续扩大其影响范围。它密切关注同性恋人群所承受的压力和生活中的不幸，并且不断涌现出新的研究范式，譬如，修复性阅读。人们逐渐认识到种族问题远比早期的理

---

* 原文为 Theory Now and Again，译自 *The South Atlantic Quarterly*，110：1，Winter 2011。

** 张欣，北京外国语大学英语学院。

论建构复杂得多，而且，正如这期专刊的论文所充分反映的那样，思想者们所关注的仍然是权力的理论建构和抵抗的可能性等问题。

《南大西洋季刊》在邀请大家为“当下理论”撰稿时曾要求，不要为所谓的理论的死亡而扼腕叹息，也不必反思理论的现状，大家只需继续进行手头的工作，以各自不同方向的研究成果来表现理论的当下状况。为这样一期专刊写编后语也许正好可以管窥理论目前的发展状况，而我本人对扼腕则毫无兴趣。在今天的美国大学里，理论作为一种体制化和学科化的存在，已经占据了举足轻重的地位。但也正因为理论获得了这样稳固的地位，它自然失去了曾经竞新斗奇的魅力，抑或其骇人听闻的锐利，尽管收敛锋芒也使理论少受诟病。现在，人们似乎普遍认可，任何思想工程都需要植根于某种理论中：研究生需要了解他们学术领域内的理论讨论，能够在思想结构日新月异的学术景象中定位自己和自己的工作；对于本科生，理论不该被视为艰深难懂的东西而遭到排斥，而是应该得到积极探索，因为它是人文学科中最激动人心的、社会相关性最强的领域。当然，会有人质疑这种提法，但是我们没有必要认为理论大势已去。

不过，理论是关于思考的思考，它要求我们对任何学科或非学科的问题框架提出质疑。我们要问是否有另外的、更好的方式来思考，要判断“更好的”标准是什么。从这个角度看，“当下理论”这个提法是矛盾的，因为理论总是要或前或后地站在自身之外，我们无法把理论简单地限定在一个“当下”里；当理论已经教会我们不要执著于所在之时或自明之理，这一点就更加明确。这期专刊要求撰稿人做各自正在做的事情，以此来展现当下的理论。然而，人们对理论的兴趣，恰恰源于人们渴望理解自己所做的事情，对自己工作的目标及其意义提出质疑。理论的动力来自两种欲望：一是提出自己的思想，从而把握和理解自己，但这是不可能实现的；另一种是做出改变，既改变自己的思考方式，使之更敏锐、更开阔、更包容且善于反思，也改变我们思想之所及的世界，而这样的欲望是可以实现的。

迈克尔·哈尔特（Michael Hardt）对当下的理论提出了挑战。在其精彩的论文之开篇，他写道：“理论的任务是创造现在，并在创造中解放或造就创造的主体。一个新的‘我们’被刻画出来，不仅仅因为我们是属于现在的，也因为我们创造了现在”。他的文章把很多理论想说却没能说出的内容表达出来：通过讨论事物如何被感知、被理解来造就一个集体的主体，一个“我们”。当然，哈尔特的挑战不止于此。他进一步主张，鉴于批判活动无法实现改造社会的初衷，理论需要批判之外的其他出路。确实，很难设想什么样的思想工作——理论或其他——能担负起改造社会的大任。（帕特里克·格里尼［Patrick Greaney］在关于情景主义异轨❶［Detournement］的论文中描述了一种有别于批判的策略，一种创造未来主体的策略，这个策略是有望获得成功的。）哈尔特没有直接回答这个无疑很难回答的问题，而是提供了另外一种思路。他解读了米歇尔·福柯在1978～1983年间对伊曼纽尔·康德《何谓启蒙》一文的分析。福柯对这篇文章的评价几经改变。哈尔特认为，福柯虽然写出了开创性的考古学和谱系学著作，但是对这些批判形式并不满意，于是另辟蹊径，转而思考希腊人是如何创造自我的；他尤其关注犬儒，认为犬儒因为置自己于被嘲笑的境地而能过一种“说真话的”生活。犬儒以攻击自我来换得自我的新生，这种哲学模式，以其生命政治的激进性吸引了福柯，部分原因是犬儒像狗一样并不掌控权威。他们有示范作用，但是并没有权威性。今天的许多年轻学者，特别是适逢令人满意的学术工作越来越少时，也许正在寻求一种激进生活的方式。哈尔特写道：“福柯声称，在19世纪和20世纪，与这种激进性相关的是革命行动和革命生活。”这符合今天的状况吗？一个人如何成为现代犬儒——不上网，这样就足够了吗？很难看清示范性的个人活动到底具有怎样的社会影响力。哈尔特建议：“我们可以从近年来学术界内外涌现的激进研究的形式着手。这些研究不仅理解了理论适用的场所，而且认识到，知识的生产主要发生在集体的社会斗争中。”但是，如果把激进研

❶ 帕特里克·格里尼的文章指出，“异轨（Detournement）是字母主义和情景主义理论中的重要概念，它指的是一种特殊的蒙太奇或挪用手段，看上去是引用文献”（第75页），实际与引文原来的意思相去甚远。情境主义国际的创始人居伊·德波认为异轨是反抗景观社会的有力手段：“景观社会把主体变成被动的观看者，割裂了人和创造性的劳动的关系，也因此割裂了人与人、人与社会、人与历史的关系”（第77页）。而异轨可以用男性化的力量打破景观社会女性化的被动性。格里尼认为这反映了异轨有强烈的性别性，同许多先锋理论一样，进步总是和男性、暴力相关。——译者注

究定义为将理论和知识的生产归功于集体的社会斗争，那么就很难区分激进研究与那些积极参与政治斗争的各种批判形式的差异了。

也许一种可行的策略是分析那些过去似乎曾经成功地改造过社会的理论形式，这样也许就能知道成功的理论所应具备的条件。女性主义是这方面的首选，不过男同性恋和女同性恋研究的某些方面，甚至是酷儿理论本身，无疑也都显著地促进了社会变化。福柯提出的不存在权力“之外”、没有整体的反抗场所、只能通过寻找系统的裂缝来推动变革的想法，看来仍然有用。无论如何，哈尔特对理论的挑战是一个有力的挑战，是对批判本身的批判：批判未能实现其改变社会的抱负。

本期收录的很多论文都有鲜明的政治抱负，力求改变我们对当下的理解，从而在创造新的主体时重塑当下。巴诺·赫西（Barnor Hesse）在《自我实现的预言：后种族视野》一文中对种族思维做了有力的谱系学研究。文章分析了后种族社会[1]概念的背后逻辑。后种族社会这一想法是赫西称之为“种族理论的共识”（race-theoretical settlement[2]）的历史产物。由于人们摒弃了基于生物学的种族观，种族歧视泛滥的那些社会如今是语言上的（nominal）种族歧视的地方。种族理论的共识就产生于这样的社会，其本质是种族主义批判所产生的认识结构。种族理论的共识一方面保障、另一方面又削弱了关于种族及种族歧视批判理论的最复杂的建构。如今，种族理论的共识又成功地塑造了后种族概念及其吸引力。这个提法看起来有很大的误导性，但又好像极具说服力。无论支持还是质疑，“后种族”的提法似乎排除了任何从政治史和思想史的角度梳理种族概念的可能性，但恰恰是政治史和思想史为后种族概念的形成创造了必要条件。赫西针对的就是这种矛盾。他卓有成效地从政治史和思想史的角度分析了种族思维的缘起。对种族主义的批判成功地击败

---

[1] 后种族社会：赫西认为北美和欧盟的一些国家通过宣传文化多样性、包容性、种族关系和文化凝聚力，已经给公众造成错觉，以为社会分层不再以种族为主要条件。“后种族主义”就诞生于这样的国家。它认为我们已经在种族的问题上取得了显著的社会进步，并主张从种族问题中撤退出来。赫西在梳理了种族主义概念的形成史后认为，这一概念的形成需要有一定的历史和一定的逻辑作基础。而后种族主义视野（postracial horizon）忽视的正是这一点。——译者注

[2] Barnor Hesse, “Postracial” (paper delivered at the “Theory Now” conference, Cornell University, Ithaca, New York, March 2010).

了意识形态的种族主义，但是却引发了后种族理论共识的形成，后者又催生出以政府形态发挥功能的种族主义（performative governmental racism），同时激发后种族社会这一观念的形成。一旦形成后种族社会的观念，我们就无法批判政府作为的种族主义。赫西的文章体现了理论的最高境界：它让你从完全不同的角度看这样一种情境，那些表面上新鲜的事物被证明不过是旧事物的悄然翻版，实际上是那些貌似与旧事物斗争的力量的产物。当批判如此引人入胜时，我们很难再提出更高的要求。即使批判不能带来变革，它至少能为我们指明变革的必要，而很多人也许会以为革命已经成功。

安妮·卢伊布海德（Eithne Luibheid）对非法移民的社会建构[1]的分析，即对政府行为导致的非法移民问题的分析，涉及另一个重要的、亟待解决的社会问题。埃弗里·戈登（Avery Gordon）内容广泛的文章《“我已经在某种坟墓里”——回复菲利普·舍夫纳的电影〈半月形〉》探索了一系列问题：禁闭、战争犯、对人类主体施加的种族主义实验。与此同时，她继续研究其在《有关鬼的事情——鬼魂出没和社会学想象》[2]一书中提出的幽灵（haunting）问题。鬼魂出没或鬼魂问题现在已经成为强有力的跨学科理论探索的连接点，用以思考过去是如何以其复杂的方式影响现在的。对类似问题的关注同样激发了迈克尔·纳斯（Michael Naas）的《“现在微笑”：雅克·德里达有关摄影研究的新动向》。这篇文章出色地分析了德里达晚期几篇有关摄影的论文。这些论文几经历史的曲折，成为如今广泛阅读的文献。

另一个重要的理论新模式是我之前提到的情感理论。本期专刊里的几篇文章从不同角度谈到了这个问题。戴维·埃利森（David Ellison）的论文属于尴尬情感研究史的一部分，承接了伊芙·塞吉维克（Eve Sedgwick）有关羞耻

[1] 非法移民的社会建构：卢伊布海德认为在移民的问题上，不存在犯法的人，严格说来，所谓的非法移民并没有实施犯罪，他们只不过处在非常规的境遇里。实际上，移民身份的合法性和非法性是政治程序和权力关系的产物。贸易、经济、财政和军事政策都有可能影响移民政策，特别是国家制定的移民法和国籍法。卢伊布海德以爱尔兰为例，应用移民研究和酷儿理论，说明异性恋与性别、种族、阶级和地缘政治一样影响移民政策。另外，文章分析了移民法和国籍法是如何共同左右移民身份的。——译者注

[2] Avery F. Gordon, *Ghostly Matters*: *Haunting and the Sociological Imagination*, Minneapolis: University of Minnesota Press, 2008.

的开创性研究；西安内·恩盖（Sianne Ngai）对“丑陋情感”如恼怒、嫉妒和恶心的研究，以及劳伦·勃朗特（Lauren Berlant）关于多愁善感和商品化亲密关系的研究。为了解读现代文化，所有这些对情感的研究都已超出了现象学的范围。他们努力使自己的研究立足于探讨所谓的边缘现象，虽然这些现象已经在文学和电影中大量出现，但是此前一直没有人分析、研究。雷伊·寺田（Rei Terada）在《转移视线——现象性与不满，从康德到阿多诺》❶ 一书中，强调了瞬息感知经验的重要性。相对于正常表象来说，这些感知看起来是次要的或边缘的，但对于抵抗规范的压力并接受现实来说，又是十分重要的。她的论文《本体的脆弱性》探讨了类似的问题。文章探索了当代不同版本的本体论，并使用精神分析理论的消解概念说明“为什么我们更关心本体的脆弱，并能从本体的脆弱中获得更多的东西，而不是更关心本体论的强大”。埃利斯·汉森（Ellis Hanson）内容丰富的文章《未来的夏娃——塞吉维克之后的修复性阅读》论及多种情感及其在酷儿理论中的角色。

也许，当下理论中特别有趣的是修复性阅读的问题：这一重要的理论发展越来越具有吸引力，批评家们甚至开始质疑“怀疑阐释学”的独霸地位。“怀疑阐释学”想在每个文本中发掘那些没有说出的被压抑的意识形态共谋。塞吉维克将多疑症阅读与修复性阅读相对照，而多疑症阅读正是“怀疑阐释学”的一种表现形式。她的修复性阅读没有虚构一个中立的非具体的读者；汉森写道，这个读者面对着文本，在绝望中开始阅读，“沮丧地认识到，人是脆弱的，世界充满敌意。修复性阅读的重点不在于揭露我们已经熟知的那些骇人听闻的政治事件，而是关注政治暴行发生后重建生活的过程”（在这一点上我们和寺田的想法暗合，她也认为迎难而上征服困难是有益身心的）。修复性阅读是一种可行的、可以推而广之的阅读策略吗？汉森出色地把塞吉维克的修复性阅读的概念引入酷儿理论的论辩中。在莱奥·贝尔萨尼（Leo Bersani）对《救赎的文化》的批判和李·埃德尔曼（Lee Edelman）的《没有未

---

❶ Rei Terada, *Looking Away: Phenomenality and Dissatisfaction, Kant to Adorno*, Cambridge, MA: Harvard University Press, 2009.

来》中形成一个论战的（情感的）空间，❶ 心理效价不断变换。汉森提出，一方面，即使最贫乏的分析也可以是鼓舞人心的（酷儿理论在其寻找快乐的旅途中同样得到令人沮丧的内容），“塞吉维克关于修复性阅读的文章可能是在抨击怀疑阐释学，但是在这个过程它也难免不重蹈其覆辙”。看起来，“正如多疑阅读中总是多疑的，修复性阅读也总是压抑的。”汉森停笔于此，给我们留下了一个复杂的理论问题，一个关于修复与救赎关系的问题，一个关于怀疑与恢复的问题，一系列关于恰当理解文学的问题，消极否定在这里也可以让人乐观、兴奋。这对当下理论来说确实是挑战。

这些论文沿着不同学科的轨迹，展现了当下理论，但也许是过于尊崇指令，即不要陷入对理论的反思，而是通过研究各自的问题来建构理论，大部分文章没有质疑产生理论的这些学科的本质；因此应该有一篇结语文字来做这件事情。格兰特·法德（Grant Farred）把理论视为关于思考的思考，他主要通过研究学科和跨学科的问题来处理理论。他以马丁·海德格尔对思考的讨论来引出话题：“思想必须被理解为对借它之名所做的事情不满，…… 对它自身不满，而且因为这个原因，…… 企望回到它自身。”在赞美跨学科性时，法德写道：“人们视而不见的是，我们只愿把学科看成不堪一击的稻草人，……当作可以即使不用来嘲笑戏弄，也一定是可以随意打发的对象：学科是我们所不愿做的事情。……更甚者，学科是我们耻于被人认为在做的事情。”法德颇为娴熟地解构了学科性和跨学科性的对立关系，扭转并重写了二者的关系：世界上并不是先有学科，然后让我们在各个学科之间穿越、游走、质疑；相反，只有在跨学科的先决条件下才逐渐形成边界，形成内外之分，才逐渐形成学科。

法德的海德格尔式思维是有前途的，而且我认为这种思维背后的逻辑有很强的说服力。不过，当我进一步具体地思考跨学科性与学科的关系时，不由得要想，今天我们面临的是否是完全不同的格局？学科从定义上看像是不堪一击的稻草人，但是实际上，学科有着强大而朦胧的力量，跨学科研究无

---

❶ Leo Bersani, *The Culture of Redemption*, Cambridge, MA: Harvard University Press, 1990; and Lee Edelman, *No Future: Queer Theory and the Death Drive*, Durham, NC: Duke University Press, 2004.

论涉及多少门学科对象，总是倾向于在这些广大的学科领域的内部进行，而不是超越这些领域，在外部发展。在我看来，要真正理解学科性和跨学科性的关系，我们必须推进研究并且以更平实的方式推进研究，它关系到跨学科性的未来。正如法德指出的那样，在削减预算和加强科系建设的时代，它真正关系到学科体制的存亡。

譬如，在文学和文化研究领域，我们有一门学科还是多门学科？文学研究是一门学科吗？显然，文学研究的方法千差万别，涉及很多不同的研究项目，使用各种各样的模式。文化研究是一门学科吗？特别是当我们需要用严谨的程序来定义学科，使用排除法来划出不同学科的内外疆界时，很难说清文化研究中包含了哪些学科。也许曾经存在学科，但是它们现在都已腐朽，以至于它们更像是一种模糊的文化口味。一个跨学科的项目，与其说它在挑战文学研究的学科性，不如说它涉及了很多不同的研究对象。在我看来，我们今天所见的跨学科活动总是在某个学科的、似乎非常开阔的学术空间之内进行，我们很难描述这个空间，也几乎不可能划出这个空间的边界，但是我们能够识别它，它是一种口味。如果我们当真要描述出文学研究学科的特性，那我们无疑会假想出一个稻草人来。不过，当我们是在文学和文化研究的广阔领域里做跨学科研究时，我们也许仍能清晰地意识到，我们是在做跨学科的研究，毕竟这种研究涉及多种类型的文本，譬如哲学的、精神分析的和政治的文本。一个历史学家在做跨学科项目时可能会颇感不同，即使他没有遵守我们称之为历史学的学科规则。当然，一个搞文学研究的人所做的跨学科工作可能会更吸引文学领域的学者，而哲学家、历史学家或其他领域的学者则未必关心。很难讲清楚为什么一项跨学科工作即使与文学毫不沾边，也会出现在文学研究的领域。

为本期专刊撰写文章的学者拥有不同学科的学历背景，从事多个不同领域的研究，这在某种程度上说明我的观点是错误的。有些文章很难确定属于哪个学科空间，但我认为基本的情况是，学科规则不易确定，而辨识跨学科研究所在的、大致的学科空间，却并非难事；倘若如此，将对跨学科研究的未来以及理解其功能，具有重要意义。如果人们利用跨学科性的功能来扩大某个研究领域的范围、研究的问题和该领域的利益，而不是用来提高不同领域之间的沟通和合作，会出现什么情况呢？对于学科和跨学科的组织结构来说，这会带来怎样的后果呢？

我曾在别处说过，理论是一种融合哲学、精神分析学、语言学、美学、诗学、政治学以及社会思想的混合文类（而不是关于思考的思考）。一个文本如果论述了一些引发共同兴趣的现象，且这种论述看起来是值得挖掘、研究的，就会被其他领域的人拿来，变成理论。这样看来，理论从一开始就是跨学科的。人们把某样东西引入自己的学科空间，把它培育为理论；在这个过程中，这东西会相应的被改变、扩大，甚至变得肿胀，但它仍然是借鉴的产物，是跨学科的产物。在文学研究领域里，理论最初有两项任务，一是人们用理论来思考批评工作的性质；二是用理论对文学作品进行新的解读。近年来，这两种用处都变得越来越不重要，理论主要用来激发跨学科的研究。不过，跨学科研究仍然与某个基本学科保持着关系。法德和哈尔特在为本期专刊征稿时已经为当下理论设置了两个重要的任务：其一，是思考学科性与跨学科性的关系；其二，是为寻找改造社会的方法。因为长久以来，改造社会毕竟是理论的魅力之一。

（编辑：萧　莎）

历史与文学：学科危机的征兆*

■［法］安托万·孔帕尼翁** 著
伍 倩 张 怡 译

专著、杂志、报纸、广播、电视、互联网——近来关于历史与文学关系问题的各种文章与讨论大量泛滥，令人晕头转向。一批或多或少可算作是历史小说、多少也取得了一定成功的作品，引发了一场围绕虚构作品的权力与义务问题的讨论，其中最具有代表性的便是以第二次世界大战以及战时屠杀犹太人事件为背景的小说作品。在此没有必要一一列举尽人皆知的一众书名。而另一方面，越来越多的历史学家，越来越多过去甚至现在的社会学家，也都投身于这一潮流，将文学，尤其是小说作品，作为他们调查、研究的素材。同样，我们也无需在此列出已侵入文学领域的文化史、社会史、政治史，抑或文化社会学、工作社会学以及认识社会学等学科门类，或将其分出高下优劣。

档案馆与图书馆

文学与历史的关系问题，该两大学科交叉点的问题，始终是人们关注的焦点。这一现象相对而言十分新颖且非常具有法国特色。从中，我们能够一

---

* 原文为 Histoire et littérature，symptôme de la crise des disciplines，译自 *Le Débat*，2011/3 – n° 165，pages 62 à 70.

** Antoine Compagnon，1950 年生于布鲁塞尔，现为法兰西学院教授，讲席名称为“现当代法国文学：历史、批评和理论”。

窥文学与社会科学的健康现状。最典型的是活文学，因为它构成人们的谈资。人们就它论战，就它是否具有言说一切的能力——不管以何种形式——而提出质疑。而这显然比将文学弃之一隅，让它因阐释枯竭而自生自灭好得多。至于社会科学，由于文学为其提供了新的研究对象，使其可以向着卓有成效的多个方向发展，如果在此列举其中发展最稳固、成果也最显著的一门学科的话，那就是感官史。历史学家和社会学家们阅读小说作品，这对他们并无坏处，对文学，大抵也没有。

而文学研究者，则似乎总给人一种任人宰割的印象，他们当中的某些人亦为此深表忧虑。自从18世纪自然科学脱离文学，历史、社会学、哲学、人类学等一众学科接续独立，无能为力的文学研究者们见证了其研究领土沦陷的末路穷途。进入20世纪，留给他们的只余下关于文学自身的裁判权，即文学史、文学批评以及文学理论研究的对象。这一研究对象再无他人与文学研究者们争夺，于是他们转而进入内部厮斗，一如20世纪60年代陷入新批评之争的罗兰·巴尔特与雷蒙·皮卡尔。皮埃尔·布迪厄在1966年为《现代》杂志所撰写的文章中，高屋建瓴且毫无偏颇地评论了二人，指出种种遁词皆只为争夺对年青一代的影响权，这只是一场无关论战内容的论战，一场处于人口学和社会学意义深度转型期的高等教育体制内的论战。历史学家们则谨慎地与这场事不关己的论战拉开距离。1960年，巴尔特在《年鉴》“论争与斗争”专栏中发表了一篇宣言性文章《历史与文学》，正是这篇文章，为其进入布洛代尔势力范围的高等实践学院（EPHE）铺平了道路，这所学院就是高等社会学科研究院的前身（EHESS）。在这篇文章中，巴尔特成功地调和了历史与文学的关系，前提是将两者分置于一个封闭的领域内：历史学家的任务就是研究文学制度，而文学工作者的任务则是研究文学生成机制。故此，在他看来，以拉辛“生平”为研究重点的皮卡尔是且只是一名历史学家，然而新一代社会科学的领军人物们却也始终未把皮卡尔视为自己人——因为他属于索邦、属于旧派研究者的阵营。但同样，他们也避免为此二者之间较为现代的巴尔特提供任何支持，不管是制度性联盟或学术政治同盟，而这可能出于他们与皮卡尔在研究方法上的高度相似性（圈内的某位当事人曾引用布洛代尔的话："告诉巴尔特，别再说傻话……"）。

往日，历史学家为在档案馆中皓首穷经而自豪，文学研究者则满足于在图书馆里埋头苦读，而巴尔特与形式主义文学研究方法亦使这一延续百年的传统得以巩固。因此，当这一学科区别烟消云散，当越来越多的历史学家——尤其是文化史学者——舍弃文献档案研究的传统道路、转而一心一意地投入书籍的怀抱时，众多文学研究者便陷入了不知所措的惶惑之境。对于历史学家而言，某种程度上，这其实是一种报复，既然他们研究的合法性曾遭到文学理论研究者、哲学家，甚至是历史文献理论研究者或是"元历史学家"的质疑；这些人声称，所谓历史叙事只不过是另一种讲故事的方式，受制于修辞与比喻，具有与小说同样的技巧与诀窍。如果所有人都在叙述，那么档案馆与图书馆之间的区别已经模糊，而历史学家也在图书馆内取代了文学研究者（说实话，自从许多文学研究者皈依形式主义、只满足于文本自身，图书馆早已空空如也，这种取代必将发生）。

在历史学、社会学和文学研究间，学科交叉已越来越普遍，以至于令人质疑边界是否还有必要继续存在。但当历史学家和社会学家从外部研究文学时，例如职业规划、工作市场、文化场域以及创作计划、价格系统、价值体系等，文学研究者们甚至无法估量这些研究；他们仅仅固执地抓住文本，眼中除了作者的文字思想、作品的生成和阐释以外别无他物。他们更无法估量但尤为重要的是，由于他们中的多数早已投身于孜孜不倦地剖析文本结构、重复炫弄技巧，而放弃了文献学和阐释学，也就是说，他们放弃了意义的发掘工作，包括作品最初的意义以及自它诞生以来逐渐拥有的一系列意义，而正是这些意义的多样性和深厚性，才构成了人文学科的全部价值所在。既然文学研究者们自动放弃了文学研究中最有价值的领域，其他人便顺势接手，其中有历史学家、社会学家甚至道德哲学家们——他们将对小说的发掘作为传统，并将其作为一种经验的罗列进行解读，从中可以推衍出与分析认知完全不同的文学认知的发展轨迹，并在此认知之上，建立一种不受时效限制的伦理学。至少，某些哲学家、历史学家和社会学家已经开始近距离研究文本。偶尔在广播上听到某位卓越的历史学或是社会学研究者解析《包法利夫人》、讲述该书与第二帝国司法制度间的纠葛，然后才像一年级的法语老师那样以自由间接引语解释该书所引起的丑闻，的确令人耳目一新，然而，仍旧存在更多更为敏锐也更有独创性的阅读阐释。面对针对文学领域的种种进攻——针对文学研究者职业核心的进攻，一些文学研究者们或是更加强调形式主义技术分析、或是在教学法中固步自封，另一些人则回归最为学术的语义学研究，更有甚者则“以身投敌”，在作品中用布迪厄的词汇取代了叙事学的新罗格森主义，或是干脆转而学习文化史与道德哲学。所有这一切都说明我们正处于传统学科重新分配的时期，人文科学也正面临着一场浩大的混乱。

一次制度性变革

透过历史小说和社会科学革新的表面迹象，透过文学研究在高等教育体系内的疏离现象，以及21世纪初的研究与论点，我认为，在有关面对历史的文学以及面对文学的历史学（或是社会学、或是哲学）的种种相关论战与争议中，可以看到一种不确定状态的征兆，这也是今日在法国与全球范围内处于高等教育与研究的组织形式发生剧烈变化的背景下，所有从属于人文和社会科学各个子学科所面临的征兆。

总之，我们所采用的学科分类体系已显陈旧，其源头可以上溯至19世纪末期。伴随着文学院的诞生，仿照德国研究性大学模式、为法国中等教育选拔机制量身定做的法国其他各学院的重建也与之息息相关（我们很清楚教师资格考试在整个20世纪的大学人文社科研究中所扮演的重要的领航角色，我们也了解不受教师资格考试制约的学科，如心理学、社会学、人类学、艺术史，在得到高等教育制度承认时所面临的困难）。我们在学院体制下的学科分配制度年头已久，已与21世纪初所面临的问题不再契合，如果借用一个时髦的词汇，这些问题正处于“交互界面”（interface）上，理工科与人文学科无一例外。而眼下的论争则让我感觉一切尝试不过是试图把新的研究实践强行塞入旧有的体制当中——至于这些研究实践的好与坏，则是另一个问题了。我们可以设想，在这个国家，如果由国家高校委员会（CNU）与国家科学研究委员会（CONRS）制定的强化分科的学科制度并非如此僵硬，那么前沿科研工作者也就不会感觉如此脆弱，也不会为自我证明而投注如此多的精力和时间。

我们像山羊一样从椅子上跳起，口中高呼着“跨学科！跨学科！”已近三十年之久。但只要禁锢年轻头脑的制度仍然存在，令他们从初中甚至可能更早就接受“知识的合法性首先且只在于其学科性”这一说法，我们的努力就毫无成效，也毫无意义。近三十年来，初中、高中以及大学教师们只能在其学科身份中找到一己之避难所，以对抗社会地位下降的客观现实，这已使得跨学科一词变成一句空洞的口号。而在美国高校内，尽管院系设置同样固化，但由于其基础性角色只在于为学生提供开明教育以及进入研究领域的初步指引，所以，承自19世纪的院系分科与一些教学项目几乎是交互重叠的；这些项目更具有灵活性、针对性，目的更明确，有时只是短期进行，以满足跨院系的教学与科研需求。跨学科或多学科（joint appointments）招生已成常事，这使得学生能够在不同学科的知识间自由流动，比如，一位中国的历史学家可以同时成为历史系与东方研究所的成员，而这类情况换在法国实难想象。在法国，从初中教育开始，掌握综合知识的责任就落在了学生的身上。

我国人文与社会科学分科僵化，既不合时宜也无益于革新，而为了适应这种分科，产生了一大批令人开卷生厌的方法论作品。这种著作旨在从学科角度论证原本可凭借其内在活力而跳脱出固有学科界限的研究，例如，我们加开研讨会以讨论小说内部历史知识、增发杂志专号以阐释历史学家研究文学知识的方法论特殊性，或生产出堆积如山的教辅手册以供本科生参考。而另一方面，我们也就直觉与细腻性创作出了大量作品。正是这种细腻性，使得历史学家在叙述历史时，文学或是文学家能够为其历史撰述增添一份力量。在这股似是而非的灰色文学大潮下，在厘清文学与历史之间邻属关系的尝试中，与其说这是一场适逢其时、我愿意投身其中并表明立场的辩论，不如说我只看到了处于制度转型期的人文社科研究者们所面对的困惑。

学科与子学科

最近由高等教育研究部公布的一份文件证实了以上分析，换言之，至少证明了学科问题已被提上日程，这就是 2010 年 12 月以“研究与革新国家战略（SNRI）”为名义发表的《人类与社会科学新分类标准》一文。其目标是推动法国在该领域内实现更高效、更显著的研究，而为了完成这一目标，高等教育研究部计划重新部署手头的资源，也就是说，团队与人员。不过，有一个先决条件，就是列出一份具有可读性的法国人文社科研究的现有情况图谱。这也就是为什么上述文件提出、或者说要求一份简化而统一的分类标准，用以取代互相竞争的既有分类，即国家高校委员（CNU）所划分的 31 种传统人文社会学科（SHS）、国家科学研究委员会划分的、迄今已有近三十年的十大分科以及最近由高等教育研究评估机构（AERES）制定的下分 23 个子学科的 7 项学科大类。而由欧洲研究委员会（ERC）借鉴而来的法国的分类标准则更为精简，仅限于六大类，并且不按学科划分，而是按照对社会具有重大意义的重要主题划分。因此，上述部委文件体现了现今全世界通行的研究意识形态——旨在确保法国更好地融入欧洲以及全球范围内的研究工作。它所要求的不仅仅是将现有的研究资源进行合并以对抗学科分裂，在学科根深蒂固的法国，还要以主题分类取代学科分类，并以此作为简化学科分类的开端。因此，在所有研究计划中，如果与其主题及“关键性”——也就是评估系统中的首要因素相比，恰当的学科列表只是起辅助作用。例如，巴尔特的《历史与文学》就提供了一种很好的联合主题研究以及一种建议性的开端：向欧洲研究委员会或是国家研究所（ANR）申请资助，根据计划，把由研究者所提出的不同学科列入附件，就像一份商业企划书那样。

正如我们所见，这一进程带动了人文社科研究向集体合作性项目转型，并对通常与一门学科、而非一个主题联系更为紧密的个人研究提出质疑。这份触及学科设置繁冗及划分不当等现实问题的文件，便试图以行政手段来推行新的分科标准。然而，新标准同样会为边缘学科研究制造新的障碍：哲学、历史、社会学和文化学分属于欧洲研究委员会所制定的四大分类，但如果单以文学为例，我们便可发现如今最前沿的研究同样跨越了这一新的分类标准。与其说这份文件为问题提供了一种解决方案，毋宁说其自身就是问题的征兆。并且，没有任何证据表明这种方案会取得成功，或“研究主题”不会催生出更为专业的新的学科分类。

事实上，文学研究者与掠夺文学研究成果的历史学家之间的边界争端，小说家、虚构作品作者以及职业历史学家之间关于历史真实性问题的论战，或者一位年轻作家与一位电影界前辈之间最激烈的争执，都可以被解读为当代社会职业分工要求的产物。这些要求是自相矛盾的。我们一方面希望将研究的分类标准理性化，另一方面又拒绝承认专业越分越细的大学教育图景。我们明知如今再没有人会在一辈子的职业生涯中只从事一份职业，又要求教育越来越职业化。我们既呼吁打破学科分类以革新边界，又将越来越细的定义加之于每一项职业活动。

与部委精简可读的计划书相反，在一个越来越离不开判断、定义的社会里，任何活动都离不开细致入微的职业描述。由于教学与研究有越来越窄的职业化、专门化趋势，亦使得历史学家与文学研究者或是人文学者之间的边界之争愈演愈烈。各学科总是向着越来越技术化的微学科方向分裂，而非构聚、合成适应未来变革的多栖实体或多功能教育的载体，但同时我们又要求学科划分的地位次于研究主题或是社会关键性。故此，从今往后在历史学家、社会学家甚至是哲学家中，必将出现如上述所言，与认识论、量化法或是分析法背道而驰的文学研究专家。此外，部委提出的新分类标准的明确目标之一——将认识哲学从所有分类中最混乱的“语言、文本、艺术和文化”中划出、置于“人文精神、语言、教育”之下，更具有科学性，即是说，在量化评估标准、图书计量、影响因子上更容易把握。至于除认识论之外的其余哲学部分则被划给文学和文化，这也证明学科细分工作和新学科的重建工作正当其时。

从前，当吕西安·费弗尔想要谈论拉伯雷或是纳瓦尔的玛格丽特时，或者当米歇尔·福柯在《词与物》中就《堂吉诃德》或是萨德的《贾丝汀与朱丽叶》讨论知识形态的变化时，除去某些拥有政治敏感的忧郁灵魂，没有人会就两者的学科标签问题提出质疑。如有需要，大师们就会引用文学文本，难道他们所做的会比今天最尖端技师的所作所为更具争议性吗？各学科在重大主题的框架下灰飞烟灭，每一个微专业都感到有必要为自己的研究领域划出界限，以便在机构、学科合法性的问题上得到证明；再加上“学科大类”的划分日益松散，这种意向就更加强烈。每一个学科都希望控制其范围，因为这就是人们评断它们的标准。为子学科自证的灰色文学，其泛滥正与评估意识形态以及研究计划经费的膨胀息息相关。正是由于缺乏通行标准，研究者们才试图介入规则制定，以便通过遵循规则、组建具有辨识度和可确认性的专业，来得到评估机构和资助组织的认可。心怀打破学科疆域的幻想，只会为封闭性子学科的大量增生大开方便之门。

何种文学?

《年鉴》杂志最近一期名为《文学的知识》（2010 年 3 ~4 月）的特刊便是一个有趣的样本。属于马克·布洛赫、吕西安·费弗尔、费尔迪南·布罗代尔的杂志重新开启“历史与文学”的话题，这一现象本身便颇具象征意义。然而，在诸多理由中，有一条近乎于善意的理由却使得这一切显得很奇怪。在这一特刊中，出乎我们意料的是，文学概念并未以科学的立场得到质询或历史化，而是没有得到任何解答地沿着社会风俗画卷的道路走下去（从古典时代的风俗画卷到古典主义时代的伦理学家、再到《追忆似水年华》：在这里，文学又重新担负起道德哲学的责任）；从巴尔扎克、于连·格拉克到安妮·艾诺，当然还有乔纳森·利特尔（Jonathan Littell）和亚尼克·亨奈尔（Yannick Haenel），如此之多的风格混杂的文本聚合，却并未被统筹在一个相对的、晚近的并具有本土特色的范畴之中，也就是文学范畴。不过这样反而更好，可以将历史学家、社会学家甚至是文学研究者的著述收集一处，整合或近或远探讨文学问题的历史学和社会学著作清单，以及清点大量由非文学研究者以历史笔调写成的、供消遣的虚构文本，类似的自由十分罕见。该期特刊主编的选择坦率天真，其好处就在于用“文学的知识”这一标签囊括了大量不受定规桎梏、自行其道的独立著作，其中亦不乏上乘之作。显而易见，这与近来用越来越窄的学科专业性方法论定义来管理智识工作的趋势完全相反。尽管如此，对这些文本的单一收集——尤其是其背后所反映出的一代人——本身便体现了一种自证合法性的制度功能：参与者们蠢蠢欲动，要求收复失地。或许方法仍待寻觅，联盟却已蓄势待发。但由于只有学术计划，而缺乏政策计划，大学教员们只好竭尽全力以满足各机构、组织间相互矛盾的评估标准：跨学科与专业化，再加之以文化多元主义以期校正两者。

文学伦理学

当前，知识分类在传统学科与社会主题之间摇摆不定，这对于整个的图书生产也造成了影响，不仅对学术著作，对文学作品与虚构作品也造成了影响。我们再也无法了解谁能说些什么，谁又应该说些什么。研究者与小说家同乘迷舟，毫无方向。聚焦当下的研究大受鼓舞，但由于缺乏学科合法性，在从属于社会主题研究的计划前，价值评估便显得尤为重要。但是，又因学科标准的缺陷，职业道德的缺陷也就不可避免。

比如，所有这些描绘战时屠杀犹太人事件的小说即属此种情况。近年来，如此多的笔墨被耗费在对历史的消费和滥用上。然而，文类界限一旦打破，问题似乎便和历史——和虚构作品中文献的真实性——已无多少关系，反而和文学伦理学的联系更为紧密。让一位业已作古的伟人说出他已无法再表示赞同或反对的台词，这曾是一种传统的、本已消失的修辞练习。逝者间的对话曾经是一种伟大的文类，但只属于教学的文类，一种为学习其他更自主、更成熟的文类的练习。如果说有这样一本书，以材料的综述、电影的简介、书籍的释义的方式呈现，并以一位逝者的想象性独白收尾——这很容易就让我们想起亚尼克·亨奈尔的《简·卡尔斯基》（*Jan Karski*），一切看起来都像是一部小说的准备工作；在这部小说中，作者将以其富有责任感的创作糅合所有朦胧和异质的材料。当我们阅读瓦西里·格罗斯曼（Vassili Grossman）

的《生活与命运》时，我们并未曾质疑其创作的合法性、真实性或是人为性。确实，进行中作品（work in progress）所具有的某种现代性试图以前期准备性文本取代成型作品。我并不是说应该由逝者来终结逝者，我的意思是，借一位刚刚去世者之口来谈论其已无法再回应的沉重主题，这实在是粗暴至极。逝者拥有值得尊重的道德权力。凝缩一份文献材料，然后将个人天马行空的想象叠加其上，这并不等于小说。故而，所有证明文学拥有穿越边界权力的尝试，在我看来，只是误入歧途。而最近出版的关于战时屠杀犹太人事件的小说，已不再满足于折中道路，而是将虚构进行到底，自创人物与事件。我们可以评判这些小说作品的成败，但这已和前述的职业道德是两个问题。我曾对乔纳森·利特尔的《女善人们》一书持有保留意见：年轻的知识分子野心家加入纳粹为其服务，他们所应承担的责任是该书最重要的问题，但作者却对此避而不谈；小说的故事设定，尤其是小说最终近乎天马行空的笔调趋向让这种避而不谈显得自然而然。但这些被历史编纂学过度忽略的问题，至少在小说中得到了灵敏的洞察。自此后，许多研究围绕这一主题进行，也产生了一批历史学家的重要著作，尤其是克里斯蒂安·英格劳（Christian Ingrao）的《信仰与毁灭——纳粹党卫队战争机器的知识分子》（法亚尔出版社，2010）。利特尔为他们开创了道路。

*

至于我，很久前就放弃教条地定义近三十年来我在文学与历史研究间所保有的双重身份，尽管这一领域至今仍少有人涉足。最近，偶然间我看到《第三文人共和国》（瑟伊出版社，1983）——这是我就法兰西文学史的起源所写的书——的某条注释，布迪厄在其后补充了他对巴尔特与皮卡尔论战的分析，并在 1966 年的《现代》杂志上发表，之后又在 1984 年的《学院人》一书的修订版中再次引用。这是在我们对学术制度史还不甚感兴趣的时代、针对某一学科所做的一次历史性调查。我写作这部书的原因也无甚特别，只是在图书馆里未曾找到这样的书罢了。此后，我所出版的关于费尔迪南·布鲁尼梯埃尔（瑟伊出版社，1997）或是贝尔纳·法伊（伽利玛出版社，2009）的著作都是触及当代历史关键时间点（如德雷福斯事件和德占时期）的知识分子传记。至于它们究竟是历史还是文学作品，并不是首要问题。这些书籍只是我对一些不幸的政治介入事件所做出的回答，而我在历史学家和文学研究者那里均未找到对此的解释，因为其论述的对象恰好落在学科边界的缝隙里。双重身份从定义上说即意味着背叛，但是我们仍应对此心怀感激，因为正是这种双重身份，使我们免于灾难。

（编辑：萧　莎）

巴赫金、卢卡契与德国浪漫主义*

——以史诗和反讽为例

■［英］加林·蒂哈诺夫　著
乔修峰　译　宁一中　校

本文主要讨论巴赫金和卢卡契（Lukács）在1914～1944年的小说和史诗理论。我想先来考量这种比较的依据，说明并证明这种研究思路的合理性；然后分析巴赫金和卢卡契对体裁（genre）概念的界定和使用；最后从几个方面谈谈两人对德国浪漫主义的态度，指出其如何影响了两人对小说、史诗和反讽（irony）的认识。本文力图在由一些重大差异构成的框架中展示巴赫金和卢卡契总体的相似之处。

在同一篇文章里谈巴赫金和卢卡契，似乎有些令人费解。巴赫金在当下的文学与文化研究、哲学人类学、社会理论及美学领域中乃是不可或缺的、响当当的人物；而卢卡契的批评理论在20世纪70年代和80年代早期一度风光之后，似乎已经完全退出了经典之列。尽管两人如今地位悬殊，但不容否认，他们都属于20世纪最具独创性、最有影响力的小说（以及文学和文化）理论家。即便承认巴赫金现在影响更大，也不妨指出其独创性到底在哪里，从而巩固其声望。只有知道哪些思想家的作品是巴赫金当时所熟知的，方能看出他的独特贡献。

因此，居然没有人全面地比较巴赫金和卢卡契，着实令人难以置信。这

* 原文见 Galin Tihanov，“Bakhtin，Lukács and German Romanticism：The case of Epic and Irony”，in Carol Adlam et al.，eds.，*Face to Face：Bakhtin in Russia and the West*，Sheffield：Sheffield Academic Press，1997，pp. 273～298. 因原文篇幅较长，译文略有节删，节删处均用“［……］”表示；原文注释也有相应节删。——译者注

种比较可以追溯到1976年。当时，维托里奥·斯特拉达（Vittorio Strada）编了一本书，收录了巴赫金和卢卡契在20世纪30年代的部分作品。他在该书《序言》中指出应对两人进行比较研究，并提出了一些颇具开创性的观点。❶但此后只有少量文章专门论及这个话题。❷ 其中，匈牙利学者科瓦奇（Arpad Kovacs）率先指出了巴赫金与卢卡契的某种关联。他认为，20年代中期，巴赫金在写关于陀思妥耶夫斯基的著作之前，就已经知道了卢卡契的《小说理论》（*The Theory of the Novel*）。❸ 据霍尔奎斯特（Holquist）和克拉克（Clark）讲，巴赫金不仅知道卢卡契的这部早期作品，甚至都已经开始翻译它。❹ 但不管是科瓦奇，还是霍尔奎斯特和克拉克，都没能拿出具体的证据。霍尔奎斯特和克拉克在其著作的序言中提到，他们曾专程前往匈牙利调查巴赫金与卢卡契的关联，❺ 但他们在书中却只字未提此行的结果。可以推断，他们尽了力，但收获甚微。

我们的研究已经确认，巴赫金读过卢卡契的《小说理论》。而且，对于卢卡契在20世纪30年代的作品，巴赫金至少读过以下这些：《作为文学理论家

---

❶ Vittorio Strada, ed., *G. Lukács, M. Bachtin e altri. Problemi di teoria del romanzo. Metodologia letteraria e dialetica storica*, Torino: G. Einaudi, 1976, Introduction, pp. vii ~ li.

❷ A. Kovács, "On the Methodology of the Theory of the Novel: Bachtin, Lukács, Pospelov", *Studia Slavica Hungarica*, 26 (1980); M. Aucouturier, "The Theory of the Novel in Russia in the 1930s: Lukács and Bakhtin", in J. Garrard, ed., *The Russian Novel from Pushkin to Pasternak*, New Haven: Yale University Press, 1983, pp. 229 ~ 240; E. Corredor, "Lukács and Bakhtin: A Dialogue on Fiction", in *University of Ottawa Quarterly*, 53. 1 (January-March 1983), pp. 97 ~ 107; C. Cases, "La teoria del romanzo in Lukács e in Bachtin", in *Su Lukács et altri saggi* (Torino: G. Einaudi, 1985), pp. 110 ~ 121; J. Hall, "Totality and the Dialogic: Two Versions of the Novel?", *Tamkang Review*, 15 (Autumn 1984 – Summer 1985), pp. 5 ~ 23; P. Jha, "Lukács, Bakhtin and the Sociology of the Novel", *Diogenes*, 129 (1985), pp. 63 ~ 90; M. Wegner, "Disput über den Roman: Georg Lukács and Michail Bachtin. Die Dreißiger Jahre", *Zeitschrift für Slawistik*, 1 (1988), pp. 20 ~ 26.

❸ 本文所引的《小说理论》中的文字均出自以下版本：G. Lukács, *The Theory of the Novel*, trans. A. Bostock; London: Merlin Press, 1978.

❹ K. Clark and M. Holquist, *Mikhail Bakhtin*, Cambridge, MA and London: Harvard University Press, 1984, p. 99.

❺ G. Lukács, *The Theory of the Novel*, trans. A. Bostock; London: Merlin Press, 1978, p. x.

和文学批评家的恩格斯》《艺术形式的客观性问题》以及其他有关小说的论述。❶

巴赫金读《小说理论》时，正值该书引发热烈讨论、声誉日隆之际。到1924年秋，巴赫金圈子里的人都知道了这本书。其中，蓬皮扬斯基（L. Pumpianskii）在其未完成的作品《古代文化史（以文学为主）》（1924）❷中概述了卢卡契的《小说理论》。他强调了陀思妥耶夫斯基在小说史上的独特地位，与卢卡契的结论不谋而合。他还在未发表的《1927年文艺发展概况》中提及卢卡契的理论，再度将史诗和小说相提并论，认为二者分别为"有问题的（problematic）"和"无问题的（unproblematic）"。❸从他发表的关于《父与子》的研究可以推知，卢卡契的这部"大作"的确即将由国家出版社出版。❹不过，这部大作的俄文译本直到1994年才在《新文学评论》（*Novoe literturnoe obozrenie*）杂志上面世，而此时该书已有多种欧洲语言的译本了。

关于卢卡契20世纪30年代的文章对巴赫金的影响，可参见巴赫金档案中一个未曾发表的条目，当时巴赫金正在写一本关于教育小说的著作(1937～1938)。该条目确凿地证明，巴赫金在积极消化、吸收卢卡契著作的同时，也与其主要的理论假设保持了很大的距离。他着重强调卢卡契对黑格尔的继承，指出"将史诗和小说区分开来的，并不是它们所描述的秩序（the depicted order）的特征（这基本上是卢卡契的观点）。这种秩序（'荷马史诗'）的典型特征都包含了各种形式的史诗的过去。黑格尔对荷马时代的描述受其朴素的实在论所害"。❺

---

❶ "Fridrikh Engels kak teoretik literatury I literaturnyi kritick（k 40-letiiu so dnia smerti）", *Literaturnyi kritik*, 8（1935）, pp. 65～86；"K probleme ob ektivnosti khudozhestvennoi formy", *Literaturnyi kritik*, 2（1935）, pp. 214～219 and 3（1935）, pp. 231～254. Sergei Bocharov 教授帮我辨认了这些标题，特致谢意。

❷ "Istoriia antichnoi kul'tury, preimushchestvenno literaturnoi"（Pumpianskii's archive, entry of 6 Nov. 1924）.

❸ "Obzor khudozhestvennogo razvitiia literatury za 1927-oi god"（written in 1928, Pumpianskii's archive）.

❹ "V Gize gotovitsia perevod etoi zamechatel'noi knigi"（L. Pumpianskii, "'Ottsy I deti'. Istoriko-literaturnyi ocherk", in I. S. Turgenev, *Sochineniia*, vol. 6［Moscow and Leningrad, 1929］, pp. 185～186）.

❺ Bakhtin's archive.

可见，巴赫金对卢卡契的著作有着相当的了解。上述例子说明，巴赫金在他的两个重要创作时期都接触到了卢卡契关于史诗和小说的理论：一是在他写陀思妥耶夫斯基时，一是30年代他构建自己的小说理论时。

不过，卢卡契几乎没有可能知道巴赫金的著述。理由很简单。首先，卢卡契定居莫斯科的时候，巴赫金已遭流放，而《陀思妥耶夫斯基创作问题》（*Problemy tvorchestva Dostoevskogo*）是唯一一部以巴赫金名义出版的著作。其次，卢卡契当时的俄语水平还不足以阅读该书（或任何一本较为复杂的俄语书），他经常抱怨说，他分析俄国小说还只能靠德语译本。[……] 他当时正热衷于探讨马克思主义美学的理论问题和黑格尔对马克思主义的影响。20世纪30年代，马克思主义研究领域发生了两件大事，一是马克思和恩格斯的《德意志意识形态》全文发表，一是马克思的《1842～1844年手稿》的首次出版。卢卡契的精力几乎全部放在了研读这些著作上，试图确定它们在马克思主义文艺理论中的地位，已无暇他顾。他此间的小说理论必然受黑格尔和马克思的概念影响，没有另寻学术启迪的迹象。

既然如此，本文为什么还要用这样的标题呢？虽然巴赫金和卢卡契的关联只是单方面的，两人在发表的作品中也没有提及对方，但两人关于小说的论述既有实质的相似，又有重大的差异，暗示了一种延续了数十年的隐在关联。以下是这种“对话”的共同基础：

（1）对于巴赫金和卢卡契来说，小说研究不仅是文学理论的一个出发点，也是文学理论的核心。

（2）两人都是在古代文学和中世纪文学的背景中分析小说体裁，因而以不同方式暗示了现代性这个美学和意识形态概念，产生了不同的影响。

（3）两人都在历史性（有时是其最极端的形式）与本质主义的超历史性（suprahistoricity）之间徘徊，明显地表现在——

（4）两人都认为小说理论是一个制造新乌托邦模式的实验室：或寻求一种公正的社会秩序和与之相应的艺术（卢卡契），或寻求美学和意识形态的多元化与完整性（巴赫金）。但对巴赫金来说，小说是这些愿望的活的载体，是其在文本中的实际居所，是艺术与精神自由的理想尺度；而对卢卡契来说，小说只是一种反面的模式，是“资本主义精神”的产物，终将被未来的救赎图景所超越。

尽管有这些实质的不同，但也不能忽视以下事实：巴赫金在《陀思妥耶夫斯基创作问题》（1929）中，卢卡契在《小说理论》（1914～1916 年问世，1920 年首次成书出版）和一部未能完成的书稿（1984 年出版）❶ 中，都重点谈了同一位作家——集乌托邦思想和反乌托邦思想于一身的陀思妥耶夫斯基。而且，人们一般认为卢卡契还要写一部论陀思妥耶夫斯基的著作，《小说理论》只是其铺垫（这也是卢卡契的说法）。

（5）卢卡契和巴赫金的乌托邦理想主要依据的都是马克思主义社会、文化和政治思想，但关联的方式不同，比较复杂，构成了一种颠覆性和挑战性的态度，❷ 晚期的卢卡契则更为正统。

（6）两人都受惠于新康德主义哲学和美学思想。巴赫金生前一直受此影响，❸ 卢卡契在《历史与阶级意识》之前的著作也受此影响（就连这本书也部分地受此影响）。

（7）两人不仅深受马克思主义和新康德主义思想影响，还深受源自德国浪漫主义的观念的影响。

以上几点表明，尽管巴赫金和卢卡契没有直接的接触，但并不妨碍对两人进行比较研究。事实上，卢卡契本人也会赞同这一研究。[……]

我现在要讨论的体裁概念，似乎更依赖于历史时段（historical durée）这一概念。巴赫金和卢卡契对文学体裁的思考方式确凿地反映了他们的一个重要的相似之处。对他们而言，文学体裁的变化既不迅速，也非轻而易举，因为它们表述了关于世界的观点，而那些观点本身的发展也是极其缓慢的。他们认为，若要把艺术作品看作在表达某一特定观念（outlook），就需要文学体裁这个概念。体裁为该观念的内容提供模型，选择哪些成分可以翻译成艺术

❶ 作为下书的附录：Ernst Keller，*Der junge Lukács. Antibürger und wesentliches Leben*，Frankfurt am Main：Sendler，1984，pp. 259～261.

❷ 巴赫金与马克思主义的关系也是近来才得到较为集中的讨论。

❸ 通常认为巴赫金论拉伯雷的著作没有受到他其他著述中的新康德主义框架的影响，对此观点的有力反驳可见：Brian Poole，“Nazad k Kaganu”，*Dialog,Karnaval,Khronotop*，1（1995），pp. 38～48.

作品的语言。只有当人们的基本观念发生转变，体裁内部才会发生重大转变。两人都沿用亚里士多德－黑格尔的思路来描述体裁的发展。巴赫金认为，小说的产生有其历史过程，其特征在这期间逐步成熟。他在重要文章《长篇小说话语的发端》中清晰地指出了体裁必须经历的几个阶段。文艺复兴之前的那段历史只是为小说话语的形成做准备。因此，体裁自有其内在的隐德莱希，❶ 可以管控其自身的发展。卢卡契也把小说看做是一种具体的历史现象，正是前资本主义世界的瓦解导致了小说的产生。

由于巴赫金和卢卡契都认为文学体裁传达了某些特定观念，也就都未能调和历史主义和本质主义—心灵主义对体裁的矛盾认识。这个矛盾在两位思想家身上有着不同的体现。巴赫金试图赋予小说这个历史中形成的体裁以一种永久的、非历史的意义：❷ 小说体现了人类思想和存在中的对话的方面，这些方面又扎根于人类的本质之中，而不同的历史阶段只是在阻碍或促进这些方面。卢卡契却认为，宏大叙事（great narrative）从历史哲学的角度来讲述世界历史，小说体裁则是这种宏大叙事的组成部分；小说是历史上的后来者，必将很快消失，再度被史诗取代。❸ 历史中的这种重复规律（由“否定之否定”的公式掩饰为进步）源自黑格尔，构成了卢卡契以下观点的基础：文学体裁不管是史诗还是小说，都代表着人类的观念，这些观念代表的不是不同的历史时期，甚至不是不同的阶段，而是不同的文明和社会结构，而这些观念还会以所谓完美的形式再现于人类历史之中。巴赫金和卢卡契都为同样的诱惑所困，只是方式不同：一方面要信守无情的历史主义，一方面又要为了提出关于普遍的人类文明和人性的假设而超越历史主义。

卢卡契认为，文学体裁直面由它组织并传输的那些观念，不需要任何中介。体裁只有在保证反映具体内容的前提下才能存在。每种体裁都必须能够

---

❶ *Entelechy*，亚里士多德语，指实现了的目的以及将潜能变为现实的能动本原。——译者注

❷ 此前已有类似的观点，见 Tzvetan Todorov, *Mikhail Bakhtin*: *The Dialogical Principle*, trans. Wlad Godzich, Manchester: Manchester University Press, 1984, pp. 88 ~ 89; Evelyn Cobley, “Mikhail Bakhtin’s Plave in Genre Theory”, *Genre*, 21 (1988), pp. 321 ~ 337 (326).

❸ 参见 G. Lukács, *The Historical Novel*, trans. Hannah and Stanley Mitchell, Harmondsworth: Penguin Books, 1976, p. 204.

反映现实中的某些特定时刻。真实的文学会借助镜子来感知和把握这些时刻，因为它可以受正确观点的光芒指引，偶尔还能借助作家可靠的直觉恰当地描述生活。我无意讨论卢卡契将作家有意识的活动等同于本能的活动所引发的问题，[1] 因为就本文而言，他的下述信念更为重要：在特定条件下，每种体裁都不可避免地反映了分配给它的那些生活的具体方面。

必须要强调一点，即卢卡契对文学体裁的界说并不涉及主题。他所说的生活的具体方面和具体内容，并不是简单地指具体的话题，而是指对世界的具体态度。1936～1937 年的那个冬天，他在莫斯科写出了《历史小说》一书，清楚地说明了这一点。他一直没有把历史小说当作一种单独的体裁，因为体裁不是由它所描述的事实来决定的。他认为，“某种具体的形式，某种体裁，必须是建立在关于生活的某种具体的真理之上”。[2] 对卢卡契来说，把一组文本划为一种单独的体裁，主要应依据认识论标准：不只是不同的内容和不同的形式，首先要有对世界的不同认知，进而形成对世界的不同理解。这种区分贯穿卢卡契这部著作的始终，其中第二章（比较了小说与戏剧）就此作了最具创意、也最有说服力的论述。它痛斥了那些只根据主题特征来划分文学体裁的方法，与当时对传统体裁理论的严厉批判一脉相承：“在晚期资产阶级美学中，体裁理论把小说进一步分为各种‘次体裁（sub-genres）’，如历险小说、侦探小说、心理小说、农民小说、历史小说等，并已被庸俗的社会学当做‘成就’拿去用了，其实并没有什么科学贡献”。[3] 有人可能会把巴赫金的《小说的时间形式和时空体形式》（1937～1938）看做对卢卡契《历史小说》的一个间接回应和争论。巴赫金认为，小说领域乍看似乎有很多次体裁，其中就包括卢卡契提到的历险小说（巴赫金也赋予了它重要的地位）。不过，他和卢卡契都认为，小说的各种形式仍然受同一个支配性的体裁所辖。巴赫金更喜欢区分的不是小说内部的各种次体裁，而是基于不同时空体的不

---

[1] 近期相关的批评有：Stuart Sim，*Georg Lukács*，Hemel Hempstead：Harvester/ Wheatsheaf，1994，p. 56.

[2] G. Lukács，*The Historical Novel*，trans. Hannah and Stanley Mitchell，Harmondsworth：Penguin Books，1976，p. 289.

[3] Ibid.，pp. 287～289.

同类型。这种观点看似玄虚甚而肤浅，却十分重要，因为它使我们想起了巴赫金的下述观点，即每种特定的时空体的独特特征并不足以构建出一种新体裁："早在古希腊罗马时代，就有了三**类**基本的**小说统一体**，也相应的有了三种处理小说中时间和空间的艺术手法，简单地说就是三种小说时空体"（**强调**为笔者所加）。时空体概念本身显然来自康德，巴赫金视之为"小说统一体"（romannogo edinstva）的核心，有其不同的实现方式和不同的形式，但本质上仍属于小说范畴。

有些出人意料的是，巴赫金和卢卡契都明确提出，不能再把小说分成不同的子群（subgroup），主要是因为这一体裁的基本要素已经渗透进了该群体的所有成员中。各成员实现这一基本要素的程度有所不同，但最终都能实现支撑该体裁统一的那个不可更改、不可分割的基本要素。另一方面，卢卡契和巴赫金（后者尤甚）的体裁话语（generic discourses）明显地经历了严重的命名危机。很难区分并明确界定他们所用的那些相似的概念（类型、类别、群体、次体裁）。这就反映了他们的矛盾，既想忠实于小说的内部形态分类，又想坚持小说作为体裁的统一性。在超理论层面（metatheoretical）对这一矛盾作出的精彩表述，见于施莱格尔❶的《雅典娜神殿断简》（*Athenäum-Fragment*）第116号，声称既可以说有无穷多的文学体裁，也可以说只有一种文学体裁，两种说法都成立。

尽管巴赫金和卢卡契有这么多重要的相似之处，细心的读者仍会发现他们之间还有一处根本的不同。卢卡契认为，文学体裁是一些实体，以其独特的观点直接反映世界，因而传达了只有从该视角才能获得的可靠知识。巴赫金虽然也说体裁传达关于世界的具体知识，但远没有卢卡契的表述这么直接。对他来说，体裁概念还是涉及到关于现实的认识论倾向。因此，巴赫金/梅德维杰夫对形式主义者的体裁概念提出了批评，认为他们完全排除了各体裁还提供具体知识这个因素。巴赫金/梅德维杰夫在一段很接近卢卡契观点（文学体裁应表达关于世界的"具体真理"）的文字中提出了如下结论："每种体裁

❶ Friedrich Schlegel（1772～1829），德国浪漫主义文学主要奠基人，曾与其兄创办浪漫派刊物《雅典娜神殿》。——译者注

只能掌控现实的某些特定的方面。各体裁均具有明确的选择原则，具有明确的审视和思考现实的形式，具有明确的洞察范围和深度。”（FM 1991：131）这就使体裁更为主动，能够掌控现实的某些方面，也就打破了经典马克思主义文艺原则的束缚，后者使文学和文学体裁作为上层建筑的成分而处于被动地位。体裁不再反映世界，而是表征并塑造世界。之所以有这种认识，主要是因为对语言有了新的理解。对卢卡契来说，语言完全是中立的，不会影响到反映过程，因为语言只是作家手中的一个顺从的工具。而在巴赫金看来，语言与“人类存在”观念密不可分，因为我们只有通过用语言来表述世界才能了解世界。这一重大转变与俄国形式主义得到的教训有关。俄国形式主义者侧重语言，甚至寻求一种独特的内在的文学语言，极大地改变了20世纪20年代和30年代的文学理论氛围。实际上，《文艺学中的形式主义方法》以及巴赫金在30年代后的著述，是用马克思主义社会分析的观点来补充并解释形式主义者的发现，试图重估并重新强调（而非否定）语言的重要性。❶ 的确，巴赫金/梅德维杰夫之所以看重体裁，正是因为它是语言与社会现实之间的中介。对形式主义不满，不是因为它过分强调语言的价值和重要性，而是因为它没能同样重视体裁：“形式主义者碰到的最后一个问题，就是体裁问题。它必然是最后一个问题，因为他们的第一个问题是诗歌语言的问题”（FM 1991：129）。在不忽略语言的前提下，巴赫金和他反对形式主义的同事们认为有必要将注意力放在体裁上面，因为他们在体裁中看到一种根本的机制，可以激活语言并使之更为具体、更加以社会为导向。体裁把语言变成了表述（utterance）。文学体裁表征着关于世界的特定（也只有在这个意义上说是具体的）知识，表述则表征着语言的具体化。这两个事实有着内在的关联：“体裁是整个作品、整个表述的典型形式。”（FM 1991：129）巴赫金在理解体裁时对语

❶ 此前已有类似的观点，见 Tzvetan Todorov, *Mikhail Bakhtin*: *The Dialogical Principle*, trans. Wlad Godzich; Manchester: Manchester University Press, 1984, pp. 88～89; Evelyn Cobley, “Mikhail Bakhtin's Plave in Genre Theory”, *Genre*, 21（1988）, pp. 321～337（326）.

言的这种强调，从多方面造就了他前无古人、匠心独运的小说理论。❶

以上讨论了巴赫金和卢卡契的体裁理论，下面要重点谈德国浪漫主义对两人的影响，尤其是两人都经常提到的两种体裁（史诗和小说）的并置。除了一些孤立的研究，对这个问题还没有足够的探讨。❷ 两人的美学和哲学思考有一些共同的源头，而德国浪漫主义就是其中最早的一个。马克思主义和新康德主义都深受浪漫主义影响。❸ 更具体地说，托多洛夫（Todorov）认为巴赫金对小说的高度评价是受了施莱格尔的影响，这无疑是对的，但他却没有看到，在德国浪漫主义复杂的体裁库里，小说和史诗都享有高度的声望。

[……] 在卢卡契看来，恰是史诗作者有能力保证所描述世界的统一性。小说作者也被赋予了同样的权利，但他已无法实现他要描绘一个有意义的和谐世界的愿望，他唯一能做的也就是形式上的统一。而且，卢卡契对史诗而非小说的偏爱还与他对欧洲文明进程的深切关注有关，这种关注也使他对史诗的偏爱更加复杂，更加坚定。他认为，史诗就体现了有机性（organic）的特色。他主张非常忠实地阅读德国浪漫主义。在他看来，自足（autonomy）最大的好处——突出自己的重要且无需要求与他人分离——已经不存在了，只剩下了现代小说所体现的可怕的物化（reification）。史诗，尤其是史诗作者，便成了重获这种消失了的有机性并使之有生动例证的唯一机会。

相反，巴赫金从未记下他对处在“伟大文明”框架中的作者的思考。他与卢卡契同样现代，但他的现代性却属于另外一种。巴赫金的现代（与后现代相反）思维方式主要在于他相信有可能构建一种普通哲学人类学。正是由于有这种看法，他并不太在意卢卡契的那些恐惧。巴赫金对作者及史诗感兴趣，不是因为他们肯定了文学的自足性（他认为这一点还存有争议），而是因

❶ 巴赫金并不总持此观点。例如，他在AH中就倾向于认为语言是一种中性的认知工具：“语言自身在价值论上不偏不倚：它总是仆人，从来不是目标；它为认知、艺术和实际交流服务”。（AH 193）

❷ 最早探讨这些问题的是Todorov，*Mikhail Bakhtin*：*The Dialogical Principle*，尤其是第86~89页。

❸ 关于马克思主义和德国浪漫主义的关联，可见P. Demetz，*Marx*，*Engels und die Dichter*，Stuttgart：Deutsche Verlags-Anstalt，1959.

为他们可以说明“在创作中”（being in creation）是人性的根本状况。他之所以这么看待史诗，就在于他认为史诗没能充分实现人类本性中的创作潜能。在他看来，这就是为什么每当小说兴盛起来，其他所有体裁都会经历某种危机。❶ 这是因为其他体裁都没有被赋予充分体现人类创造潜能的特权。而且，其他体裁也无力独自体现唯一的深刻的创作感，也即倡扬他者性（the promotion of Otherness）。❷ 在巴赫金看来，作者本质上并不是自足的，必须要借助意识的真正对话，而这种对话又只有小说能做到。由此可见，巴赫金和卢卡契继承了同样的遗产，但对待遗产的态度却截然不同。重新考虑史诗在巴赫金著述中的地位，无疑能够窥见他对德国浪漫主义的一些重要观念的重新思考。

同时，我们也不应低估卢卡契和巴赫金在对比小说和史诗时表现出的相似之处。他们认为，小说是一种正在形成的体裁。这不免使人想起施莱格尔的《小说信札》（*Letter on the Novel*），正是它打断了他正在进行的《关于诗的对话》（*Dialogue on Poetry*）的写作。❸ 在这一点上，卢卡契的表述和巴赫金一样清楚，并早于巴赫金指出，小说是唯一一种未完成的形式：“其他体裁存在于已经完成了的形式之中，而小说则相反，似乎正处在形成之中”。❹ 同样，巴赫金也坚持认为，小说能够否定自身，产生自我嘲弄。他认为，小说证明了文学和非文学的边界非常脆弱。这与卢卡契的观点很相似，卢卡契写道，“小说通过把自己变成一种标准的、正在形成的东西，超越了自己”，还给出了一个谜一般的结论：“旅程已结束，道路才开始”。❺ 这句话经常引发讨论，尽管有些复杂；也许正是因为复杂，它似乎在暗示，只有当小说具有

---

❶ 参见 Epic and Novel，4～6.

❷ 关于巴赫金与他者，特别推荐下文：Ann Jefferson，“Bodymatters：Self and Other in Bakhtin，Sartre and Barthes”，in Ken Hirschkop and David Shepherd，eds.，*Bakhtin and Cultural Theory*，Manchester：Manchester University Press，1989，pp. 152～177.

❸ 下书对二者作了精彩的分析：Ph. Lacoue-Labarthe and Jean-Luc Nancy，*The Literary Absolute*，trans. Ph. Bernard and Ch. Lester，Albany，NY：State University of New York Press，1988.

❹ G. Lukács，*The Historical Novel*，trans. Hannah and Stanley Mitchell，Harmondsworth：Penguin Books，1976，pp. 72～73.

❺ Ibid.，p. 73.

了独特性，或者，只有当它成了一种体裁，才会表现出巨大的潜力，表现出它对各种形式的吸纳，表现出它对差别的偏好。

小说永远处在形成之中，这个概念显然并非巴赫金首创。但他还提出小说是唯一一种从未给自己设立限定性标准的体裁，这是否是他的独创？他写于20世纪30年代的文章的确没有在小说内部设定一个标准（这与他论陀思妥耶夫斯基的著作［有1929年和1963年两个版本］不同），但也假定小说可以成为整个辽阔的文学王国中的一种标准体裁。前面讨论过的小说化（novelization）观念也道出了巴赫金的信念和希望，小说和文学可以按照真正的施莱格尔的方式变成可以相互交换的实体。因此，巴赫金和卢卡契都同意，只要艺术作品的基本内容（tenor）属于小说性质，就可以忽略该作品的次要特征。在小说问题上打破诗歌与散文的僵化界限就是一个例子。卢卡契和巴赫金甚至采用了相同的例证（普希金的《尤金·奥涅金》）来说明这一点（不过，有些意外的是，卢卡契把它看做“幽默小说”；❶ 而巴赫金则坚持别林斯基的传统说法，把它看做“俄国生活的百科全书”）。

与这种让步态度相反的是，巴赫金和卢卡契（后者稍弱一点）都刻板地坚持认为小说优于抒情诗歌。尽管有些相同之处，但两人仍以很不同的方式来解释虚构作品与诗歌的不同特征。在巴赫金看来，诗歌是单语空间，它的自反程度（self-reflective）还远远不够（卢卡契只是在“无知所具有的构成性力量”这几个词中隐约涉及这个特征）；❷ 只有小说能够提供真正的杂语空间，因而也是摆脱诗歌的幼稚境地的出路。在卢卡契看来，虚构作品的价值就在于它的内容多变、多样，而且蕴含着许多矛盾：“只有散文能够不偏不倚地包纳苦难与桂冠、奋争与王冠；唯有它那无韵律的精确，才能不偏不倚地包容枷锁与自由，包容生而有之的沉重与征服之后的轻松，因而内部充荡着发现了的意义”。❸ 由是，巴赫金从语言学和意识形态潜能的角度来评价虚构

❶ G. Lukács, *The Historical Novel*, trans. Hannah and Stanley Mitchell, Harmondsworth: Penguin Books, 1976, p. 59.

❷ Ibid., p. 63.

❸ Ibid., pp. 58 ~ 59.

作品和诗歌；而卢卡契更倾向于把它们看做一些有待挖掘的典型的生活内容（主题或题材）的宝库，而且，这些典型都各不相同。

卢卡契和巴赫金的差别在他们讨论小说起源时表现得最为清楚。卢卡契认为，小说只是次要的和弱化了的史诗，史诗表达了“有机整体”，而小说则已沦为美好现世的副本：“小说是这样一个时代的史诗：该时代生活的庞大整体性不再是直接给定的，生活中意义的内在性也不再顺理成章，但该时代仍用整体性来思考”。❶ 卢卡契是德国浪漫主义的真正继承人。他和浪漫主义者一样，竭力拯救史诗和小说，分别赋予它们不同的特征和不同的价值。于是，小说被称做“成年男子阳刚的艺术形式，与规范的孩童般的史诗相反”。❷ 而巴赫金却不把小说看做对史诗的暂时修正，而是把它看做一种完全与史诗分离开来的体裁（更确切地说是一种写作方式）。不过，两人都认为，小说源自历史上的一种独特现象，即卢卡契在其《历史与阶级意识》（1923）一书中所说的物化。

一般认为，物化概念的源头在于浪漫主义认识到了个人心灵与社会、个人与自然之间的不和谐。所谓人与人之间的物化，是指有机性已经消失，特定社会体系中不同成分之间的统一性也已经消失。异化与商品拜物教等概念也属于并源于同一类观念（但经历了复杂的变迁）。它们都反映了资本主义时代人的孤立。孤立的个人不再重要，只被看做社会生产和再生产体系中的一小份子。物化便指社会关系的断裂，以及人和思想无可挽救的客体化（分裂成了孤立的事物）。世界的整体不再是有机的，它带上了机械论的色彩。这就是卢卡契的出发点（尽管直到20世纪20年代，他仍使用从社会学上来说比较模糊、不太严格的语言，如“消失了的有机性”“怀恋整体性”等）；但巴赫金也经常思考物化。不过，在巴赫金看来，真正重要的不是人的客体化所直接表现出来的物化，而是间接的、因而也就是彻底的语言和话语的异化。巴赫金不像卢卡契那样哀悼有机乐园的消失，而是与德国浪漫主义（及马克

---

❶ G. Lukács, *The Historical Novel*, trans. Hannah and Stanley Mitchell, Harmondsworth: Penguin Books, 1976, p. 56.

❷ Ibid., p. 71.

思主义）完全相反，甘心去做非做不可的事情，认为物化是现代文化存在的先决条件。卢卡契认为，随着可悲的物化状态的出现，在人与人之间起着联系作用的对话也就停止了。而在巴赫金看来，整体性的瓦解反倒给语言和话语（也即世界观）的对话提供了基础。小说家不像诗人，“不在这些词语中表达自己（作为词语的作者），而是把词语展现为一种独特的言语行为，完全是物化了的东西”（DN 299）。在《小说理论》中，语言的物化基于不可避免的社会分层和多样性，因而能够通过唯一捕捉了现代性精神的小说来提供对话机会；在这种对话中，不同的声音和观点得到了同等的感知和表达。卢卡契受费希特❶影响很大，认为小说描述了人类普遍的罪恶状态；而巴赫金则摆脱了浪漫主义神正论（theodicy）的束缚，视之为前所未有的语言的对话。因此，虽然两人都发现了物化以及史诗环境的瓦解，却似乎给出了明显不同的解释。

不过，事情并没有这么简单。物化在卢卡契早年的《小说理论》中还与反讽密切相关。这种关联甚至可以追溯到他更早的著述。1909 年，他在论托马斯·曼（Thomas Mann）时使用了一个典型的浪漫主义的说法。他认为，曼的反讽的“最深的根”，就在于“感到脱离了伟大的自然的植物界，以及对此植物界的向往”。❷ 反讽与原初文化的解体之间这种传统的浪漫主义的关联，在巴赫金那里也能看到，例如他的《拉伯雷》一书。巴赫金认为，反讽乃是他所谓的“民间的笑（popular laughter）的解体”所带来的历史产物。民间的笑具有一种有机的力量，能够战胜 19 世纪“纯粹娱乐性的戏剧文学体裁”那种受到束缚的潜能。反讽被看做“现代（尤其是浪漫主义以来）弱化了的笑的最广博的形式”（RW 120）。民间的笑所具有的自然力量已经弱化、消失或受到限制，从而引发了感慨，正如史诗所描述的和谐一去不返令卢卡契的语调十分无奈一样。

卢卡契和巴赫金都是从德国浪漫主义（尤其是从施莱格尔）出发来阐释

---

❶ Fichte（1762～1814），德国唯心主义哲学家，著有《知识学基础》。——译者注

❷ G. Lukács, *Essays on Thomas Mann*, trans. Stanley Mitchell, London: Merlin, 1964, p. 137.

反讽的，[1] 却逐渐得出明显不同的结论。[……] 但不管怎么说，巴赫金和卢卡契都认为小说依赖物化，并体现了明显的反讽特征。这就表明两人的观念在德国浪漫主义中有着相同的根源，并且明显处在20世纪早期的文化辩论之中。不消说，德国浪漫派比较早地质疑了个人在社会中的和谐发展。这个观念在经过吸收转化后，渗透到了马克思主义之中，经历了巨大转变，又与巴赫金和卢卡契的著述产生了联系。虽然仍有必要从这个角度深入研究德国浪漫主义的影响，但本文只能暂且收笔，概述一下笔者的结论。

巴赫金和卢卡契对文学体裁的界定，都吸收了历史主义和本质主义，又都在这两者之间摇摆不定。在他们看来，体裁是获取关于现实的具体知识的工具；卢卡契认为可以比较直接（和自动）地获得，而巴赫金则认为需要语言的合作和“批准”。在思考小说体裁时，两人都希望能有更为深入的研究；在论述小说体裁时，两人都记录并回应了现代文化发展的诸多挑战。卢卡契试图依据关于历史和文明的哲学来论述小说；而巴赫金的小说研究则表明他是一位研究人性的哲学家，因而也是一位语言哲学家。德国浪漫主义的遗产对这两位思想家的影响极大，主要是促成了他们宏大的分析框架。由是，他们在阐释文学现象时，不是把它们孤立出来加以审视，而是把它们放回到其历史、人类学和社会哲学的语境中加以考察。[2]

（编辑：萧　莎）

[1] 巴赫金明确指出，艺术反讽萌芽于浪漫主义（AH 180 ~81）。

[2] A. Jefferson，C. Emerson，T. Eagleton，G. Smith and R. Sheppard 曾就本文早期的一个版本提出过宝贵意见，深表感谢。

叙述“交往”中的“对话性”*

■ [德] 沃尔夫·施密德　著
徐　畅　译

在何种界限之内，将“对话”和“对话性”概念应用于那种通常被塑造成“交往”形式的叙述关系是有意义的？尝试回答此问题，乃是本文的目的。我们选取的例子是陀思妥耶夫斯基的作品。世界文学中罕有其他人像这位摇摆于两极之间的作者一样，如此深入透彻而始终不渝地塑造着各种含义立场之间的矛盾冲突，尽管他原本也许是想要传达一种明确无疑的信息的。这里当然也要谈到米哈伊尔·巴赫金。对于将陀思妥耶夫斯基放在对话性的视角下进行考察来说，巴赫金的启发和影响至为深远。

（1）对话与独白。

首先需要探究的是对话与独白之间的区别。最富影响的定义之一（至少在斯拉夫语世界）来自扬·穆卡若夫斯基。根据他的定义，独白是“一种语言表达，在其过程中只有一个参与者是活跃的，而并不考虑是否有其他的消极参与者在场”。❶ 但是如果遵循这个定义的话，那么事实上除了单纯的情感释放以及类似的自闭性、非交往性语言形式之外（这种语言形式在语言中当然只扮演从属性的角色）就几乎不存在别的独白了。因为原则上瓦连京·沃

---

* Wolf Schmid，“Dialogiziat in der narrativen kommunikation”，Gedruckt in：Ingunn Lund（Hg.），*Dialogue and Rhetoric*：*Communication Strategies in Russian Text and Theory*，Bergen，1999，S. 9 ~ 23.（Ingunn Lunde 主编：文载于《对话与修辞：俄语文本和理论中的交往策略》，贝尔根，1999 年版，第 9 ~ 23 页。）

❶ ［捷克］扬·穆卡若夫斯基：《对话与独白》（1940），另见穆卡若夫斯基：《诗学篇章（第 1 卷）》，布拉格，1948 年第 2 版，第 129 ~ 153 页，此处引自第 129 页。德文版载于：穆卡洛夫斯基：《诗学篇章》（*Kapitel aus der Poetik*），法兰克福，1967 年版，第 108 ~ 149 页，此处引自第 108 页。

洛希诺夫的观点（该观点是对列夫·雅库宾斯基[1]的思想的延伸）是有效的，即任何人类的言说“总是针对一个他人、一位听众的，即便这位他人事实上是缺席的”，[2] 以及：任何言说都是“为着理解和回答、共识或异议，换句话说，为着听众的评价性接受而设计的”。恰恰是被穆卡若夫斯基作为“语言学意义上的典型独白”[3] 加以强调的叙述，也是或显或隐地含有大量不同形式的“他顾”（Seitenblick）（巴赫金所说的对他人话语的应答）。所以穆卡若夫斯基的定义是不能令人满意的，因为他将一个对于非交往性语言来说是根本性的特征上升为了独白的特征，因而为后者指定了一个非常局限的范围。

对于独白和对话之间的差异，存在着多种可能的视角、多种划分等级的可能性。在此我们给出两种视角以供选择：意图和事实。我们或者可以①以某个说话者的单个言谈以及该言谈的意图为定准；或者也可以②考察一个言谈序列以及它们在事实上的关联。在第二种情况下，我们必须把由第二个说话者引入进来的、第一个说话者未报意图的、未意识到的、甚至压根儿感觉不到的粘连和联系考虑进来。在第一种视角下表现为独白的东西，在第二种视角下却有可能被诠释为对话应答，或者相反：原本意在引起对话的东西，却可能得不到任何回应。

在本文中，我们选择第一种视角：意图。按照这种视角，独白就是某个说话者的言谈，该言谈无意于要引起一个真实的、独立存在的对立方（Gegenüber）的语言应答。这种定义将如下可能性包括了进来：一个真实听众在事实上做出了应答，或者他甚至为该言谈强加了一种要求应答的意图。决定性的只是，该应答并非是第一个说话者意图得到的。

有人可能会提出异议说：意图并非定义独白的合适标准，因为谁来决定言谈中存在何种意图呢？有一些言谈行为，其发动者连自己都不清楚自己的意图；同一个言谈行为可以同时实现多个意图，等等。所有这些异议都有道

---

[1] “论对话性言语”，见 L. V. Scerby 主编：《俄罗斯话语（第一卷）》，彼得格勒，1923 年版，第 96 ~ 194 页。

[2] ［俄］瓦连京·沃洛希诺夫：“话语的结构”，载《文学学习》1930 年第 3 期，第 65 ~ 87 页，此处引自第 65 页。

[3] 《对话与独白》，第 129 页；德文版第 108 页。

理。因此，只有当意图在语言上或语境上非常清楚、明显的时候，我们才能谈论意图。

还有一种情况也涉及到独白，那就是言谈本来意图获得应答，甚至预设了应答，但是应答者并非真实的、独立存在的人，而是某种想象的、仅仅由说话者所投射的权能体（Instanz），其含义立场说到底是存在于说话者的意识视域之内的。这最后一种情况还包括如下情形，即作为接收者的对方尽管真实存在，但却是始终不说话的，即是说，他仅仅是被想象为一个积极的谈话伙伴或互动说话人。因此，一切被策划出来的对话形式说到底都应该算作独白。

在此，人们同样可以提出一些根本性的异议，例如，即便是一个独立存在的对立方，对于说话者来说也只是作为一个为说话者所占有的“你”，一个“为我而在的你”才意义重大。从一种更极端的唯我主义立场出发，人们可以论证说，在一个真实的对立方的应答中，也有很大一部分内容仅仅是规划和建构，对于“我”来说，他者仅仅作为“我的”他者而存在。因此，符合我的规划的究竟是一个独立存在的、陌生的“自为自在的我”，抑或不是，这两种情形之间说到底并无多大区别。但是所有这些保留意见都可以被真正的他异性（Alterität）这一证据所反驳：在真正的对话中存在着无法视而不见的应答，它们可以穿透任何拐弯抹角的修辞策略。典型的文学例子是大长老的故事中克里斯蒂的吻，或者季洪对斯塔夫罗金的忏悔所做的出人意料的反应。

因此，对话可以通过两个彼此相关的标准得以界定：

在语言上或语境上客观体现出来的说话者试图引起他人之言谈的意图；

对立方具有真正的、而非幻想出来或策划出来的他异性。

（2）“对话性的”与“独白性的”。

“对话性的”和“独白性的”是言谈的含义构造特征，它们在两种言谈形式（独白与对话）中都有可能出现。“对话性的”是指存在两种不同的、在极端情况下甚至针锋相对的含义立场和价值评判态度，“独白性的”是指只存在一种含义立场。

如果我们把两种含义构造类型与两种言谈形式加以组合，就会出现四种理想类型：

对话性的对话。这种对话的标志性特征是两个真实的、独立存在的说话人的、有分歧的含义立场之间的张力（陀思妥耶夫斯基作品中的人物对话通常就是这种情况）。

独白性的对话。在这种对话中，独立存在的对话伙伴之间的对答体现的是同一种含义立场。他们的对答在某些阶段完全可以在形式上彼此相反，可以包含对立，但最终它们只是在补充、验证和强化共同的态度。在佐西马和阿廖沙的对话中可以见到这种结构。

独白性的独白。在这种独白中占统治地位的是一个说话人固定的、坚信不疑的、未受他人影响的立场。

对话性的独白。在这种独白中，一个说话人——不管是在角色扮演中还是在寓言中，不管是作为内心摇摆的表现还是心理分裂的表现——分裂为两个权能体，这两个权能体相互冲突的立场彼此争夺着统治地位。如巴赫金所指出的，陀思妥耶夫斯基笔下的几乎所有人物独白——无论外在的还是内在的——都具有这种对话性。对话性同时也是陀思妥耶夫斯基叙事独白的特征。

（3）对话性视角下的叙事交往关系。

接下来我们将考察叙事交往中的七种关系，这七种关系都被认为具有对话性；在此过程中，我们将时而明确、时而隐含地遵循巴赫金的对话理论。[1]

人物1⇔人物2

最没有问题的关系是人物交流。看起来它似乎呈现了自律的对答以及一种与生活世界相符的真实的对话性，但是在这种貌似自律的交流上，却投上了一道双重的阴影。

---

[1] 在构建叙事交往模式及其权能体的模式时，我遵循的是我本人在《陀思妥耶夫斯基短篇小说的文本构造》（慕尼黑，1973年第2版；阿姆斯特丹，1986年版）一书中以及在为Dieter Janik的《叙事作品的交流结构》而写的书评（载《诗学》1974年第6卷，第404～415页）中所构思的公式。关于这一模式所受到的众多批评及其修正，参阅该书第2版后记“答批评者们”，第299～318页。

首先，人物交流是虚构的叙述者的沟通元（Kommunikat）。很多叙事学都犯的一个主要错误在于，无批判地承认被叙述出来的人物对话的真实性。这类模仿说（亦即这样一种观点：认为被叙述出来的对话是对在虚构事件中所发生的交替对答的忠实反映）的最高顶点是那种直到今天还为叙事学家们所持有的观点，即认为一部小说的对话部分并非是真正叙事性的，而是某种如戏剧中的对答似的东西；它们不属于叙事，因此在严格意义上也不是叙事学的研究对象。

这种广为流传的观点喜欢援引柏拉图对陈述（Diegesis）和模仿（Mimesis）所做的区分。在《理想国》（392～394）中，柏拉图区分了“简单的（或非混合的）叙述”和模仿，在前者中只有诗人在说话，而在后者中则是人物在说话。经过4世纪的语法学家狄俄墨德斯的传播——他提出了叙述性文体（genus enarrativum）和模仿性文体（genus activum vel imitativum）的区别，❶ 柏拉图所作的这种区分自欧洲中世纪开始产生强大影响，晚近时期又在盎格鲁萨克逊世界的讲述（telling）和演示（showing）这一对概念中重新出现。❷ 但值得怀疑的是，“叙事作品中的对话具有非叙事性”这种观点的代表者们对柏拉图的援引是否恰当？柏拉图将模仿指派给悲剧和喜剧，将陈述指派给酒神颂歌，但却对史诗提出了第三种模式要求，那就是陈述和模仿的“混合”，在狄俄墨德斯那里这叫共享文体（genus commune）；在这种文体中，诗人和所表现的人物都在说话。诗人和人物共享的这种言谈决定了——我们可以进一步推进柏拉图的思路——叙述中的人物言谈较之戏剧中的人物言谈另有一种不同的性质。

也就是说，人物的交流并非绝对真实地、以模仿手法加以呈现的。作为被叙述出来的世界的创造者，虚构的叙述者至少会有所选择，因为他会遵循他对虚构事件的统觉，即是说，他会将他的感应线（Sinnlinie）切入在事件中

---

❶ 详见 Ernst Robert Curtius：《欧洲文学与拉丁语的中世纪》（*Europaische Literatur und lateinisches Mittelalter*），伯尔尼/慕尼黑，1948年第5版，1965年版，第438～439页。

❷ 参阅［法］热拉尔·热奈特：“叙事话语”（“Discours du récit”），见热奈特：《语象》（*Figures*）III，巴黎，1972年版，第185页。

发生的对话之中。此外，他还会以多种方式强调某些东西。甚至就算我们接受这个假定的前提，即认为他本人对人物对话没有做任何改动，完全真实地再现了该对话，即便如此，他至少还是在用这段人物对话来表现他自己的叙述主旨。单是这一事实就为这所谓的自律的对话投上了一道阴影。在符号学上，我们可以用如下方式来建立这种情况的模式：

$$(P1 \Leftrightarrow P2) \in SafE \leftrightarrow SefE$$

$$SefE \in SaA \leftrightarrow SeA$$

人物交流（P1⇔P2）属于（∈）与虚构的叙述者（SefE）所表述的意思相关联（↔）的能指（Sa）。叙述者（SefE）所表述的意思反过来又属于表达了（抽象）作者之意思的能指。

正是这个符号学公式将我们引向了第二层阴影：人物对话实现作者的意图。这种他治性将对话引向了一种潜在的独白化。这一点我们不仅可以在被视为独白性的托尔斯泰作品中看出来，在陀思妥耶夫斯基那充满张力的对话中也同样存在着统合化、单声化的作者意图这道阴影。这一点尤其清楚地表现在对立意识形态的争论中。单是呈现一场争论这个目的本身，就已经为争论各方以及他们的表述投上了阴影。

有人会提出异议说，这道阴影只是产生于作者层面，无论是人物还是叙述者都意识不到它，因此它与所叙述的对话的自律性并不相干。对此我们可以反驳说，单是展示的意图就会提高对答的精确、扼要，更不用说宣传鼓动的意图了。陀思妥耶夫斯基在《卡拉马佐夫兄弟》中反复采用缓和性、相对化的手段，正是因为他深知这一规律。为了让自己对无神论的反驳在艺术上也能够令人信服，他颇费了一番心思。在书信中他表达了他的怀疑，不知自己是否成功地做到了足够清楚地用佐西马的生平和学说反驳伊凡的理性论辩、这种反驳是否过于片面、过于严肃。

当然，在陀思妥耶夫斯基作品的对话中，从作者视角出发的独白化不像在托尔斯泰作品中那么明显，对此，有一个因素起到了作用，那就是抽象作者本身的对话化。在此，“对话化”这个巴赫金式的隐喻指的是一种摇摆现象，即从殉道（nadryv）中、从意识形态自我强暴中产生出来的一种振荡。

如我前面在《卡拉马佐夫兄弟》的例子中试图指出的那样，[1] 在该小说中占统治性地位的是一幅并非作者之本意的、在两种相互冲突的立场之间摇摆的作者图像。陀思妥耶夫斯基Ⅰ力图在小说中宣扬一种令人信服的神正论，力图对无神论进行清楚、明确的反驳。而陀思妥耶夫斯基Ⅱ却巧妙地实现了一种相反的思想，这种思想更青睐伊凡的叛逆言论而不是佐西马那种弗朗西斯派的、乌托邦的说教；它让我们觉得，这位试图扮演真正信仰之宣教者角色的作者，更像是一个深抱怀疑的人、一个在对立两面之间摇摆的人。顺便提一句，其实就连貌似独白性的、完整一致的托尔斯泰对于这种殉道、这种自我强暴也并不陌生。当《安娜·卡列尼娜》中那位永远的意义探寻者列文在信仰中找到了心灵的平静时，这不是作者的殉道又是什么呢？

具体作者⇔具体读者

在本文的语境中不可能谈及一种作者与读者之间的对话。这样的交流当然是存在的。但是当作者与读者或批评家讨论自己的作品时，作品就不再是媒介，而是对话的对象了。

作品在其中真正充当媒介的那种关系，是具体作者与其读者公众——主要是其同时代的，但也包括后来时代的读者公众——之间的关系。

具体作者对其读者公众当然总是采取一种对话姿态的。这种对话性有两种基本形式，两者必然共同起作用：

以习俗惯例、社会群体的期待、设定艺术和意识形态标准的批评家的要求等为取向。在此，读者公众具有一种主动的功能，它是作用的主体。

压印（Impression），即作者试图给读者留下印象、影响读者、挑衅读者，等等。在此，读者是被动的，是作用的客体。

---

[1] “作为作者之宗教‘殉道’的《卡拉马佐夫兄弟》”，见 R. Fieguth 主编：《斯拉夫语文学中的正教与邪教》（*Orthodoxien und Haresien in den slavischen Literaturen*），维也纳，1996 年（= WSA. Sonderband 41）版，第25～50页。俄语版见：“‘卡拉马佐夫兄弟’：作者的殉道，或关于另一种结局的小说”，载《大陆》（*Kontinent*）第90期（1996年），莫斯科/巴黎，第276～293页。

一个作者当然也可以与某些特定的同时代人建立对话关系，针对他们发出信息，将他们预设为接受者。这方面的一个例子是陀思妥耶夫斯基在《地下室手记》中与车尔尼雪夫斯基的关系。但这更多地应该属于互文性的情况，留待后面探讨。

陀思妥耶夫斯基与康斯坦丁·波别多诺斯采夫（Konstantin Pobedonoscev）之间的交流则有所不同，后者是神圣宗教会议的首席大法官，在《卡拉马佐夫兄弟》的核心部分产生时期，他与作者的关系类似于后者的忏悔神父。小说写作期间两人的来往书信表明，波别多诺斯采夫对陀思妥耶夫斯基施加了强烈的影响，而陀思妥耶夫斯基则努力满足对方的期待。但值得怀疑的是，这份关系是否真的在小说的事实中得到了表明。陀思妥耶夫斯基在小说中实际实现的对无神论的“反驳”，完全不同于他向波别多诺斯采夫所做的预告。伊凡的反叛并没有通过“俄罗斯僧侣”这一章——在书信中，陀思妥耶夫斯基反复将该章说成是“整部小说的最高点”❶——也没有通过佐西马的温和的乌托邦得以平衡。反驳最终成为一种贯穿全书的努力。对此，两种对立的结构起到了特殊的作用：与伊凡列举受苦难折磨的儿童相对应的，是大量的儿童主题，其中包括德米特里对哭泣儿童的反应，此外还有小说中错综复杂的约伯主题。另一方面，与反叛者伊凡相对应的，是由对自然的审美愉悦引发的一系列皈依，最早的是佐西马的哥哥马克尔，到最后也包括了伊凡；后者至少仍然懂得欣赏“在春日里勃发的黏绒嫩叶”，❷ 亦即一种萎缩阶段的自然，一种通过文学来传达的自然。❸

抽象作者⇔抽象读者

抽象作者（或隐含作者）是作者在作品中的代表，是读者假想出来的一

---

❶ 参阅1879年5月10日致柳比莫夫的信（《陀思妥耶夫斯基作品与书信全集》30卷本，列宁格勒，1972～1990年版，第30/1卷，第63～65页）和1879年5月19日致波别多诺斯采夫的信（同前，第66～67页）。

❷ 同上书，第14卷，第210页。

❸ 伊凡的话是对普希金的诗“寒风仍在吹”的纪念。

个权能体，作品的全部潜在含义都聚拢在这个权能体中，同时他也是一切线索的汇聚点。一方面，抽象作者一开始就存在于作品中，但另一方面，他只是在接受中才开始现实化。因此，他是一个能动的假想实在，随着感受指向的改变而改变。不仅仅是每个具体的读者在各自的阅读基础上都形成一个自己的作者图像，而且同一个读者的、每次新的接受也会形成一个特有的抽象作者。

抽象读者（或隐含读者）分裂为两个权能体，一个是抽象的信息接收者（Adressat），即作者所预设的读者公众；另一个是抽象的接受者（Rezipient），即作者所意图和希望的读者。

抽象作者和抽象读者都是杜撰物。谁的杜撰物？初看上去存在着一种对称设计：抽象作者是具体读者在作品基础上制造出的图像；抽象读者是具体作者在创作行为中为信息接收者和作品接受者所设计的图像。这种对称的表象促使叙事学家们在抽象作者和抽象读者之间建立起某种交流关系。但事实证明，两者之间的基本关系要更为复杂，而且也并非是对称的。抽象读者是内含在作品中的信息接收者和作品接受者的图像。这种内含关系反过来又被假想为存在于抽象作者心目中。由于抽象读者的投射是作为抽象作者的组成部分而起作用的，所以抽象读者的观念进入到具体读者为作者而制造的图像之中。这就是说：不仅抽象作者，而且也包括他对抽象读者的投射都是具体读者的杜撰物。作为对某种超越作品的权能体的单纯假想，抽象作者和抽象读者之间并不处在一种交流关系之中，他们之间没有对话性。

抽象作者⇔前文本

经常也有人提出文本⇔前文本，或“文本抽象作者”⇔“前文本抽象作者”之间的互文关系。文本之间的对话这种极富诱惑力的说法常常是高度隐喻性的，因为互文的对话性无一例外都只是单向的。异文本不仅不能做出回答，甚至也不可能被挑衅，它既哑且聋。在大多数情况下，前文本都是被动的牺牲品，后来的作者可以对它为所欲为。一个文本或文本作者当然可以激活一个前文本或前文本作者的含义立场，使它发出声音，促使它进行反击，陀思妥耶夫斯基的《地下室手记》就属于这种情况。该作品的叙述者所针对的对手，其论点总体上是与车尔尼雪夫斯基的进步意识形态完全一致的。陀氏的《地下室手记》在车尔尼雪夫斯基的《怎么办?》一年之后发表，有不少接受者都认为其竭尽全力的意识观念分析所针对的对手就是车尔尼雪夫斯基本人。

与某个前文本的论战当然是一种没有他异性的对话，亦即仅仅只是被导演出来的交互谈话，一种“类对话”(Quasi-Dialog)。

“类对话”的含义构造或多或少可以是对话性的。在陀思妥耶夫斯基的《手记》中可以看到一种在两个对立者之间的、带有极大张力的、明显的对话性。但是这自然并不能使其根本上的独白性质蒙蔽过关。陀思妥耶夫斯基之所以能够掩盖《手记》中的“类对话”所具有的隐秘的独白性，是因为他极力贬损他本人的哲学观在小说中的代言者，并与其保持着很大的距离。❶

抽象作者⇔虚构的叙述者

巴赫金认为作者和叙述者之间的关系也具有对话性。他提到侃（skaz），这是一种第一人称叙述、一种在特征上有别于作者风格的叙述风格。但是其隐喻式概念的所指其实无非就是双声性。❷ 众所周知，在双声性的无数变种形式中，巴赫金最青睐的就是那种由两个声音发表两种相互对立的意识形态评判的类型，也就是他用世界观的角斗场这个隐喻来描画的类型。

这里谈不上什么对话，也谈不上“导演出来的对话”这种意义上的对话性。“侃”及与其类似的形式甚至不屑于假装出各权能体之间的平等。叙述者的话是作者手中毫无抵抗的客体，作者对它的呈现或多或少带有一种反讽的

---

❶ 列夫·托尔斯泰在《克莱采奏鸣曲》中也做过类似的事情，他一个接一个地从生理和心理上毁掉了自己思想的承载者。叙述者从第一稿中德高望重、惹人喜爱的斯捷潘诺夫变成了最终版本中那个令人反感的神经病患者波兹内舍夫。

❷ 参阅［德］沃尔夫·施密德：“巴赫金的‘对话性’——一个隐喻”，见《小说与社会：米哈伊尔·巴赫金研讨会》，耶拿，1984 年版，第 70 ~ 77 页。

意图。

尽管如此，难道我们就不能继续谈论某种形式的对话性吗？在这种风格化了的叙述者话语中，作者难道没有从他的唯我独在（solum ipsum）中解放出来吗？难道他不是在用一种陌生的语言——作为对世界的另一种塑造方式——来做实验吗？这样的实验难道不是偶尔也会采取一种试错（trial-and-error）的形式吗？

巴赫金本人显然很少考虑这种可能性。他举的例子更多的是描画作者与叙述者之间的一种竞争关系，而且他倾向于将叙述者纳入被客体化的权能体这一层面。在叙述学中不言自明的描写和叙述之间的区别，在他那里并未得到系统化的完成。

虚构的叙述者⇔人物

巴赫金认为叙述者和主人公之间也具有存在对话关系的可能性。前面所讲的他关于作者与叙述者之间关系的某些模式，也适用于这种叙述者和主人公的关系。这里所涉及的同样仅仅是双声性，只不过在这里，第一种声音是主人公的声音，第二种声音是叙述者的声音。巴赫金将这种双声性与反讽地再生产出来的他人话语联系在一起，指出了那种被称为“自由间接引语”（discours indirect libre）的结构所形成的反讽再生产。

巴赫金所举的例子出自陀思妥耶夫斯基的《双重人格》一书和晚近出版的欧洲幽默小说。这一现象被高度隐喻地——在这种情况下是具有迷惑性的隐喻——用“对话性”来指称。在《双重人格》中，那种初看上去的确像是反讽—夸张的叙述者与自我辩护的主人公之间交谈的东西，其实无非是主人公的内心话语从自由间接引语向直接引语的过渡。所以，这里只涉及呈现模式（直接引语、间接引语、自由间接引语）的交替，真正被对话化的只是主人公本人的内心话语。[1]

[1] 我的批评详见《文本构造》，第129、142页。

具有代表性的是，无论是巴赫金还是沃洛申诺夫都无一例外地对这种自由间接引语的情况——即叙述者的声音将主人公的话语当作对象、统领它并消灭它——感兴趣。沃洛申诺夫将“双重重点性”“无差别的公正”作为那种被他称为“话语互涉”的结构类型的条件。在此出现的，就是巴赫金和沃洛申诺夫都关心的那种争论式话语模式。说到底，这种争论性要归因于作者对于丧失最高统治权的恐惧，这种恐惧或多或少地也贯穿于巴赫金从最初到最后的所有论著。❶

为什么巴赫金在陀思妥耶夫斯基的作品中没有诊断出除了反讽的再生产以外的、其他类型的自由间接引语？为什么他不去分析像契诃夫那样的相对主义作家的自由间接引语，后者的作品中不是存在很多更为真实的对话性吗？一个可能的答案是：因为他最害怕的莫过于价值的相对化、作者视角原则的削弱和作者的谢幕。在他从“从陀思妥耶夫斯基到别雷”这些作家的散文作品中所观察到的、叙述的真正人格化中，他看到一种对于任何“置身事外”的倾向所抱有的深深怀疑。在《审美活动中的作者和主人公》中，他甚至将这种倾向比作“上帝的内化”，比作“上帝和宗教的心理化”。❷

虚构的叙述者⇔虚构的读者

虚构的读者（narrataire，narratee）无非是叙述者的投射。他是通过两种相反地进行着的语言功能而被构思出来的：①吁呼；②定向。

即使虚构的读者被构思为积极应答式的，他也同样是源自叙述者的预设。也就是说，他的积极性和应答内容都处于叙述者进行构思的视野范围内。虚构的读者没有他异性。因此，在叙述者与其对立方之间并不能产生一种真正的对话和一种真实的交流。有人对这种观点提出异议说，受述者（narrataire）

❶ 参阅［德］沃尔夫·施密德：“米哈伊尔·巴赫金对文本互文性理论的贡献”，载《俄罗斯文学》第26卷（1989），第219～236页。

❷ ［俄］米哈伊尔·巴赫金：“审美活动中的作者与主人公”，见巴赫金：《话语创作美学》，莫斯科，1979年版，第7～180页，此处引自第179页。

完全可以采取一种独立的立场，他的存在并不完全是拜叙述者所赐。[1] 在某些叙述情境中当然存在不完全由说话者投射的听者，但在那种情况下，交流是由某个更高级别上的叙述者讲述的；相对于这个叙述者来说，叙述人（narrateur）是作为人物起作用的。

在俄语文学中，陀思妥耶夫斯基的作品无疑提供了最多的积极受述者的例子。在《地下室手记》《年轻人》和《温顺的女人》中，他塑造了一种新的叙述类型，可以被称为对话性的叙述独白。[2] 在这些作品中，虚构的读者被设计成进行批判式应答的对立方，他的应答是由叙述者预先设定的，为的是对这些应答进行驳斥或反对，或通过将其立场相对化来进行釜底抽薪。在这种情况下，叙述独白仿佛分裂成了两个相互争论、相互对话的文本，两个文本用这种相互交替的反应方式规定着叙述的进程。独白自我加诸其对手身上的所有反驳，当然都是出自他自己的意识。没有来自外部的独立应答能够出其不意地触动说话者的内心深处，或者真正将其引入那种必须从根本上修正自己立场的危险境地。在立场变换的所有转折点上，叙述者都能够追随一条可预见的叙述线索。因此，尽管这样的叙述者在不停地忙于替自己辩解、向批判者发动攻击，但原则上他们履行的是一种叙述功能，这就是说，他们的确是讲述了一个故事，一个关于他们自身之失败的故事。但是这个故事的讲述对于他们来说反过来还具有一种对话性的功能，即吁呼和印压（Impression）的功能：他们希望，如果不能用情节取胜，至少能够用无情的自我分析来给人留下印象。这种叙事策略服务于一种生活忏悔的展开，要用其正直来让听者感到震惊，给其留下深刻印象。

在此，我们感觉到一丝莱蒙托夫的佩科里诺以及一丝浪漫反讽的痕迹。如果原本追求的理想——陀思妥耶夫斯基的愤世嫉俗的说话者是一些伪装起

---

[1] ［德］克劳斯·迈耶－米内曼："同故事叙述与'第二人称'：论卡洛斯－富恩特斯的《肤变》"，载《文学辑录》第9辑（1984年），第5～20页。迈耶－米内曼提出"受述者相对于叙述者具有一种根本的独立性"（第12页，注释6），认为受述者具有一种"独立的立场"（不是单纯由叙述者构思出来的）（第6页，注释7）。

[2] 参阅［德］沃尔夫·施密德："论陀思妥耶夫斯基对话性叙述独白的语义学和美学"，载《加拿大－美国斯拉夫研究》（*Canadian-American Slavic Studies*）第8卷（1974），第381～397页。

来的理想主义者——已经不可实现，那就必须用人工制品，用诗或无情的自我揭露来作为代替品。

陀思妥耶夫斯基的对话性的叙述独白当然也引出了一个悖论：缺失的对立方之他异性被自我之他异性所取代。悖论之处在于同一性（Identitāt）的他异性，在于当主体面对自身时所感到的陌生。自我对自身是如此陌生，乃至于他在面对自己的各种可能性和各种深渊——《卡拉马佐夫兄弟》中所说的“向上和向下的深渊”❶——时会受到深深的惊吓，远甚于他在任何他者面前所受的惊吓。对话性所具有的唯我主义维度，即将他异性从外部移置到内部，似乎是陀思妥耶夫斯基的对话和主体观念的本质特色。主体的他异性、自我对自身所感到的陌生，为陀思妥耶夫斯基的叙述独白赋予了真正的对话性，这是那种仅仅想象出来的谈话对象所无法给予的。

（编辑：萧　莎）

❶ 双重“深渊”——“我们头顶上的深渊，即至高理想之深渊，和我们脚下的深渊，即至深至恶之堕落的深渊”——既是指德米特里·卡拉马佐夫的特点，也是指整个“俄罗斯母亲”的特点；［俄］陀思妥耶夫斯基：《作品与书信全集》30卷本，列宁格勒，1972～1990年版，第15卷，第129页。

比较与“普通理论”*

——各个诗学系统中的历史比较要素

[俄] 亚历山大·马霍夫　著
郑文东　译

各种普通“文学理论”和诗学系统都是包罗万象的理论体系，而比较方法仿佛是其完全的对映体。关于理论和比较相对立的观念早就进入文学学的自我意识了。这足以使我们想起乔治·吉尔维努斯（1835 年）有关“美学家”和“历史学家”的著名对比：他确定，显而易见的是“美学家最好少把诗学作品和其他相比较，对于历史学家而言，这种比较是其达到目的的主要方式”。

我想说明的是，诗学和文学理论总是把比较作为其思维手段，但就某种意义而言，比较手段宛如在理论内部“打盹儿”，等待着理论破坏或者重建之后、冲出理论外壳的那一刻。当然，此处讲的不是任何一种比较，而是那种跨越某些具有重要意义的界线的比较，这些界线不仅仅是各个不同民族之间文学的界线，还是譬如文学和非文学（如其他艺术）之间的界线。

亚里士多德就已经开始使用这种比较的技巧了。在思索悲剧的时候，他把性格比作各种颜色，而把情节比作绘画中的线条。他的目的是想表明，无论是悲剧，还是情节，都比性格更为重要；他借助相互类比的方法达到了这一目的：绘画可以没有颜色，但不能没有线条，就像悲剧不能没有情节一样。

当然，旧诗学把对比当作论辩手段的同时，未必意识到它是一种特别的方法。新诗学诞生于实证论文学学的内核，它把自身和旧诗学对立起来，已

---

* 原文为 *Сравнение и* “*общая теория*”：*компаративный элемент в поэтологических системах*，系作者给本刊的特约稿。

经完全自觉地使用比较手段了。但新诗学希望的是哪种比较？举威廉·谢勒（1888年）《诗学》中的一个典型例子。如其所述，谢勒创建了新的语文学范畴的诗学（和他不喜欢的美学相对立，他说：“不想谈论崇高”）。新的“语文学范畴的诗学应当和具统治地位的旧诗学相对立”，“如同历史比较语法和……具有统治地位的普通语法相对立一般”。这种诗学可以建立起包含“所有可能体裁”的体系。谢勒强调了“可能”一词的重要性：不是所有可能的体裁都在现实中存在（如非韵文的醒世诗歌、非韵文的抒情诗），但诗学可以从理论上建构这些体裁。

谢勒希望的是“包罗万象的分类”，而只有借助比较才能完成这一分类：“比较方法是包罗万象的分类的前提，这一方法注意的不是诗歌成品在时空中的差异，而只是事物的实质”。

谢勒眼前浮现的是某种包罗万象的理论（具有包括一切的分类）和比较方法的和谐统一体——同时这是某种理想的、完美的比较，它不涉及历史民族特点（对谢勒而言，这些仅仅是个别性！）而马上能够抓住事物的实质，即可以假定，这是一些对于超时间的、包罗万象的体裁体系具有意义的作品因素。遗憾的是，谢勒讲述的并不清晰。我们仅仅从中了解到，比较研究应当是使用“相互观照的方法”，使用“清楚的、已经完成的、更为熟悉的事物来解释不清楚的、未完成的、更不熟悉的事物”。

这就是关于完美比较的诗学梦想。但当我们暂时抛却谢勒、转向诗学史的时候，就会面临三个问题：①类型学问题——诗学使用哪些比较方法？②历史问题——诗学何时开始积极使用比较手段的？③方法论问题——比较本身给予诗学什么？我仅仅想勾勒出对这些问题可能有哪些回答。

理论使用的比较（或者类比）方法的分类会是什么样的？

总体而言，可以把这些比较分为两类：一方面，我们有文学文本的比较，这些是具体的比较，尽管它们的目的是获得某些普遍结论；另一方面，我们有概念和术语的类比—比较，一般而言，这些是抽象的比较，直接涉及理论的概念部分。

需要指出的是，在理论系统中，比较经常进入到更为复杂的类比结构中，这个结构总是由四个部分构成。这种类比的例子：浪漫主义和古典主义，类似绘画和雕塑的关系（A. B. 施莱格尔）。

我们再来看看作为理论手段的文本比较吧。当然，诗学总是使用例子：被放到一起的非同类的例子可以转变为比较，这种比较也同样会转化为类比。我们举这种比较的最古老的例子：《论崇高》的作者是生活在1世纪罗马的一位不出名的希腊演说家（或者是位希腊化的犹太人）；该论文实质上是一篇理论文章，作者援引了关于上帝的“崇高思想”的例子。“犹太人的立法者”突然出现在一群希腊诗人中，他“希望表达出上帝的万能，在教规的开始如此写下：‘上帝说——他说了什么？——有光！于是光出现了。有大地！于是出现了大地’”。

一系列的例子必然会被认为是比较——可能，我们面前的是文化间用历史比较法进行文学研究的最古老的实验之一。但也不只如此：朗基努斯不过想展示，不同的民族都善于表达崇高的思想，他并未把任何理论涵义赋予自己无意中进行的犹太和希腊文化的比较。他的比较如同某种缓缓起作用的理论炸弹，直到17世纪才被引爆——在法国关于崇高的理论辩论中，摩西的以上引文开始被接受为一种标识，标志着可以用最朴素的、无修饰的风格表达崇高，即非雄辩术式的崇高。摩西引文现在被视为希腊雄辩术文化的某种对立。摩西表达得很崇高——同时也很简洁，多米尼克·伯阿沃斯在1688年如此写道：他展示出，“崇高的思想可以很好地和简单的词语相协调”。雄辩术崇高的拥趸者不同意这一观点，如皮埃尔-丹尼尔·胡埃认为：“摩西的确说出了伟大的思想，但完全不是用崇高的方式说出来的”。

这意味着，犹太和希腊的作者们在公元1世纪所作的比较，在过了16个世纪后变为具有重大理论影响的类比：现在犹太风格较之古希腊风格，正如简洁的崇高之于辞藻华丽的雄辩术式崇高。在文本比较之后，突然可以感到完全不同的词语素养的对立：一种是辞藻华丽的雄辩术式，另一种则截然相反。这样，外在朴素的文本比较获得了重大的理论影响——使人们意识到可以在诗歌中使用完全不同的方式，即不用堆砌华丽的辞藻；使人们意识到有替代古希腊罗马时期华丽辞藻文化的存在。两个史诗风格——《荷马史诗》

和《旧约》——的著名比较（Э. 奥尔巴赫的《模仿说》第一章），是朗基努斯式对比的久远结果。

理论为自身开创了分析文本例子的比较方法，当然，不是在朗基努斯（他的例子成为唯一）的时期，但依然是在谢勒之前好久，是在18世纪上半期；这是各种批评诗学共存的时期，它们首次严肃地给自己提出诗歌的起源问题。诗学试图在现代资料的基础之上，重建假设的、已经遗失的、原始状态的诗歌，这已经是真正的比较态度：按照假设的类比进行复原。约翰·克里斯托弗·戈特舍德在《批评诗学试论》（1730年）中，从区分自然科学和广义“诗歌”出发，研究诗歌的起源问题；约翰就像狄尔泰的久远前辈：天文学的核心是人类之外，而诗歌正好相反，人是其核心。诗歌表达出人内心的活动、激情，因此“婴孩的哭泣就是第一首哀诗”。诗歌的第一种体裁由此定型，其他体裁都来源于它，如歌曲、颂诗。但起初的颂诗是什么样的？它们没有音步和韵脚，诗句大致相等就是形式原则。为证实这一论题，戈特舍德举了他熟悉的例子，据说与原始诗歌《小艾达》类似。

从现代立场出发评价这一思想是毫无意义的，但应当承认，这是使用比较方法重建理论所需要的某种假定现象的最初尝试之一。在该情形下，理论指的是诗歌起源的理论，它需要某种假定的结构，这一结构只有通过比较的方法才能得出。几乎恰恰和戈特舍德同时，Дж. 维科（1725年）也在修复符合人类儿童阶段的诗歌语言；他援引现代美国印第安人的例子，他们把“所有巨大的、不明白的事物都称为上帝”。

有代表性的是，150年之后，谢勒在他的普通诗学中，给自己提出过相似的问题，即关于古代诗歌的面貌问题。谢勒试图证明，古代诗歌是用拖长声调的方式表演的；他引用现代塞尔维亚歌曲，作为证明自己观点的例子。又过了50～60年，米尔曼·帕里为了解释荷马史诗的程式化结构，也使用了现代南斯拉夫的民间口头创作。

另一类诗学比较，不属于例子层面，而属于其本身术语结构的层面。为了论证概念本身，普通诗学一直表现出对比较手段的需要，这些比较就是我们熟悉的、四部分构成的类比形式。我区分出这样三种类型的类比。第一，不同艺术领域之间的比较；和其他艺术的比较。我认为，这是诗学中历史比较要素的最古老形式，如：古典主义和浪漫主义如雕塑之于绘画；或者（关于体裁）：史诗和戏剧如浅浮雕之于整体的雕塑艺术。第二类，我称之为民族地理类：古典主义和浪漫主义如法国人的民族性格之于西班牙人或者英国人的民族性格。这一类可能更接近公认的历史比较语言学。

第三类是最难确定的：文学共相和人类精神的某些基本永恒的本领、追求和状态相比较。这时，古典主义之于浪漫主义，如同拥有之于欲望，或者喜悦之于忧郁。这种类型的比较是最富变化的、不确定的，可以称之为人类学或者民族心理类型。为什么称之为人类学类型？我觉得，诗学甚至在自己内部的比较中依然久久停留在人类的范围（要知道，戈特舍德说过，诗歌的核心是人）。可能，实证主义首次把非人类事物带入诗学，尤其是谢勒，把经济学术语移植到诗学中：作品是具有“交换价值的产品”，而传统是“资本”（维谢洛夫斯基仿效他使用该词），等等。

所有我在上段使用的比较的例子，都是从一个作者甚至是一个文本中引用的——来自奥古斯特·威廉·施莱格尔的维也纳演讲稿（1808 年）。施莱格尔通过所有这三种类型的比较，划定自己最喜欢的一对概念——古典主义和浪漫主义：浪漫主义是与雕塑对立的绘画，是与喜悦对立的忧郁，是与西方和南方相对立的东方和北方。这些类比很容易从一种类型流向另一种类型。我们都知道，如果图画是“从世界视觉全景切割下来的片断”（尽管，其实为什么是片断？）的话，和已经完成的雕塑群不同的是，图画符合有着欲望、未完成性、无限性等观念的浪漫主义人类学。

在弄明白诗学类比变化后，我们知道，习惯称之为伪逻辑论辩理论领域出现了什么：逻辑排斥这一理论，但实践演说术和哲学、还有我们了解的诗学都使用它。

当然，民族地理领域给出了大量这种论辩的材料。我们举戈特舍德的早期例子。在解释由原始无格律“歌曲”演变的体裁的起源时，必须解释韵脚的出现，他使用了这一方法。韵脚的出现和民族特性紧密相连：希腊人具有敏锐的辨音力，因此找到了长短音节交替的妙处；而德国人“喜欢唱歌，但不具有敏锐的辨音力”，他们喜欢更为粗糙的声学变化——把相似的音放到诗句的末尾。这样就产生了韵脚。“古代的德国人教会了欧洲押韵”；戈特舍德在奥德弗雷德福音书的改写本（9 世纪）中找到了最古老的韵脚例子。

诗学乐意使用地理类比，同时赋予地理象征的性质，也可以说是想象的性质；在地理坐标之间建立起和现实割裂开的、奇异的、甚至是反自然的关系，如浪漫主义的诗学地理。奥古斯特·施莱格尔的演讲稿给出了浪漫主义的两个象征地域局限：北方（因为英国人富于浪漫）和东方（西班牙让人联想到阿拉伯人和摩尔人文化，被认为是东方，而非南方）。这些地域局限浮现在那一时期的各个文本中，可能，意见并不一致，因此，弗里德里希·施莱格尔呼吁在东方寻觅浪漫主义，而德·斯塔尔夫人则把浪漫主义归为北方，并且把地理和民族心理联系在一起：“北方人民的想象消失在该土地之外，它们只在该土地之内存在，……好像，这一隐含的从生到永恒的转化被再现出来”（《论德国》，1810 年）。

总而言之，在这一地理诗学抑或诗学地理中，东方和北方实际上象征意义相同。弗里茨·施特里希在他著名的关于古典文学和浪漫派比较的书（1922 年）中敏锐地指出了这一点，他给出了这一双面诗学类比的公式：“西方和东方，就如同古典文学和浪漫派，同样的道理放之南方和北方皆准”。

南方当然是古典主义的，南方人不可能是浪漫派。要知道浪漫主义是基督教时代开创的，而第一个伟大的浪漫主义诗人是但丁；当威廉·狄尔泰在但丁作品中找到真正北方的、北欧的幽默时，我们是否会很吃惊？

被确立并获得稳定性质的比较成为概念的移植，这种移植是诗学和其他科学的相互作用决定的。在遥远的古代，诗学实质上还是多相的结构，它包括雄辩术、音乐学、语法等的要素，我们甚至没有见到移植，碰到的是管理诗歌各个方面的学科专业术语部分之间的转换。如果但丁给诗歌定义为“用雄辩术和音乐表达出来的虚构”，那么正是因为诗歌由音步和辞格构成，因此音乐学负责节律，雄辩术负责辞格，结果诗学就是由雄辩术和音乐学构成的。当诗学渐渐获得独立性，位于诗学内的其他学科的术语部分就保留下来，但已经被理解为移植。这样，强大的音乐概念层被保留下来，如和声、旋律等。

旧的移植（或者伪移植）被新的移植填充。德国的浪漫主义作家给诗学的音乐部分引入了复调的概念——马上就出现了主要是复调的体裁和复调样板作家的观念，复调作家和其他类型作家的区别就是，他们的艺术世界特别具有“多声性”：19世纪的典型是莎士比亚的戏剧（弗里德里希·施莱格尔、谢林、奥托·路德维希），20世纪的典型当然是陀思妥耶夫斯基的长篇小说。

概念的移植更加专门化，或者说，更加貌似科学的移植。因此，奥托·路德维希在19世纪60年代就不仅仅简单地谈论戏剧的音乐性，而是把他所能理解的音乐学注释和考证（所有描述奏鸣曲模式结构的术语）引入莎士比亚的戏剧。

但是在这些现代“科学的”移植背后常常有古老的比较——它和诗学一样的古老。或者说，诗学显露出是一个完美的整体：诗学中永恒的比较透过所有新的形式得以实现。“造型艺术——文学”方面最成功的概念移植之一，是把巴罗克的艺术学概念移植入文学，这一移植是1916年两个德国文艺学家同时做出的：弗里茨·施特里希《17世纪的抒情风格》一文和奥斯卡·瓦尔赛尔《莎士比亚的戏剧建筑》一文。移植渠道有点不同：施特里希谈的是巴罗克的绘画风格并将其移植入德国的抒情诗；瓦尔赛尔谈的是巴罗克的建筑风格并将其移植入莎士比亚的戏剧研究（瓦尔赛尔把文艺复兴时期戏剧的似建筑结构和莎氏作品的非建筑结构进行对照）。

弗里茨·施特里希的移植根据的是艺术学家海因里希·韦尔夫林详细制定的风格对立系统。似乎，没什么比把这一对立系统移植入文学更简单的了。然而，富于戏剧性的是，这一系统中还有两个因素，审美传统和诗学传统；审美传统禁止这一移植，而诗学传统则正相反，从未在诗歌和绘画之间设置不可逾越的界线。审美传统依据的是莱辛的权威性，他把造型艺术和诗歌的规则区分开（造型艺术是同时描绘所有的物体，而诗歌是过程的线性发展），同时，禁止二者之间的术语移植。但这一审美定势和贺拉斯的诗学论断“诗如画”（ut pictura poesis）和古代关于“诗人是用语言描绘的画家”（在麦克罗比亚斯的《农神节的谈话》中，提及维吉尔，就已经说他仿佛在“用颜料描画”）的观念是相矛盾的。

施特里希面临着不简单的选择，即在禁止移植的美学和鼓励移植的诗学之间选择，他选择了后者。他在论后者的论文（1956 年）中讲述了自己犹豫的过往；该论文中的论辩很不同寻常，使他可以绕过和莱辛观点相悖的困难——好像莱辛在造型艺术和文学之间没有划分任何界线。施特里希非常认真地论证说，莱辛实际上描述的完全不是他想描述的：他描述的不是造型艺术和诗歌之间的区别，而是风格之间的区别——古典主义和巴罗克风格之间的区别（以韦尔夫林的意思理解，他是施特里希的老师）。静止、把时代抽象化——这不是造型艺术的特征，而是描绘“宁静存在”的古典主义风格的特征。时间上的动态——这不是诗歌的特征，而是巴罗克风格的特征，这一特征使时间成为“形式的问题”。施特里希认为这些风格起源于人类精神的两极需求：完整性和无限性。

两种艺术的比较变为两种风格的比较，这种令人吃惊的变形又一次展示出，诗学比较有多么多变甚至模糊，有多么容易把它们翻转入需要的轨道，让它们为自己需要的论辩服务。

但主要的结论是，如果古代诗学论断“诗如画”没有起到作用，同时也没有比莱辛的美学划分（此时完全被压制住了）感染力更强的话，巴罗克概念的移植就未必实现得了。

因此，在新时代文学理论中的概念移植可能起源于古代诗学比较，在诗学上具有隐秘的历史。在这样的情形下，我们可以看出移植的双重性：共时和历时，即现代科学相互作用的后果，或者从古至今的诗学观念的共振。费迪南·布伦蒂埃关于体裁演化的理论认为，文学体裁（如悲剧）和生物有机体的生命一样，它出生、成长、成熟，又转为衰弱、死亡。这一观点的直接起源是经赫伯特·斯宾塞阐释后的达尔文的进化论。

但能否把诗学史框架内的这一移植理解为古老比较的痕迹呢?

按照生命年龄建构的第一个诗歌发展的阶段模式，抑或称为第一批模式之一，是由斯凯利格（1561 年）完成的。拉丁诗歌经历了 5 个年龄：初级教育时期（redimenta），类似于儿童阶段；青春时期（adolescentia），符合这一时期的有恩尼乌斯、尼维乌斯等人的作品；鼎盛时期（如贺拉斯、维吉尔等）；然后进入衰败期（如马提亚尔、尤维纳利斯等），之后是老年期（senium）（如西多尼乌斯、奥索尼乌斯等）。

出人意料的区别在于，斯凯利格的发展是循环性的：在长时期处于灭亡的状态（intermortua）后，诗歌突然复兴（rediviva）并且在彼特拉克这里重新进入新的童年（novam pueritiam）。斯凯利格所用的“复兴”这一概念很难不引起人们的注意，这一概念的字面意义属于14世纪的人文主义诗歌（其实，“文艺复兴”时代由此发端）。斯凯利格的模式被其追随者移入民族文学史，如卡尔·奥尔特罗普在毕业论文《德国诗歌的不同年龄》（1657年）中将其移入德国文学史，我们在该文中找到斯凯利格的5个时期；同时，起到彼特拉克“复兴者”作用的是奥皮茨。

最后，是方法论性质的观察。我们发现，普通理论仅仅用比较和移植的方法就可以解释很多事物。类比、比较——实质上是雄辩术的说服手段，但不是这些词语准确意义的解释：当然，可以说，悲剧出生、生存和死亡，这可能听起来有说服力，但由此而来的体裁却不是活的有机体。理论仿佛在说，我不知道这是什么，我只能作个比喻。

在采用类比时，理论找出了自身的不足。在某个极端的情形下，理论会碰到其完全不能描述的事物、碰到完全不同的事物。理论此时最好承认自身的不足，如法国古典主义文学理论就是这样做的。在体裁、风格等系统领域中，法国古典主义纯理性主义的学说大家都很清楚，但当说起诗歌的最根本特征时，古典主义者如是说：“如其他艺术一样，诗歌中具有不能表达的东西。诗歌深入人心，但却没有用其力量的全部秘密来教会隐含的美景、不可思议的滋味的处方”。这么写的不是某个前浪漫主义者，而是勒内·拉彭，一个坚定的古典主义者，然而他明白自己系统的疆界。

当理论承认和自身对立的事物合法的时候，承认自身的界线并进行比较应当成为理论最后的建构，比较位于界线之外。我们在20世纪最怪癖的理论家之一——诺斯洛普·弗莱的创作中可以看到这种充满戏剧性的现象。《批评的解剖》（1957年）中，在试图建立一个包罗万象的文化范畴系统时，他发现了从该系统中滑落的现象，这就是《圣经》。只要一涉及《圣经》，系统就开始露出自相矛盾的定义。书中的一处写到：“《圣经》是文学作品，是艺术作品（*Bibie* is a work of Literature，work of fiction）”，而在下一页则是：“《圣经》终究比文学作品更大”。

多次自相矛盾地尝试定义《圣经》，这一点暴露出弗莱的困境，他每次的定义都不相同，每次把它放在系统的位置也各不同。《圣经》既是浪漫诗（关于实现愿望的讲述故事）的变体，其中有救世主和蛇斗争的内容，还是田园诗的雏形；它也是探索追寻类型的神话，是漫游奇遇的故事（《圣经》中有两个神话：亚当的漫游奇遇和以色列的漫游）；它还是悲剧模式（有亚当的偷吃禁果）；最后还是特别的体裁——百科全书的形式。

《圣经》和这些尝试彼此抵牾，使得弗莱在过了25年之后，转向比较战略。他写了一本书，其副标题具有比较意味：《〈圣经〉与文学》。《圣经》此时不在系统内，而是在其外；系统把自身与拒绝被它包括的东西做比较。弗莱没有把《圣经》和文学相对立，而是把《圣经》作为一个离奇的对象来观察的，把《圣经》视为既像又不像文学语言的一种特别的语言：这种语言不像诗歌那么富于隐喻，尽管它也充斥着隐喻；它也极富诗意，但又不是文学。理论不擅长描述《圣经》，是因为《圣经》是否属于文学，理论既不认可，也不排斥。

弗莱在“类型学结构”中找到《圣经》独特性的谜底，这一结构的两部分如同两面镜子，相互印照，闭合一体。但对于我们重要的不是他的结论，而是他从普通的、包罗万象的理论到比较理论的战略转向。这一战略对于任何一个发现自身不足的理论而言都是典型的：理论追求弄清楚从它这里滑落出去的事物时，就不能用那个包罗万象的结构不加选择地涵盖一切了，而是把已经明了和还不明了的事物进行比较，把自己和他者进行比较。借助这种比较，理论就可以克服自身的局限，认清自己学说体系的相对性，这样可能终结我文章之初提及的“美学家”和“历史学家”之间永恒的对立。

（编辑：萧　莎）

文学知识树*

——写在安托万·孔帕尼翁《理论的幽灵》一书页眉边

■［瑞士］列昂尼德·赫勒　著

黄　玫　译

一

安托万·孔帕尼翁几乎可以看做是院士，他是很多学术委员会的委员，也是法国教育部学术委员会成员。不久前，他刚刚被选进颇具权威的法兰西公学院法国文学教研室。他被认为是当今一代法国文学研究家中最重要的代表人物之一（或者可以去掉“之一”），他的老师是罗兰·巴特。孔帕尼翁那些充满智慧、写作技巧高超的著作，展示了广博的知识，显示出他对当今知识界动向洞察秋毫。这位学者总能对最新动向作出敏锐反应，并将其引入文学讨论的范围。他之所以能够占据举足轻重的位置，他自认为，首先正是来自这一对现实问题即时反应的能力。

不仅对于文学研究者，对于大多数人文学者而言，当今最为迫切的问题是：随着结构主义和符号学奠基者们的离世，学者们越来越怀疑，他们的学科处于解构主义之火的余烬中，如果不说完全失去意义，至少是失去了生命的呼吸。这一具有现实和理论双重意义的问题，也是文学理论的问题。

在《理论的幽灵》一书中，孔帕尼翁对这一问题提出了自己的看法。

该书是对 1975 年之前文艺学辩论的综合，与法国近年来的类似著作都不

---

* 原文为“*Дерево литературных знапий.* На полях книги Антуана Компаньона”，译自 *Миргород I*（2008）。

相同。这本书没有像克劳德·布雷蒙和托马斯·帕维的《从巴特到巴尔扎克》一书那样，对过去进行总结，沉浸于对过去的分析，没有像让－伊夫·塔迪埃在《20世纪的文学批评》一书中那样按照时间顺序对文学批评流派进行综述，也没有那些与让·罗乌的教科书相近的、为数甚众的学院式资料❶中对方法和理论问题所进行的系统梳理。

《理论的幽灵》一书结构完全不同，孔帕尼翁写道：“文学所不可或缺的五要素：作者、作品、读者、语言和指涉”，❷ 这里有雅可布逊的交际行为模式。❸ 孔帕尼翁在提及这一模式时，并没有将其与自己的术语体系联系在一起，但其中的关联一目了然：信息—书，发出者—作者，接收者—读者，指涉对象—所描绘的世界，语码—语言或者风格。孔帕尼翁还补充了一点，即“我们如何在动态（历史）和静态（价值）这两个方面来理解文学传统”。（19）“这七个问题，即文学、作者、世界、读者、风格、历史和价值”，共同创建出一个封闭的，或者如作者所认为全面的文学理论基本范畴群。《理论的幽灵》一书对每一个范畴依次进行评述，并对围绕这一范畴所进行的争论进行了简单描述。

这本书成为俄语文艺学研究中的一个重要事件（俄语译本比英译本面世还要早三年，尽管孔帕尼翁经常在英国和美国的大学里工作）。

毫无疑问，这是一本开卷有益的书。它信息量大，包含方便使用的引文，引起对理论问题的关注。这本书的成功也归功于高水平的翻译，译文保持了该书法语的出色表达和轻松风格。

但是笔者并不认为此书是孔帕尼翁最好的作品。《理论的幽灵》也同作者其他所有著作一样宜于阅读，又具有笛卡尔式明晰的写作风格，但若跟从作

---

❶ Claude Brémond et Thomas Pavel, *De Barthes à Balzac*, *fictions d'un critique*, *critiques d'une fiction*, Albin Michel, 1999; Jean-Yves Tadié, *La Critique littéraire au XXe siècle*, Paris, P. Belfond, 1987; Jean Rohou, *Les études littéraires*: *méthodes et perspectives*, [Paris], Nathan, 1993, его же: *Les études littéraires*: *guide de l'étudiant*, [Paris], A. Colin, DL 2005, его же: *L'histoire littéraire*: *objets et méthodes*, Paris, A. Colin, DL 2005, etc.

❷ ［法］安托万·孔帕尼翁：《理论的幽灵——文学与常识》，吴泓缈、汪捷宇译自法文，南京大学出版社2011年版，第19页。下文括号中标出的引文页码均出自该书。

❸ 这是安德烈·多勒里岑的观察所得（来自私人谈话）。

者的号召，以反思来感受这本书，又会时有困惑。这很奇怪，但可以为证的例子在书中比比皆是。让我们来分析其中的几个，目的不是为了沉醉于批评的快感（或者如萨尔蒂科夫－谢德林所说的“热衷于发号施令”），而是希望追踪新的问题。该书敦促我们进行这样的探索，这也正是其可贵之处。

最普遍的意见是，该书出于“真理往往居于二者之间”的原则以缓和上一代理论家极端性论点的尝试不具信服力。（20）这一原则本身就不够强大，而且与作者所追求的“分析和诘难的”、怀疑论的、批评性的立场相矛盾。“其目的就是要质疑一切配方，通过反思弃之如敝屣……理论是嘲弄派。”（15、17）然而，吞噬一切的怀疑和讽刺是否能够与中庸之道这一亘古不变的解决良方和平共处呢？《理论的幽灵》证明：不能。

孔帕尼翁以独立不羁的“叛逆者立场”扮演起绝不相信律师的魔鬼和没有理论之理论家的角色。“若有人问我有什么理论，我的回答将是：‘什么也没有’。”（15）但就在下一页，作者立刻又拥护对意识形态所进行的必要批评：“……它以为人皆有理论。若有人敢说他没有理论，那恰恰说明他受制于当时、当地的主流理论。”（16）原来，没有理论之理论家并没有意识到自己对主流理论的服从：我们不认为，孔帕尼翁认为自己也是这样的角色。这种作为出发点的矛盾散见于全书。

举一个有趣的例子。

俄国形式主义的一个基本概念被这样定义：“文学语言自有其依据（而不是约定俗成的），它面向自身（而不是线性的），自我指涉（不具有实用价值）。”（34）这一浓缩精炼的句子本质上确实传达了形式派学者对现代术语语言的思考。但若仔细品读，这其中对立成分之间的逻辑却是混乱的。语言面向自身当然应当与实用性、而非线性对立。线性，即话语的单指向性，是与自我指涉性及其环形机制即返回自身相对立。这一混淆错不在俄语译文，也不在编辑，它正是来自法语文本。在一种语言中出版的错误在另一种语言出版中重复出现只意味着一件事，即句子修辞上的通顺掩盖了术语的含义，赋予了其文过饰非的特点。难道这是形式派命题的写照？难道是有意为之？

还有一种可能。孔帕尼翁也追随布迪厄，称以二律背反的方法来组织思想的方式为现代科学的罪过之一。（20）他甚至将“这种非此即彼的窘境”（39）看做是如他所言的“固有的”矛盾对立。然而，为了分析或者确切阐释术语体系，他自己也经常采取二元对立的方式，并且引述柏拉图或叶姆斯列夫的权威论证。例如，他将实体与形式对立，认为内容与形式或者标准与偏离之间的对立是“庸俗的”。这似乎是作者自己没有发现的一个悖论。但也有可能是为了削弱形式派思想，他对文学语言的重新界定就是自觉地建立在“庸俗的”、明显令人无法信服的二分法基础之上？

二

阐释者们通常认为，《理论的幽灵》一书的核心是关于作者和意图一章，因而对这一章给予了格外关注。我认为，开篇几章同样非常重要。在这几章中，作者解释了什么是文学，什么是理论，并建构了自己的概念体系。我十分关注这几章，并且首先认真研读了作者对形式派理论家的态度：这一态度定下了全书的基调。

孔帕尼翁承认形式派对于20世纪文学理论以及对自己思想建构的意义；起初似乎是在颇为友善地转述形式派的理念，但接下来就对其进行了驳斥。

他写道，形式派研究者认为文学学科的对象不是文学本身，而是文学的特征，即文学性，并且提出文学性的标准是“陌生化：文学或一切艺术乃一种手段，即打乱读者不假思索、习以为常的理解形式，让他们对语言生出新的感觉”。（34）下面还有：

文学性（陌生化）并不来自于对纯语言成分的使用，而是来自于对普通语言同一材料别开生面的组织方式（更精炼、连贯、复杂）。换言之，铸造某一文本文学性的并不是隐喻本身，而是一个淡化了其他语言功能的结构严谨的隐喻网络……（35）

第一个句子（到“换言之”之前）是孔帕尼翁对形式派将陌生化等同于作为最高隐喻的文学性的理解。接下来他发现，这样描述的只是“他们（形式派）眼中的标准文学即诗歌，甚至还不包括全部诗歌，仅指那种前卫、晦涩、艰深、陌生的诗歌”。(36) 要找到“反例”非常容易。因为确有一些文学的东西“并未与日常语言拉开距离”，如加缪和海明威的作品。不过，也可以这样来解释，说“标记的缺席本身就是一种标记”。但无论如何，“将文学性……界定为特别特征的文学性还是……特殊组织的文学性，在此都受到了驳斥”。(36) 更何况很多具有诗性特征的文本并非文学作品，例如，隐喻大有用武之地的广告词。这可以从另一个方面进行反驳：“不过，说广告是文学的最高境界，这话似乎有点过分”。(36) 作者也从这个方面批驳了文学性的定义。

首先我认为，在今天看来，寄希望于引用一些并不适合某一学术理论的例子来批倒这一理论的做法是幼稚的。托马斯·库恩、保罗·费耶阿本德或者布鲁诺·拉杜尔都曾证明，一些强大的理论（及其捍卫者）如何成功地与那些对他们不利的事实斗争。我想指出的是，找到一些反例便认为定义有争议，这一论据本身便是一种幻觉，未经检验，而且找到的例子也非常不能令人信服。例如，若说海明威的语言与日常语言毫无区别，这甚至都不能让自己内心认同，因为海明威式的对话充满了戏剧性的紧张和独特的简洁；想借助海明威来批倒形式派的立场真是让人惊讶，因为海明威恰恰是可以用来充分展示这一立场的。这样便令人产生一种印象，似乎孔帕尼翁将对文学语言的分析归为了对语法和词典里的修辞标注的检查，语言与文本其他方面的特征脱节了。他完全满足于对形式派关于风格和情节的论点的关注。

就思想而言，海明威是彻底散文式的，似乎无法划入只关注“晦涩”诗歌的形式派的文学性中。但即便是对他们的理论知之不深的人也会记得，什克洛夫斯基的陌生化概念正是从分析托尔斯泰的作品中得出的。再如艾亨鲍姆对果戈理的《外套》进行了经典的形式分析，揭示出这部作品不是建构于宗教寓意（隐喻）的层面，而是建构于语调的层面。认为形式派似乎是将文学性等同于陌生化、陌生化等同于隐喻性、进而将文学又等同于诗歌，是对形式派理论的简化，甚至是完全的歪曲。

接下来，孔帕尼翁认为，形式派文学性的公式是不正确的，因为在广告词中也可以找到隐喻。这是又一个误解。正是形式派研究者提出了诸文学范畴稳定性的问题，并且将功能的概念引入文艺学。广告词中包含文学的因素并不构成任何悖论：这些文学因素在此起辅助作用；在广告词中起主要作用的仍然是指涉功能和实用功能，或者也可以说是语用的功能。即便在科学语体中，适当的修辞也不可避免；形式派清楚这一点，解构主义者又对此进行了重新发掘。如我们所见，《理论的幽灵》一书的作者也没有忽略修辞风格的问题。但他未必认为，这会使自己的结论缺乏意义，或者科学文本的好风格会使好风格这一概念本身变得毫无意义。

孔帕尼翁也像很多批评者一样，认为形式派关于文本内在性的原理是否定一切文本与世界的外部联系，把作者、世界和读者都驱逐出文艺学的范畴。(131）这又是一种误解，或者是不理解？形式主义思想的基础是：诗功能不只通过文本自身的封闭来实现，而且也通过文本与其他参与文学过程（特尼扬诺夫的自动功能）文本之间的关系、通过与文学之外其他“系列”之间的关系来实现。什克洛夫斯基在一篇主要的代表文章中，以赞赏的语气这样描述罗扎诺夫：生活中的保守派，在文学中进行了一场革命，将私密的主题和语言带进文学。特尼扬诺夫则挖掘出丘赫尔别凯这位为世人遗忘的诗人，使他成为能够代表整整一个时代的人物。难道这不是对生活、对生平事迹、对文字和文化考古的兴趣吗？而且，特尼扬诺夫的讽拟理论成为文学发展演变的推动力，艾亨鲍姆“文学的日常生活”理论和他填补对电影视觉接受空白的“内部话语”理论，不仅仅是考虑到读者或观众，而且认为他们在作品现实的功能中起到最重要的作用。难怪汉斯·罗伯特·姚斯正是从形式主义的原理中引出自己的接受理论。

在《理论的幽灵》中，对上述一切均未提及。

看来，引发孔帕尼翁进行思考的，主要是罗曼·雅可布森关于诗功能的两篇文章，他从中得出关于隐喻化的奇怪思想，似乎对形式派研究者而言，这两个概念就等同于陌生化。但是在一定意义上来说，这一思想符合他的法国式学理。他从普鲁斯特那里借来的公式是这样总结诗性感受的：“优美风格所不可或缺的饰环。”(32）他认为浪漫主义者和康德之后的文学不是靠内容的形式确定自己，如古典诗学所认为的虚构，而是靠表达的形式，是对美的一种自足的追求。这一看法使他更加坚信普鲁斯特的公式。

究其根本，孔帕尼翁是以红极一时的“中庸之道”的名义批评形式主义对浪漫主义“为艺术而艺术”理论的极端化（茨维坦·托多罗夫也说过类似的话）。但这一批评没有切中要害：形式主义本身所要做的，正是揭露文学话语中新浪漫主义的陈规俗套（灵感、创作的秘密、艺术作品的独特性、天才，等等）；这一派别的研究者们正是从反对将文学性理解为形象性和唯美性的论争中起步的。

《理论的幽灵》一书的作者的转述模糊了文学性的概念。他引用雅可布森的话说：文学性“让一部具体作品成为文学作品”，因为有了文学性，“语言信息变成为艺术品”。（44）问题很清楚，而且孔帕尼翁几次在这个意义上引用这些话，如：文学性是某种动态的配置，能够将“非文学的”表述或者作品加工成文学的（按照形式派所写，这一复杂开放的多层次配置涵盖了一系列的手法、工作条件和组织方法等）。然而，孔帕尼翁在上述引文中想表达的却是另外一种思想：“文学性的产生”或者“形成”是由于文本的封闭和文本中丰富的隐喻。不是文学性形成文本，相反，是文本中某种外位于文学性的东西引发出文学性，文学性是被生产出来的性质（这一说法在法语表述中更为强调❶）；这其中有不小的区别。形式派研究者在讲完词语文学化受历史制约的方法后，把词语作为具体、客观的现实来看待，开始制订研究方法；他们所研究的问题正是文本分析一直致力研究的方向：布局、修辞手法、讲述者和人物声音的交织、读者接受、体裁特征、话语的物质性、文本的直观物质性等。所有这一切并非形式派所发明，但他们使其形成了真正的“研究方案”。

动词形式的变化，例如用“образуется”（自身形成）替代“образует”（使形成）破坏了形式主义概念的统一性和关联性。文学性和文学的器具性逐

---

❶ Antoine Compagnon, *Le Démon de la théorie. Littérature et sens commun*, Seuil, 1998, pp. 45 ~ 46: ... la littérarité (la défamiliarisation) ne résulte pas de l'utilisation d'éléments linguistiques propres, mais d'une organisation différente... 这段话如果直译就是：文学性（陌生化）并非是使用特殊语言因素的结果，而是对日常语言材料……的另外一种组织。

渐分野，要求两种不同的方法、不同的研究方案，而且谁也不清楚，怎样才能将它们重新结合起来。

孔帕尼翁坚持认为，文学性的本质模糊不清而且未加明确，这一点不足为奇。他从否定形式主义的概念得出结论，认为不可能就文学给出一个放之四海而皆准的定义，他说："文学就是文学"，就是批评家和大学教师所认为的那种文学。(38) 为满足文艺学的需要，他力荐库恩的相对论命题：关于一门学科的标准，可由该门学科的专家们共同商议适时而定。然而，正如我们所见，孔帕尼翁认为，允许广告具有文学性是可耻的，而且，艺术批评家和交际专家早就反对，整个后现代主义也持反对立场，他们都强调艺术的封闭性；自然，在艺术和广告之间存在不可逾越的鸿沟。孔帕尼翁在表明了自己的相对主义立场后，在寻找黄金中庸的过程中，又表现得像个潜在的本质主义者。

而形式派研究者作为"材料鉴定员"，既感觉到也实际研究了文学与其他艺术门类和其他文化活动类别之间的互相作用。仍以广告为例，形式派支持罗钦可、马雅可夫斯基和利西茨基构成主义的"中间"实验，这一点不应被忽视和轻视。

我批评的目的不是要维护形式派，而是要探讨孔帕尼翁的批评。后者有违自己一贯客观的声誉，竭尽全力反对形式派，有些时候不是完全中立地对待他们，有简化、歪曲和故意回避之处。我想，个中原因在于，他要占据核心的战略位置，把形式派当作被排斥的一方。这位学者仅凭一己之言去推翻现成的方法，对形式派作出非常刻板的阐释，目的是更容易否定他们。但这还不是主要问题。

我的论题是：孔帕尼翁之所以对形式主义遗产作出不客观的解读，是由他《理论的幽灵》一书的基本观念所致，而这一解读在很多方面又决定了这一观念的破绽之处。这是我的观点。下文还将对此尽可能简短地论述。

三

《理论的幽灵》一书观念的基础是由两个轴形成的，这一点与前文所述的布局不同。第一个轴是寻找位于不同理论“中间点”的某种真理，并用“寻常逻辑”来检验它。第二个轴则是试图对理论活动的作用和立场进行重新思考，并以此给文艺学以新的框架。

该书前几章正是致力于这一毫无疑问非常勇敢的行动，这里，孔帕尼翁的建议非常极端，也因此非常有趣。

他首先对理论与实践之间似乎非常明显的对立进行了实证，论据就是这些术语在日内瓦汽车驾校的使用。那里将交通规则教学称作理论，而驾驶称作实践。通过这一类比，他得出结论认为，“理论是与驾驶、与驾驶规则不同的一些规则”。那么，什么才是

> 理论所规范——即组织而不是约束的——行为、或曰实践到底是什么呢？它们似乎不是文学（或曰文学活动）——与教我们能言善辩地当众讲演的修辞学不同，文学理论不教我们如何写小说——它教的反而是文学研究，即文学史和文学批评，或者说文学探索。(10)

需要指出的是，这里最后一个句子是多余的。在法语原文中，该句的意思稍微明确些。法国的传统不认为文艺学是个总的概念，它使用文学研读（études littéraires，在引文中译成“文学研究”）这种表述，或者是文学探究（recherche littéraire，引文中译成“文学探索”）。在法语中，有时会区别批评和研究这两个词，认为批评的对象是个别的文学现象，而研究则致力于研究历史、主题、结构等现象。研究的学术性更强，有时批评难以企及。但也有时一方面将历史和批评并置，另一方面认为研究指的是对文本所做的直接工作，包括文本的发现、考证和学术性出版。❶ 前文所引的这一段似乎指的就是：文学研究实践划分为历史、批评和研究领域（包括，如果使用俄语术语来表述的话，文本学和文本分析）。但接下来又有这样的表述：“理论与文学实践，即文学史和文学批评形成对照”（13）；在此，研究缺席，而实践的范围是由两个领域组成。

孔帕尼翁坚持认为，理论之根可以追溯到古代，而其现代的形式则是在

---

❶ 参见 Yves Chevrel, *La Recherche en littérature*, Paris, PUF, 1994。

19世纪初浪漫主义时代文艺学产生之后才出现的。它与古典理论之间的区别正在于，它不是像修辞学演讲术当时所做的那样来研究文学。与其对应的是美学及美学的领域——文学哲学，它们思考的是“艺术的性质和功能，美与美学价值”。

> 不过，文学理论也不等于文学哲学，它是非思辨的、非抽象的，以解析文本和提取主题为己任：它研究的对象是关于文学、文学批评和文学史的话语，它对此类话语实践发问、质疑，并予以梳理。(11)

这样，文学理论对实践进行分析和描述，是“提示实践的前提；总之，对实践进行批评”。在理论和实践之间还存在着第三个概念——意识形态。这个概念的存在提示我们，要研究理论批评属性的动因。“理论道出某种实践的真理，说明使其成为可能的条件，而意识形态则利用谎言来使这一实践合法化”。(12) 因此，“为了论战，为了抗争（取其词源义：批判），人们呼唤理论，以反驳、质疑对手的实践”。(12)

之后，孔帕尼翁对理论的贡献——两种文学话语（即文学批评和文学史）之间的区别进行了描述。文学批评并不仅是针对专家而言，其中的主要之处是阅读经验。文学史研究外在于阅读经验的事实，“通常是非专业人士不大关注的”（例如作品的构思和传播）。或者换言之，文学批评针对文本，而文学史针对语境。文学批评表述的命题是：“甲比乙美”；文学史则断言：“丙源自于丁”。“前者重在评价，后者重在阐释。”(14)

文学批评和文学史如镜面般的平静定会被打破。因为有一种批评，但是有两种历史：文学史，这是如朗松法国文学史教科书一样的某种综合，总的图景；以及文学的历史，这是一门分析式的、学院式的语文学课程。(16) 正是基于这种术语学上的范例，孔帕尼翁提出区分文学理论和文论。文学理论指的是普通和比较文学的一个分支，是对“总的概念、原则和标准”、对“文学、文学批评和文学史状况的反思，一种对批评的批评，或曰元批评”。(16)

文论则“具有更强的反叛性，更多地体现为对某种意识形态的批判，包括对文学理论的批判”。它

> 自20世纪初〈……〉的俄国形式主义产生以来，文论就与形式主义

> 画上了等号。……关于文论的上述两种性描述（意识形态批评和语言学分析）相互扶持，相得益彰，因为意识形态批评是对语言幻觉（认为语言和文学天生如此的观念）的揭露：唾弃理论之人强调其天性，文论提示其代码与规约。(16)

我们要强调的是，按照孔帕尼翁的观点，理论提出实践工作中不可避免的幻觉，而幻觉或者来自于意识形态的影响，或者源于不善于提出基础性的问题，或者出自认为所有的问题已经解决的天真想法。这是理论为批评家们提出的问题。理论问他们："何为文学？如何对待文学的特殊属性与特殊价值？"（14）而它，理论，"就预设了一种实践"。作者预料到会受到"赋予理论警察的功能"这一指责，并且尽力避免。他指出，理论"不是作品清单或对作品的研究之清单，而是关于它们的某种认识"。(11）但是这种认识主持了经常性的考试，了解并且宣告真理，如果不直接说它就是警察，至少可以毫不迟疑地说它是权力机构。

按照孔帕尼翁的观点，文学研究的结构，即他所称的"文学知识树"，就是这样的。他本人没有谈及这棵树，也没有对其进行图示。为直观起见，如果我们将上述内容统为一体，并且尽力不去曲解，则可以得出如图 1 所示。

图 1 中考虑到了孔帕尼翁所指出的文学研究内部（包括其顺带提及的文学哲学）活动的各种实践和理论形式。当然，也可以绘制出另一幅成分配置图。我们的图示是将这些成分按照垂直的功能实用轴排列（在这个轴上，活动的种类、学科和功能形成互相渗透的范畴），指出成分间的联系和彼此所处的位置。"这棵树"的各种性质变得十分明显。树的层级性在图示中用斜箭头表示：两个层级上的理论操控着文学研究实践。

在图示中，"文学知识树"看起来比书中的描述更有序。奇怪的是，在我们所讨论的这些章节中，论据不仅未得到深化，而且还十分少见地不精确。

定义、示例和比较都不精确。理论既解决文学研究结构的问题，又只能在文学研究产生后才出现。理论既不可避免地具有争议性，又被定义为元批评，"如对一门语言进行描述于是与之对立的元语言，对一门语言的功能进行描述于是与之对立的语法"。(13）难道相对于语言而言，语法是可以争议的

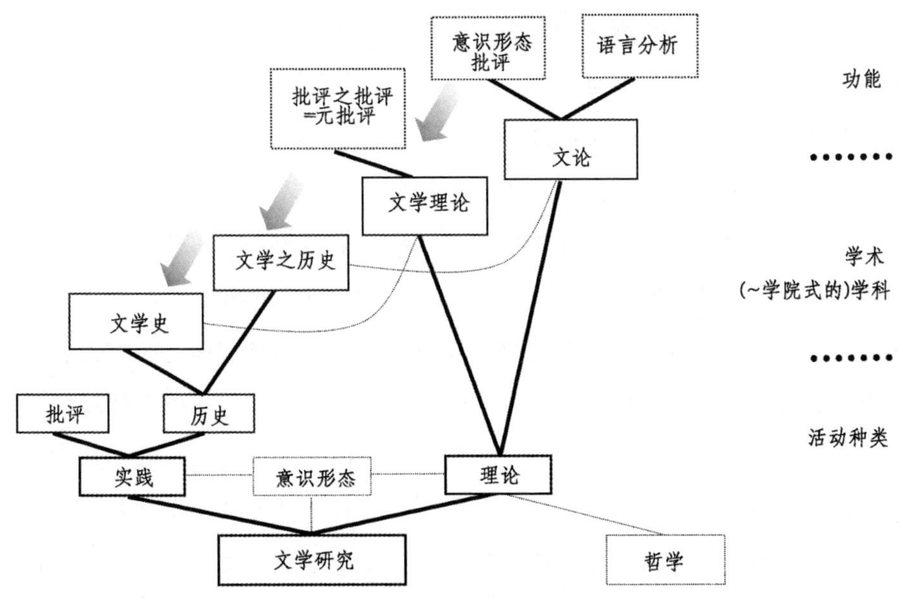

图1

吗？关于元批评的言说有时还被纳入理论的客体系列和文学之中，只是这个文学是有前提的，它压制了整个概念的主要激情。术语学上的修正也不精确。非常有代表性的是，书中提及雷内·韦勒克时，只提及他是文学理论教科书的作者之一，而未提及他是博大精深的文学研究历史的作者，也未提及他那些关于“批评”“历史”和“理论”这些概念间相互作用的著作。❶ 关于这两种历史视角的区别，孔帕尼翁引用了朗松的说法，却避而不提朗松曾经提出来的一组对立：文学史描述文学产品的变化，而文学的历史是艾亨鲍姆所称的“文学生活”，包括读者、阅读和书的命运。不知为何，这种历史正在消失，逐渐为语文学科所取代，仅以渊源阐释的面目出现，就像特尼扬诺夫当年从未曾把起源和演变对立起来一样。最后，以汽车驾校约略类比，揭示出一种反思，即理论作为驾车的指导与理论作为自由辩论的形象不相融（交通规则是不容争议的），与理论的批评功能（这意味着，实践是由可以批评的规

❶ 参见 René Wellek, *History of Modern Criticism*, New Haven, 1955; *Concepts of Criticism*, New Haven-London, 1973 (1960)。

则所指导）不相融，与将理论理解为对共同范畴的寻求也不相融（因为交通规则是具体情景下具体的行为方法）。

很遗憾，这种类比是不彻底的。喜欢汽车的什克洛夫斯基可能会喜欢它，但他若努力将这个类比进行到底，也不排除成功的可能。

我们的图示清晰地呈现了孔帕尼翁这一概念的特点：语言分析与实际活动的脱节。我们看到如何联结到“研究”领域的实践，也看到为实现批评和历史的二位一体、后者如何受到排挤。结果是，关注阅读经验、关注读者评价性论断的批评，并不十分需要具有专门的分析文本的能力。指向语境的历史也不需要这种能力。文学的、形式的分析被等同于语言分析，就连从图案形象诗到先锋派印刷排版上的标新立异之类的各种视觉经验也被忽视。而且这一分析总是被放在最后，放在具有争议的“文学理论”框架中，为了表示与意识形态批评的精诚合作。原因显而易见：因为思想被认为是语言的结构体，为了理清思想正需要语言分析。

令人遗憾的是，孔帕尼翁从“技术的”类比开始，却不愿意用对比的方法使问题深入下去，哪怕是对比、与已经得到深入研究的实验科学的认识论相对比。例如，托马斯·库恩在涉及科学研究对象时，将能力（know-how），技术专长与理论知识（knowledge）区分开来，后者既对技术专长和设备极度依赖，又对它们产生极大影响。一门学科的历史和哲学，或者说认识论，构成与这二者相关的第三个、但是完全独立的范畴。这样就产生了一个三足鼎立的体系：能力、知识、阐释。在这个体系中，理论本身依据所占据的位置，可以与研究对象直接交流。孔帕尼翁原则上拒绝这种交流，而且实际上将技术专长的问题归零，过分强调争议性阐释的作用（元批评和意识形态批评），并赋予这种阐释监督的功能。这样，我们就逐渐清楚，为何孔帕尼翁要拒绝使用形式主义，并对其纲领进行弱化处理，因为这一纲领力求全面，其原则正是实践与理论的紧密联结和互相渗透（在这方面，这一纲领完全堪与库恩的纲领相提并论）。正是在这个意义上，对形式派不对等的解读决定了孔帕尼翁的理念。

如前所述，我的目的不是要维护形式派。与形式派思想和库恩的立场不相符合这一事实本身，并没有什么可指责之处。《理论的幽灵》一书的观点不能令人满意，并不是因为要把形式派或库恩的立场奉为经典（尽管这二者的观点对我更有说服力），而是因为，正如我极力展示的，针对他们的论据尚不够充分。

但是我要强调一点，对文学研究的结构进行重新审视是一件重要的、永远需要做下去的事情，特别是在今天，关于文学的科学现出疲软征兆的时候，更值得大力关注。我们感谢这位法国学者，他以自己的著作为继续推动这项事业注入了强大的动力。

（编辑：萧　莎）

当代小说的多文化视野及人类学视野*

[法] 让·贝西埃 著
鹿一琳 译

本文尝试以一种特殊的双重视野来解读当代小说。第一视野：独特性和范式性之二元性视野。该视野与当代小说所保留的独特性与普遍性的表现手法有一定相关。这与以下现象分不开：独特性向普遍性过渡的过程不再明显。第二视野：与多文化共存相关的特殊人类学视野。多文化共存表现为多种形式：混成性形式、无渗透的多文化组合形式、相同地域的文化多样性形式。当代小说在多文化共存的处理上并不一定能够按照以上所述快速分类。当代小说必然经历独特性和范式性之二元性的重新建构以揭示人类的新特征，这种新特征避开了个体人类学，而个体人类学正是小说之传统特征。这一传统从19世纪的现实主义一直延续到后现代小说。我们按照上述与传统相对立的特征来定义当代小说。❶

一、当代小说：自制视野及人类学视野

当代小说中，独特性与范式性、偶然性与必然性的双重悖论，一方面着重于小说叙述主题的分散性及小说世界的异质多元性特征；另一方面表现为与创作和阅读的必然联系。因此，当代小说依然沿用新小说及部分后现代小

---

* 原文为："Le Roman Aujourd' Hui：Perspectives Multiculurelles et Perspectives Anthropologiques"，这是作者为本刊提供的特约稿。

❶ 本文所引小说均有多文化特性。

说的创作手法。但当代小说与其前身又有不同：小说没有将差异性与解构过程的结果等同起来，也没有将阅读置于猜测的信号之下。在小说叙述主题与环境的悖论性集合中，存在着一种内聚性以表现其范式性：在这里，内聚性与小说论证并未混为一谈。小说的悖论性特征很明显，原因在于：小说未建构任何范畴，无论是形式范畴、语义范畴或象征范畴；然而小说却从上述范畴的缺失中，提取出多种内涵，以达到小说的内聚性、观点的分散性和异源性。例如，萨尔曼·拉什迪（Salman Rushdie）的《小丑萨利玛》（*Shalimar le clown*）：小说利用了分散形象和悖论性叙述论据的建构，同时赋予这种形象和悖论性建构以过渡的可能性——虽然未明确定义，在《小丑萨利玛》中，其实是向价值论视野过渡。

回到《小丑萨利玛》的例子，需要补充的是，二元性体现了在小说主题的整体上：时间刻画、空间再现、写作特点，并由此起到了媒介的特殊作用。约翰·马克斯韦尔·库切的《伊莉莎白·考斯特罗：八个教训》运用二元性形成其创作特点，有悖于传统写作针对个体的创作，而是回归自然和世界的言语，形成小说创作与小说主题一体化的范式。从相同的视角出发，当代小说与解构小说也是悖论性的，后者强调主题的异质性，而前者则要求以自省式创作凸显个体性与范式性之二元性。自省式创作并不是一种流于形式的创作手段，它涉及到叙述性主题、代表性主题、语义主题、象征性主题，以强调个体性与范式性之二元性。当代小说清晰地呈现出自省式创作的特点，由读者得出阅读结论。罗贝托·波拉尼奥（Roberto Bolano）在《2666》中，通过五个独立章节构成的片段式结构，使读者的自省变得必不可少，同时，通过小说内部对作者形象的自省，对这样的片段式结构加以论证。作者在大部分篇幅中隐形，只由读者和小说人物的言语来定义，这种双重自省方式本身就是范式性的证明。作家个体、读者个体最终被小说描绘成相互的“解释项”：在此，范式性体现在作家所代表的表达对象和读者所代表的表达方式之间的关系定义上。

也就是说，所有的文学批评都应当以下列几种视野来审视当代小说：自制视野——与再陈述及补充陈述相关；系统性视野——与自制所描绘的文学同源性相关；人类学视野——与人的塑造及小说的媒介建构及该建构所涉及的全部问题密不可分。

自制视野：小说构建的陈述补充部分有其独特性，即小说构建了一个自制体系。小说陈述整体表现为言语和再现的反复，这种反复构建了与所有言语及再现相关的新信息体。反复既用于过去的言语及再现；也用于当代言语及再现，既可以是文学性的，也可以不是。通过自制，即反复、主题的构建及新信息集合的处理方式，小说真正实现了独特性及范式性之二元性。反复使小说具有独特性；反复的信息性又使小说表现出范式性——这是只有在交流范式中才表现出来的新信息。而这也是小说的媒介功能之所在。

自制在当代表现为后殖民主义小说。后者使当代小说同时成为表达异化和去异化的方式，并由此表现出西方文化给当地文化所带来的不可磨灭的、持久的束缚。后殖民主义小说也使这些束缚成为表达独立言语的方式，这种言语可视为信息言语。异化与束缚由清晰的反复来表现；去异化与独立言语通过自制来实现。后现代小说的这种组织结构贴切地、全面地展现了当代现实。阿玛杜·库忽玛（Ahmadou Kourouma）在《等待野兽投票》（*En attendant le vote des bêtes sauvages*）中的描写可视作一部寓言剧：身份未明的殖民地领导者和非洲独裁者们如同一群野兽，每人各有一个动物形象。然而，这样的讽喻在很大程度上是不恰当的。当代政治领袖的“兽性化”与权贵阶级的传统形象完全相同——这样的传统形象与当代宗教信仰及宗教传统不可分割。小说因此成为反复出现的、政治文化象征的集合。唯有这些象征能够因自制而在小说中体现出客观性：因为政治领袖们没有明确的可参考身份。

当代小说通过言语及再现的反复来探寻尽可能合理的表现方式。小说力求达到一种普遍性，无论是言语及再现的普遍性，还是小说自身言语的普遍性。这种最广泛合理性探索使小说具有一种亲缘性：一种言语、一个再现或其他意向性的合理表达总有另一种可实现的构思。该研究也实现了从一个文学空间向另一文学空间的转换。

这些论点在当代东西方小说史中均可以找到说明。自制的反复虽然描绘出了小说间的关系，却有其不当之处。然而，通过不当之处，小说家和读者可以找到作品间的相互依存关系：找出将作品的原型功能与媒介功能结合起来的最简易方式。例如，村上春树（Haruki Murakami）的《海边的卡夫卡》（*Kafka sur le rivage*）便几次以卡夫卡为参照。按照标题所示，作品的主人公名为卡夫卡，然而，该主人公与卡夫卡作品中的人物相去甚远，正如作家与卡夫卡、该小说与卡夫卡的小说一样，相去甚远。但这并没有阻止、反倒是促成了卡夫卡文学奖授予村上春树。在《海边的卡夫卡》中，显然存在着文学和自制之间的相互依存。两者以唯名论的方式相互依存——卡夫卡的名字成为一种标签、确保了卡夫卡主义，使《海边的卡夫卡》的评论得以从卡夫卡出发。这里的唯名论是一种建构主义。尽管卡夫卡的身份鉴别并不能使人信服，然而正因为其随意性，使其成为建构主义的纯粹证明。信息类型的选择越随意，对卡夫卡的参照越具有信息价值。其扮演的角色不是非确定性，而是贴切性与媒介性方面的开放的确定性。这并不意味着《海边的卡夫卡》是卡夫卡小说基础上发展出来的日本小说，它表明最广泛的文学语境的描绘，哪怕只是唯名论的，也足以证明这种确定性。信息类型的选择最终回归自身，并构建其问题域：当其姓氏首先演变成为唯名主义的手段，卡夫卡会变成怎样呢？这些问题找不到答案，或者说有双重答案。运用自制手法的作品将卡夫卡定义为出发点，卡夫卡也因此成为其发挥的局限；作品也显现出唯名主义带来的文学可能性。

在相似的视野范围内，当代非洲小说中经常出现互文现象、将小说与西方文学联系起来，这也可以视为两种文学相互依存的尝试，它赋予非洲小说最广泛的贴切性，无需强制性使用跨文化或互文的手法。本·奥克瑞（Ben Okri）的《神灵为之惊异》（*Étonner les dieux*）是一本涉及教义传授的寓言小说。奥克瑞以古代空间视角为背景，或以与德国哲学有明显关系的象征性诸说的混合为背景。在此，无需探讨引用、反复，只是对《神灵为之惊异》中的唯名论写作手法做一个统计。唯名论的创作手法拓宽了小说阅读的媒介性和贴切性特征，这种拓展没有逐字逐句地写明。

小说构建了独特性和普遍性的双重表达模式，因此也要依据独特和普遍的协调进行双重阅读。小说表明，对最广泛贴切性和媒介性特征的追求，与依据语言文化特征而进行的、对小说主权性言语的假设背道而驰。这里存在着一种悖论：所有这些，只有依据具有独特性的文化参照才显示出来。这种独特性的认同集合了多种独特性，显示出多种意向性及问题性。

石黑一雄（Kazuo Ishiguro）在《长日将尽》（*Les Vestiges du jour*）中采用了看似属于民族空间范畴的悖论手段，以英国一个庄园的居民及社会生活场景为描写对象。作为英国中产阶级的代表，没有什么能比这更具有地方性和特殊性了。正如石黑一雄所释：英国形象的塑造依据两个视角。其一，英国特有的视角；根据 G. P. 沃德豪斯小说所获得的以及小说世界与小说论据的悖论性来阅读。其二，（悖论性的）国际化视角；对英国的再现对应着人们赋予这个国家的国际化形象——这与英语的国际化密不可分。小说解构的英国形象，不论是地方性的还是总体性的，意在暗示《长日将尽》的世界应该隶属于一片奇异的领土，在那里一定有独特性的形象与范式性的国际化场景。

人类学视野：赋予小说最广泛贴切性形象的最佳方式是把该形象明确地代入人类学主题当中，这些主题确定了一种文化背景下人的地位、认知能力、人与他者的关系、人与动物的关系，也确定了人在社会中赋予了自己的再现场、自我再现场、时间再现场、共同体再现场。正是由于这些再现，人类主体能够自我认同、行动、自我定位与他者的关系并成为团体中的一员。这些人类学主题可以自我呈现，因此诞生了我们上文提过的人类学小说或人种学小说。人类学主题其实是始终如一的。其构建小说主题、主体、行动、客体等决定性因素，也通过人物及小说主体表现出独特性和个性化。在一个“真实”社会，人类学家证实了这种独特性及个性化，并以概括性视野对其进行解读。反之，小说赋予独特性和个性化一种特殊功能：一方面，依据人类学主题清晰地表现个体；另一方面，将小说与主题的自省表现对等起来。同时，即使不是人类学小说，小说也可以成为一种人类学寓言，这就是自省式创作。

这段历史也是具有小说自反性的人类学主题的选择史。因此，提到小说诗学与小说美学，就意味着多种类型的选择。现实主义：其人类学关注点在于认识论范畴和作为认识主体的小说人物的特点塑造。现代主义：其人类学关注点在于人物特点塑造的时间范畴。新小说、后现代小说：其人类学关注点在于语言。人依据话语来定义，作家也是如此。这些关注点足以表现最广泛的贴切性。正因为这样的表现，这些关注点也赋予小说独立性、自足性以及真正意义上的结构性，因为小说允许自省及贴切性表现。

以上均为当代小说的创作手段。在探索最广泛的贴切性方面，当代小说只能依据自省手法，研究所有人类学主题的关注点及其含义，以及这些关注点所描绘的单元、自省手法的要求及结果。同时，当代小说对最广泛的贴切性的探索也有其独到之处。当代小说不排除在它之前的关注点；与现代主义、新小说、后现代主义消减现实主义视野相反，它拒绝所有排他性关注点，将小说置于反人类学信号之下，对人类形象的模糊化加以肯定。当代小说表现为人类学关注点的集合，并在该集合中提取人类学原型。罗德里格·弗列桑（Rodrigo Fresan）的小说以及爱德华·格里桑（Edouard Glissant）、帕特里克·夏莫瓦佐（Patrick Chamoiseau）、萨尔曼·拉什迪（Salman Rushdie）的加勒比小说正是如此。西方文学特有的反复及自省的写作方式使人类学关注点带有西方的特点，但是这些关注点并不排除西方相对陌生的人类学塑造，特别是对信仰的召唤。关注点的多样性，构成每一个关注点的问题域、人类学形象范畴内的认知视野和独特媒介的形象化布局。认知视野——媒介的独特塑造通过以下几种关系来展现：从自身到自身、从自身到他人、从他人到他人，依据不同地域的文化认同以及不同文化活动观察来刻画。由此，以百科全书方式创作的《整体世界》（*Tout-monde*），根据作者爱德华·格里桑的建议，不仅仅把小说视为对上述关系的诗意阐释，更揭示了小说题目《整体世界》的内涵：小说不是简单的总和，而是这本百科全书所有独特性的再现——换句话说，以多种人类学视野为条件的独特的元再现。

人类学主题的关注点使小说具有最广泛的相关性，同时，通过个性化、独特化，使小说主题再现具有集合的、团体的特点。这些特点也体现在人物及其个性身上，使其具有独特性。在《等待野兽投票》中，阿玛杜·库忽玛将独特性作为不同人物、尤其是独裁者的描写原则是出于双重目的：反抗文化言语的所有权威；表明文化认同只有在主观的、个性化的情况下才能进行。由此，通过人物和对佛教的召唤，罗德里格·弗雷桑的小说标题《曼德拉》

（*Mantra*）意味着小说自身及其召唤、保护多领域的能力。小说既不涉及信仰范畴，也不是一种对话方式。小说建构肯定人类学关注点乃至人类学自身的多样性，又不失其独特性。只需略作修改，同样的阅读方式也适用于帕特里克·夏莫瓦佐的《最后行为的圣经》（*Biblique des derniers gestes*）和萨尔曼·拉什迪的《午夜的孩子们》（*des Enfants de minuit*）。以加勒比海为背景，小说试图再现整个历史世界及史前世界——小说单从名称上便囊括了许多人类学主题、文化认同、传说、历史寓言，按照其自身的合理性、独特性及小说的个性化建构起来。此处，印度小说遵循同样的创作方式，具有同类型特征。作为人类的一种特殊再现，人类学参照及文化参照具有小说独特性的可能，这种独特性也可以看做是合理性的广泛延伸。

二、当代小说的类型学要素

当代小说并不否认其缺少从独特性到一般性的推论，也不否认个别性与偶然性的同化。当代小说使独特性成为对小说世界饱和度的隐性再现。小说世界的所有主题都可以和独特性的再现联系起来：主体和客体的衔接看起来非常严密。该视野下，最著名的当属罗贝托·波拉尼奥的小说。小说独特性在《荒野侦探》（*Les Détectives sauvages*）中表现为人物——失踪的女诗人、在《美洲纳粹文学》（*La Littérature nazie en Amérique*）中表现为事件或系列事件——独裁者事件、在《2666》中表现为群体人物——因其相似性和互补性揭示了小说世界的种种可能。通过小说饱和度，独特性还揭示出小说范式无法表达的诗意和价值论影响、自由以及人类的职责。根据多重复合的独特性，饱和度的创作手法可以找到其对应形象，如萨尔曼·拉什迪的《午夜的孩子们》中有通灵术的讲述者形象或萨尔曼·拉什迪的《小丑萨利玛》中萨利玛的形象。这与19世纪小说的差异非常明显：19世纪小说人物不是一个饱和人物，而是再现真实世界的介入式人物。

当然，当代小说依然致力于实例描写，如《荒野侦探》中的女诗人、《午夜的孩子们》中出生于同一时刻的孩子们、萨利玛及其凶杀案。这些实例不是过分细致，而是期待找到一种构建小说整体的表达法，是小说得以成文的关键。在《荒野侦探》中，偶然性和必然性表现在寻找失踪女诗人，而女诗人是表达法的具象代表。偶然性与必然性把偶然和意外的表现手法置于显著位置，该表现手法于“再现主义”范畴之外无形中加入小说世界，使小说主客体间关联成为可能，使构建小说成为事实。在此视野中，偶然性和必然性成为证明表达法及小说主题的手段，小说主题是其自身事实，在小说世界中被反复表达。这与 19 世界小说的创作过程是相反的：当时的表达法针对的是世界及表达对象，即词与物的和谐，这也是现实主义的要求。从传统小说、后现代主义过渡到当代小说，独特性的处理也发生了演变：传统小说中，独特性与范式性的清晰关联被抹掉；当代小说中，独特性与小说的多元化主题不可分割。传统小说中，独特性意味着关系的缺失并暗示着某种普遍性的存在；当代小说中的独特性借助一系列关系并与之不可分割，这些关系代表着独特性。传统小说由独特性来决定问题域：如何从独特性过渡到小说蕴含或者说隐含的范式性？当代小说的独特性没有使问题域成为小说的一种二元性建构，而是把问题域作为小说展现或再现的内容。《荒野侦探》《2666》展现的所有关系，唯独通过缺席人物才能证明，即这些关系每次都需要依靠作家人物来证明。

既然小说存在两种方式来阐述和运用独创性与范式性之二元性及其替代关系偶然性与必然性之二元性，则小说在铺陈故事的时候也使用两种截然不同的方式来展开。不同之处在于，意外性与偶然性的认同以及它们被赋予的意义。意外性和偶然性与结构的不可分割解释了独特性和范式性的不可结合；意外是小说的发展方向，同时意外也是小说的矛盾所在：意外总是发生在故事当中。有序的故事中对意外的描写在现代小说、现代主义小说和后现代主义小说中是悖论性的，在当代小说中则是合乎常理的。依据下列看法，当代小说解释了现代小说、现代主义小说和后现代主义小说传统缘何走入了死胡同：传统小说的布局并不构建其媒介形象，也不强调意外性与偶然性之二元性的合理性；当代小说的整体把二元性作为媒介多重形象化的手段。两种小说的对立还表现在传统小说的过分细致和当代小说的饱和度方面。

罗贝托·波拉尼奥和萨尔曼·拉什迪的小说中不乏偶然及偶然性相遇。种种偶然根据叙事而展开，就形成了意外性的建构。意外性因其与上述相遇的不可分割，构成了一个共鸣和呼应的网络。该网络没有规划任何必经之路；它将叙事整体定义为事件和行为发生的共同平面，而不仅仅是叙述系列事件行为的方式。至此，我们为上述定义的现代小说、现代主义小说和后现代主义小说的二元性找到了答案。在网络叙事及共同平面叙事中，意外性与一些关系不可分割，这些关系既不是必然关系，也没有经过预先设计，而是被显示出来、与故事的发展紧密联系，换言之，与故事的时间性紧密联系。时间性把对意外性和叙事网络的表达转换为共时性与历时性的创作手法。意外性和网络建立了一种综合化的多重方式来构建小说的布局。读者依据该布局阅读，意外性和网络是阅读的限制条件。小说布局是定义性的；通过这样的小说布局，无论偶然性和必然性给小说带来何种叙述中断，小说都能毫无任何间断性，必然性通过小说内聚性的描绘展现出来。

罗贝托·波拉尼奥的《2666》由五个故事任意构成。这些故事有一个相遇地点——圣特莱莎，墨西哥华雷斯市虚构的复制品。这个相遇地点摆脱不了偶然性和意外性，反而证实了它们。圣特莱莎与华雷斯市一样，是一个女性谋杀案频发的城市，这大概与其所代表的暴力有关。其价值还在于，对整个法律学的否定及针对一切拉美魔幻文学的反写作；拉美魔幻文学的典型代表就是加西亚·马尔克斯（Gabriel Garcia Marquez）的《百年孤独》（*Cent ans de solitude*）。另外，五个故事具有毗邻性，这些故事由许多偶然组合而成。还有，未来的2666年作为一种反指征的方式，否定了一切时间上的终结性。作家作为批评研究的对象，由此成为多重偶然性发生的契机，代表了与他者及所有人的关系，象征着文学塑造的对象。对媒介的灵活处理使事件和行为被视作是必然发生的，小说中必然性的布局和其余关系的布局交织在一起。象征视野和价值论视野超出了清晰可辨的法律学范畴，仅依据这些关系和媒介的再现来判断。小说没有探寻故事的发生地、与世界的和谐，而是以偶然性为媒介，使人的诸多意向性得以显现并达到协调一致。小说留给读者和评论家的部分，正是文学的功能所在。

略作调整，《午夜的孩子们》也可遵照同样的逻辑方式来解读。偶然性与必然性的二元性由小说人物来展现，这些人物被设计成行为和事件的偶然关联，然而从中又可以读出不可避免的迹象。例如，小说的叙述者兼主人公萨里姆·西奈是一个大鼻子的通灵人；能未卜先知的泰；两个孩子萨里姆和湿婆，因为偶然被调包，互换了身份，从而引发命运的交错；医生阿达姆·阿齐兹因为职业的缘故与社会生活脱节：他是个有机缘的人，也是个见证人，能够按照科学预知将要发生的事。偶然性与必然性之二元性也体现在印度历史的二元性上。印度历史因其复杂而奇特；尤其当我们审视历史的时候，通过一系列家族故事将生命归于无法摆脱的宿命，这时便更显出历史的离奇和复杂。小说中也采用了历史讽喻的方式，保留多故事构建的唯一历史问题的完整性以及这些故事与历史语言之间的关系问题的完整性。即使能够讲述历史，也只能采取一种虚幻的方式。这并不意味着历史本身是虚幻的——历史是完全真实的。然而，对历史的理解和展现属于虚幻范畴。历史只是个体的历史。必然性表现在人物的稳定性上，表现在人物置身于系列事件当中，虽不协调，却构成了人物共同的命运，尽管这种命运无法得到系统的展现。虚幻的历史也是明确的，它并不是完全的虚构，而是经过虚构或假设的历史；其在时间和空间上接近历史，允许历史吻合性的缺失，也允许通过对历史的再现，表现与历史相吻合的必然性。例如，在《午夜的孩子们》中，午夜出生的婴儿、印度独立日，证明了此种解读的合理性。对历史吻合性的再现依据偶然性、人物间的关系图和媒介的宽广来实现。当代小说所表现的历史是一种结构严密的历史、一种通过问题域的开放才能实现的必然性历史，应该说，这是一种弱化了的必然性。

（编辑：萧　莎）

意象的政治性*

■ ［英］特里·伊格尔顿　著
刘雅琼　译**

济慈在《秋颂》（*Autumn*）中提到“成熟的羔羊”。这是矛盾修辞法吗？看似如此，因为顾名思义，羔羊成熟后即为绵羊。不过，羔羊在羔羊的范畴内，可以是成熟的羔羊。可能正是诗里的这个谜团激发出托马斯·耿（Thom Gunn）《我那悲伤的船长们》（*My Sad Captains*）中的诗句：

这样悄然地成长，
是否一面仍在长大，一面
已然完美，毫无缺欠？
——《金之价》（*The Value of Gold*）

诗中的言说者仰面躺着，凝视着一棵树，而弗兰克·柯默德（Frank Kermode）的《浪漫主义意象》（*The Romantic Image*）则专辟一章讨论树木。一件事物，怎么可能既保持自我同一性又继续成长、既不断变化而又独立自持呢？我们只能设想：这是由于它的形式不是从外部强加的，而是有机生成的。这种形式不能被视作容器，因为对于所容之物来说，容器可能不是太大就是太小。它应该由所容之物在其各个发展阶段自然生成。举凡生物，皆有成长进化。在这个过程中，它们每时每刻无不显示出形式与内容的完美匹配，这种同一性贯穿在其整个非同一性的成长过程中，令人击节叹赏。如果像我们的语言所坚持的那样，形式与内容可以相互剥离，那么，我们大可以将形式

* 原文为“The Politics of the Image”，译自 *Critical Quarterly*，vol. 54，2012。

** 刘雅琼，北京外国语大学英语学院。

视为一件上衣，总有一天会变得太小，而不是随着成长不断延展的皮肤；这正是上述诗歌所表达的困惑。用有机论者的观点来看，这是因为我们的言语诱使我们将形式物化为自在之物，想象该物不是越过内容就是落在内容之后，结果掩盖了一个事实，即形式无非是内容的内部组织而已。

简言之，成熟的羔羊有几分弗兰克·柯默德所说的浪漫主义意象的“含混”之意。浪漫主义象征或意象（柯默德经常交替使用这两个术语）将变化与固定、内容与形式、精神与物质、意义与存在、即时与永恒结合在一起。我们还可以加入一组对照，这是柯默德虽未提及，但德国浪漫主义者和唯心论者所热衷的一组对立概念，即律法与爱。诸如此类神秘的意象似乎是亦死亦生、若存若亡，于旋转世界的静止处运行，精力勃发，自然而然地融入一个完美的形式，而无伤害自我活力之虞。正如柯默德早期在书中写道，浪漫主义意象既具体有形又恒化不居、极富暗示意味，既在生命之外又别有生机，自为一体、浑然有机，既是物质又是形式，既难以阐释把捉又不关乎写作意图和伦理功用。人们也许会认为形式固定不变、毫无生命力，而内容则瞬息万变、富有活力。在叶芝（W. B. Yeats）的诗歌中，内容永远是那么丰富，几欲溢出，却也受到某种内在的节制和调控，这种情形恰似一注喷泉。相反，对于弗洛伊德（Sigmund Freud）而言，形式是站在生命这一边的。爱欲，或者说生命本能，能够不断地产生形式，而死欲或死亡冲动，则象征着它所不断压制的桀骜不驯的物质。但是这种对立仍然可以被解构，因为爱欲利用死欲去创立秩序与稳定，并将其破坏性的狂暴力量用于创造性的目的，其结果就是这两种伟力有效地结合在一起，为人类创造一种生中有死、死中有生的状态。柯默德在浪漫主义意象中发现的正是这一点，尽管这一发现并无精神分析学的理论依据。

《浪漫主义意象》偶尔会提及艺术家对意象的热爱和现代中产阶级工业社会的兴起，但是，并没有太多涉及到社会背景的内容。在柯默德看来，艺术家只要拥有这些高高在上的意象，就能部分地补偿他/她与现实世界的疏离。人们很容易想到雷蒙德·威廉姆斯（Raymond Williams）在《文化与社会：1780～1950》（*Culture and Society* 1780～1950）中关于浪漫主义艺术家的论述，他指出，诗人开始强调精神的中心地位和极具预见力的想象时，正值庸俗的文明将他们挤到边缘，并沦为市场上的商品生产者之时。艺术形式正是以漠视社会现实的方式对一定的社会状况作出了反应。一个自持无待、卓尔不群的意象睥睨着周遭堕落的历史而不受其缁染，这一姿态的政治意味可谓丰富。这样说来，现代主义在形式上颇具政治意味，无论它在关乎社会内容时表现得是如何羞涩难当。但是，如果《浪漫主义意象》能对社会历史多加留意，它本可以认识到意象或独立自足的艺术品并非仅仅是逃离现代性的避难所，也不仅仅是针对现代性的精神补偿，它更是解决现代性主要矛盾的一种更为大胆的策略。简单来说，浪漫主义意象的对立面即为商品形式。

商品对于马克思（Carl Marx）是一个谜，而浪漫主义意象对于叶芝或柯尔律治（Samuel Taylor Coleridge）亦复如此。它是一堆粗野的物质，并流溢出意义，恰如尸体大出血一样。它的意义不是自身的一部分，而是外在于自身，是在自身与其他同类物品的交易中才显现出来的。它是自己对自己的仿拟。作为拜物教的一种，商品扭动着自己性感的腰肢，瓦尔特·本雅明（Walter Benjamin）将之比作妓女诱惑人的伎俩；可是其社会构成中却没有任何物质的因子，而完全是一种纯粹的抽象。柯默德认为浪漫主义意象几乎独立于意图而存在，但对于商品制造者而言，却并非如此。即便如此，资本主义制度下的生产商并未打算大力生产某种特殊的商品，而是会制造任何能够带来利润的商品。如此说来，他的意图和他的产品一样抽象。

商品作为世界的一部分，就交换价值而言过于抽象，就拜物教而言又过于具体；商品是对艺术品拙劣的模仿，是一种走样的人工制品，其形式与内容、物质形态与概念意义并不匹配。马克思从总体上发现了资本主义社会中抽象与具体之间的脱节。这种情况既出现在经济领域，也同样出现在政治领域。真正的民主意味着这样的一种社会环境：公民选代表参与国事，让人代表自己的所有特殊需求和利益。但是与此形成鲜明对照的是，资产阶级社会的抽象公民仅仅在国家层面上而言是自由、平等和普遍的，而文明社会中的实际男女却在所有具体喜好上处于地位不平等、压迫盛行和各自为阵的状态。

资本主义社会秩序被劈成两半，一边是一连串无意义的物质，即“基础”，也可以被视作一种“坏的”、无上的崇高，另一边是一系列抽象普适的形式，即“上层建筑”，它试图赋予流动体某种稳定性。前一个领域永恒变化、激烈动荡，而后者则有着某种看似稳固的状态。形式外在于内容，而非内容的有机组成部分，二者处于长久的冲突状态。如果说资本主义拆解了制度与违抗之间的差别，那是因为其上层建筑的形式的稳定性往往被物质活动的不安稳的活力所破坏。后现代主义就是一个表述这种情形的词语，无怪乎形式与内容、流动与抑制相融合的理想变得如此令人着迷。

如果说美学话语常常出现在19世纪的欧洲——彼时的欧洲艺术品本身都很少受到工业中产阶级的重视，其缘由之一便是它很有希望能解决这一矛盾。艺术品勾勒出个人与全体、感官特殊性与概念意义之间一种全新的关系。艺术显示出一种整体的概念，受到一种普遍的形式或规律的制约，但是这种普遍性就像颜色或纹理一样，铭刻在物质形体上，与物质形体无从分开，就像词语与其意义无法剥离一样。我们可以把这一点与资本主义秩序的“坏的”整体性相比，这种整体性是碎片化的，毫无形式可言，无法将其概念化，只给我们留下了这样或那样粗陋的特殊性。由于无法形成整体的感官意象，这种社会秩序是崇高的。

在理性主义者或经验主义启蒙者心中，一种全新的、对意义与物质的现象学理解开始出现。这种思想认为，人类的意识形成永远都是感官的、具体的，其范本就是艺术品，它用感性的形式实现其意义，就如同身体举动或手势必然包含意义一样，其道理不证自明，就像手套都有内衬一般。美学是现象学的先驱，而且柯默德发现，这种对身体的现象学理解体现在叶芝诗歌中的舞者身上。若询问我们如何能从舞蹈中得知舞者，无异于询问如何从表演认知舞者自身、从实践认知主体、从肉体认知精神。如果要看到灵魂的样子，那就打量人的身体吧，维特根斯坦如是说。

托马斯·阿奎那（Thomas Aquinas）认为隐喻尤其适合人类语言，因为它是有形的、可感知的，而且在他看来，男男女女不过是肉身的存在。但是在这一点上，托马斯主义对身体的理解开始与意象主义和象征主义出现差别。阿奎那认为，我们的思考方式取决于我们的身体。在这一点上，他和弗雷德里克·尼采（Friedrich Nietzsche）有一种奇特的相似性。我们说话、思考、想象，都有物种的必然性；我们的理性是一种动物式的理性。如果天使可以说话，我们将无法理解它的话语。我们的思想离不开话语，是因为我们的身体具有话语性。

然而，对于象征主义美学家来说，身体毫无话语性可言。的确，舞者、瀑布和陀螺都在运动，甚至一棵树都可以说是处于动态的，但是意象之美就在于这种话语性的运动被置于一种永恒的静止状态、永远向自身折返，譬如叶芝诗中"大房子"里的喷泉或《四个四重奏》（*Four Quartets*）里的中国花瓶。它不会受到时间的关照或毁坏。至于通常的或街头市井意义上的话语，却正是浪漫主义意象竭力抵制的对象。任何概念解释都难以把捉的顿悟缄默无声而又生动有力，它是对苍白的理性主义的驳斥，这种理性主义的感知和感官是脱节的。浪漫主义意象是对启蒙运动的反击。诗人对语言如此小心谨慎也是颇具讽刺意味的。语言在时间中流转，历史仅是尘世的一个维度，而历史已经失去了原有的光环。语言玷污了自身，被功利主义理性污损殆尽，只有对语言施加某种创造性的暴力，才能拯救它逃离这种可耻的命运，使其重现身体的荣光。现代主义可能与语言恣情相嬉，但是也对语言持有深切的疑虑。

对于阿奎那而言，身体与语言并不是根本对立的。圣礼是符号标志，同时也是物质行为，而上帝的词语就是人的身体。在浪漫主义意象中也出现了这种意义与物质的统一性，它像大多数美学观念一样，也有一个神学来源。与那些意象的捍卫者不同，阿奎那并不认为存在于我们当中的这两个维度可以完全契合，而是在复活的身体中才能实现统一。只有在那个时候，我们的肉体才允许我们清澈透明，与他人相融相洽。如果说阿奎那在这一点上没有沾染有机论者的不实观念，那么精神分析理论也同样没有。这样的理论在躯体与符号的接合处运作，既意识到二者的冲突，也意识到它们之间的紧密关系。身体并不能被轻而易举地嵌入到一套符号系统中，即便这个痛苦的过程是其变成个体的唯一途径。语言是身体实现自我的场所，但是身体不会永远完全自如地寄居于此。语言介质使身体蓬勃活跃，但是也把它消解成碎片，使身体疏离于自身。

此外，身体是我们最不能称作是自己的东西。我们不能说它是个人的财产。我们的肉体来源于他人的肉体，我们为自己争取那点自主权的任何努力都只能从这个更深层的依赖关系谈起，我们的成就或失败离不开这一关系。这不是象征主义美学家的观点，对他们来说，诗歌或意象本身的意义都奇迹般地有着自主性，其本身即目的；它脱胎于自身无尽的深渊，横空出世，绝无仰赖他律的奴性。借用弗洛伊德的术语，这是对自生的幻想。

现象学家眼中的身体是他予的，远非自我创生和自做主宰，而是由命运安排；这种宿命外在于我们每一个人，像一道铁面无私的定律压在我们身上，其核心就是绝不容情的无名氏——死亡。身体远非内在的真我随身携带的行李，也不是叶芝所说的像是一只将死的动物绑在真我身上，也不是我们自身欲望和谋划的显性质料。相反，肉体与精神的关系完全是不可想象的。说我是一个身体，这是不对的，但是说我拥有一个身体，也是不对的。就这一点来说，浪漫主义意象中把肉体与精神混同起来可能有些过于绝对，至少是太过乌托邦了。

此外，浪漫主义意象还是一种政治讽喻。它梦想着秩序与活力、稳定与抗争不再针锋相对。柯尔律治远观一帘瀑布，深受震动：其内容在不断变化，形式却始终如一。在这些奇妙的构造中，欲望受到拘束而不是被消泯，它掉过头来追逐起自己的尾巴。欲望不再是那种永无结果的、渴求的“坏的”无限性。相反，它休憩在一个身体之中，温暖实在，而且借用叶芝的话说，像一朵花或女人的身体一样，精妙而神秘。浪漫主义意象中有大量前俄狄浦斯的喜乐内涵。事实上，柯默德在提及这一点时首先使用了“喜悦”一词。我们也可以将意象转化到政治领域。无可否认，现代性的狂飙突进极富活力——不可能退回到一成不变、死气沉沉而等级森严的拜占庭世界了，但是现代性可以通过有机形式这一理念与传统秩序握手言欢，激情与精确、爱与律法、欲望与秩序就可以合而为一。无政府状态和专制主义可以一并被视作错误的解决办法而予以弃置。

说得更平实一些，中产阶级可以在蓬勃发展的同时，不对政治稳定造成任何威胁。他们虽然有几分超验主义的意味，但是这些异域的舞者、燃烧的林木、弓形的喷泉、旋转的涡流都具有适度的、中间道路的特性。它们所体现的综合性在黑格尔晚期哲学中就已经出现了——理想的国家能够将稳定的秩序有机地渗入动态的社会阶级中。德国浪漫主义在接受封建主义、神秘主义、君主制度和罗马天主教之前，在其早期进步的表述中，从费希特（Fichte）、施莱格尔兄弟（the Schlegels）到荷尔德林（Hölderlin）、施莱艾尔马赫（Schleiermacher）和诺瓦利斯（Novalis），都迫切地想找到这条中间的政治道路。从柯尔律治、卡莱尔（Thomas Carlyle）到罗斯金（John Ruskin）和马修·阿诺德（Matthew Arnold）这一脉的激进浪漫主义者，亦复如此。这是有机论思想做出的妥协，既使社会的各种元素能够不受强制地聚合起来，同时又能维持阶级秩序。《浪漫主义意象》中讨论的现代主义是这一遗产的后继者。不过值得一提的是，如果说一些现代主义作品试图调和抽象与具体之间的关系，那么作为整体的现代主义却恰恰受困于这种区分。如果现代主义像T. J. 克拉克（T. J. Clark）所坚持认为的那样，代表着艺术品物质性的恢复，那么它也代表着向抽象主义的转变。现代主义接受碎片、偏离的偶然性、鲜明的特殊性，但是也接受神话和原型的普适性。就此而言，最为背离浪漫主义意象教条的就是《尤利西斯》（*Ulysses*）了，它凭蛮力把这两个领域扭在一起，不过是为了反讽式地凸显它们之间关系的任意性。

浪漫主义意象是政治上的乌托邦。在它所设想的世界里，不羁的活力能够找到内在的、自发的抑制形式——自由不再意味着法国恐怖时期那种极具破坏性的狂乱，抑制也不再是旧制度苛严的桎梏。人们可以找回现代性最可贵的部分，抛弃负面的东西，同时从那些可憎的推论中重拾秩序和礼仪。律法和自由不再相互对立：以浪漫主义意象这一具体例子来说，舞者只有服从非个人的舞蹈规则，方可作为自由主体尽情起舞；舞者把规则变成自己的东西并将其内化成自己独特创造性的基础，把她的宿命变成她的选择，这种行为的政治对应物就是葛兰西（Gramsci）所称的霸权。主体与他者之间的关系变得相互对称，这和精神分析理论是大相径庭的。也许现代性最根本的矛盾就是其浮士德式的渴望与其重返家园的愿望之间的冲突。这一矛盾，浪漫主义意象也以其特有的方式予以了解决。它将人性植根于一个备受珍爱、永恒不变的地方，同时又保留了人性的普遍性。身体获得了词语所具有的开阔和灵活，语言也获得了诸如一块石头或一朵芬芳的玫瑰这样的具体可感性。

如果说浪漫主义意象是乌托邦式的——设想一种可以分享的真理，就像我们可以互相对视或拥抱一样，那么它就是意识形态的。就像路易斯·阿尔都塞（Louis Althusser）的意识形态主体一样，它作用于自身。它超脱于一切外部约束，因而是自我塑造的。因此，它一方面可以被看做是共和制下独立自主的主体的图标，甚至可以被当做是耽于幻想的、德国早期作为少数派的浪漫主义者心目中的民主。这是男人、女人们能够摆脱政治压迫的先行体验。艺术品是最理想的共和政体，它的每一部分都配合得恰到好处并产生整体的法则，而整体法则不过是感性细节之间的具体关系而已。另一方面，由于我们急切地想去遵循它，把它与我们个人存在的律法相统一，这就意味着律法不再是专制、暴戾的了。而且，如果艺术品的自主性被视为是乌托邦式的，那么它也同样可以被视为新兴资产阶级的图标；资产阶级就是自己的法律、自己的主人，他们否认自己的自由有任何先决条件，他们只是自己生产自己。

叶芝希望能够“深入骨髓地思考”，浪漫主义意象就是这种肉体思考模式的绝佳例子，它为异化的现代语言提供了一种选择的可能。它所传达的真理只可意会，不可言传，更不可分析。对超验事物的理解，唯一可以类比的就是感知的直接性；我们因此能够准确、迅速地理解上帝、自由或永生，就像我们感知一片花瓣或百里香的芬芳一样。不过，这种直觉主义也有僵化教条之处，与它企图取代的理性主义并无二致。这种美学思想没有任何争辩的余地，你要么感知到了，要么没有。锐气十足的自由理性主义者威廉姆·燕卜荪（William Empson）已经清楚地意识到象征主义、宗教绝对论和右翼政治之间的关联性。超验真理显现的最不容置疑的范例莫过于纳粹元首的登台了。柯默德的《浪漫主义意象》成书于那场非理性的浩劫——也就是众所周知的第二次世界大战——结束十年之后；在该书的最后，他呼吁我们的诗学应当有更多的“理性”。唐纳德·戴维（Donald Davie）的《清晰的能量》（*Articulate Energy*）成书于同一时期。这位坚定的反现代主义者指出，从普通现实中撷取意象并使其一枝独秀、光辉夺目的行为与对狂热崇拜政治独裁者的行为是密切相关的，当然也可以加上这么一句：那些看似脱颖而出、不牵扯任何社会语境的意象，成了崇拜之物。当艺术品变成一种独立自持、完满自足的现象，就像一个瓮或一个图标时，却与它所抵抗的商品的某一方面非常相似，这一反讽真是匪夷所思。

浪漫主义意象还有一个意识形态的层面。已故的保罗·德曼（Paul de Man）曾谈及“语言的现象学化”，意思是话语的特性似乎赋予思想以适当的物质表现，不然的话，我们的思想就无从把握。浪漫主义意象的作用也在这里。然而意识形态的一个作用，就是阻止我们批判性地思考概念。如果说诗歌的传统定义是“准确排列的词语”，那么这也同样是一条隐晦的禁律。被赋予了物质的、可感知直接性的思想怎么可能是无效的呢？这样的思想难道不是像日常世界中的家具一样确凿无疑吗？

弗兰克·柯默德在结语中并没有对自己所讨论的意象进行燕卜荪式的严苛辩论，而是颇具个人风格地以几条劝诫式的评论作结。他提醒我们，艺术是为了生活在时间和空间中的男男女女而产生的，他们的语言是由动词驱动的。这是对现代主义空间崇拜的一种戴维式怀疑态度。他指出，“象征”一词既被浪漫主义诗人所使用，也为语义学家所使用。他似乎暗示，后者能够更为理性地看待这个问题。他的书出版以后所发生的事情正是如此，不过后来正式出现的术语“符号学”或“语义符号学”并不那么惹人厌烦。遵从这一路径的研究者们通常把首功归在弗兰克·柯默德名下，意象的肉身性变成了能指的物质性。但是，由于能指与所指之间的关系被视为是任意性的，浪漫主义的道成肉身的模式——即认为言语内含着或表现了其所述及的一切——被得当地祛魅了。符号学在很大程度上归功于法国象征主义，而法国象征主义也是浪漫主义意象的几个思想来源之一，但是符号学对能指的关照加入了理性的、批判的、系统的方法，这种方法属于一种非主流的法国思想。这两种看待事物的方式在罗兰·巴特（Roland Barthes）的早期作品中富有成效地融合在一起。

有机论艺术观排斥了其他诸多可能性。形式与内容之间具有何种富有意义的冲突？各种相争相持的形式，或者说，那些更像先锋派而不是现代主义的、有些脱节的艺术品形式是怎样混合的？《浪漫主义意象》这本书本身的形式和内容就不是契合无隙的。作为一个文本，它并不是它所分析的对象的范本。从形式上来讲，它秉承了弗兰克·柯默德文辞端庄、不温不火、通情达理的写作风格，谦逊而不张扬，但是却闪耀着批判的智慧。不过，像柯默德的许多作品一样，这种风格影响了其作品中显现的开阔而大胆的想象力。《浪漫主义意象》一书犀利酣畅，多有创获，这与其温文尔雅、行文低调的风格并不吻合，就好像读者注意到该书闪耀着丰赡的真知灼见和才情的灵动，但是行文太过温吞、抹杀个人的性情，显得有些不值一提。单从风格看，很难想到这本小书所具有的重要性和广阔性。柯默德从来不允许自己作任何唐突随性的猜测，既无夸张的姿态，又无煽情的自我陶醉，这些是他的谦恭之处，亦是他的理性使然。只有在一些奇特的经典短语或贴切的措辞里，偶然流露出一丝藏不住的欣喜。这本书里颇显前卫的辩才经过英国式良好教养的淘染，显得不那么尖锐了。不过，只有热情投身于艺术和思想、坚信艺术真理和力量的人，方能写出这样一本著作。弗兰克·柯默德去世之后，文学批评目前已经陷入无所适从的境地，我们能否再读到如此才华横溢的著作，拭目以待吧。

（编辑：萧　莎）

经典名篇

论形式论学派（1935 年布尔诺讲稿节选）*

[俄] 罗曼·雅各布森　著
李冬梅　译

形式论学派的最初尝试直接昭示了它与未来派诗歌的紧密联系。什克洛夫斯基发表的第一本小册子《词语的复活》（彼得格勒，1914）❶ 是由未来派的出版社出版的，这也是科学阐释未来派诗歌创作倾向的一次尝试。此外，他的被收入形式论学派第一本《诗语理论集》中的文章《论诗与玄奇的语言》❷ 也是如此，而且全文的诞生完全基于年轻科学工作者勃里克和什克洛夫斯基与著名的俄国未来派诗人马雅可夫斯基的紧密联系。另外，形式论学派莫斯科分支的第一部作品——我的《俄罗斯最新诗歌》❸ ——最初是打算作为赫列布尼科夫作品集的序言的。

可是，是什么动机促使语言学家们在当时对诗歌问题发生过高的兴趣呢？在那个年代，在哲学领域里实证主义已彻底消亡，而在科学领域，与实证主义世界观密切相关的传统自然主义的垄断地位也已结束。而对于语言学本身来说，其时“青年语法学派”及其探索的问题已日薄西山。具有起源学特征的问题与探索目的，即不久前遭禁的目的论的探索交替出现。与此同时，与

---

* 节译自：Роман Якобсон, *Формальная школа и современное русское литературоведение*, М., Языки славянских культур, 2011, С. 62 ~ 82。

❶ [俄] 维·鲍·什克洛夫斯基：《词语的复活》，圣彼得堡，1914 年版。

❷ [俄] 维·鲍·什克洛夫斯基：“论诗与玄奇的语言”，见《诗语理论文集（第一辑）》，彼得格勒，1916 年版，第 1 ~ 15 页。也可参见：《诗学、诗语理论集》，彼得格勒，1919 年版，第 13 ~ 26 页。

❸ [俄] 罗曼·奥·雅各布森：《俄罗斯最新诗歌·第一稿·维·赫列布尼科夫》，布拉格，1921 年版。

新提出的问题、新语言学方法共同走到前列的，还有新的材料、新的语言学研究对象，也正是诗歌语言。首先，采取目的论立场将诗歌视为蓄意的语言形式，视为明显的创作表现形式，这尤其有成效、富有吸引力。其次，尝试在新的领域创建新的方法学比较简单，而诗语对于语言学来说几乎是无主物（res nullius）（个别例外只是为了证实规则）；当时在信息语、实用语的研究中较为强势的仍是青年语法学派。有关诗语的新科学的某些发现者甚至没有弄明白，就连行使其他功能的语言也需要新的、契合时代精神的研究方法。他们甚至宣称（如艾亨鲍姆），目的论立场肯定能区分有关诗语的科学和有关实用语的科学，并且前者属于研究文化的科学，而后者属于自然科学。加入到语言学家行列的还有那些年轻的文学史家，他们一直在寻找（尤其在彼得格勒受到维谢洛夫斯基影响的）一种独特的文艺学研究对象和独特的研究方法。

形式论学派

第六讲（结尾）——第七讲（开头）

诗语问题和语言问题已被提升到突出的地位，这从那些年轻科学工作者所组成的两个小组的名称上足以得到证实，而这两个小组亦成为形式论学派的主要发源地——奥波亚兹（成立于1916年）和莫斯科语言学小组（1915年）。而且，形式论学者的第一本文集——《诗语理论集》，也证实了该派研究所具有的鲜明语言学方向。这本文集的出版年份——1916，可以被视为形式论学派诞生的日期。

新学派的主要论题，是有关作为自主符号的艺术的论题。符号在诗歌中的独立性及其独立于所指对象的可能性问题，在最初成为形式论学者的主要关注点。认真研究诗歌史上的例子，多多少少是缺乏主题的，有些漫无目的。这里或许能够出现有关诗歌在对待物体时可能较为漠然的结论，不过在形式论学派的最初阶段，这个结论总结的并不公平；可以确信，诗歌对物体一般都是漠然视之的。在最初阶段研究的正是那些较为远离物体世界的诗语要素，尤其是诗语语音和那些流派及诗歌现象；正是它们将语音质素置于至高无上地位并暴露之，如此，这些诗歌现象中的意义就被遮蔽、受限、被抑制。这种诗歌的核心就是谵妄乱语，或者用俄国未来主义者的术语来说，就是“玄奇的语言”，即非理性语言、无词语的连贯音响。前两本《诗语理论集》主要关注这些问题。

…………

批评家在评论形式论学派时总指责其片面地关注诗歌语音方面，关注“玄奇的”成分，这是不公正的，其实形式论学派几乎马上就克服了这种片面性。如果说在初期，该派研究的是那些远离物象的要素，那么在接下来的发展期，它反而转为研究接近实物世界的要素。这，首先是词的意义，其次，内容方面。形式论学者接受了胡塞尔的重要研究成果；这一成果一方面有赖于布伦坦诺❶和马蒂的语言表象研究，另一方面则得益于洪堡有关语言内部形式的学说。这里说的是词的意义（Bedeutung）和对待现实的态度，或词的物象性（dinglicher Bezug 或 Gegenständlichkeit）之间的原则区别。某些语言学家为了表示出概念的区别而使用其他术语——词义整体和它的现实意义（Bedeutung 和 Meinung）。我举个例子。我在谈论拿破仑，然而不叫他拿破仑，而称他为奥斯特里茨的胜利者或圣赫勒拿岛的囚徒。所指对象，le signifié（所指）是同一个，但意义却不同；在两种情况中我使用了不同的语言手段，使用了不同的提喻，奥斯特里茨的胜利者或者圣赫勒拿岛的囚徒是提喻，pars pro toto（以部分代整体），这里部分代替了整体。在提到拿破仑时，我也可以这样说：“新时代的独裁者”或“法国革命的扬·杰兹卡”。对象还是这个，语言意义却不同，这里我使用的是隐喻符号。较之语言，其他符号体系的例子也许更能令人信服地说明这个问题。每一个看过电影的人都知道，物体和它在荧幕上的映像之间存在着巨大的区别。物体只有一个，而它的摄影手段可能有很多种，可以只展现物体的个别部分、个别细节而不是整个物体。可以说，这是提喻镜头，要知道拍摄电影的选择点本身就是提喻的立场，而这

❶ Brentano, Franz Clemens: *Psychologie vom empirischen Standpunkt*, Leipzig, 1874; *Untersuchungen zur Sinnespsychologie*, Leipzig, 1907.

种提喻资源的丰富性恰恰是电影艺术的价值所在。从主题角度来看，物体是重要的，但可以不拍摄物体，而直接拍摄其周围事物；而这种周围事物必然会令观众想到这个物体——类似的镜头我会称之为换喻镜头。最后，还可以拍摄某种与其相似或不同但都能令人忆起其作为主题的物体。这是在所谓的叠化时经常发生的情况，实际上是隐喻符号。也就是说，在电影中我们看到的是表现为电影之外现实部分的物体和表现为电影符号体系部分的镜头之间的原则性区别；准确地说，镜头就是电影语义的组成部分。形式论学派特别强调突出一种情形，即诗作的内容部分不应当与作为诗歌内容、作为诗学外及美学外事实的诗歌形式相对立。作品的内容部分已被列入诗歌形式的范围之内。诗歌语义成为有关诗歌形式学说的固有成分。我强调一下，这里的新颖之处在于纲领的连贯性及能够将这些纲领要点无条件地运用到具体历史资料的研究中。从另一方面讲，这里没有新问题。这个问题自从洪堡的划时代作品诞生之日起就已经存在于科学之中，但直至中世纪哲学才尝试接受其作为内在符号问题的意义。

对词义进行形式研究的目的不仅在于研究词语的语义、分析单个形象、个别的诗歌转喻和修辞格，还在于分析高级的意义单位，首先，譬如情节结构。

在文学史上，情节结构通常与本事、构思混为一谈，因此被视为美学之外、形式之外的事实，如同内容的事实，这种错误就类似传统历史中不加批判地将意义与对象混为一谈的做法；这一点上面我们曾经提到。下面我从电影艺术中举一个更能说明问题的例子。电影技术能够区分出剧情概要和电影剧本。剧情概要——这是对电影内容的简要叙述，它不符合电影结构的特殊要求，不考虑电影叙述和电影题材加工的特殊性；那么，可以说，作为剧本，它会将剧情概要翻译为电影语言，使之适应电影叙述手段及其组合、构建规律，即剧本已经成为电影形式的组成部分。维克多·什克洛夫斯基在自己后来汇集为《散文理论》并曾经译为捷克文的文章中，始终一贯地将文学情节问题视为艺术形式问题，尝试诠释情节结构的普遍规律并创建情节结构的类型学。当然，对于形式研究者来说，建立在比较研究基础上的评价方法是完全陌生的。研究者往往客观分析那些截然相反的艺术构思的可能性并勾勒出发展的曲线图。同时，在具体描述中他会区分出：在该部文艺作品中、在该诗歌流派中、在文学发展的此阶段中，什么是传统的形式约定，而什么又是对形式发展做出的新贡献、是对传统的有意偏离及对传统约定的违背。

如果我们现在归纳一下俄国形式论学派在诗歌语义问题上所取得的研究成果，就会看到，在其范围之内虽未创作出一部有关诗歌语义的系统性著作，但也进行了许多新鲜的尝试和有价值的观察并有了一些真正的发现，且以此解释了之前完全令人费解的诗歌语义方面的问题——不仅有词汇意义问题，还有句子语义及较大语言单位的意义问题。在诗歌中，词语、句子和整体论述之间的具体关系可能是受限的、松弛的，甚至可能是完全缺失的，而这对于语义研究来说是非常富有成效的基础。这样的研究成果对于整体上语义学研究的发展来说是重要的。不仅如此，诗歌语言方面的研究还提供了不少有价值的理念，不仅关乎普通语言学，而且还关乎较之语言学更为广泛的问题，即有关符号的普通科学——符号学。形式论学者相当关注诗歌语义学的那些关键问题，如诗歌中的时间或空间；他们尤其关注的是，时间和空间在这里也属于诗歌形式。这里说的不只是如同在诗学中被考察的时间和空间的纯粹范畴，而是有关它们如何转化为语言的、诗歌的手段。如同语法中的时间不是抽象的智力概念而首先是语言事实一样，诗歌时间也可以仅仅被视为诗歌形式的成分。如果我们将作品从一种艺术形式翻译为另一种，譬如将长篇小说搬上舞台或银幕或将其转换为画作或音乐作品，那么我们可以观察到，一个符号体系的特殊约定是如何必定被另一个符号体系的别的约定所代替。我们观察到，譬如，时间或空间范畴在文学、戏剧、电影、造型艺术中是如何不同的。如此我们理解比较符号学的问题，也就是在当代逻辑学术语中对照比较某些符号体系，或者语言——Sprachen。这种语义研究特别富有成效，因为阐明了在该符号体系，如该文学样式或该文学流派范围内接受某些语义结构的必要性。抒情作品中的“时间”完全不同于叙事文学中的时间，古典主义诗歌中的时间不同于浪漫主义或者现实主义诗歌中的时间，等等。在诗歌中，符号愈是被强调、被暴露，愈具有现实意义；诗歌中与物体的联系愈是被压制、被减弱，那么对于自主符号的形式研究来说，它就愈是一个大有可为的领域！因此，对于什克洛夫斯基来说，相当具有吸引力的材料是有意建构为长篇小说的斯特恩的《感伤的旅行》；也因此，艾亨鲍姆的诗歌形式手段的研究是始于分析果戈理的极具鲜明、夸张色彩的怪诞作品。[1] 也正因此，赫列布尼科夫的实验作品中对形式塑造手段的揭示，使我能够对那些游离于其个别成分之外的语言进行分析，这些语言正是诗语；它们与物体的关系不受意义、不受内部和外部形式等的约束，也就是分析那些简化为普通语音总和的语言。很自然，在起初，最显而易见的材料往往会得到分析。而一旦掌握新的分析方法，就开始尝试对一些诗作进行内在的形式分析，而在这些诗作中好像起决定性意义的因素是与实物世界的联系、对现实的再现等等；总之，就是诗歌之外和美学之外的要素。然而，在分析如现实主义小说的类似情况时，我们弄清楚了，这里存在一个文艺统一体、完整的形式手段体系，简言之，如果所谈的是文艺作品、诗作，那么起主导作用的不可避免地是美学功能，即使它的主导作用被有意遮蔽。

第七讲

上一讲的主题是形式论学派在世界大战和俄国革命期间的诞生和成长。我曾经指出它与当时的文艺流派、与当时语言学和文艺学问题的普遍状况的有机联系。我认为形式主义发展的第一阶段就是一个鲜明表达对诗歌语音方面的兴趣的时代，这与诗歌在语音方面最容易展示出美学功能对于信息功能的独立性密切相关。形式主义的另一成就就是研究了诗歌的意义方面——也就是说，一方面是诗语的语义，另一方面是内容结构。在文艺学史上诗语与整个诗作的意义方面首次如此清晰、持久地被理解为符号成分，而非所指现实的成分。如此便消除了一个普遍的印象，即认为意义范围属于内容问题，同样也克服了对形式的肤浅理解，即对待形式就如同对待一个裹着内容的外

---

[1] ［俄］鲍·艾亨鲍姆：《文学·理论·批评·论战》，列宁格勒：激浪出版社1927年版。

壳。形式论学派将符号理解为一个统一的整体，这种理解为科学开启了一系列新的前景。诗语一旦被理解为完整的符号，马上就产生了比较分析诗歌及其他艺术形式所必需的先决条件。每一种艺术都是一个符号体系。自然，每一种都有自己特殊的、不为人知的、该艺术之外的特性，因为每种艺术都具有按自己方式使用的不同的符号材料，在每种艺术中都有自己固定的、不可避免的约定，之所以不可避免，是因为没有它们就无法实现艺术接受，没有它们就不能够理解文艺作品。每一种艺术都有自己的语义，在每一种艺术中都存在着意义与可被感觉、感知的外在方面之间的特别的相互关系。诗语的语音和语义方面的相互关系比较特别，而在绘画中表现为颜色和意义，在音乐中则是音响和意义，在电影中则是物体的映像和意义，等等。比如，时间的描写规则在诗歌中、音乐中、舞台上、造型艺术中是迥然不同的。在每一种艺术中都存在自己特有的一套符号功能，比如，音乐如同语言一样拥有富有表现力和表达力的功能，但有别于语言的是，它不具备命名和称名的功能。也就是说，较之诗歌，音乐中的表现力功能获得了更多的独立性和意义。诗歌与那些艺术种类，如音乐的基本区别还在于一个事实，即美学功能不是语言表现形式的必要功能：如此一来，诗歌材料——语言——可能被用于其他的非文学的目的，那么音乐手法就首先会被用于非常狭隘的艺术目的。或者，还有其他类型的区别：语音——这是建构词汇的唯一材料，多种声音形成了符号，声音不具备任何其他的功能，同时，颜色是绘画中符号的组成成分，但这不是颜色的唯一功能，桌子的颜色与符号性没有任何关系。我举这些例子，是为了说明一点，即了解作为整体的符号和作为符号的艺术能够使我们对所有艺术种类进行广泛的比较分析。这种比较分析为符号学及有关符号的科学提供了重要材料，而对于有关诗歌的科学也直接具有重要的意义。在形式论学派存在的最初岁月里，一直在进行着激烈的争论，主要围绕作为艺术的诗歌问题和诗歌中被运用的形式手法能不能被归入语言学问题这一议题。也就是说，我们有没有权利将诗歌的科学问题简化为审美功能中的语言问题？或者，在诗歌形式中有没有语言之外的要素？有没有不能被仅仅视为语言材料之发展的要素？有没有这样的要素，即对其来说语言只是实现目的的一种偶然形式，或者实现目的的形式之一？

对个别艺术尝试进行比较分析使我们能够解决这一争论。是的，在诗歌中不是所有的都是特殊的语言现象、非凡语言的特性。在诗歌形式中，如在内容结构中存在一些可以游离于词语并迁移到如电影中去的要素，这就是那些塑造形式的手法，它们自身不具备任何语言特性，但却是普通符号学的问题。

这样一来，整体理解符号有助于将诗学列入艺术理论或更为广泛的一系列科学问题中，确切说就是列入符号学、有关符号的科学中。不过，这种整体理解符号还具有其他的结果。符号，尤其语言符号，是一个统一体，诗语的符号是独特的统一体。这种独特性表现在：在诗歌中词语由手段变为了独立的、与众不同的主导价值。但也会产生一个问题，即在分析这种独立统一体时我们能不能将其分成单个成分并分别研究声音部分、语法部分、词汇学部分，如此，仿佛诗歌作品就是一个机械总体，是这些成分的偶然集结。形式论学者应当立刻明白，这种立场并不正确。当然，他们当时也利用了西方的经验，首先是德国的格式塔心理学派（Gestaltpsychologie），即当代心理学派；该派强调，完整的作品不仅是包含于其组成部分中的品质总和，它必定具备完整作品和整体本身（Gestaltqualitäten）所特有的、但其成分中所缺少的那些品质，这些决定整体的品质从根本上确定甚至改变了这个整体的个别成分。

在文学作品中，单个语言成分之间的关系是什么样的？声音部分之于语义部分的关系如何？语言学所惯用的、表示实用语中声音部分之于语义关系的示意图不能够自动转为诗语，虽然有关诗语的原则性区别的论点已成为形式论的出发点。当然，较之确定并表述这种区别具体何在而言，指出这种区别还是相当容易的。

1917年，在第二本《诗语理论集》中，语言学家雅库宾斯基刊发了文章

《实用语与诗语中的相同流音辅音的聚集》。❶ 该文试图说明实用语与诗语的语音方面的区别。雅库宾斯基指出，实用语倾向于异化相同的流音辅音，并阐明在诗语中相同流音辅音的堆砌属有意为之。作者的结论如下：实用语避免堆砌相同的流音辅音，而诗语则相反，刻意聚集它们。这种典型的、天真的、经验主义式的论据在形式论学派存在初期经常见到。在著作《关于捷克诗歌》(1923)❷ 中，我将雅库宾斯基的表述改为：如同在实用语中，在诗语中有可能存在流音辅音的异化，或者相反，在实用语和诗语中也可能不存在这种异化；不过，不论这种异化还是异化的缺失，在诗语中，和实用语中都具有迥然不同的特征：在诗语中，每个现象，包括流音辅音的异化，都具有自己的目的、自己的任务，而在实用语中，每一个现象都具有自己的原因。与上述观点相比，这种看法不失进步，因为这种看法公正地指出了诗语的不同之处并考虑到其任务的特殊性。然而，对于实用语来说，这里还道出了传统的观点，即认为不应该从目的论而仅仅从因果论来理解实用语。只是后来才出现了明确具体的表述：两种语言——实用语和诗语——也由此，它们的语音方面——的任务是不同的。

在诗语中，语言方面之于语义的关系也具有目的各异的特征。如同诗语中的个别成分由普通的机械手段变为独立自主的价值，个别成分的相互关系也具有了现实意义，变得可被感知，成为了明显的要素和作品的重要成分。

比如，有人曾经提出一个问题，传统的自然主义诗律学有没有权力存在。该学说将诗歌理解为纯声学的、与发音动作有关的也即语音的价值，完全区分开节律问题与语义方面，并直接建议研究者在对待诗歌上采取外国人的立场，即能听到语言但不理解语言。相反，形式论学派以丰富的材料作了比较，指出，我们永远也无法从声响观出发去认识任何声音、某种母语或完全陌生的纯声学的语言。对我们而言，语言的语音结构首先是一个为区别词语意义

---

❶ ［俄］列·彼·雅库宾斯基（也见注6）：“实用语与诗语中的相同流音辅音的聚集”，见《诗语理论文集（第二辑）》，彼得格勒，1917 年版，第 15～23 页。也可参见：《诗学·诗语理论文集》，彼得格勒，1919 年版，第 50～57 页。

❷ ［俄］罗曼·雅各布森：《论主要与俄国诗歌作比较的捷克诗歌：奥波亚兹诗语理论文集》，柏林—莫斯科，1923 年版。

而存在的语音对立体系，我们往往会从这种建构意义的语音体系观出发，从自己的语言技能观出发去评价不习惯的、陌生的语言。在我们新的语言感觉中存在语音价值的分级制，这与它们在该语言中所起到的作用相一致，与它们参与意义区别的程度相一致，等等。这些语音价值在诗歌的韵律结构中也相应具有不同的意义。

如此一来，韵律学不应当以语音学为出发点，因其对语言的语音成分进行了自然主义的、声学的、发音的描述，而应当以音位学为出发点，因为音位学是从功能角度来考察语言中的语音。作为创造韵律的因素，在诗歌中甚至还使用了语言的语义方面的那些并不总是很明显的、但是凭经验显现在言语中的成分，而词界就是这种成分。词界，也就是词体的分界，一般不经常表现为声学的，不过，它在诗歌中往往起着重要的作用。我们有没有把音节归于某个词体、有没有意识到它们是彼此相连的？这对于诗歌节奏的划分是非常重要的。我曾经提到，勃留索夫已经指出词界对于节奏的重要性，然而只有形式论学者，首先是托马舍夫斯基在自己研究节奏的著作（《关于诗歌》，1929，❶《俄国诗体》，1923❷）中对这一因素给予了适当的关注。我曾尝试在著作《关于捷克诗歌》（1923）（Zákl.，1926❸）中对格律进行持续建构，这些建构建立在音位学基础上，即从“诗歌中所使用的韵律要素在语言中具有什么功能”这一问题角度出发。勃里克在自己的著作《节奏与句法》（新列夫，1927❹）中、日尔蒙斯基在著作《抒情诗的结构》（1921）❺中，多多少少探索了格律和诗节同句法的关系。勃里克在诗歌中发现了某些与诗歌节奏紧密相连的、固定的句法结构和词组，称之为“节奏－句法格”并提醒，谨防人为地将诗歌抽离于句子、将节奏问题抽离于句法问题。正如我们所看到

❶ ［俄］鲍·维·托马舍夫斯基：《论诗·文章集》，列宁格勒：激浪出版社1929年版。

❷ ［俄］鲍·维·托马舍夫斯基：《俄罗斯诗体·格律》，彼得堡：Academia出版社1923年版。也可参见：“俄罗斯诗体”，见鲍·托马舍夫斯基：《诗学简明教程》，莫斯科—列宁格勒：国家出版社1928年版。

❸ Jakobson，Roman：*Osipovič*：*Základy českého verše.* Odeon，Praha，1926.

❹ ［俄］奥·勃里克：“节奏与句法（研究诗歌言语的材料）”，载《新列夫》1927年第2期，第15～20页；第4期，第23～29页；第5期，第32～37页；第6期，第33～39页。

❺ ［俄］维·马·日尔蒙斯基：《抒情诗的结构》，彼得堡：奥波亚兹出版社1921年版。

的，形式论学者正一步步地克服有关诗歌作品的语音方面的自然主义认识，并且更加清晰地意识到，这一方面在语言中是如何与意义方面紧密相关的，也正因此，在一个领域的最小的进步也必定能促进另一领域的进步。形式论学者在自己基于经验材料的著作中，更为持续不断地关注了这一问题。比如，如果诗人从音响观出发在一个韵脚中比较了两个单词，那么可以说，这不可能是纯语音的、声学的问题，因为这里的问题在于作为完整符号和话语的词语，而不在于语音的、无意义的连贯性。如果我们使它们相互接近，并处于某种联系之中，从音响角度对之进行比较，那么影响到我们的是它们的功能同源，也就是——形式、词根、句法或者尤其是语义的同源；这些单词中从同源观、共同观出发的那些仍由韵脚来突出和规定。然而，我可以使功能不同的词汇谐韵，譬如，“身体（тела）—想（хотела）”；“тела”——这是名词的第二格，“хотела”——这是动词的过去式，这两个词的句法功能不同，等等。自然（不过，是以通过韵脚特别表现出的音响同源为背景的），我们接受了两个单词的这种功能差异。也就是说，我们意识到，韵脚看上去像是纯粹语音现象，但实际上它令语音结构的所有成分都具有了现实意义。这一切也会发生在纯音韵手法上，如在重复音组时。……这里语音的相似加强了词语之间的联系，在这种情况下，在修饰语和名称之间产生了形式论学者所谓的“音状组合”；音韵手段倾向于文字游戏、双关语。

第七讲（结尾）—— 第八讲

如此一来，我们仍处于语音和意义的边界。在此意义上来说，艾亨鲍姆 1922 年的著作《诗歌的旋律》❶ 算得上是一种革新。作者令人信服地与济韦

❶ ［俄］鲍·艾亨鲍姆：“诗歌的旋律”，载《文学家之家年鉴》1921 年第 4 期，第 2～3 页，彼得堡。也可参见鲍·艾亨鲍姆：《透视文学·文集》，列宁格勒：Academia 出版社 1924 年版；《俄罗斯抒情诗的旋律》，彼得堡：奥波亚兹出版社 1922 年版。

尔斯[1]派的、以自然主义手法为取向的著作进行了有关诗律的论战。对于济韦尔斯来说，旋律是一个特别的语音角度。其实，济韦尔斯研究的是诗歌朗诵，旋律只是朗诵的基本成分。艾亨鲍姆反倒证明，不能人为地将诗律与其句法结构相分离。句法结构的基本要素是语调。一方面，是语调、句法成分，另一方面，是格律的和诗节的因素，它们影响着彼此。如果格律个体与句法及语调个体相互补、吸收语调以作为韵律形成要素，而与格律个体的、重复互补的语调重复，成为韵律动机，那么便会产生某种合乎韵律惯性的格律惯性。如此一来，在阅读诗歌时我们便期待某种语调结构在某些地方再现，但如果与预期相反，这种结构并未出现，就会产生一种被期待所欺骗的感觉，我们就会强烈体验到句法与诗歌结构之间的矛盾。这种矛盾显示并暴露出两种成分——句法结构本身和诗歌本身。在类似例子中，格律与句法部分之间的矛盾只是一个例外，不过与此同时，还存在着两种因素的、合乎逻辑的区别情况。然而，无论如何，句法问题应当是研究诗歌旋律结构的出发点。艾亨鲍姆的上述著作，他的致力于分析两位俄国诗人——莱蒙托夫（1924）[2] 和安·阿赫玛托娃（1923）[3] 的诗作的著述，和他同时代的蒂尼亚诺夫的具有革新意义的作品《诗语问题》（1924），[4] 提出了非常重要的所谓主导要素的问题，即诗歌作品中的主导成分支配着该作品中的其他成分、制约并改变着它们，使它们联结为一个统一整体，将作品组织为一个整体。在诗语中，这种主导成分、这种组织成分就是诗歌韵律[5]——蒂尼亚诺夫在上述著作中详细展示了这种主要的诗歌结构因素是如何影响其他成分、是如何改变它们，并且正由于此，每一个诗歌范围内的语言要素原则上不同于散文范围内的这个

---

[1] Sievers，Eduard：*Altgermanische Metrik*. L. Niemeyer，Halle 1893. *Grundzüge der lautphysiologie*：*zur Einführung in das Studium der Lautlehre der indogermanischen Sprachen*. Leipzig，1881，New York，Wiesbaden，1980. *Metrische Studien*. Leipzig，1901 ~ 1919. *Rhythmisch-melodische studien*；*vorträge und aufsätze*. Heidelberg，1912.

[2] ［俄］鲍·艾亨鲍姆：《莱蒙托夫·历史 – 文学评价尝试》，列宁格勒：国家出版社 1924 年版。

[3] ［俄］鲍·艾亨鲍姆：《安娜·阿赫玛托娃·分析尝试》，彼得堡，1923 年版。

[4] ［俄］尤·尼·蒂尼亚诺夫：《诗语问题》，列宁格勒：Academia 出版社 1924 年版。

[5] “作为诗歌结构因素的韵律”，见尤·蒂尼亚诺夫：《诗语问题》，第 7 ~ 47 页。

要素。蒂尼亚诺夫主要分析的成分好像和韵律无关，而恰恰是——诗歌作品的语义，❶ 并且他令人信服地证明，在现实中这两种成分紧密相连；他指出，词的状态是如何改变的、词的相互关系以及，如果词语出现在诗里，那么我们对它们的态度，也就是与散文语义相比，诗歌语义是如何变形的。

我们对形式论研究的最初三个阶段进行了简短的描述。第一阶段的口号是研究文艺作品的语音方面，第二阶段是将意义问题列入诗学之中，第三阶段则将这些观点联结为一个不可分割的整体。这里尤其具有现实意义的是“主导成分”这一概念。下一次，也就是6月6号，在最后一次报告中我将阐述这个概念对于俄国形式论学派下一步研究的意义，也将尝试简要描述该派的危机并分析、评价当代俄罗斯文艺学界对该派的评论意见。

第八讲

上次我谈到一个概念，我认为这个概念是俄国形式论学派中最重要的、经过较为详细研究的概念，即“主导成分”。我将主导成分确定为作品的主导性成分，支配着诗歌作品的其余成分，制约并改变着它们。正是主导成分保障了结构的完整性，正是主导成分决定了作品的特殊性。诗语的特殊之处就在于它的诗性，即诗体形式、诗体。仿佛，这是同语反复：诗体就是诗体。然而我们不应忘记，决定语言这一变体特殊性的要素已成为其必要的、不可替代的要素并主导着整个结构，不可能展现在结构之外，它统治着结构，使结构的其余要素都从属于自己并影响着它们。但诗歌本身也不是同类概念，而是不可分割的整体。诗歌，这也是一个价值体系，如同任何一个价值体系一样，它具有自己的等级，即最高级和最低级的价值。而处于这一价值体系最前列的就是“主导成分”，没有它，不可能在这一时期和这一文艺流派范围内理解和评价诗歌。比如，在14世纪的捷克诗歌中诗歌的必备要素是韵脚，而不是音节表，还存在着具有不等数量音节的诗，所谓的“无节奏诗”，然

❶ “诗歌词语的意义”，见尤·蒂尼亚诺夫：《诗语问题》，第48~120页。

而，这些诗也被视为诗歌。无韵诗在那个时代是不可能存在的。相反，在20世纪下半期捷克现实主义诗歌中，韵脚是诗歌的任选成分，而当时音节表则是必要的、不可缺少的成分，没有它，诗就不成其为诗；也正由此观点，自由诗常遭谴责，被认为节奏不齐、令人不能容忍。对于在当代自由诗氛围中长大的捷克人来说，诗不必一定具有韵脚和音节表，但语调一致却是诗的必备成分，语调就是诗的主导成分。如果比较古捷克谐诗《亚历山大》、[1] 现实主义时期的有韵诗和当代有韵谐诗，那么在这三种情形中我们能找到的有同种成分——韵脚、音节表、语调一致，但也有不同的价值等级。在每种情形中出现了各种无可替代的、特殊的要素，而且正是这些特殊要素、这些主导成分成为了主导体，决定着其余要素在结构中的角色和地位。然而，主导成分可以出现于某个诗人的诗作中，不仅在诗歌规范中；在某个诗歌流派的所有准则中，它还存在于某个时代被视为特殊统一体的艺术中。例如，毫无争议的是，文艺复兴时期的艺术中时代美学准则的主导成分、巅峰及精华是造型艺术，并且对其他艺术的评判也正是以造型艺术为目标并依据与其相似的程度来进行的。在浪漫主义艺术中更多的意义赋予了音乐，比如，浪漫主义诗歌以音乐为目标，浪漫主义诗体追求音乐性，诗体语调模仿音乐旋律。这种面向另一种、外在于文艺作品的主导成分，原则上改变了诗体语音的、句法的和形象的结构，改变了诗体的诗律和诗节的性质以及诗体的结构。在现实主义艺术中主导成分是文学创作，从而文学价值等级再次发生变化。除此之外，如果在评价文艺作品时是从主导成分概念出发的话，那么与其他文化价值总体相比，文艺作品的定义也基本上发生了改变。例如，诗作与别的语言表述的关系获得了相当大的明确性。对于这个宣称自给自足的、纯粹艺术——l'art pour l'artismus（为艺术而艺术）［来自法语 L'art pour l'art‘为艺术而艺术’和后缀-ismus‘изм’］的时代来说，把文艺作品与审美的或者（考虑到材料我们要规定的更准确些）诗歌的功能等量齐观是很典型的。在形式

---

[1] 《亚历山大》——14世纪捷克佚名作品，*Die alttschechische Alexandreis mit Einleitung und Glossar* (herausgegeben von Reinhold Trautmann). Carl Winter's Universitatsbuchhandlung, Heidelberg, 1916；较为现代的版本：František Svejkovský (ed.). Československá akademie věd, Praha, 1963.

论学派发展的早期阶段仍可以观察到这种等量齐观的明显印迹，但这种等量齐观无疑是错误的——文艺作品并不仅仅局限于审美功能，它还具有大量的其他功能，其任务也往往与哲学、政论作品等相比较。这样一来，诗作并不限于审美功能，而审美功能同时也不局限于文艺作品。在演说家的言语中、在日常交谈中、在报刊文章中、在广告中、在科学著作中，也可以解决包括审美在内的任务。并且在这些之中展示的是审美功能，这里，词不仅仅作为交际手段而经常以词本身独自出现。有些类似例子我已在刊登在选集 *Кмена* 中的《文学日程》（*Jízdní řád literatury*）里提到。

这种一元论立场的对立面是机械类立场，后者承认诗作功能的数量众多，并且有意或无意地认为作品是功能的机械堆砌。因为诗作具有承载信息的功能，有时它会被上述立场的拥护者理解为直接的历史 - 文化的、社会 - 政治的或生平的文献。这些观点——片面的一元论和片面的多元论——与兼具理解众多诗作功能和作品完整性的立场相对立，换句话说，也就是那种统一并决定文艺作品的功能，即文艺作品的主导成分、审美功能、诗性。从该观点出发，诗作不能仅仅被视为实现审美功能的作品，也不能被视为与其他功能同时实现审美功能的作品。由此观点看，文艺作品就是那种审美功能即为主导成分的那种语言作品、那种语言表述。当然，审美功能如何实现这一指标也是变化无常的。然而在每一个具体的诗歌准则中、在这种或那种暂时的诗歌准则总和中，总存在一些固定的要素，没有它们作品就不能被确定为诗性的。

将审美功能确定为文艺作品的主导成分，这使我们能够找出个别语言功能在诗歌作品中的分层。只履行实用（交际）功能的符号与物体的内部联系是最低限度的，因此符号本身并不意味着什么，因为表现力功能要求符号与物体之间更为直接、紧密的关系；也因此，要求更为关注符号的内部结构。富有感情的语言，即首先实现表现力功能的语言，通常都近似正指向符号本身的诗语；这种富有感情的语言通常都更近似诗语，而非实用语。诗语和富有感情的语言经常相交，也因此，有时会将它们混为一谈，但这是错误的观点。如果语言表述的主导成分是审美功能，那么尽管它能够采用富有表现力的语言及其典型的多种手法，这些手法最终也将从属于作品的主导功能，也将被主导成分所变形。

有关主导成分的学说，对形式论学派有关文学演变的观念产生了巨大的影响。在诗歌形式发展的同时，与其说一些要素消失并且还出现了其他要素，不如说系统内部个别成分的相互关系发生了进展、主导成分发生了变动。在这种一般的诗歌准则总和的范围内，尤其在对于此诗歌体裁有效的诗歌准则范围内，那些起初是次要的要素变成了基本的甚至主要的、必要的要素，而且相反的——起初为基本的要素成为了次等的、非必须的要素。在什克洛夫斯基早期著作中，诗作仅仅被定义为手法的堆砌，而诗歌演变则是一些手法对另一些手法的简单替代。随着形式论的进一步发展，出现了正确的观点，即认为诗作是手法的总和、是合乎规律的手法体系、是手法的分层。诗的演变就是这个分层里发生的进展。在某个诗歌体裁范围内，形式手法的分层在发生着改变，诗歌形式的分层发生着改变，同时，手法在某些体裁中的分布也发生着改变。那些起初仿佛是次要的、从属于诗歌形式的体裁，现在居于首位，而合乎典范的体裁则退居外围。

从这一角度来看，在形式论学者的大量著述中分析整理了俄国文学史的单个时期：古科夫斯基研究了18世纪诗歌的演变，❶ 蒂尼亚诺夫、艾亨鲍姆及其不少学生则研究了19世纪上半期俄国诗歌和散文的发展，❷ 维诺格拉多夫——始于果戈理的俄国散文，❸ 艾亨鲍姆——当代俄国和欧洲散文背景中的托尔斯泰散文的演变。❹ 俄国文学史的图景基本上在发生着变化：较之以前的文学流派断片（membra disjecta），变得丰富得多，同时完整得多、更具综合

❶ ［俄］戈·亚·古科夫斯基："Von Lomonosov bis Děr? avin"，见 *Zeitschrift für slavische Philologie* Ⅱ，Heidelberg，1926.《十八世纪俄国诗歌》，列宁格勒，1927年版；《十八世纪俄国文学史概要》，莫斯科—列宁格勒，1936年版；《十八世纪俄罗斯文学》，莫斯科，1939年版。

❷ ［俄］尤·蒂尼亚诺夫：《拟古者和创新者》，列宁格勒：激浪出版社1929年版。［俄］鲍·艾亨鲍姆：《透视文学·文集》，列宁格勒：Academia出版社1924年版。

❸ ［俄］维·弗·维诺格拉多夫：《果戈理文体研究》，列宁格勒：Academia出版社1926年版；《果戈理与自然派》，列宁格勒：教育出版社1925年版；《俄国自然主义的演变：果戈理与陀思妥耶夫斯基》，列宁格勒：Academia出版社1929年版；《从卡拉姆津到果戈理的俄国作家的语言与文体》，莫斯科，1990年版；《俄罗斯文学诗学》，莫斯科，1976年版。

❹ ［俄］鲍·艾亨鲍姆：《青年托尔斯泰》，莫斯科—柏林：季·伊·格尔热宾出版社1922年版。

性、更合乎规律。然而演变问题不仅仅局限于文学史，同时还产生了某些艺术种类的相互关系发生变化的问题，而且尤其富有成效的是邻近领域的研究比如，绘画和诗歌之间的外围区域的研究，如插图，或者音乐和诗歌之间的毗邻区域的分析，如浪漫曲。

最后，还出现一个问题，即艺术与文化毗邻区域的相互关系的变化，首先是文学与其他语言表述的相互关系……这里特别典型的是界限的多变、某些区域的范围和内容的改变。从这方面来看，对于研究者来说，特别富有趣味的是那些中间体裁，即在某些时期被视为文学之外、诗歌之外的；而在另一些时期则相反，它们在文学中起着重要的作用，因为包含了文学艺术建构所需的那些要素，而同时，这些要素在典范形式中却是缺席的。这些过渡性的体裁是，比如各种隐私文学——书信、日记、记事簿、旅行笔记，等等，它们在某个时期，如在19世纪上半叶中期的俄国文学中，在整个文学价值体系中起着重要作用。换句话说，文学价值体系中持续不断的进展也就意味着在评价某些文艺现象时的持续不断的进展。从新体系角度来看，那些被旧体系观忽略甚至谴责为不完善、不求甚解、不正常甚至失败的，那些被称之为旁门左道或不体面的模仿的，或许都可以被视为正面价值。现实主义批评、指责晚期浪漫主义的俄国浪漫主义抒情诗人——丘特切夫、费特——的错误和漫不经心，等等。在刊发这些诗歌时，屠格涅夫实际上修改了它们的节奏和语体，目的是为了完善之并使之接近当时存在的标准。屠格涅夫的校订成为一种典范，只有到我们这个时代原文才被恢复、还原并被视为重新理解诗歌形式的开始。现实主义者扬·克拉尔否定爱尔本和切拉科夫斯基❶的诗歌，认为它们是错误的、写得不够好，而当代高度评价他们诗歌中的恰恰是与现实主义标准不相一致的见解。19世纪末伟大的俄国作曲家穆索尔斯基的作品不符合当时对乐谱的要求，当时的典范大师里姆斯基-科萨科夫便根据当时习惯的规则对这些作品进行了合乎逻辑的加工。然而，新一代人公之于众的创新价值恰恰蕴含于穆索尔斯基的肤浅和毫无生活经验之中，这一点却被科

---

❶ Král, Josef: *Oprosodii české*. Nakladatelství České akademie věd a umění, v Praze, 1923－1938.

萨科夫的校订所删减。……

个别文艺成分关系中的移动和改变成为了形式研究的关键问题。在这方面，形式论学者在诗语领域的研究对于语言学研究整体来说是一种革新，因为他们激励人们去克服历时的、或历史的方法和共时的、或时间断面的方法之间的鸿沟。正是形式研究令人信服地显示出，移动、改变——这不仅是历史的确认（起初是a，然后a改变为al），而且是直接感受到的共时现象；移动——这是基本的文艺价值。诗歌读者、画作观赏者等明显地感受到了两种状况：遵循传统和背弃准则的新文艺现象。正是在传统的外围可以领会到新颖之处，同时，遵循传统并背弃传统造就了每一门新艺术的本质。这一问题，已经在形式论学者的著作中得到了详细的分析和详尽的研究。

（编辑：萧　莎）

论结构主义*

[捷克] 扬·穆卡若夫斯基** 著
杜常婧 译

我姑且尝试对捷克斯洛伐克艺术理论的当今态势作一略为粗疏的概览。我不会论及文献资料或个人著述，甚至也不对捷克斯洛伐克的艺术理论进行全盘考察。我们以为，在接下来的简短的讲演中，最有裨益之处，将是对较为细微的概念、似乎也是对捷克斯洛伐克艺术理论的当今态势具有代表性之概念的探讨，这便是结构的概念。这一概念将结构主义之名赋予在捷克本土的发展前提下延续而来的方法论运动，自然，它同时也为现代世界哲学、语言学乃至艺术理论带来启示。不可忽视的是，“结构主义”一词的运用，在其他学科领域也存在类似（尽管并不总是完全相同）的潮流。结构主义的艺术理论同语言学结合得最为紧密，正如布拉格语言学小组所设想的那般：通过音韵学的发展，语言学为文学理论开辟了一条通往文学艺术之作品语音方面研究的路途；经由语言功能的分析，为诗性语言的修辞学研究增添了可能；最终，突显语言的符号特征，使将艺术作品作为符号来理解成为可能。

当然，务必事先言明，我们的艺术理论将结构理解为何物。结构一直被定义为这样的整体，各部分一旦进入其中，便获得特殊的品性。常言道：整体大于其组成部分之总和。然而从结构概念的视角看来，这一定义过于宽泛，

---

* 这是扬·穆卡若夫斯基1946年于巴黎斯拉夫研究所讲座手稿。原稿为“Ostrukturalismu”，译自 *Jan Mukarovský*，*Studie zestetiky*，Praha：Odeon，1966，s. 109～116。

** 扬·穆卡若夫斯基（Jan Mukařovský，1891～1975），捷克文艺理论家、美学家，时任布拉格查理大学教授，是布拉格学派的核心人物之一，在结构主义文艺理论方面颇有建树。

因为它不仅包括词语本义中的结构，还含有诸如“完形”心理学的“形状”（“格式塔”）之意。因而，较之整体与部分的单纯关联，我们在艺术结构的概念内着力强调更为特殊的符号。我们指出各个成分之间的相互关系、其自身本质的动态关系作为结构在艺术中的独特属性。依照我们的观念，可以仅只将结构看做如此这般的成分集合：它的内在平衡屡屡遭破坏，又再形成，于是它的统一向我们表现为辩证对立面的集合。延续下来的，唯有时代进程中结构的同一性，而它的内在成分、其成分的相互关联，持续转变。在自身的相互关系中，各个成分始终力图置身于另一个之上，当中每一个成分皆显示出削弱其他成分的努力，换言之，层级、成分相互之间的从属性和优先性（同作品内在统一的表征别无二致）处于恒久的重组状态中。暂时占据突出地位的成分，对艺术结构的整体意义而言具有至关重要的作用，艺术结构随其重组而不断变化。

那么艺术中的何物向我们表现为结构呢？首先，每一部单一的艺术作品对自身而言意味着结构。然而，一个艺术作品若要作为结构来理解，必须被感知——已然创作出来，以当下艺术传统的一定艺术惯例（准则）为背景，被置于艺术家及受众的意识中，否则便不能作为艺术产物来认识。昔日的艺术流传物已经成为公共财产，故而停滞不前；恰恰归功于同它的无意对峙，与之形成对立的艺术作品表现为不断转变的力、摇摆不定的平衡，此即结构。部分与往日的艺术惯例一致，部分与之相背离，作品的结构以此防止艺术家陷入与当下的现实、与社会现状、乃至与自我意识的现状不相容的境地。作品同昔日艺术惯例之间的联系方可避免艺术作品无法被大众所理解。由于对传统的逆反，作品内部呈现为诸种成分及其相互平衡之间的、显明的辩证关系。

不过，结构并非仅仅为独一无二、孤立隔绝的艺术作品。我们已经证实，其本质内便存在这样的明证：先前的艺术有何遗留，以及——我们作一补充——后续将会如何，这往往使当前作品的结构赫然区别于传统——每一部风格特异的艺术作品都与之有所差异，同时转向对未来创作的召唤。每一部艺术作品——即便“再独特不过”——由此融入随时间流动、连绵不绝的洪流之中。没有艺术作品能够逾越这条洪流，尽管某些作品同它的关系貌似完全出人意料（例如捷克文学中马哈的《五月》❶）。

当我们的目光停留在单独一部作品上时，艺术作品的结构呈现为事件；倘若我们察看作品嵌于其中的关联性，它则呈现为运动。首先，某一部艺术作品并非该作家的唯一一部作品，除了例外的情况，它几乎总是仅仅为整个创作链条上的一环。作家之于现实以及他创作方法的关系，随时间的推移发生变化。其作品的结构因此也在改变，当然与作为整体的民族文学的变化不无关联，民族文学又受社会意识发展的影响而历经变化。然而，一位作家的作品，其各自结构的发展在时间的流转中并非如此这般：结构不是突飞猛进地跳跃式变化的；它的连贯性即便最激烈的变化也无法切断——在变化之物与不变之物之间，始终存在张力；毕竟，作家被封闭在自身艺术个性的界限之内，他虽依凭艺术个性完成自己的作品，然恰因如此，便无法逾越它的界限。

发生在个别艺术家作品身上的情形，对于作为整体的每一门艺术样式的发展也具有价值：于此，成分始终在重组，其相互间关联性的层级、梯次始终在变化。然而，这种重组既不均衡，也非同向地发生在某一瞬时的艺术产物中。生活在同一时代的艺术家，每一位都通过自己的创作代表着相异的结构，往往与旁者截然不同，这些结构彼此在相互作用，比方说，不仅先驱影响着后来者，相反的例子亦不罕见，资历浅近者的创作以自身结构对当下的创作前辈施以影响。某一门艺术样式的内在辩证关系，一如在整体中所呈现的，包含作为构成艺术结构的个性、代系、流派以及单一的艺术风格。再者，作为艺术表现的序列，当下的民族文化中没有任何一门艺术样式是孤立的：文学毗邻绘画和雕塑，音乐同其亲密无间，如此等等。

每门单一的艺术样式必然处于与其他艺术样式张力十足的关系之中，例如，当下民族文化的内核与单一艺术样式的交汇（竭力动用自身独有的资源，

---

❶ 抒情叙事长诗《五月》（1836）为捷克浪漫主义诗人卡雷尔·希内克·马哈（Karel Hynek Mácha，1810～1836）的代表作，被誉为“捷克诗歌中的珍珠”。该诗因与当时的民族理念、教会信条不符，而被同代人认为太过个人主义。

使每一门艺术担负起属于其他艺术样式的任务），抑或再分道扬镳。单一艺术样式的层级于其中转变得最为频仍，比如在巴罗克时期，我国的音乐和造型艺术无疑位居前列，而在文学和戏剧复兴时期、民族剧院时期，[1] 文学、造型艺术和音乐则并驾齐驱。

因此，假如我们从同类艺术、从其内在构造的视角观之，艺术发展的图景遂呈现出为极其复杂的进程。我们终究无法避而不提各个民族艺术之间的相互关系，比如国别文学之间的关系。传统比较文学学科习惯于将这类关系视作全然单方面的：某些文学类别被近乎臆断地认定为具有施加影响的能力，另一些则被判定为消极地接受外来的影响。就连个别国家的文学史家也是这样来处理的，比如捷克的文学史家。纵使在具体的历史形势中单方面的影响时常有之，但这种观点在本质上是错误的。即便在这类情形中，我们也绝不能认为接受一种影响（或多种影响）的文学是被动的副手、从这一意义上谈论影响彻头彻尾的单方面性。譬如，可能发生这样的情形，几种影响一时势均力敌，那么便可从其中拣选，逐级排列之，理出压倒其他影响的一种，由此得出其整体意义。简而言之，诸类影响在遭遇阻滞的环境里未能奏效，并非毫无前提：它们与本土的文学传统发生交锋，屈从于后者的现状和需求。本土的艺术传统及意识形态传统甚至会令诸影响之间产生辩证的张力，例如19世纪和20世纪的捷克文学，在若干时期、某几位作家身上，与俄罗斯文学、其他斯拉夫文学（尤其是波兰文学）以及西方文学的熏染存在明白无误的辩证关系。捷克文学的特质与其他民族的文学是有差异的，后者从自身利益出发而削弱这一特质。俄罗斯和斯拉夫的影响，一旦更为显著地发生效应，丝毫不会增强捷克文学的民族性。这种斯拉夫影响的效用十分明显，特别是在哈弗利切克、[2] 哈莱克、[3] 穆尔什吉克、[4] 什拉麦克[5]等人身上。假使我们

---

[1] 19世纪80年代。

[2] 卡雷尔·哈弗利切克·鲍洛夫斯基（Karel Havlíček Borovský，1821～1856），捷克诗人、记者、经济学家、政治家。

[3] 维杰斯拉夫·哈莱克（Vítězslav Hálek，1835～1874），捷克文学家、批评家、“五月派”代表人物之一。

[4] 威莱姆·穆尔什吉克（Vilém Mrštík，1863～1912），捷克作家、翻译家、文艺批评家。

[5] 弗拉纳·什拉麦克（Fráňa Šrámek，1877～1952），捷克作家。

从各种文学之间辩证的、乃至结构上的关系对其进行研究，影响随即显现。总而言之，每一国文学与他者的关系，从它的角度观之，表现为单一关系（影响）的结构，结构的单一部分按等级排列，于发展过程中转换自己在层级中的位置。研究者反其道而行之，从影响乃彻底单方面性的前提出发；假如他们将自己的前提引入结论中，必然会得出：文学图景完全是怠惰的，其发展受到时而来自这一面、时而来自那一面的影响造成的偶然冲击的操纵。如前所述，这类观念对于某些捷克文学史家（特别是那些降服于“小民族”情结者）而言并不陌生，更何况捷克的造型艺术史家对其也并不疏远。安·马捷伊切克[1]及其弟子功德无量，他们以捷克的哥特式绘画艺术为范例，指出国民艺术虽同时遭受几股势力夹击，然而极其独特性、生气勃勃，始终如一。

或许前面几段至少含蓄地表明，不仅单一的艺术作品，就连作为整体的艺术每一种样式的发展，乃至艺术门类之间的相互关系，均具有结构特征；假如我们将这一切视作结构（即作为诸类关系不甚稳固的平衡），我们既不会陷入与实际情况相矛盾的境地，也不会丧失学术研究多样化的可能，与此相反，我们指出了它的丰裕性。

那么是时候致力于观察艺术作品的下一个重要特征、其符号属性了。艺术作品被判定——一如每一个符号——（以自身为手段）为两方面的媒介；此处，艺术家为符号的源头，符号的另一边为接收的受众。不过，艺术作品是极其复杂的符号，它的每一个成分、每一个局部皆负载部分含义，这些局部的含义构成作品的整体意义。而唯有当作品的整体意义盖棺定论时，艺术作品方成为原创者与现实之关系的佐证，吁请受众接纳作者自身与作为整体的现实独有的关系，认知的、情感的、乃至意愿上的。然而，受众在采纳整体意义之前，务必浏览这一整体意义形成的过程，而这一过程主要存在于艺术作品之中。从艺术史上可知，在某些时期，艺术作品指向意义的未完成性——不过这并未导致其艺术效用的损毁；在这类情形中，意义的未完成性是艺术家意图的一部分。对于作为符号的艺术作品而言，其特殊之处在于同

---

[1] 安东尼·马捷伊切克（Antonín Matějček，1889～1950），捷克艺术史家。

时拥有某几种意义的能力，却又不致破坏它的效果。在某些时期，意义的多样化一直受到强调（比如象征主义），其他时候则相反，意义的多样化未被明示，化作了隐秘的语义能量。然而从根本上，它是始终在场的。

艺术作品由此同其他符号种类——比如语言符号——区分开来，它并非将重点主要放在与现实最终的、明确的关系上，而是将其置于这一关系得以生发的过程内。自然，有人会提出质疑，每一个过程必然都处在时间中，而上述所言仅仅适用于对它的感知发生在一段连续时间内的艺术样式（譬如文学、音乐、戏剧、电影）。然而，即便是空间艺术作品，像绘画、雕塑、建筑，也会向受众显现为意味深长的过程。比如在绘画中，对于画面布局、整体意义排列的基本定位本身便需要时间，更何况真正参透画作最为独特意义的追求所引发的细致感知。而此处亦然：在绘画中，随着意义构造的过程、随着时光的流转，单一的局部意义构成整体意义。

由是，每一个艺术作品均向受众显示出意义的连续性，如同语境一般。每一个受众在感知过程中意识到（即进入语境的意义构造过程中的作品，其每一个成分及每一个部分）的新的局部符号，不仅被列入渗透进受众意识的当前意义，也或多或少地改变了之前全部明确的意义。反而言之，所有之前的意义也对每一个新近领悟到的、局部符号的意义发生影响。对艺术作品各个部分进行感知的次序，在需要时间感知的艺术中显然交付了给受众的自由意志，不过要依循作者预先设定的方式，即便在具有空间感的艺术中也不例外。比如，画家将受众的注意力从他欲作为基点的区域的一点引向区域的其他部分和局部意义——它们是这些区间的载体，是借助色点的品质和亮度的间隔、借助轮廓和尺寸的塑造及安排等来实现的。而在每一件艺术作品中，重点首先恰恰在于塑造意义语境的手法和工序，其目的是促使受众建构自己与现实的独特关系。不过有必要指出的是，所谓“独特”绝不意味着将重心无条件地放在个体的个性上，因为其中、我并未放松对个体意识与社会之辩证关系的考量。

现在产生了问题：哪些艺术作品的成分能够成为意义的载体、来共同构造其整体意义。这个问题并非多余，因为这一观点尚未被完全超越：艺术作品意义的唯一载体是通常被称为“内容”的成分，与“形式”成分形成对照。意义的载体，由此，连同共同构造作品整体意义的因素，其实（正如我们在研究语义篇章的开首已经假定的那般）全部是无差异的成分。一切成分都在参与语义过程，即我们所说的语境。例如，在诗歌作品里，单个词语、语音成分、语法构造、句法成分（句子结构）、熟语以及主题成分是同等的；在画作中，辅佐语境生成的线条共颜色、轮廓共尺寸、画面构成共主题是同等的。

然而，即便是这些手法本身也具有语义构造的效用，艺术作品中的这些成分通过此类手法（艺术手法）得以运用；此外，具有语义构造效用的还有成分之间的相互关系。例如，诗歌作品里的音素成分（音韵学）和音韵学上词语意义之间的关系，可触发文本内不在直接语义关联中的、词语之间的语义关系；通过多次重复文本内这类独特词语的音素组，而非重复词语本身，可提升词语对于诗歌整体意义的重要性，如此等等。乍看来，语义分离的成分能够有效干预作品的语义构造，比如诗歌中的韵律，已然在以自身的停顿来切断文本，时而与句子的切分一致，时而与其相左，当然还有许多其他手法。绘画艺术中的不同案例：色彩为光学现象，不含有基本的符号特征（假如我们不考虑色彩的象征性用法）。尽管如此，如果涉及内容空洞的绘画，色彩便成为符号，作为绘画作品的组成部分。譬如湛蓝色色点，倘使置于抽象画的上部区域，极易成为“苍穹”意义的载体；置于画面的下部区域，则可作为“水面”来接受；在两种情形中，这些意义自然均非来自颜色本身的具体运用，更多的是作为特定事实的暗示。轮廓及任何缺省物体的部分重叠，在抽象画中可以意味着充满任意物——比方无名物体——的深度空间。

因此，所有传统上被称作形式的成分，在艺术作品中是意义的载体、局部的符号。相形而论，一般被称作内容（主题）的成分，本质上也仅仅是符号，它恰恰在艺术作品的语境中获得丰盈的意义。我们以叙事性作品或戏剧作品中的人物为例。现实主义艺术致力于给读者（或观众）留下这种印象，它事关在某地、某时存在过的某一个体。而同时，它必然竭力使人物看起来再平常不过，可以说，要使读者（观众）产生这样的印象，这些人物身上的什么在每一个人身上都存在，甚至在他自己身上也有。具体性与普遍性不可分割地联结乃每一门艺术样式的特征，然而也有可能：艺术作品仅仅意味着作为一切自身成分和部分（其单一的人物也属于一部分）之总和的现实，并且指向它自身，如同指向整体一般。那么，叙事性作品里每一个单一的人物，仅只在同作品中所采用的其他人物、情节、艺术手法等等的关系中，方得以被充分理解。唯有世界文学中的伟大人物才得以从艺术作品的语境中走出来，步入与现实的直接接触；不过，它们并未丧失艺术符号的双重属性：它们同时既呈现出普遍性，又呈现出独特性。

恰因自身的符号特性，艺术同现实的关系并非确定不变，而是辩证的关系，因而在历史上是变化不居的。艺术具有大量各式各样的可能性，标示出作为整体的现实。我们可以在艺术史的进程中来观察这些可能性的更迭。此处的跨度是巨大的，从致力于对现实的一切多样化（以及包含在这一多样化中的一切偶然性）百分之百的忠实描述，到艺术和现实之间表面上彻底的决裂。即便在最严重的疏离中，通过作品的结构内不可或缺的因素，通过使内部的多样化成为可能、使艺术作品的持续更新和生命接续对作为个体的受众以及整个社会而言成为可能的因素，艺术并未中断同现实的关系。

最后，假如我们意欲描述捷克斯洛伐克艺术学科的现状，需要探讨一个现象，即功能的观念。这一观念（其艺术理论与语言学以及譬如民俗学等共享，在艺术领域中则与建筑学共通）涉及艺术作品同受众、同社会的关系。功能观念只有在被领会为意图——艺术在社会中所服务的目的——的多样化时，才会获得完全的客观性。某些艺术作品自诞生之日起，其具体的社会作用即已被明确指定，这种指定也在其结构中呈现出来，例如，顺应效力于这一需求的艺术种类的准则，或者通过其他的方式。不过，作品也有能力同时实现若干功能，功能也可能随时间的流逝而发生更替。最常变更的这类功能具有替换系统中可能成为主导功能者的形态，主导功能的变化必然表现为作品整体意义的转移。

艺术的功能多种多样，其组合能力使得我们并不容易把握它的全部清单和分类。然而在这些功能中，有一个对艺术而言独一无二的功能，没有它，艺术作品便不成其为艺术作品。它便是审美功能。从另一面来看，显而易见，审美功能远非仅仅局囿于艺术领域，因为它渗透进人类的一切工作及一切生活现象之中。它是塑造人与自然关系的最为重要的因素之一，因而还需更详尽地说明，它可抑制一种功能单方面压制所有其他功能的能力。在艺术疆界以外的领域，审美活动所波及的个体数量要大得多，其活动范围也更为广阔；艺术中的审美活动则较为强烈。

审美功能如何在艺术中发挥作用？首先有必要意识到，与所有其他功能（比如认知功能、政治功能、教育功能，等等）不同，审美功能不具有任何具体目的，不以任何实际任务的实现为宗旨。审美功能更倾向于使事物或活动从与实用性的关联中抽离出来，而非令其与之混为一谈。这一点，对于艺术尤为适用。就审美功能这一独特性质而言，往往会得出——时而在积极意义上，时而在消极意义上——这样一种观点，审美功能的强调对于艺术与生活的分离具有难以推卸的责任。然而，这是个误解。尽管审美功能不以任何实用目的为宗旨，却并不意味着它会阻滞艺术与人类生活事务的接触。恰恰因其缺少明确的“内容”，审美功能变得“透明”，它并不敌对其他功能，而是辅益之。假使其他“实用”功能发现自己陷入相互之间的竞争，一种功能便会竭力主导另一种，旨在实现功能的专门化（达致单一的功能性，机器是这种趋势的顶点）。正因为受审美功能的影响，艺术遂趋向于至为丰富、至为多面的多功能性，然而即便如此，也没有妨碍艺术作品产生社会影响。作为特殊功能在艺术中得以施展，审美功能佐助人类克服专业化的片面性；专业化不仅恶化人与现实的关系，而且使人类的行为之于现实的可能性变得贫乏。审美功能并不阻挠人的创作积极性，而是促其发展。在大学者、创造家、发明家的履历里不时能寻得对于艺术的高雅兴趣，如同他们的独特品质，这并非偶然。

到目前为止，我们仅仅是从社会整体的角度来观察艺术的功能。然而，我们也可以从个体的角度来察看它，要么从创作者的视角，要么从受众的视角。即便艺术家已经使一定功能顺应作品的结构，他也并未预先排除任何其他功能。否则，他不可能通过自己的作品步入与现实的积极接触：假如他强行简化作品功能的丰富性，便会缩小自己接近现实的入口、其灵感之所在。因此，唯有从个体的视角凝视艺术功能，作品的功能方显现为鲜活的能量集合，处于彼此间持久的张力和冲突之中。也唯有在这时，我们才能充分理解，作品的功能并非互相分离的区间，而是一种运动：从接受者到接受者、从民族到民族、从时代到时代，不断变化的是作品的面貌；假如我们不是以作者的眼光、而是以其接受者的眼光来端详作品的时候，便会格外清晰，豁然开朗。

从艺术作品的功能视角出发，作为个性化的因素自然不会仅仅表现为单一的接受者，而是整个的社会构成，比如各式各样的社会环境、阶层。它们尤其可以决定情节以怎样的手法在功能的整体结构中进行转移。

不过还有必要留意一下，至少略微一瞥，这种决定某种现象的艺术效用的任务是如何落到主体身上的。倘使我们仅仅考虑艺术家主体，事情便很简单：艺术家使某种功能顺应作品的结构，以这种方式将自己的主观性置入作品中。假如某一对象作为艺术作品（此处主要指审美方面）在起作用，那么在某种程度上就连受众也在对此作出裁决。超现实主义者开发出这一可能性，他们有意识地选择并塑造这样的“对象”，使其表现得远离任何功能，甚至是审美功能。于此，受众的主观性便落在更高的需求上，而非有意识地塑造艺术作品。然而，就连在超现实主义的对象上，审美功能也已客观化到受众的意识之中，因为受众是在与一定艺术惯例相对峙的基础上来评价对象的；他们一定程度上遵循这一惯例，一定程度上违背之。须知，将超现实主义对象作为艺术作品来接受，只是对一个完全普遍现象的极端夸大：判决艺术作品功能性的自由感乃其生发效用不可或缺的因素。

我们就结构主义艺术理论的几个基本概念作了梳理。看来，一旦我们开始将艺术视做不甚稳固、始终紧绷、不断重组的力的平衡，传统的问题便会从崭新的角度呈现出来，甚至连迄今为止未曾涉略的问题也会浮出水面。它所开启的众多视角，来自最亟需答解之需求的直接召唤。我在诸多视角中谨举一例，艺术的比较理论。这个问题并不新鲜，莱辛[1]首次以天才的洞察力将其在自己的《拉奥孔》中提出，在他之后也有许多其他研究者提出过这一点。不过结构主义是这么来处理的，它将单一的艺术样式设想为相互间以辩证的张力相黏着、随历史而变化的结构；它不仅（如莱辛已经认识到的那般）从材料的性质和其他因素上看到其相互间的分界，还看到在一定的发展形势下，其互相融合的可能：它们致力于彼此间的融合、渗透，甚至是接替。这种对艺术样式相互间关系的理解对于艺术史而言卓有成效，它往往可以使我们仅只一瞥某些民族文化的命运，便可了然其方法论上的关联。譬如在19世纪的捷克文化中，我们可以观察到某些艺术层级的移转：19世纪初的民族复兴时期，显而易见，文学和戏剧位居前列；19世纪70年代（这一时期，斯美塔纳[2]在音乐领域、聂鲁达[3]在文学领域比肩创作），音乐与文学为艺术领袖；在80年代和90年代的民族剧院建设时期，文学、音乐、造型艺术和戏剧形成势均力敌的合作局面（“五月派”和“卢米尔派”[4]一代文人在文学领域，斯美塔纳和德沃夏克[5]在音乐领域，阿莱什、[6]黑纳伊斯、[7]米索拜克[8]以及其他人在造型艺术领域，作为伟大演员的高拉尔[9]在戏剧领域，齐头并进）。当然，这仅仅是研究构想，还有必要在我国单一艺术门类史的广泛材料和深厚知识的基础上有所展开。然而这一问题分明呈现出来，恰恰在今日比以往

---

❶ 戈特霍尔德·埃夫莱姆·莱辛（Gotthold Ephraim Lessing，1729～1781），德国诗人、批评家、戏剧家。《拉奥孔》（1766）副题为《论诗与画的界限》；莱辛从比较“拉奥孔”这一题材在古典雕刻和古典诗中的不同处理，论证诗与造型艺术的区别和界限，阐述各类艺术的共同规律性和特殊性。

❷ 贝德日赫·斯美塔纳（Bedřich Smetana，1824～1884），捷克古典音乐奠基人、民族歌剧的开路先锋，其名作为交响诗套曲《我的祖国》。

❸ 扬·聂鲁达（Jan Neruda，1834～1891），捷克现实主义诗人、“五月派”成员。

❹ 1858年，以维杰斯拉夫·哈雷克（Vítězslav Hálek，1835～1874）和扬·聂鲁达为首的一代年轻文人为纪念马哈、承继他的叛逆精神，创办《五月》丛刊，形成“五月”流派。两个流派均立志使捷克文学早日脱离德意志的精神羁绊，与当时的欧洲文学接轨，登上世界舞台。

❺ 安东尼·莱奥波德·德沃夏克（Antonín Leopold Dvořák，1841～1904），捷克作曲家，代表作有《自新大陆交响曲》等。

❻ 米古拉什·阿列什（Mikolář Aleš，1852～1913），捷克画家；他的绘画捕捉到19世纪初捷克生活的精髓。

❼ 沃伊捷赫·黑纳伊斯（Vojtěch Hynais，1854～1925），捷克画家。

❽ 约瑟夫·瓦茨拉夫·米索拜克（Josef Václav Myslbek，1848～1922），捷克雕刻家。

❾ 约瑟夫·伊瑞·高拉尔（Josef Jiří Kolár，1812～1896），捷克演员、戏剧导演、翻译家、作家。

任何时候我们所意识到的还要迫切，即一切皆相互关联。

如若谈到单一艺术样式的历史，还有必要提及：结构主义方法令这一问题也呈现出新的视角，即所谓影响问题，以及它对单一艺术门类史的意义。此亦为极其复杂的问题，仅只能笼统勾勒出今日解决这一问题的可能性。传统观念将影响理解为单方面的，施加影响和受影响的对立面长期对峙，而不将这一点考虑在内：影响应该是这样被接受的，本土的条件必然准备就绪，由它决定这一影响将获得何种意义、将在哪个方向上发生效用。在任何情形下，影响都不会扰乱本土的发展形势，不仅是艺术先前发展的遗留，还有社会意识先前的发展与现状。因而在研究影响时，有必要考量到，各种民族艺术是在平等的基础上遇合的（而非受影响的艺术对施加影响的艺术之彻底臣服的基础上）。尚有一种误解，稍显罕见：特定民族的某种艺术——比如文学——只受到唯一一种外来民族艺术的影响。按理说来，应为外来影响的整个序列，不仅其中的每一个影响与当前接受影响的艺术存在关系，诸影响本身相互间也存在关系。例如捷克文学在19世纪和20世纪的时间里与外来文学整个序列的关系，它与德国、俄罗斯、法国、波兰等国的文学、自然还有与斯洛伐克文学的关系。这些关系并未将捷克文学限定在接续的序列内，而往往是并行的。即便绝大多数关系是从施加影响的、文学单方面的立场出发，缺少捷克文学在世界文学中的积极参与（因为捷克文学在反对改革的声浪衰落以后，才勉强匹配现代欧洲的文学水准），但这些影响绝不会阻滞捷克文学的独特发展。它们曾经数量齐全，从而相互补足，其相对的关联性随时间发生变化；捷克文学时而倾向于这一方，时而倾向于另一方，如此使自身与其他文学之间，乃至其他文学本身之间，形成相互间充沛而辩证的张力。如若作一重申，那便是：影响并非单一民族文化本质优越性或从属性的展示，其基本形态乃为互惠性，根植于民族相互间的平等及其文化的平等声誉。从每一种民族文化的立场出发（此处亦即每一门民族艺术样式），随着因社会发展的推动而不断重组的影响，它构成与结构相异的民族文化的关系，与其内在的辩证关系唇齿相依。

我们已到达对艺术学的结构主义考察的尾声，然而还远远未及这类前景的研究清单之终点，即如何为结构主义理论和艺术史研究开天辟地。我们也没有论述周全，仅只在若干基本问题上对结构主义作了略为具体的描述，而未能进行普遍化考量。结构主义降生并存活于与艺术创作、与当今创作的直接联系中。即便在尝试——以今日艺术的视角——阐明过去的艺术、指出这一艺术是如何解决自身的创作问题之际，它也未曾放弃自身同艺术的联系。艺术学的结构主义与今日艺术的联系是相互的。艺术家和理论家一致坚信不疑：今天的时代，一者和另一者捆缚在一起，果敢、深入地思索艺术创作对于人在世界中、在划时代变化中之处境的表达规律。

（编辑：萧　莎）

巴赫金的遗产与符号学前沿课题*

■［俄］尤里·洛特曼　　著

周启超　译

在我们这个研讨会❶开幕式上，已有学者指出，对巴赫金的研究拥有跨学科的价值，因而我要提请在座的诸位来关注巴赫金的理论遗产中那些同当代符号学课题相关的方面……。如果我们说到巴赫金的遗产，那么，就会出现他对俄罗斯形式论学派遗产的态度这样一个问题；形式论学派在那个年代尚未成为历史，还是一个活生生的语文学实践。我们有充分的理由来关注M. M. 巴赫金那些富有争鸣性的言论。我想在这里触及两个问题，所涉及的、与其说是他同俄罗斯形式论学派的论争，还不如说是对费迪南·德·索绪尔学说——他的语言学理论不仅在该时期的语言学中，而且在该时期所有的人文学科中都具有革命性意义——的矫正与讨论。

在丝毫也不贬低德·索绪尔的成就与意义之同时，我们有权利来谈论：哪些问题后来出现在科学面前，因为，每一种卓有成效的科学思想都要求继

---

* 原文为 Lotman J. M.："Bachtin——sein Erbe und aktuelle Probleme der Semiotik"。原刊于 *Roman und Gesellschaft. Internationales Michail-Bachtin-Colloquium*，Fridrich-Schiller-Universitat，Jena，1984，S. 22～40。这份德文原稿由 Б. 叶戈罗夫提供，由 T. 谢苗诺娃译成俄文，由 K. 巴尔施特编辑，收入《洛特曼 Ю. M.：俄罗斯文化史与类型学》，圣-彼得堡：艺术出版社 2002 年版。这是洛特曼从结构-符号学派的立场上，对巴赫金所作的一次直接的评价。在这个演讲里，洛特曼对于巴赫金在 20 世纪语文学、文学学、符号学、文化学的贡献给予了高度肯定。本文译自这篇演讲的俄译。——中译者注

❶ “小说与社会：米哈伊尔·巴赫金国际学术研讨会”（1983 年 10 月 11～12 日，德国，耶拿，弗里德里希·席勒大学）是受联合国科教文组织委托，由“斯拉夫文化互动研究国际学会”组织的、为庆祝席勒大学建校 425 周年而举办的一次学术论坛；来自东德、西德、奥地利、匈牙利、保加利亚、法国、荷兰、加拿大、苏联诸国高校的学者出席了这次学术研讨会，听取并研讨了 26 个学术报告。

续发展，而在一定的意义上也要求在其发展的后来阶段上对它持以批判性的态度。在这里，巴赫金的遗产中有两点引人注目。其一，是巴赫金对语言符号之动态性的肯定；符号并不是某种给定物，而是所指与能指之间的动态性的关系，况且所指并不是某种给定的概念，而仅仅是朝向概念的运动。❶ 巴赫金不仅在沃洛申的书里，而且在他自己的书里都坚持这一点。❷ 其二，是对话主义思想。

应当立即指出的是，由巴赫金引入其著作中的“对话”概念，时常带有隐喻的性质，常常带有一种很不确定的性质。而这一概念是在科学之继续发展的进程中，在渐渐地获得自身的确定性。在这里，自然，总是需要注意到：巴赫金远非唯一的一位对于费迪南· 德· 索绪尔的基本论题有考量的学者。在对巴赫金在那个时代学术中的地位加以确立之时，我们不应当忘记，同是在这一航道上探索的还有尤里· 蒂尼扬诺夫，与这一取向相交的还有罗曼·雅各布森的许多著作，后者的整个学术道路乃是对德· 索绪尔学说的一种特有的修正。在这里，还可以举出一连串另一些人的名字。❸

这些学者中的每一位，走的都是绝对富有个性的道路，时常跟同事并无冲突。然而，共通的取向乃是预先确定的，并且这种预先确定不是偶然的，而是由学科的出发点所给定的。这一点何以显得如此必须？应当考虑到，索绪尔（这位学者的天才是不需要证明的）只是在他弟子们的笔记中被呈现在我们面前。弟子们看自己的导师总有几分理想化，结果是导师失去了自身价

---

❶ 在德文原稿中，用的是“konzept”这个词；看来，ю. 洛特曼要弱化在索绪尔的传统里已得到肯定的一个思想——语言符号的直接指称功能。以洛特曼之见，语言符号的功能不可能被局限于直接的范畴性指涉，这不是静态的、硬性的模型；语境——会赋予所指（“派生模拟系统”）二级能指的特征——会对意义的建构产生重要的影响。——俄译者注

❷ 这里指的是 B. H. 沃洛希洛夫的专著《弗洛伊德主义》（M.；Л.；1927），该书晚近再版时（譬如，1993）已经注明其作者权属于 M. M. 巴赫金。巴赫金曾直接参与这部书的写作，可能就是其真正的作者——这一点已得到证实。在 20 世纪 20 年代下半期，在针对他的意识形态压力剧烈增加的那个时期，巴赫金利用了 B. H. 沃洛希洛夫、И. И. 卡纳耶夫、П. H. 梅德维捷夫的名字。而无法将符号归结为“能指——所指”这一硬性模式——在那里，扮演所指角色的是事物、思想、或者现象——这一见解，已经由巴赫金提出，例如，在其《话语艺术作品中的内容、材料及形式》一文里；参见：巴赫金 M. M.：《文学与美学问题》（莫斯科，1975，第 6 ~ 72 页）。——俄译者注

❸ 也许，Ю. 洛特曼这里指的是 П. 弗洛连斯基、A. 洛瑟夫、Б. 恩格尔加登以及“诗语研究会”（ОПОЯЗ）这一语文学学派。——俄译者注

值中并不太小的一部分。不过，问题还不仅仅在这里。在索绪尔语言学的思想里，也就是说，并不是在索绪尔的讲课笔记里，[1] 而是在作为整体的、他的学术体系里，有几个点会不可避免地把我们引向悖论。其中的一点之实质就在于，在我们掌控之中的是唯一的交际系统、唯一的符号系统——具有一个发信人与一个收信人、一个对于两者都是共同的信码以最大的准确性与真实可靠性将讯息由发信人传达给收信人。如果被传达的讯息质量有变化，那么，我们会将这一点诠释为通讯管道中的喧闹、扭曲、错误，自然，这一切在被想象出来的理想的系统中是不存在的。如果真的是如此，就会出现第一个问题：何以在这种情形下会存在如此之多的平行的交际系统呢？很清楚，我们会回答道，编码时的某种信息剩余在向我们保障可靠性。我们是不是会认可芭蕾舞与长篇小说并存不废呢？芭蕾舞是否会提升长篇小说的真实性呢？或许，没有芭蕾舞这也会照常发生？来一次尝试：将自己置于一个特别的位置——当然不是上帝的位置，而是——这么说吧，某种“总设计师”的位置，这个“总设计师”要重新形构人类文化，仅仅给我们提供他觉得是真正必需的那一切。他会不会给我们提供马戏团？或者，我们没有马戏团也可以？我们是否需要电影？需要芭蕾舞？需要没完没了的街头杂耍？需要两位女士在街上的聊天？可否将这一切统统给取消，抑或无法取消？可否将这一切统统算作是语言的压载，而在这种情形下不会失败？根据德·索绪尔的经典学说，文化乃是不可想象的浪费性的机制。除此之外，文化研究者还知道这一点：文化拥有那种能使这一财富日益增殖的机制。在我们眼前，在我这一代人眼前，电影成了艺术。在先前的岁月里，它不曾是艺术。在最好的情形下，电影是草台戏似的杂技表演，只是在前不久它才成为艺术。艺术品种数目的增长，不仅仅是通过新的融合这一方式：还在19世纪，主流的美学专家还未将俄罗斯圣像画算作是艺术，在最好的情形下，那些专家们也只是把它看成是不完美的绘画（这就像乔托的绘画在他那个时代被人们当作儿童涂鸦）。现如今，没有人会同意这种看法了。我们收入到我们美学武库里的品种数目，在

[1] 费迪南·德·索绪尔的语文学遗产的大部分乃是授课提纲，是由其弟子们完成的。——俄译者注

日复一日地增长。何以如此？直到今天也没有人能回答这一问题。

第二个问题：如果我们的目的仅仅在于尽可能简单地传达信息——而为了这个目的存在着交际系统，那么，我们就会将诗界定为带有一系列补充性限定的普通讯息。这将是一个完全得体、无懈可击的界定。可是，这样一来，我们自然就应当承认，诗在文化中扮演的是次要的、可有可无的角色，没有它，也可以。对此还可以补充的是：可以来尝试一下，然而直到今日也没有人成功。显然，事情并非如此简单。何况这里会出现一些新的问题：一谈到符号系统，我们会直接碰到变量—不变量这一问题。

为何需要有别于某个模板的差异？那些差异仅仅是特定机制——这种机制无法直接地创建出不变的文本——之技术上不完善的结果？譬如，由于我们发音器官的个体性特征，我们具有不同的发音。或者说，一旦转入广博的生物学领域，就会发现：我们大家，坐在这个大厅里的所有的人，有着不同的面孔。这是大自然的未完成品还是大自然的挥霍？这是不是意味着，大自然不能创造出理想的外在形式，继而便通过传送带来成批量地复制它？须知，仅仅是因为有关技术的、一定的流行观念为社会所接受，我们就认为，同一模板的生产乃是机器不可或缺的特征。准确些说，我们目前能生产出来的那些不完善的机器的特征，就是这样的。如果那些按照同一个技术方案创造出来的机器、彼此之间有什么不一样，我们就会将之诠释为，这是它们不完善的表现。将这一现象归咎于机器之先验的特征，乃是不公正的。然而，人们拥有符号学的个性，基于这一个性而出现许多困境。

第一个困境在于，信息传达的可靠性。为了使发信人与收信人能支配同一个信息、支配同一个文本，得有一个必要的条件：对该信息、该文本的编码方式与解码方式是同样的。我们理论上的假定在实践中是不可能被完成的，因为立刻就有个体的经验、心理－生理的个性与多种多样不同的编码方式去干扰这一代码系统，那些编码方式与我们的完全不相吻合。这就意味着，在现实的交际行为中我们并不能完全准确地获得所传达的东西。这是好事还是坏事呢？在某些情形下，这是坏事，譬如，如果讯息是交通信号。在这里，我们使用的是人工语言，这种语言显然会向我们保障所发信息的可靠性。但是，当我们接受艺术文本时，这样一种接受上的本真性显然就不能为我们所企及。何况，一个明显的事实是，文化的全部机制在致力于给传达的本真性带来障碍。文化机制在强化整个文化代码系统的个性，进而也使我们的相互理解复杂化。这非常不好，自然，我们由于这一困境而痛苦。

现在来说另一种情形。我们面对的还是发信人与收信人，我们且假定，这两人拥有绝对同样的交际代码。这只能在那样一种情形下方才是可能的：如果他们当中的一个是另一个的拷贝。他们彼此能完全理解对方，可是，这样的交际目的何在呢?❶ 这样一来，就可以弄明白，信息的价值同信息的共享性乃是成反比的。诚然，借助于这一悖论不能解决问题。我不再枚举另一些悖论的情形；要是严格遵循德·索绪尔的经典学说，我们就会不由自主地陷入那些情形。不论是人类文化，还是艺术存在本身，都不能进入这一学说的框架。尤其是，文化的符号机制中作为最低条件而存在着两种不同的交际系统这样一个对于人间文化具有普适性的事实，不能得到解释。经典的最低元素，是话语与画。只要对那些试图将这些渠道中的、一种给禁闭掉的文化（譬如说，有些文化、禁言语、禁画）做一番考察，我们会确信：此类做法乃是不可能的。换句话说，你将它从门里赶出去，它马上就会从窗子钻进来。何以如此、会不由自主地出现问题。

正是这些矛盾引发了我们在M.M. 巴赫金的著作中看到的那种坚决有力的批评。他的努力指向这一点：对交际系统加以描述之际要考虑到这一系统之动态的、创作的性质。在这方面巴赫金并不孤单，因为有一群学者——其中就有B.B. 维诺格拉多夫——都肯定，并不是艺术语言构成自然语言即口头语言的一部分，而是相反，口头语言乃是艺术语言的一部分；❷ 因而，为了理

❶ M.M. 巴赫金在思考这个问题时曾指出："……审美事件只能在有两个参与者的情况下才能实现……它要求有两个互不重合的意识"（巴赫金M.M.：《审美活动中的作者与主人公》// 巴赫金M.M.：《话语创作美学》，莫斯科，1979，第22页）；实际上，ю. 洛特曼在这里涉及到"视象剩余"问题，M. 巴赫金对这个问题做过这样的表述："相对于任何他人总是实际存在的我之视象剩余、我之知识剩余，乃是由我在世界上的位置之不可替代性所决定的……所有的他人全在我的身外"。（同上，第23页）——俄译者注

❷ M.M. 巴赫金在《言语体裁问题》一文里对文学体裁由言语体裁的产生过程作过描述（参见：巴赫金M.M.：《话语创作美学》，莫斯科，1979，第237~280页）。——俄译者注

解语言现象就需要理解艺术。在这个意义上，研究艺术这一任务便从边缘课题变成了一个基本的、中心的学术课题——起初是在语言学领域，然后是在文化符号学领域，最后，则体现于控制论、体现于对艺术智力问题的研究当中。

这些问题不仅仅具有理论意义。众所周知的看待艺术研究的观点——将艺术看成是人类生活的某种消遣，严肃的人们时不时地在其中休息，以便之后重新回到自己重要的事业中去——在承受冲击，在承受将艺术交际视为现代生活的真正中心的课题这样一种观念的冲击。M. M. 巴赫金的科学天才早在20世纪二三十年代就意识到这一课题。我谈论他的天才，是因为这些问题的提出在那个年月里还不可能立足于正经的科学基础。因而在巴赫金的著作里可以发现印象主义的表达手法。这就时常导致了诸种利用巴赫金的学说来为空洞无物的折中主义的废话进行辩护的企图，而这样的例子很多。

此类典型的歪曲发生于这样一些情形之中：或者是人们从“对话”这一词语里将它准确的概念内涵给剥夺掉了，或者是，尽管人们对它的使用既不教条也不粗暴，但已经是在非常泛泛的意义上来使用它。在这种情形下，术语会失去其科学的严格性，会失去涵纳在其中的概念性含义。这一词语的真正意义在某些思想的烛照下才得以阐明，这些思想是在我们对巴赫金理论遗产的把握过程中相当晚的时候才出现的。这是自然的。

伟大发现的内涵不可能立刻就被发现，而是要伴随着时间的推移。他的一种思想发展为语言的对话性本质这一总体性观念。如果说语言的独白性观念统治了很长时间，那么，从今以后，注意力会集中于其对话性本质。另一种重要的思想——关于文化整一的观念：文化要求作为最低条件的两个渠道之存在。❶ 已经有15个年头了，在暑期研讨会上我们一直在提出这样一个问题：什么是文化的最小模型——那种还能使文化成为可能的最小模型？我现

❶ 这里说的是作为两种看待世界的观点的两个人之间的关联原则；那些不同的观点，一如M. M. 巴赫金所坚持的，乃是由人的独一无二性这一因素所确定的，这一因素保障着每一个人都拥有那种不可归结为另一个人、他人的信息接收代码之存在。艺术文本要求这种关联的两种语言作为最低条件，它保障着发信人与收信人之间稳定的互动（巴赫金的“对话”）。巴赫金证明的是，在两个人的“我”之任何接触中，“为自己之我”与“为他人之我”都从各自那一方参与其中。——俄译者注

在不再枚举论据，但是，有关最小的文化模型，有人会谈论的，如果一个信息有两个不同的渠道。在下文我会就这一点举出佐证。

这些思想以某种出乎意料的方式同第三种观念相接合，这一观念无疑属于近40~50年来最重大的科学发现。这里说的是对于人的大脑工作原理加以描述的一个假设：两个各自独立的半脑在共同发挥功能。人的大脑的左半脑与右半脑借助于不同的符号机制而发挥功能，左半脑与右半脑在这种情形下存在着复杂的、我们且这样来说——对话性的关系；它们被这一点所联结：一个半脑的活力会激发另一个半脑的兴奋、活力——对传达机制及其他机制加以抑制的过程便会产生。

在这一发现的基础上发育出一种学说，对之可以这样来表述：符号系统，即诸种人类交际系统的集成，无法归结为“由”——“至”那样的极简单的文本传达结构。这是问题的一个重要方面，况且又是易于被考察的。这一视界要求，发信人与收信人是真实的，它们运用的是同一种代码，收信人（接受者）所获得的绝对就是所发出的东西。须知每一个收到电报的人，总会关心它是逐字逐句地对应于所发的电文。这样的一种交际，为文化的大部分层面所具有，但并不是唯一的。在平行的语言现实中，立足于另一种符号基础会构建出新的机制——孕育形成新信息的机制。

我们将以“新信息”这一词组来指称那样的一种信息：它是无法借助于预先给定的一套特定的法则而从文本中离析出来的。在这里，我想起了维特根斯坦的一句名言：在逻辑的框架里要说出什么更新的东西是不可能的。完全正确！在逻辑的框架里，严格地遵循它的规则，就无法走出它的域限。也许，你们向我提醒牛顿的故事，牛顿不明白：何必去解一个题，如果在这个题的条件中已经存在答案，需要做的只是去发现这个答案。可见，新文本的产生乃取决于创造性思维的出场。

符号的机制——这绝对不仅仅是那种服务于文本之准确传达的交际工具，而是孕生创造性意识的机制。创造性意识要求完全另样的结构。它要求的是，在我对文本进行编码与他人破译这个代码这两者之间存在着的不是自动的等同，而是等值性关系。譬如，如果有人将某个文本从英文译成德文，再将它从德文回译成英文，那么，在一个好的译者那里就应当重新产生源文本。我现在所说的不是艺术文本。但是，如果我们将一部长篇小说改编成电影搬上银屏，然后再根据这部电影重新写一部长篇小说，那么，我们十分确定地不会获得任何与源文本相似的东西。这就像如果我们翻译一首诗，然后再将这一翻译回译过去，我们不会获得源文本，因为在交际点之间出场的并不是硬性确定的东西，而是相当模糊的关系——与十分庞大的、多层面的文化现象传达系统相关联；那些现象存在于各种不同的层面上，彼此相互独立。不过，问题的实质还不在这里。罗曼·雅各布森一辈子倾心于以下问题的解答：为何一个音位的声音可以成为美妙动听的呢？须知这会完全排除符号的约定俗成的本质！为何一些重要的因素——在系统之外的因素会进入诗中？顺便说一句，不仅在诗中，在某种程度上这也涉及文化的另一些领域。我们以下面的方式来回答这个问题：这是由左半脑同右半脑之间的对话所确定的，或者说，是由文化指意过程中的对话所确定的。现在我们知道，可以对"对话"这一概念加以界定：这是不同的编码系统之间的信息传达方式。这将会更为明显，如果我从美国心理学家杰克逊——他研究了一个特别有趣的对话——的文章里举出一个小例子。让－雅克·卢梭又一次说过，他找到了理想的语言——那种不可能用它来撒谎的语言。符号之约定俗成的本质包含着撒谎的可能性。理想的准确的语言，在卢梭看来，乃是微笑的语言，母亲借助于这种语言同她自己吃奶的婴儿交谈。

与此相关联，我想回忆一个情形——也许，并不是没有这种影响——列夫·托尔斯泰笔下的主人公之间最重要的信息交换是不用话语进行的。请回忆一下：吉蒂询问公爵夫人谢尔巴茨卡娅，她同父亲的解释是怎么进行的，而作为回答，她没有听到对方说出一个词语。眼神与微笑说出了一切。

让我们回到母亲同婴儿如何交流这一问题上来吧。杰克逊[1]考察的正是

[1] 想必指的是美国心理学家、哲学博士道格拉斯·诺特罗普·杰克逊与 S. V. Paunonen 合写的文章"Personality stucture and assessment"// *Annual Review of Psychology* 1980，31，pp. 503～551；D. N. 杰克逊（1929～）的学术兴趣是：个性心理学、社会与组织心理学。他就个性心理学、心理测量学与职业心理学的问题发表了200余篇论著。"Personality stucture and assessment"这篇文章，以其对刚刚出生之人那种不连贯的、独白状态中对话孕生形式的观察，引起了Ю. 洛特曼的兴趣。——俄译者注

“母亲——婴儿”这一对话，并提出了以下规律。对此需要补充一句，杰克逊——这是一位注重经验的人，这类人感兴趣的不是抽象的问题，而是事实，所以他的结论尤其可靠。其一，母亲与婴儿轮流跟对方说话，母子俩有次序地出场“接见”。每当婴儿表示高兴时而发出奥奥声，母亲就沉默；每当母亲讲述着什么，婴儿便谛听。这样一来，停顿与传达之间的关系便得以确立，而这一点——顺便提一句——是非常重要的：哪里没有停顿，哪里也就没有对话。❶ 其二，母子俩彼此爱对方，他们对双方的互相理解都是很关切。这很重要。对话先于语言，而不是语言先于对话。要出现那样一种情境，在其中双方对于交换都是很关切时，语言便会产生。

再往下看，有趣的是以下情形：对于观察者而言，母亲与婴儿绝对是以不同的语言在说话。须知婴儿掌握着自己的发音器官。我要提醒的是，杰克逊在其论婴儿语言的文章里证实，这并不简单地是某种不发达的发音器官，而是摆脱了所有限制的发音器官。在这种情形下，婴儿会发出世界上所有语言的音。于是，出现在我们面前的是：一方面是拥有其特殊发音器官的婴儿，另一方面则是用一种语言来说话的母亲，尽管她自然也会编出新的语言——布里-布里-布里、咕-咕-咕、啾-啾-啾，非常多的感叹词。一种特有的语音——有别于他们自身语言的语音——就这样得以形成。但是，重要的是另一个现象：尽管如此，却显得他们仿佛是在用不同的语言说话。杰克逊将这一过程拍摄下来，做成了录音片，以慢速来回放全部镜头。在这种情形下，某种惊人的东西得以被发现：婴儿在模拟母亲的面部表情。婴儿以自己的手法在模拟母亲的表情，这就是说，婴儿是翻译。婴儿在把别人的语言译成自己的，而母亲呢，在她那方面，则把婴儿的语言译成自己的语言。

于是，在我们面前出现的是复杂的符号学情境——这一情境具有双重传达，在根本上定位于他人的话语，致力于将他人的话语涵纳于自身的语言，进而创造出对话的可能性。这样一来，我们便拥有——可以这么说——对巴

---

❶ 大约也就是这个时候，雅克·德里达指出书写符号的交际特征对于活的言语的交际特征具有优势，而将书面文字称为思维之象征性的模型，强调作为书面交际之基础的时间断裂具有特殊的意义。——俄译者注

赫金的思想之实验性的证明；这一证明，在经验上已然是准确的，在理论上则是在得到清晰诠释之层面上被提炼出来的。

从这一时刻起，我们就不再有权力将巴赫金的“对话”作为某种漂亮的隐喻来谈论，这一漂亮的隐喻经常被人们十分随意地运用，被运用于任何所欲达到的目的；我们要面对的乃是一个十分确定的概念，对新信息加以把握的机制得以用这一概念来指称。信息，在对话性接触开始之前尚不存在，但在对话过程中产生了。

这也可以用来谈论话语的不确定性，即话语之开放的、动态的性质。诗性语言的特性就是这样的。当然，这也是任何一种自然语言的特性，但是，会发生这一因素的弱化，一旦信息的准确传达功能被推到第一位。然而，即使在这里也会发生一些非常重要的事情。为什么这一类符号并不拥有交通信号灯那样的确定性？之所以发生这样的情形，是因为在交际过程中自然而然地会发生复杂的重新编码——对规约型符号与图像型符号的重新编码，这些符号在重新编码时就会创建新的含义。我们将诗中的词语在所有的层面上同某一特定的形象性、尤其是语音的形象性相关联，甚至同那些具有区分性特征的理据性相关联；我们将更多的意义注入到口头语言的装饰性因素上，那些因素位于系统之外。这就意味着，诗性语言在其整体上被定位于对线性的超越，对其因素之图像性的强化。

最后，还有一个值得思考的悖论，这一悖论也得到上文所提及的三位学者从不同方面的阐释。理想的与稳定的符号系统，这么说吧，就像简单而准确的交通信号系统是没有历史的，甚至也不可能有历史。它是在发展、变化之外而发挥功能的，何况我们还禁止它拥有历史。如果交通信号会发展变化，一些非常麻烦的事情就会发生。如果我们想变更交通信号，那么我们要借助于法令来做这件事，也就是说，我们要使这些符号在特定的同期状态中成为无效的，以引入新的符号来取代它们。然而，现实的符号系统都是动态地在文化中发挥功能，它们都有历史。

这是不是一种偶然性，又何谓“拥有历史”？用一两句话来解释这个问题乃是相当复杂的。我且给出一个简单的解释，这一解释带有一种假设的性质：

拥有历史的系统，是那种本身在变化且记住自身变化的系统，是动态性的、拥有记忆的系统。这样看来，如果一个系统不是动态性的或者没有记忆，那么，在我们的理解中它就不可能有历史。相反，语言，一如文化领域里所有可能的符号系统中的任何一种，则符合这两条要求。它们是在无条件地发展着，我甚至要补充一句，是在有规律地发展着，虽然并不总是可以肯定这一点。举例说，我就不会斗胆地用语言来简练地表述女性时尚的规律。即便在这种情形下，还是有一个非常重要的领域、一个对象，在它身上可以展示一些简单的、但绝对典型的事物。

对于我们重要的是这一事实，系统在变化，并且在记忆中保存着自身的变化，在记忆中积累着自己先前的所有状态。在这种情形下，我们不仅仅要解释，机制究竟拥有什么，而且我们要目标坚定地提出问题，像古典科学那样提出问题，而这些问题正是：这一机制发挥功能的方式是什么样的？它在整体上在履行哪些目的论上的功能？对这个问题的回答呈现为以下列表述：为了使系统能够孕生新的文本，系统需要在其手中拥有不同类型的文本——那些以不同的方式被编码的文本。

在这里可以发现以下现象：与我们头脑里存在着两种不同的符号机制相平行的是，也存在那种同时至少以两种方式而被编码的文本（人工语言则是例外）。通常，我们有关古典主义与浪漫主义的观念在于这一点：文化——拥有复杂的、丰富多样的代码系统的文化，是以这样的方式被编码的；它要帮助自己去避免某种类似于文化上的精神分裂症的东西；由于文化是异质多相的，也就是说，它要在自身涵纳许多不同的东西，所以它会获得称名，那时就可以说，譬如，“我们是浪漫主义者”。那时，大凡不属于浪漫主义语义场的一切，就会获得形式上的特征，就会被解释为不存在的东西，而得以从记忆里被勾销。可是，在现实中这会继续存在，然后会发生以下现象：过了一百年之后，文学史家突然会发现一个新的作家。可以说，一切在这里完全不是如此简单，因为曾经有过，譬如说，笑文化，我们将它给忘了，它没有被纳入预先确定的严格的代码系统中。

可见，语言、文本以及我们的意识，是同时在文化的两个方向上发挥着功能的。一方面，它们在创建某种形式与标准已然得到划一的符号学情境，这种符号学情境在保障着信息交换；而另一方面，则是在创建某种“去划一化”的符号学情境，这种符号学情境既保障着创建新文本的可能，又保障着新信息之传达的可能。如果我们今天能谈论所有的这一切，严格地说，已经跨越了语文学的界限而谈论这一切，那么，我们应当记住，开辟出通向这些问题的解答之道路的第一人，就是M. M. 巴赫金。❶

作为结束语，我想说的是以下看法：在这里已经完全公正地说到，巴赫金是十分多面的，从不同的地域来观看，从不同的文化来观看，就会显得很不同。但是，我有心要唤起你们关注的是某种另外的东西：大凡有幸面见M. M. 巴赫金之人，就会确信：他这人不仅仅是一位天才的研究者，而且是一位具有高尚人格的学者，一位具有职业道德的学者，一位对真理的探寻怀有极大真诚的学者。因而，我们应当谈论的，就不仅仅是我们要如何来接受巴赫金，而且还要谈论，我们自身要如何呈现在他的眼前。很期望看到的是，我们这些人研究巴赫金，就要无愧于他所写下的一切。

1984

（编辑：萧　莎）

---

❶ Б. Ф. 叶戈罗夫的文章《M. M. 巴赫金与Ю. M. 洛特曼》（《解读巴赫金》第3辑，维捷布斯克，1998，第83～96页）对Ю. M. 洛特曼与M. M. 巴赫金在文学学上的对话这一题目继续进行了探讨。——俄译者注

学人专论

象似符号与认知诗学：一个历史的回顾

■ 张汉良

一、漫谈象似符号

从1980年代初开始，语言学界和文学界逐渐兴起象似性（或“肖像论”）（iconicity）研究的热潮，学者从经验主义出发，对语言符号系统的封闭自主论提出挑战。1997年，以荷兰和瑞士为基地的研究群“语言与文学中的象似性”开始运作，每两年举行国际会议，并和阿姆斯特丹著名的约翰·本雅明出版社合作，发行论文集。几乎在同时或稍晚几年，以认知科学为基础的诗学研究者也挥起大旗，鸣鼓响应。2009年6月，“语言和文学中的象似性研究群”与“认知诗学研究群”在加拿大多伦多大学召开联席会议，可视为这种学术前沿发展的标志。笔者前后两次参与了他们的活动，主要的动因是个人与研究此课题的元老、多伦多大学的符号学者保罗·布易萨克（Paul Bouissac）的友谊。会议发表的论文业已出版。❶

要讨论语言符号的象似性，我们必须回到20世纪初结构语言学之父、瑞士语言学家索绪尔（Ferdinand de Saussure，1857～1913）那里，因为近年来

---

❶ Chang，Han-liang，“Mental Space Mapping in Classical Chinese Poetry：A Cognitive Approach”，in *Semblance and Signification*，Pascal Michelucci，Olga Fischer and Christina Ljungberg，eds.，Amsterdam and Philadelphia：John Benjamins，2011，pp. 251～268；Chang，Han-liang，“Plato and Peirce on Likeness and Semblance”，in *Biosemiotics*，5.3（December 2012），pp. 301～312.

象似性的主张可以说是后世学者对索绪尔关于语言符号武断（任意）性论调的反弹。索绪尔指出语言符号的任意性：它由表音的“符表”（signifiant，内地学者从高名凯开始一向译为“能指”）和表意的“符旨［意］”（signifié，内地学者译为“所指”）构成，两者之间本无必然的、先验的（a priori）关系。符号的表意功能取决于约定俗成作用，这种作用涵盖了所谓的拟声和拟形字。因此，索绪尔影响下的符号研究侧重于后验的（a posteriori）约定符号（conventional sign）。然而在历史上，语言符号的非任意性论调极为普遍，可简称为自然语型（natural morphology）。索绪尔之后，从1920年代末起，雅可布逊（Roman Jakobson，1896～1982）发现音位、音元、音素等辨音元素在许多语言中都具有语意作用，进而在20世纪50～60年代发展出语言系统层次间的对应关系理论，并付诸诗语言研究（或诗学研究）的实践。约在同时，索绪尔再传弟子本维尼斯特（Émile Benveniste，1902～1976）从后验的观点出发，认为约定俗成现象反倒悖论式地说明了符表与符意之间的关系是非任意性的。

以下以图1说明索绪尔的符号结构。

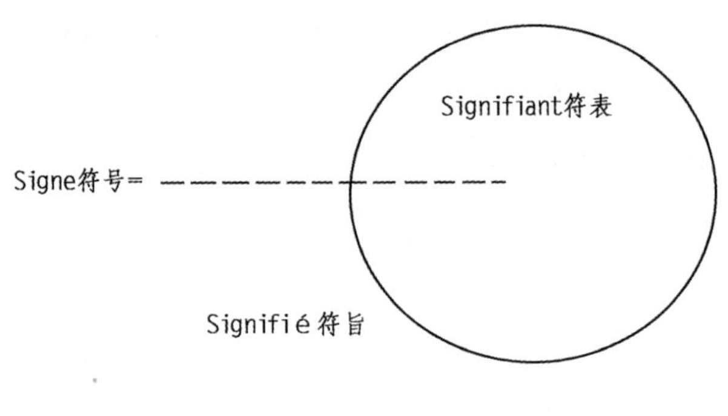

图1

任何一个符号都包括一体（符号）之两面（符表+符旨）。以语言符号为例，“书”这个符号由表音的/shu/ 或 /ʃuː/和其所代表的事物概念“书”所构成，前者可称为“符表”，后者称为“符旨（意）”。如果要讨论书写符号，无论它和声音的关系如何，我们也可视书写的形式“书”是“符表”，它指称的事物概念，即“书”的概念是“符旨”。索绪尔认为语言符号内的这两块，初无必然关系，其关系或关联性是武断的，或任意性的。即使语言中有所谓的拟声字和象形字，也仅占极少数，而且这极少数的例外也已经是约定俗成的、受到整个语言关系系统的制约，我们使用时不再会考虑它们的原始形象和自然实物的因果关系或象似性质。此处必须要说明的是：固然索绪尔指出“符表”和“符旨”是不可须臾分离的一体之两面，两者是 $A \equiv B$ 的关系，但并不意味 A 和 B 是相等或相似的隐喻关系，更正确的说法应该是 $A \leftrightarrows B$，亦即它们在符号内相互指涉，而且不指涉外物，如上图的封闭圆圈所示。这种相互指涉性（relation de renvoi 或 reciprocality）才是符号的必然条件。某些搞文化研究的人不明符号学就理，竟以为麦当劳汉堡这个“符号”表示“快餐文化”，甚至代表“美国帝国主义”，如此荒腔走板，真是不用大脑，还不如吃汉堡包的幼儿园儿童！

“符表”和“符义”这对名词怎么来的？早年我把它们译作“符征”和“符旨”，从来未曾有过疑惑。回归祖国后，发现大家都用高名凯的旧译“能指”与“所指”，后来那些不懂符号学的或一知半解的、跑江湖的买办依样画葫芦。我觉得必须要澄清这种误读与误译。索绪尔选择了名词“signe”（“符号”）所衍生出来的动词“signifier”（“符号表义”）的现在分词“signifiant”（“符号运作［表义］中”）和过去分词“signifié”（“符号表达了的”）组成了这对术语。如上所述，它们并不指涉外物，其一体两面性质犹如钱币的两面，没有任何一面指另一面。索绪尔提出动词的两个非限定的、主动的与被动的语态，实源自他强调言语的动能，如说话者或说话的主体叫做“le sujet parlant”、说话的群体叫“le masse parlant”一样。后来本维尼斯特援用索绪尔的铸词原则，把语言的诠释与被诠释作用称为“interpretant”和“interpreté”也是一脉相传的。走笔至此，我们发现英文通用的翻译名词“signifier”和“signified”也是误译的，正确的译法应当是“signifying”和“signified”。借着澄清名词术语的误译，我们也顺便指出了作为符号学基础的语言，对索绪尔而言，是没有象似作用的。至于“能指”与“所指”这对冤家倒也歪打正着，指向另一位符号学家的“指示”或“指引”符号。请容我在底下略为引介。

在另一方面，根据现代符号学的另一位开山祖师、从哲学和逻辑出发的普尔斯（Charles Sanders Peirce，1839～1914）的说法，符号三元系统包含了肖像（象似）符号、指示（推理）符号和象征符号。他认为构成符号的不是符表与符意的二元关系，而是符表、符物与符解的三元关系。构成三元关系系统的单位不是孤立的、独立自主的，而是彼此相互牵制。举例来说，没有比摄影更单纯的肖像符号了，但这种符号的产生却需要人为动力加诸于物质条件，使它趋向第二元的指示符号；而影像可以分类，纳入更大的视觉系统，则是受到诠释成规的制约，进而成为第三元的象征。关于这点，我们下面介绍荷内·董姆（René Thom，1923 ~ 2002）时会进一步发挥。

以下以图 2 ~ 3 说明普尔斯符号三元关系的两种类型。图 2 显示符号和外在世界的关系，亦即符表和符物透过符解所建立的关系；图 3 则说明了任何一个符号的内在结构。当然，普尔斯还有论及个别符号之符意内涵与外延的三元关系图标以及符号语言化之后的逻辑推论三元关系图标，我们不再细说。

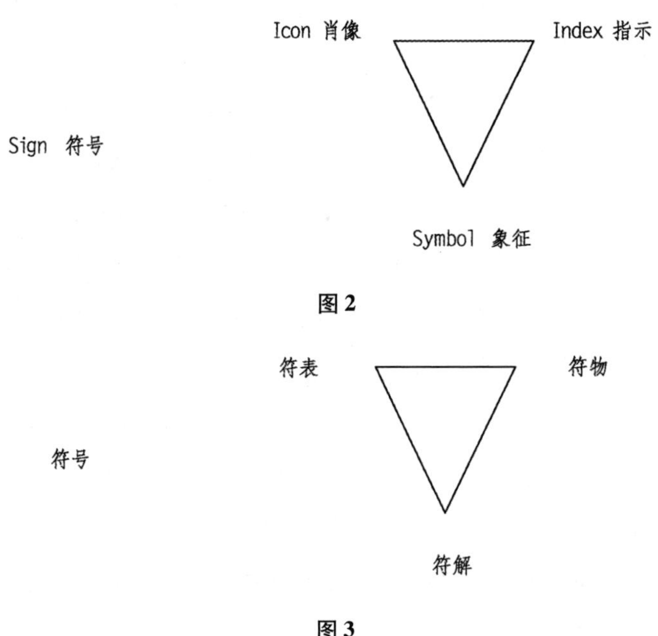

图 2

图 3

我们可以看出来，所谓“能指”与“所指”非但与语言符号的关系不大，而且仅代表普尔斯的三种符号之一。走笔至此，读者难免要问：“何谓象似性?”底下我要谈谈象似性的定义、部分论者对象似性作为符号系统的批判、另外一些论者对象似性作为符号系统的正面评价，以及象似性作为知识论工具的积极意义。首先介绍象似性的字源与定义。根据《牛津大辞典》

（*OED*）的说法，“Iconicity”［f. ICONIC *a.* + -ITY.］这个字迟至1946年才出现，首先使用的是美国符号学家查尔斯·莫里斯（Charles W. Morris，1901～1979），但众所周知，他的观念却师承于普尔斯。“Iconicity”的字根上溯到拉丁文和希腊文的 εικωυ（eikon），是各种“肖像”“塑像”的泛称。严格说来，“icon”不应当被翻译为“象似”，因为“象似性”只不过是“肖像”的一种特质，下面谈普尔斯时会进一步讨论。有趣的是，《牛津大辞典》所引述的两个和“icon”有关的例句，都出自普尔斯：

·1914年普尔斯《文集》（1931年）一卷三章三节第一九五条：“有三种符号是推理不可或缺的；第一种是图表符号或 *icon*［肖像］，它和语言表述的对象呈现某种类似性或模拟性。”

·同上卷第一九六条“符号与表示的事物可能有理则关系；这种符号是一个 *icon*［肖像］。”

《牛津大辞典》引述的第三个例句，亦与普尔斯有关。1934年，英国哲学家布瑞斯卫特（R. B. Braithwaite，1900～1990）在《心智》（*Mind*）期刊153卷479页对普尔斯1931年《文集》的书评引述：

·肖像（*icon*）是一种符号，它之所以能代表某事物，是由于两者的共有特质：彩色图片上的红颜色代表某物体的红色，便是肖像；地图状绘空间关系也是肖像。

根据上述《牛津大辞典》的词源我们可以得到与定义有关的几点结论：从普通名词的、具体的、实物性的“个体符”icon（肖像）到抽象名词、指涉某种特质性的、比较具有共相的 iconicity（肖像性或象似性），即普尔斯所谓的“质符”和“律符”。象似性指涉事物的形式和它所代表的事物之间的摹拟、相似关系。它特指语言和外在世界的对应关系——进而引申、纳入以语言为媒介的文学类型，比如说诗文类的各种形式设计，如押韵——和所指涉的对象之间的近似或对应关系，以及形式和形式之间的对应关系。这种对应关系反映出人脑的认知过程，比如对时间和空间的认知。回到基础层面，亦即索绪尔的符表和符旨的对应、雅可布逊所强调的声音和意义的对应、逻辑学者讨论的名和实的对应，等等。表面上看来，这种老掉牙的论调和传统的模拟论合若符节，然而其学科性是建立在普尔斯符号学和认知心理学及语言学的基础上，因此有比较严格的学科制约。就学科范畴而言，象似性属于索绪尔语言学和普尔斯符号学“意外的”延续和认知科学“意外的”产儿。

象似性的说法沦于常识性；作为符号系统，它的理论有欠周延，因此难免引起反对论者的批判。反对者的论调大致如下：根据人类学的考察，语言的起源殊难认定，语言的形式和意义的必然关系（或称有动机关系）在理论上无法成立；纵然有象似性，也是约定俗成的、为文化、社会所特定的，而非普遍周延的。象似符号容或是符号的一种，但就符号的演绎作用而言，象似性属于一种较“低”层次的表意方式。象似的暗喻式、替换式结构泰半运作于“字”“词”层次，应用性与功能性有限，无法充分解释人类语言在演化史上最特殊的现象——语法。以认知语言学为基础的象似性所乐道的语意范畴无疑在开倒车，回到了先验范畴论。此外，根据逻辑法则考察，象似性的经验基础很难成立，更不具推理作用；象似性的普遍人性论恰好与生物学对人类的观察背道而驰；无论在物种群体演化史（phylogeny）上或者个体发展史（ontogeny）上，“眼见为真”都不正确。象似性夸称它建立在经验基础上，但是这种“看起来相似”的经验基础是脆弱的，经不起认知科学如视觉神经科学的检验。视觉神经科学在1970年代中叶后的快速发展，证实了“眼见为真”的说法是错误的，因此象似性论对真实的要求是没有科学根据的。

主张象似论的学者只得退而求其次，把象似性的“自然性”剔除，而视为约定的文化符号——布易萨克认为持这种文化相对论者在玩骗术，忽视了人类文化产生之前的生物认知现象已经包括了象似性。[1] 另有一些学者探讨象似性作为知识论工具的积极意义，透过基因科学和神经科学寻找其他可能性，比如探讨象似性对认知科学与认知诗学的可能贡献，探讨各种视觉符号系统——如绘画、影像，甚至于镜象——尚未被开发与建设的领域，因为现代和后现代媒体复制和视觉文化的泛滥使人必须正视诉诸视觉经验的象似性，纵然其理论基础可能是脆弱的。

---

[1] See Bouissac, Paul, “Iconicity and Pertinence”, in *Iconicity: Essays on the Nature of Culture*, Paul Bouissac, Roland Posner and Michael Herzfeld, eds., Tübingen: Stauffenburg Verlag, 1986, pp. 193 ~ 213.

在结束这一部分的讨论之前，我将略为涉及象似符号论在生物学上的后续发展。当今有许多生物符号学者推崇普尔斯为这门新兴学科的先驱之一，或至少是它的一个思想渊源——尽管在他那个时代现代生物学还没有诞生；至于普尔斯与19世纪末进化论的关系，材料极为有限，勉强可以炒作一篇比附的短文。我在这儿打算谈一下和模拟论（mimesis）本系同根生的生物拟态现象（mimicry），以及后者和象似论及象似符号的关系。普尔斯在介绍象似符号时曾举例说："拟声可视为听觉肖像。"（"A piece of mimicry may be an auditory icon"）❶ 在前面所引述的论摄影象似作用的文章《何为符号?》中，普尔斯特别提到斑马和驴的"象似性"（"semblance"）。作者把这两种动物并列时，不可能充分了解演化生物学的拟态现象，更不可能预见到分子生物学的拟态现象，但是显然，在19世纪末期这种通俗论调颇为流行。他说："如果我揣测斑马可能个性固执，或不易亲近，那是由于它们像驴，而驴颇执拗。此处驴权充了斑马的可能的象似。我们诚然认为象似具有遗传的生理因素，但是这种遗传上的亲近是根据两种动物的象似性推理出来的，和摄影作品生产的情况不一样，我们不具有关于这两种动物生产（遗传）的知识。"❷

这段引言并未谈到人们如何透过对生物显型的观察得到隐型的遗传信息，也没能告诉我们演化拟态的真相，说穿了，斑马和驴这两种动物，即使它们外形相似，但谁也不模仿谁。如果斑马身上的斑纹是演化的结果，更正确的解释是权充防御作用的伪装。❸ 稍微熟悉维多利亚时代自然书写的人都知道当时流行的斑马热潮，我们不妨说：普尔斯无意间参与了这场盛会。让我们还是回到符号学的讨论。这段话明显地指出普尔斯透过这个例子说明符号演绎的过程，由象似性（两种动物的相似）过渡到指引性（关于遗传信息的推理）。象似性基于两个符号之间单纯的代换关系，即如经常被人引用的中世纪

---

❶ Peirce, Charles Sanders, "What Is a Sign?" in *The Essential Peirce: Selected Philosophical Writings*, The Peirce Edition Project, Nathan Houser and others, eds., 2 vols, Bloomington: Indiana University Press, 1998, 2 of 2: 13.

❷ Peirce, Charles Sanders, "What Is a Sign?" in *The Essential Peirce: Selected Philosophical Writings*, 2 of 2: 6.

❸ See Forbes, Peter, *Dazzled and Deceived: Mimicry and Camouflage*, New Haven: Yale University Press, 2009.

名言“aliquid stat pro aliquo”（“某物代某物”）所示，但是这种透明的、朴素的符号演绎（A ≡ B）属于较低层次的、为智者所不取的逻辑关系，❶ 他们更愿意接受交代推理关系（A ⊃ B）的指示或指引符号。

在我们引述的这篇“何为符号?”论文里，普尔斯举出照片为象似符号，因为“它和代表的对象在某些地方确实相似”。但是照片和所摄取的对象之所以相似，是由于物理、化学条件使然，换言之，是由于两者之间的因果导引作用。普尔斯接着说：“这种相似性的产生是因为在某些客观因素下照片被制作出来了，使得它和对象能对应相似。”数学大师出身的荷内·董姆跨越到生物符号学领域，继续发挥普尔斯的摄影象似符号，完成了一项突破。象似符号的产生具有物质和形式条件，摄影也呈现符号演绎过程。他先从最简单的象似符号足迹和影子出发；影子表面看来是个“肖”（影）像，其实是指示符号作用（indexization）的产物。“影子的形成要靠光源发出的光线先照在能投影的物体上，这物体可称为模子，这模子才能投射出影子在地面上……如果影子不是投在地面上，而是投影在感光的摄影底片上，影像就会被系统固定下来。”❷ 摄影师操作光线和其他因素，使得肖像这单纯的象似符号成为艺术，具现为象征符号。这种符号由象似、经指示到象征的发展过程未必是所谓的“象征人”（homo symbolicum）所独有的文明现象，在生物界也极其普遍，但我们暂时只能说到这儿。

在汉语里，“拟态”和“模拟”这一对术语看不出什么关联，也许语意上接近，但是在西方语言史上，这两个名词“mimesis”和“mimicry”本系同根生，且一脉相传。在笔者所讨论过的柏拉图对话录《智者篇》中，苏格拉底说：“某人伪装你的样子或声音，以便形成‘象似’，这种行为称作‘秘密奚似’［μιμησις］”（267a）。❸ 这个例子说明了同一个希腊字可以随不同的

---

❶ See Eco, Umberto, *Semiotics and the Philosophy of Language*, London: Macmillan, 1984; Bouissac, Paul, “Iconicity and Pertinence”, in *Iconicity: Essays on the Nature of Culture*, Paul Bouissac, Roland Posner and Michael Herzfeld, eds., Tübingen: Stauffenburg Verlag, 1986, pp. 193 ~213.

❷ Thom, René, *Mathematical Models of Morphogenesis*, W. M. Brookes and D. Rand, trans., Chichester: Ellis Horwood, 1983, p. 262.

❸ Chang, Han-liang, “Plato and Peirce on Likeness and Semblance”, in *Biosemiotics*, 5.3 (December 2012), pp. 301 ~312.

场合被英译为“mimesis”（“模拟”）或“mimicry”（“拟态”）。我曾经引述过《牛津大辞典》给“mimesis”（“模拟”）下的两个与社会学和生物学有关的定义：

· In *Biol.* = mimicry n. 2. Also：imitative behavior of one species by another. “生物学：拟态，名词2. 亦指：某物种模仿另一物种的行为。”

· In *Sociol.* The deliberate imitation of the behaviour of one group of people by another（usually less advantaged）as a factor in social change. “社会学：一个群体（通常是较弱势的）有意地模仿另一群体的行为，作为社会变迁的一个因素。”

《牛津大辞典》给出的最早的社会学拟态的例子是1671年、生物学拟态的例子是1814年，我们可藉这两个例句看出学术史上学科的传承与交叉现象。笔者在课堂上介绍模拟论时曾指出，“mimesis”的词源可上溯到公元前5世纪，但是其来源不可考。它的词根“mime”显示它可能是一个拟声字，模拟牛鸣声“哞”，或许在酒神祭祀时为歌舞者所发出。这个字在词源和语形上生发出古典时代的悲剧模拟论、今天的“分子生物学的拟态”（molecular mimicry）、前一阵子流行的和基因学打对台的伪科学“摹因学”（memetics）。这么说来，这一个单词经历了漫长的历史，从自然进入文明、再从文明回到自然，似乎是一段穿越时空的漫游。

二、关于“认知诗学”

近十年流行的“认知诗学”受到认知科学的广泛影响，主要表现为结合了语言学和心理学的前沿理论与实验方法，经验性地探索了在特定社会的某个“语用”团体中——包括教室内，读者如何认识、解读与判断诗作，如何产生所谓“审美”意识；较深入的研究则从神经科学入手，考察诗语言结构以及认知和人脑结构的关系。论者暂时摒弃了20世纪前半叶结构语言学对语音、语法和语意等结构所从事的微观的、细腻的分析与描述，而从一般“概念”和“范畴”出发，检视人脑语言概念和诗作语言概念的对应性。论者针对“概念”和“形式”之间的对应关系强调，无论是属于“量值”“近似值”或“顺序值”，皆可纳入象似诗学的研究范围。

对认知语言学者而言，传统语言学家所描述的现象，如音位、义素、句构，说穿了也无非是概念或概念性的；语言信息的储存和提取与其他知识并无不同，语言技术的使用和非语言技术的使用皆需相似的认知能力。认知语言学家的研究落实在后验的实用层次，无形中规避了概念与语言孰先孰后、无穷循环的抽象论辩；他们不再关注概念与概念之间联结和融合的命题真伪如何，甚至忽视了前一范式的研究，如雅可布逊有关语言两轴隐喻/转喻的互动说法，可能已经充分地解释并解决了这些问题。

表面上看来，认知诗学所提倡的认知议题并非新创，因此有人把它追溯到早期以“读者反应”为定位的“语用研究”，其理论和方法论基础包括人类学、心理学和现象哲学等。今天的学者把认知诗学分成三大块——隐喻研究、风格学（文体学）研究和叙述学研究，其实它们原本就属于文学理论（或“诗学”）的范畴。认知诗学提倡者俨然以诗学新范式的代言人自居，但是在方法论实际应用上的建树却多半是雷声大雨点儿小。我拜读过也聆听过当今认知诗学界名人，如以色列的楚尔（Reuven Tsur）和匈牙利的科维切斯（Zoltán Kövecses）的英诗分析，其实缺乏新意。至于红极一时的拉克夫（George Lakoff）的日常用语隐喻研究，在雅可布逊的结构分析之后出现，只能算是开倒车。在这种不乐观的情况下，我选择了挪用“非”文学学者的语言学家的心理空间认知研究，来阅读几行汉魏古体诗和乐府歌辞，勉强算是一种方法论的尝试与练习。

认知语言学处理各种言谈的常识共相，研究者的兴趣主要是日常生活语境的认知现象；❶ 但是认知语言学对“范畴”和“原型”的新理解，可能会对特定时空下诗的语义和语用层次有所发现，对传统的象似概念也可以提供

---

❶ See Fauconnier, Gilles, *Mappings in Thought and Language*, Cambridge: Cambridge University Press, 1997; Fauconnier, Gilles, and Turner, Mark, *The Way We Think: Conceptual Blending and the Mind's Hidden Complexities*, New York: Basic Books, 2002.

理论上的支持。[1] 我们不妨根据认知的常识共相，重新阅读古体诗的时空原型，并进而反思某些学者所指出的中国古诗缺乏意象和喻词的复杂性是否能够成立。一个具体的例子是探讨古体诗的心理空间如何地被绘图。举例来说，方向、距离、运动力量的动力和意象形态如何被融合，进而建构一个被中介的诗空间。[2] 作为一个学术热点，学者对空间认知和语言再现的研究，可能会让我们重新思考诗空间的象似性。[3]

“范畴”容或是认知研究最重要、但也最困难的课题。[4] 康德的时间和空间先验范畴再度受到认知语言学者的重视，蓝嘎克（Ronald Langacker）称它们为“基础领域”。[5] 这些基础领域透过融合作用，能够塑造出更复杂的概念。学者采取折中主义立场，协调先验与后验命题。举例来说，指示词可以被视为语言共相，但同时受到文化、社会的制约。时间与空间仍然属于基本范畴，但学者关注的不再是花、鸟、山、河，而是更特殊的空间构成，如语法、方向的再现、心理空间的融合等等。

从上古开始，中国诗人就关注时空现象，而且建构了时空形象的“网络”系统作为诗的表述工具。如太史公引述的古谣：

（1）登彼西山兮

采其薇矣

仅为一则显例。在这个例子里至少有两个时／空设计：①“西山”作为

---

[1] See Landau, Barbara, and Lakusta, Laura, “Spatial Language and Spatial Representation: Autonomy and Interaction”, in Maya Hickmann and Stéphane Robert, eds., *Space in Languages: Linguistic Systems and Cognitive Categories*, Amsterdam: John Benjamins, 2006, pp. 309 ~ 333; Levinson, Stephen C. and Wilkins, David P., “The Background to the Study of the Language of Space”, in Levinson and Wilkins, eds., *Grammars of Space: Explorations in Cognitive Diversity*, Cambridge: Cambridge University Press, 2006, pp. 1 ~ 23.

[2] See Fauconnier, Gilles, *Mappings in Thought and Language*, Cambridge: Cambridge University Press, 1997.

[3] See Jarvella and Klein 1982, Svorou 1994, Bloom, Peterson, Nadel, and Garrett 1996, Pütz and Dirven 1996, van der Zee and Slack 2003, Levinson 2003, Levinson and Wilkins 2006, Hickmann and Robert 2006.

[4] See Taylor, John R., *Linguistic Categorization: Prototypes in Linguistic Theory*, Oxford: Clarendon Press, 1989.

[5] See Langacker, Ronald W., *Foundations of Cognitive Grammar*, 2 vols, vol. 1., Theoretical Prerequisites, Stanford: Stanford University Press, 1987.

空间变数，指示客体坐标；②“登”指示“［向］客体运动”变数。这两种变数在古体诗中屡见不鲜。陶潜的名句是众所周知的例子：

（2）采菊东篱下
悠然见南山

例（1）和例（2）两组诗句都包含了“地形志”（topology），但是它们分别召唤出两种存在状态：动态（kinesis）和静态（stasis）；例（1）指涉方位参照坐标、向度和运动；例（2）仅指涉说话者/行动者的视觉观点所交代的方位参照坐标。1990年代的认知语言学者提出了几套近似的术语来解释这些现象，此处不作详述。笔者分析诗作时，综合使用兰嘎克、佛共尼叶（Gilles Fauconnier）等人的术语，加上引号，但不再交代出处。

根据这些学者的说法，例（1）中的“西山”是“地标”（landmark），说话者/行动者为“位移者”（trajector）；或谓“西山”是“目标1”（target 1），“薇”是“目标2”。这两个“目标”启动了说话者/行动者的运动，亦即身体由说话的此时、此地向彼时、彼地的“西山”移动，唯一不能确定的就是：彼时究竟是过去？还是未来？例（2）则比较复杂。首先，我们要问：“采菊东篱下/悠然见南山”两行诗究竟在交代那一种方位？视线到底是属于“地标”的，还是属于“位移者”的？到底谁是“目标”？谁是“位移者”？什么是“目标”？什么是“位移者”？古代汉语省略了第一行的主词，亦即动词“采”的主词，它是第一个“位移者1”（T1），“菊”是“地标1”（L1）。一旦到了“东篱”下，“菊”就变成了“位移者2”（T2），“东篱”则成了“地标2”（L2）。走出语意世界，第一行成为“位移者”，其“地标”是下一诗句（第二行）。在阅读过程中，“采菊东篱下”的动作扮演着第三个“位移者”（T3），它的新“地标”（L3）是第二行的“悠然见南山”。就在此刻，语意和语用终于结合在一起了。

“地标”与“位移者”的系列分别属于不同种类的心理空间，学者们各有说法，此处不赘。例（1）和例（2）的概念领域可参见勒文生（Stephen

C. Levinson）等人的图表，❶ 见图 4。

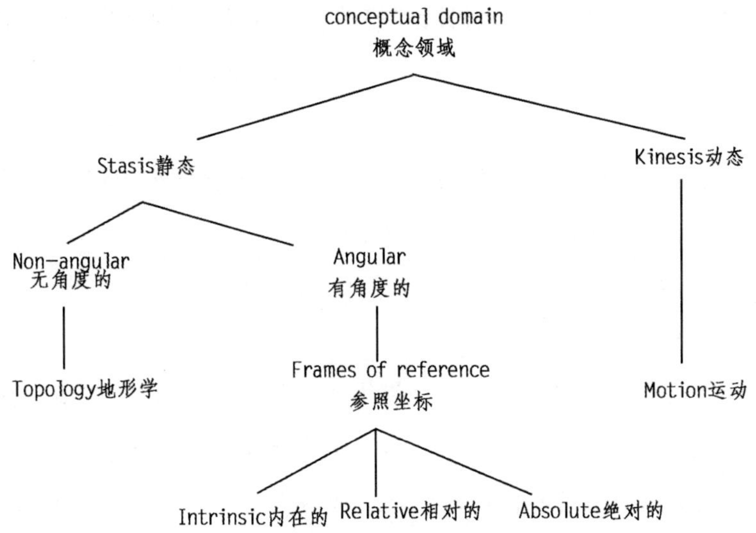

图 4

这两个例子中的空间领域都是有角度的，而非在平面“地形”上移动；“地标”和“位移者”之间有相对的参照坐标，如“东篱”“南山”“西山”等，而掌握视角的“位移者”皆有身体运动。因此，我们不妨把一个比较笼统的空间概念进一步细分，以便探讨各种细分空间范畴的转换和融合。

问题是：怎样融合空间领域？雅可布逊可能会建议语言的“选择轴”往“连续轴”亦即“语意轴”往“语法轴”的投射。就我所看过的有限数据来判断，提出心理空间融合论的佛共尼叶没有交代清楚。试比较例（1）和例（2），初看之下，例（1）较为动态，因为它未交代说话者身体的初始位置，但却具有“登”和“采”两个“空间建构因子”（space-builders）。相反地，例（2）既未显示说话者/行动者的位置，也没有显示身体的移动，有的无非是相对静态的“采”和“见”。然而，仔细分析后，我们会发现由于视觉上的“地标”和“位移者”、“目标”和“驱动者”（trigger）的连锁作用，例

❶ See Levinson, Stephen C. and Wilkins, David P., “The Background to the Study of the Language of Space”, in Levinson and Wilkins, eds., *Grammars of Space: Explorations in Cognitive Diversity*, Cambridge: Cambridge University Press, 2006, pp. 1 ~ 23.

（2）反倒比例（1）更具动态。这种运动向量分析无疑给传统的解释（如：顺着陶渊明的诗句，说这两行交代出“悠然”“恬静”的心境云云）增加了变数，说话者（或诗人）视角的移动难道不能泄露强烈的、压抑的占有欲望吗?

扮演“地标”或扮演“位移者”功能的事物概念可能隶属不同类型的“心理空间”（mental spaces）范畴。请看例（3）：

（3）但使龙城飞将在

不教胡马渡阴山

这两行再现的心理空间属于史托克维尔（Peter Stockwell 2002）所谓的“‘时间的’空间”（“time spaces”），这个看来矛盾的术语或许点出了认知语言学的困境。文学史告诉我们：说话者（或诗人王昌龄的面具）身处唐代，臆想汉代的飞将军李广，说话的时刻（moment of enunciation）和被说的——被召唤出的时刻（moment of enunciated）所建构的空间分别属于不同的历史时刻，无论是真实的，还是虚拟的。其实《出塞·二》首行“秦时明月汉时关”已经清楚地显示了历史时空已然经过蒙太奇的压缩。例（1）及例（2）中的方向“西”“东”和“南”则是较单纯、直白的“空间的空间”（“space spaces”）；“登”和“采”以及“见”则属于“（行动）领域空间”（“domain spaces”）；例（3）藉“但使”的假设语气交代出说话者所召唤出的是“假设的空间”（“hypothetical spaces”）。[1] 勒文生和维金斯的图表可以说明例（1）及例（2）中的“概念领域”（conceptual domains）关系。如果真的像前人所谓古诗只呈现共相，那么诗所表现的空间领域仅可能是平面的地形志，如：

（4）大漠孤烟直

长河落日圆

其所呈现的几乎是二度空间的几何图形，然而，一旦“大”“长”“直”“圆”这些“始原性”意象彼此建立了语法关系，进一步与观物的和言谈的主体发生语用关系，整个空间就变成有角度的、动态的了。这首诗正好反驳

[1] See Stockwell, Peter, *Cognitive Poetics: An Introduction*, London: Routledge, 2002.

了在美国宣扬中国文化的汉学家所谓的、王维诗所表现的静观自得与反分析性。

在例（1）及例（2）中，地标和位移者的互动，也就是说，各种心理空间的互动，是为文化所特定的，受到某些形式主义条件（如文类）的制约。熟读古诗的人一眼就看出“采”这个“行动领域空间”是一个套语，而在陶潜之后，“采菊”几乎成了一个文学体制。换言之，在这个特定的文学传统和文化场域中，有一个“时间的空间”是超越“时间”的“行动领域空间”，它是一个“假设的空间”属于另类“诗”的“现实空间”。这一连串绕口令式的“空间”都需要被融合，难道被认知学者所遗弃的索绪尔／雅可布逊的“两轴互动”不正是一个有效的“空间建构因子”吗？

另外一个文化特定的制约便是方位，它属于“向量文法”（vector grammar）的主要领域。例（1）及例（2）都交代方位，属于“‘空间的’空间”（“space spaces”）——另一个怪诞、累赘的说法，欧科非（John O'Keefe）界定为“平行的、无限长的向量”，[1] 可真如庄子所谓“指不至，至不绝”。可是，方位与向量是理解汉魏古诗的重要指标。[2]

三、语言符号或心理空间——试析《江南》

几千年来，中国北方人的居所大致维持一个方位原则：坐北朝南属于必然条件，园圃在东、楼台背西则为附加条件。这个常识使我们了解了例（2）。这种方位的认知一旦进入语言，便不断地再现于诗作中；或者，我们可以反过来说，一旦语言创造了方位，彼此便无穷地复制，请参看图5所反映的模

---

[1] O'Keefe, John, "Vector Grammar, Places, and the Functional Role of the Spatial Prepositions in English", in *Representing Direction in Language and Space*, Emile van der Zee and Jon Slack, eds., Oxford: Oxford University Press, 2003, p. 70.

[2] 关于高低升降的形上学含义，请参见：van Noppen, Jean-Pierre 1996. "Language, Space and Theography: The Case of *height* vs. *depth*", in Pütz, Martin, and Dirven, René, eds., *The Construal of Space in Language and Thought* = Cognitive Linguistics Research 8, Berlin: Mouton de Gruyter, 1996, pp. 679 ~ 689.

拟思维：❶

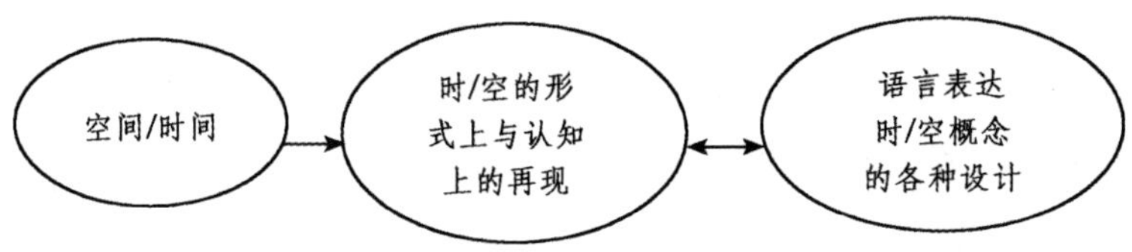

图5

我们不妨假设，东晋时代的人承袭了至少从汉代流传下来的时空方位的共识，这种共识不断地反映在乐府民歌中。诗语言的各种表述技巧和现实生活里的认知是相互影响的；举例来说，“采”这个模式词跨越并融合了日常生活领域和创作领域。由于从《诗经》开始不断地出现，它竟然丧失了现实指涉义，而成为诗“空间的建筑师”（space builder），或传统所谓的“兴”，得以融合诗传统与创作的心理空间。

根据这个推理，我打算利用最后的篇幅来阅读“相和曲”《江南》。由于手边儿没有参考数据，许多陈述仅凭记忆，难免有误。照理说，相和歌谣《江南》应当收录于郭茂倩的《乐府诗集》相和歌辞十八卷中，但我有一个印象，这首诗没有被收入。由于此诗浅白，难得注疏家理会，仿佛唯一值得注解的便是“莲叶何田田”里的“田田”指涉“茂盛状”。最后无聊的四句当然是相和的复沓。

《宋书·乐志》记载：“自郊庙以下，凡诸乐章，非淫哇之辞，并皆详载”，又曰：“相和，汉旧曲也，丝竹更相和，执节者歌。本一部，魏明帝分为二，更递夜宿。本十七曲，朱生、宋识、列和等复合之为十三曲”。此诗的民间来源与不可稽考，反倒赋予了我更大的诠释自由。原诗抄录如下：

江南可采莲　①

❶ See van der Zee, Emile, and Jon Slack, eds., *Representing Direction in Language and pace*, Oxford: Oxford University Press, 2003; Jackendoff, Ray, "The Architecture of the Linguistic-Spatial Interface", in Bloom, Paul, Petersen, Mary A., Nadel, Lynn, and Garrett, Merrill F., eds., *Language and Space*, Cambridge, Mass.: MIT Press, 1996, pp. 1~30.

莲叶何田田 ②

鱼戏莲叶间 ③

鱼戏莲叶东 ④

鱼戏莲叶西 ⑤

鱼戏莲叶南 ⑥

鱼戏莲叶北 ⑦

和前引例（1）、例（2）类似，我们首先注意到的就是方向。复沓句召唤出四个方位：东、西、南、北。长久以来，中国人都是根据这个顺序，由东开始，最后到北；另外的一种顺序是东、南、西、北。这种空间方位概念也许能上溯到初民农业社会中的丰饶神话和周期性的时间概念；现在传递给鱼儿了，它们依照这个顺序嬉戏。此地的“空间融合因子”显然是口语的词汇顺序，不是靠语法连缀的，而是承袭文化习惯。我们不妨戏称之为潜意识的“摹因”（meme）：在这四个方位中，北方是相对不受偏爱的。

这种先入之见让我们关注到题目“江南”。在中国文学史上，“江南”已成为约定的象征。我们可以假设，隐藏的说话者代表着集体意识的自我，立足在现实空间的“江北”，“江南”属于一个想象的、他者的空间。这两种心理空间靠一个表示条件性的模态单词“可”来融合，暗示着一种或然性，而非实然性。请参见图6：

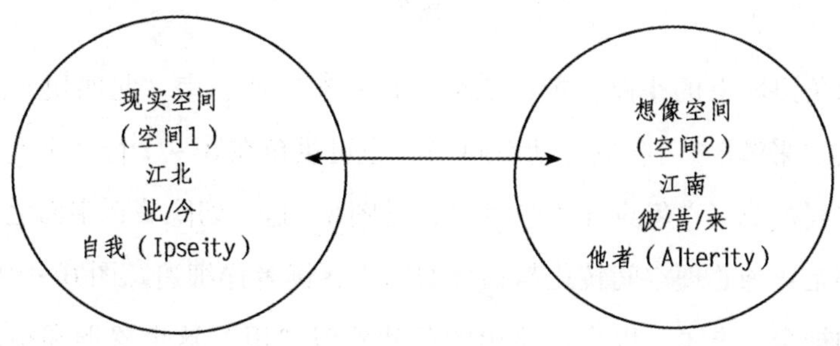

图6

这个图表由两个圆圈构成，分别代表两块概念领域。左边的圈画出说话者或歌唱者所处的现实空间1，即“江北”“此刻”“我”或“我们”，和它对应的、相反的是“江南”“彼时”（可为回忆中的“过去”，亦可为向往的“未来”）“他者”。在简单的歌词中，说话者的现实空间是隐而不见的，需要读者由字面上被歌咏的“想象空间”江南推理出来。需要注意的是：传统读诗者仅关注诗文再现的“他者”现实，如“在江南的莲池里采莲，见到鱼儿乐”，属于被召唤出的世界。然而，被召唤出的世界仅为再现的局部，另外更重要的是发话者语言的召唤作用，由时、空、人称等指示词（deictics）交代出来。

在人享受采莲乐的行①和鱼嬉戏莲叶中的行③之间，第②行出现了全诗唯一的状词或喻词：“莲叶何田田”。由于“田”字的歧义，我们可以扩大传统注疏所谓的“茂盛状”，解读为：“莲叶似田!”（按：俗话说“江北种地；江南种田”）因此，图6的空间2被转换为图7的荷叶（莲叶），透过喻词，荷叶转为“田”（见图7）。“田”原来是个象形字，从口、从十，喻象田中的

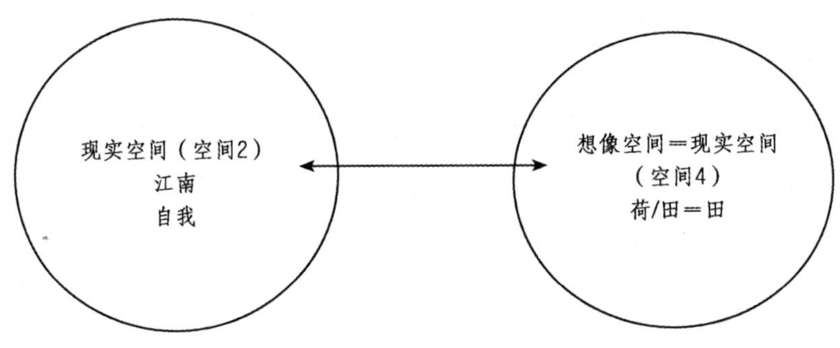

图7

阡陌；两条田埂上的小路，把田二分为四：东、西、南、北四块。这四个方位可供人“采莲”（“收成行动空间”），也可供鱼在③~⑦行文字空间所划分的地理空间嬉戏（“鱼戏行动空间”），见图8。这一切隐藏在字面之下的文化意义，都是各种心理空间转化与融合的结果，读者详细追踪图⑥~⑨的过渡，当能心领神会。末了，以素描绘出的荷叶象似“田”这个象形和指示字，如图9所示。

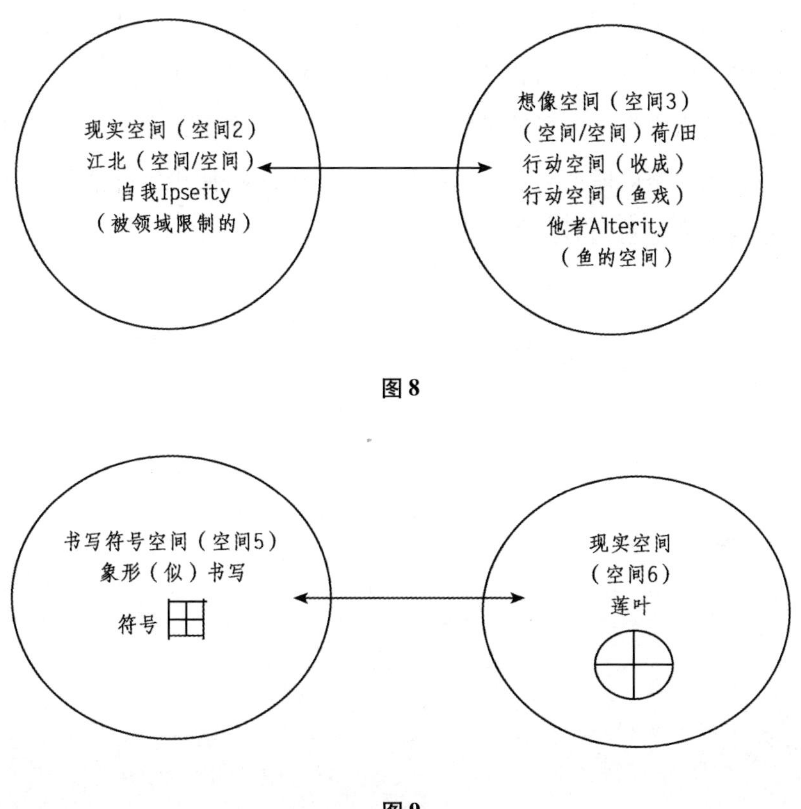

图8

图9

试问：我们面对的是什么样的心理空间？我们回到书写符号系统的领域了！它不仅是索绪尔所指的语言符号，由符表（音）和符旨构成，更属于一种更广阔的、具有两对“双重表达”（double articulation）结构的形（符表）、音（符表）、义（符旨）书写系统。

四、结　　论

透过认知语言学所提倡的心理空间图绘阅读策略，我希望对一首通俗的乐府歌辞以及古体诗提出新的解释。无可讳言的，这种诠释方法也适用于现代诗的分析。回顾二、三节的讨论，我可以得到两个初步的结论。第一，认知诗学汲取了在它之前的形式主义范式，包括各阶段的结构语言学的营养，尤其是关于语意分析和话语分析的理论与方法论。指示词的广泛应用便属一个显例。认知诗学再度推出“概念”“范畴”等用语，殊不知它们仍然属于语意学范畴，概念的转换和融合需要透过语意分析，最后落实在语用世界。第二，象似关系是为文化所特定的，不仅限于语言文字，主导古诗的方位概念便可以说明这个道理；至于“人鱼共乐”这个跨物种的生态现象，更是中国典籍中的恒常主题，不独古诗为然。

（编辑：张　锦）

“聚焦”的焦虑

——关于“focalization”的汉译及其折射的问题

■ 傅修延

在《论听觉叙事》一文中，我从反对视觉文化的过度膨胀出发，提出汉语中应建立“观察”（focalization）与“聆察”（auscultation）这样一对概念，以对应人最主要的两种感知方式——“看”与“听”。❶“观察”在英语中的对应词应为“focalization”，这个词被造出来虽然只有40年的历史，目前却是叙事学领域内首屈一指的热词，据说使用率远远超过了位居第二的“author”。❷但“focalization”在汉语中多被生硬地直译为“聚焦”，而我一贯主张将其意译为更具人文意味的“观察”，而且“观察”较之“聚焦”更能体现“focalization”的本义。本文围绕这一主张展开讨论，侧重点仍为感知方式与视听之辨。

一、挥之不去的技术气息

将“focalization”译为“聚焦”貌似不无道理。“focalization”的词根为“focus”，意为“焦点”“焦距”或“中心”，变成动词“focalize”和名词“focalization”之后，意思便成了“调节焦距以达到焦点”，简而言之就是

---

❶ 傅修延：“论听觉叙事”，载《江西社会科学》2013年第2期、《新华文摘》2013年第14期。

❷ “ ‘Focalization’, perhaps one of the sexiest concepts surface from narratology’s lexicon, still garners considerable attention nearly four decades after its coinage. The entry for the term in the online *Living Handbook of Narratology* is by far the most popular one, roughly 400 page views ahead of the second most popular, for ‘author’. ” David Ciccoricco, “Focalization and Digital Fiction”, *Narrative*, 20.3 (2012), p. 255.

“聚焦”。从解剖学角度说，人类对视觉信息的接受似乎离不开“聚焦”这个环节：眼球中角膜和晶体组成的屈光系统，使外界物体在视网膜上形成映像；角膜的曲率虽然是固定的，但晶体的曲率可经眼球的悬韧带由睫状肌加以调节，这种调节或曰“屈光”能使物体在视网膜上成像清晰，于是“看”的感觉便由视神经传递到大脑。

细心的读者不难发现，用“聚焦”形容眼球晶体的曲率调节（屈光），实际上是一种修辞或借喻，因为“聚焦”（“focusing”）乃是经典物理学的一个广为人知的概念，其本义为将光或电子束等聚集于一点。由于经典物理学的许多术语在我们这里早已深入人心，汉语世界已经习惯了“focusing”的对译“聚焦”；以往人们运用“聚焦”一词时，心里想的也只是物理学意义上的“focusing”。换言之，“聚焦”这个概念在中国少说也有数十年的普及历史，它和物理学中“focusing”的对应早已固定。而“focalization”则是杰拉尔·热奈特1972年的发明。这位法国叙事学家在其长文《叙事话语》中，❶首先使用了这个后来广为人知的法文词“focalisation”（英文为“focalization”）。

这样，我们就发现了将“focalization”译为“聚焦”的不妥：热奈特放着现成的“focusing”不用，而以同一词根的“focalization”取而代之，原因显然是“focusing”这个词属于物理学领域，其既有的技术气息已经挥之不去，❷因此需要熔铸新词，以适用于叙事学这门新创立的学科；我们这里将“聚焦”与“focalization”对应，显然违背了热奈特的本意！虽然经典叙事学走的是

---

❶ 《叙事话语》收入作者1972年出版的文集《辞格Ⅲ》，占据其中3/4篇幅。中译文主要有：（1）杰拉尔·日奈特：“论叙事文话语——方法论”，杨志棠译，见张寅德（编选）：《叙述学研究》，中国社会科学出版社1989年版；（2）热拉尔·热奈特：《叙事话语/新叙事话语》，王文融译，中国社会科学出版社1990年版；（3）杰哈·简奈特：“叙事的论述——关于方法的讨论”，见《辞格Ⅲ》，廖素珊、杨恩祖译，台北：时报文化出版企业股份有限公司2003年版。需要说明，杨译为该文的节译，王译与廖、杨译皆为全译。王译将该文与热奈特1983年的“复盘”文章《新叙事话语》合为一书，名之为《叙事话语/新叙事话语》。本文主要采用王译。

❷ “大多数新词是由原有的其他词演变来的。语言的创造是一个保守的过程，旧物翻新，很少浪费。每有新词从旧词脱颖而出，原有的意思往往像气味一样在新词周围萦绕不去，诡秘莫辨。”［美］刘易斯·托马斯：“语汇种种”，见《细胞生命的礼赞》，李绍明译，湖南科学技术出版社2011年版，第120页。

“技术”路线，法国叙事学家希望自己归纳的范畴能臻于客观与精确的境地，但叙事学毕竟不是自然科学，它所研究的对象处于人文艺术领域，这一领域与自然科学的最大不同就是主观性和不确定性。将汉语中的物理学术语“聚焦”一词顺手拿来，对应于叙事学中的新词“focalization”，从思想方法上说未免有点“偷懒”。如今“聚焦”这一汉译渐呈“约定俗成”之势，许多人对其技术气息已经是习焉不察，但本文认为必须正本清源，应该让更多的人知道叙事学中的“focalization”与物理学中的“focusing”不能等量齐观。

从汉语角度说，将视觉感知称之为“聚焦”也有问题。“focalization”的施动者并不是没有感觉的照相机镜头，即便将人的眼睛比附为镜头，这个“镜头”除了“聚焦”外也还有许多其他工作要做，如“推移”“切换”“取景”和“调焦”等。“聚焦”这一汉译的最大弊端，在于该词表示的是一个冷冰冰的技术性动作——通过调节焦距将呈现于镜头中的图像清晰化，好莱坞电影《终结者》里的机器人就是这样不带感情地“聚焦”外部世界。相比较而言，“观察”这种译法虽然缺失了原文“调节焦距”的字面意义，不像“聚焦”那样贴切地对应于“focalization”，但它传递的却是原文的本质内涵——毕竟“聚焦”是为了“观察”，而且“观察”中既有“观看”又有“觉察”，这一汉译不带任何技术成分，更多指向与视觉有关的人类感知。直译在许多情况下不如意译，原因就在于直译往往只照顾了字面上的意义，却使原文的本义或要义受到遮蔽。

“聚焦”一词让人想到时下人们常用的“吸引眼球”。如果说“聚焦”是“聚焦者”向“聚焦对象”施以视觉上的关注，那么“吸引眼球”代表着“聚焦对象”向“聚焦者”发出“看”的召唤，两者代表方向正好相反的两种流行表述方式。流行意味着时髦，但时髦不一定就是美的，鲁枢元对“吸引眼球”之类的表述方式有过尖锐批判：

> 不知诸位是否注意到，现在的媒体说到“眼睛”或“目光”喜欢将其说成“眼球”—— 不再说吸引目光，而是吸引眼球。在这一蜕变中，语言的审美属性被大大缩减。——以前若是赞美一位姑娘，说“你的眼睛像月亮”，那就是诗，就是美；如今要说“你的眼球像月球”，诗和美

将荡然无存。❶

为什么往昔被称为灵魂之窗的“眼睛”会蜕变为解剖学词库中的“眼球”？我认为原因在于当前社会理工科思维过于发达，技术化大潮的铺天盖地导致了人文艺术的萎靡不振，原本优雅的汉语因此出现粗鄙化的危机。“文革”时期日常语言趋向于军事化，如今则带有太多被技术学科规训过的痕迹：文学批评被纳入“科学研究”的范畴，艺术活动被冠以“工程”和“招标项目”的名号，最要命的是为了获得经费资助进入“项目化生存”状态，人文艺术领域的学者被迫要填写显然是从自然科学中照搬过来的各种申请表格。

这便是孕育“聚焦”汉译的时代环境，这个词就像技术化大潮溅起的一颗水珠，反映的正是当今汉语世界“重理轻文”的颜色。“focusing”的词根“focus”在拉丁文中有“火炉”之义，物理学上的“聚焦”还能产生升温效应，但“聚焦”这一汉译却缺乏人文学科词语应有的温暖。最近有篇叙事学译文将“focalizer”译成“聚焦器”（与此同时将“auscultator”译成“听诊器”），❷ 读者可能会为这种近乎搞笑的译法而忍俊不禁，本文则认为这一误译应该由过去的错误负责——既然“focalize”“focalization”的汉译与物理学上的“聚焦”没有区别，那么将“focalizer”译作“聚焦器”就是一件顺理成章之事。如果“focalize”“focalization”从一开始就被译为“观察”，这类“前仆后继”的误译也许根本不会发生。同样的道理，由于迄今为止诉诸听觉的“auscultate”“auscultation”在各类英汉词典中只有医学意义上的对译——“听诊”，要是不尽快将它们与汉语“聆察”的对应关系固定下来，今后还有人会把“聆察者”译成“听诊器”！不管是“观察者”还是“聆察者”（或者一身二任），也不管这两者在叙述中是否被赋予血肉之躯，其“观察”与“聆察”的结果最终还是要作用于真实读者的视听感知，因此我们在翻译这类关乎感知的概念时，特别要注意将其与既有的专用技术名词划清界限。

---

❶ 鲁枢元：“奇特的汉字‘风’”，载《光明日报》2012年5月7日。

❷ ［加］梅尔巴·卡迪-基恩：“现代主义音景与智性的聆听：听觉感知的叙事研究”，陈永国译，见［美］詹姆斯·费伦、彼得·J. 拉比诺维茨主编：《当代叙事理论指南》，北京大学出版社2007年版，第445～446页。

二、无法统一的分类争议

“focalization”的“始作俑者”虽然是热奈特，但他使用这个词显然是受了克林斯·布鲁克斯与R. P. 沃伦的启发：“由于视角、视野和视点是过于专门的视觉术语，我将采用较为抽象的聚焦一词，它恰好与布鲁克斯和沃伦的‘叙述焦点’相对应”。❶ 在对布鲁克斯和沃伦的视角概念提出异议之前，热奈特先强调了自己的分类依据，以下这段话对大多数叙事学研究者来说可能是耳熟能详：

> 然而我认为有关这个问题的大部分理论著述（基本上停留在分类阶段）令人遗憾地混淆了我所说的**语式**和**语态**，即混淆了**视点决定投影方向的人物是谁**和**叙述者是谁**这两个不同的问题，简捷些说就是混淆了**谁看**和**谁说**的问题。二者的区别，看上去清晰可辨，实际上几乎普遍不为人知。❷

热奈特对“谁看”与“谁说”所作的区分，与其提出的“focalization”概念一道，构成了他对叙事学研究的重要贡献。《叙事话语》于1980年译成英文后产生了广泛影响，此后凡是讨论视角问题，人们都没有忘记他的提醒——叙事文中那个“说”的人不一定就是“看”的人，“focalization”与“narration”的主体可以重合也可以分离。

厘定了“谁看”与“谁说”之后，热奈特着手把“focalization”分成三类：“零聚焦”（zero focalization）、“内聚焦”（internal focalization）与“外聚焦”（external focalization）。他的分类随即引起激烈而又持久的争议，其热闹程度在叙事学发展史上无与伦比。热奈特后来诙谐地说：“聚焦研究使人费了不少而且恐怕有点过多的笔墨。”❸ 阐述这些争议可能至少需要一本书的篇

---

❶ ［法］热拉尔·热奈特：《叙事话语/新叙事话语》，王文融译，中国社会科学出版社1990年版，第129页。

❷ 同上书，第126页。

❸ 同上书，第229页。

幅，好在申丹等学者已对此作了系统梳理，❶ 以下删繁就简，只按分类多寡述其荦荦大端。

如果说热奈特的分类属于“三分法”，那么米克·巴尔主张的就是“二分法”。米克·巴尔认为“focalization”只有“内聚焦”与“外聚焦”之别（当然其下有更细的类别），她从施动与受动角度将“聚焦”的主客体分为“聚焦者”与“聚焦对象”，同时提出了一系列“聚焦层次”。由于将电影纳入研究范畴，她从“聚焦”讨论到“视觉叙述”，甚至提出了“视觉叙述学”这样的概念。❷ 里蒙－凯南注重考察内外“聚焦”的各个侧面，因此其分类实际上属于“多分法”，所划分的有感知侧面（涉及时间与空间）、心理侧面（涉及认知与情感）以及意识形态侧面等，❸ 这样做固然更为精细，但似乎也过于繁琐。除了“三分法”“二分法”与“多分法”之外，曼弗雷德·雅安依据“聚焦者”自身的时空位置角度，提出了所谓适应范围更广的“四分法”——“严格聚焦”（strict focalization）、“环绕聚焦”（ambient focalization）、“弱聚焦”（weak focalization）与“零聚焦”（zero focalization）。❹ 不过这四种“聚焦”中有的比较费解，从名称看也有自相冲突之嫌。

热奈特的分类惹出众声喧哗，表面原因是其分类标准游移不定。里蒙－凯南如此批评：“热奈特的分类是基于两个不同的标准的：无聚焦和内部聚焦的区分是以观察者（聚焦者）的位置为基准，而内部聚焦和外部聚焦却是依据被观察者（被聚焦者）的位置划分的。”❺ 申丹等人也说：“热奈特的一大贡献在于廓清了‘叙述’（声音）与‘聚焦’（眼睛、感知）之间的界限，但

❶ 申丹：“视角”，见赵一凡等主编：《西方文论关键词》，外语教学与研究出版社2006年版，第511～527页；申丹、王丽亚：《西方叙事学：经典与后经典》，北京大学出版社2010年版，第88～111页。

❷［荷］米克·巴尔：《叙述学：叙事理论导论（第二版）》，谭君强译，中国社会科学出版社2003年版，第167～208页。

❸［以色列］里蒙－凯南：《叙事虚构作品——当代诗学》，姚锦清等译，三联书店1989年版，第139～149页。

❹ Manfred Jahn，“The Mechanic of Focalization：Extending the Narratological Toolbox”，*GRATT* 21（1999），pp. 85～110.

❺［以色列］里蒙－凯南：《叙事虚构作品——当代诗学》，姚锦清等译，三联书店1989年版，第245页。

他在对聚焦类型进行分类时，又用叙述者'说'出了多少信息作为衡量标准，这样就又混淆了两者之间的界限，并导致变换式和多重式内聚焦与全知模式的难以区分。"❶ 这些批评无疑都是对的，但本文认为问题的根源还在于"focalization"自身，我们不妨对此稍作辨析。

本文之所以坚持将"focalization"译为"观察"，是因为它的本义为从某个特定角度出发进行观察（此即热奈特所说"视点决定投影方向"）；❷ 选择某个"视点"是为了获得有利的观察视野，同时也会受到该"视点"所处位置的限制，通常所说的"盲区""死角"即由此而生。❸ 显而易见，这一本义与全知模式存在矛盾，因为全知模式意味着"无所不在"与"无时不在"，没有什么东西能对这种模式下的"看"与"说"构成障碍。据此我们能够理解，为什么热奈特的"零聚焦"会遭到米克·巴尔与里蒙-凯南等人的扬弃——与其说全知模式是一种不受限制的"零聚焦"，不如说它是在内外"聚焦"之间执行随心所欲的变换。热奈特本人肯定也意识到了这一点，要不然他不会在后来的《新叙事话语》中说"零聚焦=可变聚焦"。❹ 不难看出，热奈特提出"零聚焦"等概念时思考还不全面，《叙事话语》一文主要是借普鲁斯特的《追忆逝水年华》来"磨刀"——将刚提炼出的叙事学范畴尝试性地运用于批评实践。这些都是完全可以理解的，没有创始人的自我完善与别人的"接着说"，任何理论观点都不可能真正走向成熟。

但是划分"聚焦"类型无法避免一个与生俱来的问题，这就是"focalization"的"调整焦距"内蕴常常会与该词前面的限定词发生冲突，而分类其实就是为各种类型找到合适的限定词。汉语中将"focalization"译为"聚焦"

---

❶ 申丹、王丽亚：《西方叙事学：经典与后经典》，北京大学出版社2010年版，第97页。

❷ "投影"原文为"perspective"，又译"透视点"（杰拉尔·日奈特："论叙事文话语——方法论"，杨志棠译，见张寅德编选：《叙述学研究》，中国社会科学出版社1989年版，第240页），或译"景深"（杰哈·简奈特："叙事的论述——关于方法的讨论"，见《辞格Ⅲ》，廖素珊、杨恩祖译，台北：时报文化出版企业股份有限公司2003年版，第228页）。这几种译法各有千秋，但我觉得译为"视野"与原文意义似乎更为契合。

❸ "不要忘记，按布兰的话说，聚焦的本质是限制。"热拉尔·热奈特：《叙事话语/新叙事话语》，王文融译，中国社会科学出版社1990年版，第131页。

❹ ［法］热拉尔·热奈特：《叙事话语/新叙事话语》，王文融译，中国社会科学出版社1990年版，第233页。

后，这一“不兼容性”表现得更为明显。如果只读汉语文本，许多人或许永远无法理解“可变聚焦”“环绕聚焦”是什么意思，因为一般来说只有固定观察点才能调焦，“可变”和“环绕”这样的限定词与“聚焦”结合，给人造成一种自相矛盾的印象——人们很难理解那种处在不稳定状态下的“可变聚焦”，更难以想象“聚焦”变换所形成的“环绕”效果。再则，“聚焦”应当是专注于一点，“弱聚焦”这样的提法带有匪夷所思的解构性质，按此逻辑推演，“聚焦”类型中是否还要分出“强聚焦”与“中聚焦”？热奈特在《新叙事话语》中还将“谁看”改为“谁感知”，❶ 意在用“感知”囊括“听”和其他感觉，这一修正受到过一些称赞，但如此一来又有新矛盾产生：我们的耳朵没有“耳睑”，也不像兔子耳朵那样可以转动方向，因此听觉是没有办法实现“聚焦”的。❷

或许就是因为这一根本原因，对热奈特方案提出的每一个看似更为完善的修正案，都未能获得一致认同：人人都对划分“聚焦”类型有自己的主见，谁都觉得自己的分类体系最有道理，但就是没有办法说服对方。申丹把这种情况称之为“繁杂的混乱”，并引述博尔托卢西和狄克逊的感叹作为梳理相关争议的归结：“视角理论其实已发展成看上去不可调和的各种框架和争论。”❸

事实上，热奈特作为“focalization”的提出者，从一开始就预感到这一概念有可能引发争议。在《叙事话语》中，他已经把划分“聚焦”类型的相对性说得非常清楚，可惜后来的争议者大多没有认真对待该文中的一段话：

> 聚焦方法不一定在整部叙事作品中保持不变，不定内聚焦（这个提法已十分灵活）就没有贯串《包法利夫人》的始终，不仅出租马车那一段是外聚焦，而且我们已有机会说过，第二部分开始时对永镇的描写并

---

❶ ［法］热拉尔·热奈特：《叙事话语/新叙事话语》，王文融译，中国社会科学出版社1990年版，第228～229页。

❷ “另一方面，听却没有同世界隔开距离，而且承认世界。‘语音的穿透力没有距离。’这类穿透性、脆弱性和暴露性，正是听觉的特征。我们有眼睑，没有耳睑。听的时候我们一无防护，听觉是最被动的一个感官，我们无以脱逃喧嚣吵闹。”［德］沃尔夫冈·韦尔施：《重构美学》，陆扬、张岩冰译，上海译文出版社2002年版，第223页。

❸ 申丹：“视角”，见赵一凡等主编：《西方文论关键词》，外语教学与研究出版社2006年版，第525页。

> 不比巴尔扎克的大部分描写更聚在一个焦点上。因此聚焦方法并不总运用于整部作品，而是运用于一个可能非常短的特定的叙述段。另外，各个视点之间的区别也不总是像仅仅考虑纯类型时那样清晰，对一个人物的外聚焦有时可能被确定为对另一个人物的内聚焦：对菲莱阿斯·福格的外聚焦也是对被新主人吓得发呆的帕斯帕尔图的内聚焦，之所以坚持认为它是外聚焦，唯一的原因在于菲莱阿斯的主人公身份迫使帕斯帕尔图扮演目击者的角色。❶

这番话的意思可以概括为两点：第一，"聚焦"类型的划分并不绝对，彼此之间没有"截然分明"的区别——张三的"外聚焦"，有时候可以是李四的"内聚焦"；第二，任何"聚焦"都不可能在整部作品中一以贯之，它们往往只适合于"一个可能非常短的特定的叙述段"。既然热奈特都说自己的划分只是相对而言，由其引发的争议还能有什么意义？热奈特在1983年的《新叙事话语》开篇中说，他写该文是"受了叙述学十年来取得的进展或倒退的启迪"，❷ 这样的表述颇为耐人寻味。

三、"语言学钦羡"与"物理学钦羡"

本文第一节提到"聚焦"一词在汉语世界中产生的背景，这里有必要对酿成"focalization"的法兰西语境再作追踪。

众所周知，叙事学（Narratology）在20世纪60年代的法国呱呱坠地，与当时结构主义思潮的涌动有密切关系，而结构主义语言学则是这门学科直接的孵化器。罗兰·巴特说叙事文与语言存在相通之处——语言元素只有与其他元素及整个体系联系起来才有意义，叙事文中某一层次也只有与其他层次及整部作品联系起来才能让人理解。❸ 兹维坦·托多罗夫把叙事文看做一种扩

❶ ［法］热拉尔·热奈特：《叙事话语/新叙事话语》，王文融译，中国社会科学出版社1990年版，第130～131页。

❷ 同上书，第195页。

❸ ［法］罗兰·巴特："叙事作品结构分析导论"，张寅德译，见张寅德编选：《叙述学研究》，中国社会科学出版社1989年版，第2～10页。

展了的句子，其谓语部分各小类的排列组合，构成了各种各样的文学故事。❶热奈特的《叙事话语》也体现了这种“结构主义时髦”，该文在“引论”部分响应了托多罗夫的观点：

> 既然一切叙事，哪怕像《追忆逝水年华》这样复杂的宏篇巨制，都是承担叙述一个或多个事件的语言生产，那么把它视为动词形式（语法意义上的动词）的铺展（愿意铺展多大都可以），即一个动词的扩张，或许是合情合理的。**我行走，皮埃尔来了**对我来说是最短的叙述形式，反之，《奥德修纪》或《追忆》不过以某种方式扩大了（在修辞含义上）**奥德修斯回到伊塔克**或**马塞尔成为作家**这类陈述句。❷

热奈特所说的一种“聚焦”方法无法在叙事文中贯穿始终，实际上也是受了语言学中人称研究的启发，巴特比他先看到叙事文中存在人称与无人称的交替使用：“我们今天看到许多叙事作品，而且是最常见的叙事作品，经常是在同一个句子的范围内以极快的节奏交替使用人称和无人称”。❸ 看来在叙事学的草创阶段，人们不仅把语言学方法当成了自己的工具箱，甚至还把“开箱取用”作为一项值得标榜的举动。

那么，为什么经典叙事学家纷纷以语言学为楷模建构自己的体系呢？巴特在《叙事作品结构分析导论》中谈到，由于采用了先进方法，“从那天起，语言学才真正形成，并且以巨大的步伐向前迈进，甚至于能够预见以前未曾发现的事实”。❹ 巴特在这里表达的钦羡之情颇具代表性，由于所用的方法更为精密有效，语言学在20世纪取得了有目共睹的成绩，被人们称为社会科学领域中的带头学科。有带头者就会有追随者，在使用各种“硬”方法的自然科学面前，社会科学的研究者一直都有底气不足的焦虑，语言学的崛起让许多人看到了希望，于是就有了包括归纳“叙事语法”在内的种种“语言学转

❶ ［法］兹维坦·托多罗夫：“从《十日谈》看叙事作品语法”，见张寅德编选：《叙述学研究》，中国社会科学出版社1989年版，第177～182页。

❷ ［法］热拉尔·热奈特：《叙事话语/新叙事话语》，王文融译，中国社会科学出版社1990年版，第10页。

❸ ［法］罗兰·巴特：“叙事作品结构分析导论”，张寅德译，见张寅德编选：《叙述学研究》，中国社会科学出版社1989年版，第31页。

❹ 同上书，第4页。

向”行为。

《叙事话语》一文处处表现出向语言学致敬的冲动，其主要概念大多取自于语言学的基本范畴，讨论的出发点与落脚点也是语言学。以“focalization”所属的第四章“语式”（mode）为例，热奈特一开始承认，按照严格的语言学定义，叙事文的“语式”只能是直陈式，但接下来他话锋一转，指出在“语式”的经典定义中仍有供“叙述语式”回旋的余地：

> 利特雷在确定**语式**的语法含义时显然考虑到这个功能：“这个词就是指程度不同地肯定有关事物和表现……人们观察存在或行动之不同角度的各种动词形式”，这个措辞精当的定义在此对我们十分宝贵。讲述一件事的时候，的确可以**讲多讲少**，也可以**从这个或那个角度**去讲；**叙述语式**范畴涉及的正是这种能力和发挥这种能力的方式。❶

热奈特为“叙述语式”（narrative mode）开辟的讨论空间，包括了“观察存在或行动之不同角度”，这就是“focalization”的语言学支点。热奈特对语言学如此亦步亦趋，原因在于他想按照语言学的范式来探讨叙事文各个层面的各种可能性；他将文章的副题定为“方法论”（An essay in Method），其意图也是在理论方法上作出示范——语言学可以为浩如烟海的语言现象“立法”，叙事学也应当为千变万化的叙事文订立规则。

以上所述，或可用“语言学钦羡”（linguistics envy）一言以蔽之。但是，仅仅看到叙事学是语言学的追随者是不够的；如果把包括自然科学和社会科学在内的所有学科看做一列浩浩荡荡的队伍，那么举着大旗走在最前面的还不是语言学。语言学内部人士认为，该学科中的“客观主义”来自“当代各门硬科学，尤其是物理学和计算机科学的影响”：

> 近现代物理学由于成功地运用了数学工具，对物质现象的分析达到了前所未有的精深细密的程度，以至各门自然科学甚至社会、人文科学都出现一种“物理学的钦羡”（the physics envy），把它当作自己的楷模。……现代语言学虽自视为领先科学，但由形式语言学的原则方法观

❶ ［法］热拉尔·热奈特：《叙事话语/新叙事话语》，王文融译，中国社会科学出版社 1990 年版，第 107 页。

之，其物理学钦羡一点也不落人后。[1]

这也就是说，语言学虽然是叙事学的前导，但它自身又是物理学等“硬科学”的追随者。明乎此，我们就会看出在经典叙事学的“语言学钦羡”深处，隐藏着与其他“软科学”一脉相承的“物理学钦羡”。[2] 说得更直接一些，热奈特等人虽然借用了许多语言学术语，但其骨子里是希望自己能做到像物理学那样“精深细密”。如前所述，“focalization”一词本身就有挥之不去的技术气息，它后面还隐约可见物理学名词“聚焦”（focusing）的身影，我们这里将“focalization”译为“聚焦” （包括将“auscultation”译为“听诊”），说到底也是“物理学钦羡”在暗中作祟！

除了“focalization”之外，在叙事学有关视角的表达方式中，还有一些也折射出这种“物理学钦羡”。亨利·詹姆斯在西方被认为是探讨视角概念的元老，那个时代的“看”主要还是诉诸肉眼，所以他会用墙上的“窗户”来形容小说中展开的视觉图景。[3] 随着人们生活中技术成分的增加，光学器械及相关用语开始进入叙事学，西摩·查特曼用“摄影眼”（camera eye）来代表纯粹客观的观察，[4] 他甚至还用“滤光器”（filter）这种相当专门化的技术词汇来指涉人物的感知。[5] 晚近以来，由于计算机“Windows”操作系统的普及以及数码小说的登场，“窗口”（windows，不是墙上的而是计算机屏幕上的窗

---

[1] 张敏：《认知语言学与汉语名词短语》，中国社会科学出版社1998年版，第37页。

[2] “物理学钦羡”（physics envy）一语由美国生物学家刘易斯·托马斯最早提出。“别的研究领域，也有人执著于让自己的学科成为确切的科学。被那时以后一直存在的‘物理学崇拜’（按即‘物理学钦羡’）所困扰，于是就动手把自己知道的任何一点东西转化成数学，并进而做出方程式，号称自己有预言的能力。我们至今仍有这东西，在经济学、社会学、心理学、历史学，我恐怕，在文学批评和语言学，也都有的。”刘易斯·托马斯：“人文与科学”，见《聆乐夜思》，李绍明译，湖南科学技术出版社2011年版，第119页。

[3] “总之，小说这幢大厦不是只有一个窗户，它有千千万万的窗户——它们的数目多得不可计算；它正面那堵巨大的墙上，按照各人观察的需要，或者个人意志的要求，开着不少窗户，有的已经打通，有的还在开凿。这些不同形状和大小的窗洞，一起面对着人生的场景，因此我们可以指望它们提供的报导，比我们设想的有更多的相似之处。”［美］亨利·詹姆斯：《一位女士的画像·作者序》，项星耀译，人民文学出版社1984年版，第7页。

[4] Seymour Chatman, *Story and Discourse: Narrative structure in Fiction and Film*, Ithaca: Cornell Univ. Press, 1978, p. 154. 按，该书讨论的范围虽然包括了电影，但“摄影眼”所属的那节文字只涉及小说，故“摄影眼”这种提法只能是譬喻。

[5] Seymour Chatman, *Coming to Terms: The Rhetoric of Narrative in Fiction and Film*, Ithaca: Cornell Univ. Press, 1990, pp. 139～160.

口)与"界面"(interface)又成了人们把握叙事的新手段,玛丽－劳勒·莱恩据此建立起她的"窗口叙事"理论,其中"多窗口叙事"构成对以往线性叙事的巨大挑战。❶ 雅安则将"windows"与"focalization"相结合,提出了"聚焦之窗"(windows of focalization)这样的概念,❷ 不言而喻,这一概念和他的"环绕聚焦"和"弱聚焦"一样,均有受技术科学浸染的明显痕迹。

工具从来都会影响人的思维。经常摆弄照相机与摄影机的人,会很自然地把肉眼对外部世界的观察想象成镜头的"聚焦",同样的道理,那些成天坐在计算机面前的人,有时也会不由自主地将"窗口思维"运用于日常生活。从这个意义上说,我们应当对叙事学领域内的"物理学钦羡"保持警惕。人的眼睛不是镜头,人的大脑也不是计算机,"聚焦"和"窗口"仅仅是一种直观的形容,使用此类字眼完全是出于修辞的需要。莱恩在其另一篇文章中提出要"学会用媒介思维",❸ 此论虽然不无道理,但工具思维应有底线,不能一味向机器看齐,这就像具有人格特征的"观察者"绝对不是什么"聚焦器"一样。詹姆斯在使用"窗户"譬喻时,特别强调艺术家作为"驻在洞口的观察者"所发挥的决定性作用:

> 开的窗洞或者大,或者建有阳台,或者像一条裂缝,或者洞口低矮,这些便是"文学形式",但它们不论个别或全体,如果没有驻在洞口的观察者,换句话说,如果没有艺术家的意识,便不能发挥任何作用。❹

我觉得今天的视角研究者最应牢记这一叮嘱,如果不能守住"人≠机器"这条底线,我们将有可能陷入机械主义、还原主义的泥淖,把人类充满灵气

❶ [美] 玛丽－劳勒·莱恩:"电脑时代的叙事学:计算机、隐喻和叙事",见 [美] 戴卫·赫尔曼(主编):《新叙事学》,马海良译,北京大学出版社 2001 年版,第 74 页。

❷ Manfred Jahn, "Windows of Focalization: Deconstructing and Reconstructing a Narratological Concept", *Style*, 30.2 (1996).

❸ [美] 玛丽－劳里·瑞安(一译玛丽－劳勒·莱恩):"叙事与数码:学会用媒介思维",陈永国译,见 [美] 詹姆斯·费伦、彼得·J. 拉比诺维茨(主编):《当代叙事理论指南》,北京大学出版社 2007 年版,第 601～614 页。

❹ [美] 亨利·詹姆斯:《一位女士的画像·作者序》,项星耀译,人民文学出版社 1984 年版,第 7 页。

的精神驰骋等同于刻板僵硬的机械运动。❶

事实上，热奈特本人的阐述还是很注意分寸的。每逢使用非文学词语的场合，他都会秉持学术研究应有的严谨态度，坦承这是一种譬喻意义上的借用。试读“语式”一章的开篇部分：

> 叙事可用较为直接或不那么直接的方式向读者提供或多或少的细节，因而看上去与讲述的内容（借用一个简便常用的空间隐喻，但切忌照字面理解）保持或大或小的**距离**；叙事也可以不再通过均匀过滤的方式，而依据故事参与者（人物或一组人物）的认识能力调节它提供的信息，采纳或佯装采纳上述参与者的通常所说的“视角”或视点，好像对故事作了（继续借用空间隐喻）这个或那个**投影**。我们暂且这样命名并下定义的“距离”和“投影”是语式即**叙述信息调节**的两种形态，这就像欣赏一幅画，看得真切与否取决于与画的距离，看到多大的画面则取决于与或多或少遮住画面的某个局部障碍之间的相对位置。❷

由于原文已用粗体字强调关键词语，这里只得将表达譬喻意思的文字用着重号（字下加点）标出。从标出的内容看，一是频繁使用譬喻（两次“借用”空间隐喻），二是使用的喻体如“距离”（distance）“投影”（perspective）和“欣赏一幅画”等均与空间有关，三是陈述的语气为“像是”而非“就是”（“看上去”“好像”“就像”和“暂且这样命名”等）。据此我们明白，热奈特对“叙述语式”的探讨，建立在“借用空间隐喻”的基础之上。在接下来“投影”一节的开头，他又一次称讨论对象为“运用隐喻暂且称作的叙述投影”,❸ 由于“focalization”是在该节末尾第一次横空出世，可以确定“空间隐喻”乃是这一概念脱胎的语境。换句话说，“focalization”就本质而言属于“空间隐喻”，热奈特在“投影”一节中将其从所嵌入的空间背景上抽离出来，作为一个在逻辑上与“距离”“投影”等构成并列关系的研究

---

❶ 人工智能和认知科学领域已经有人声称，计算机具有真正的智能，是没有脊椎骨的人，要考虑是否应授予其公民权的问题。

❷ ［法］热拉尔·热奈特：《叙事话语/新叙事话语》，王文融译，中国社会科学出版社 1990 年版，第 107 ~ 108 页。

❸ 同上书，第 126 页。

对象，以便在接下来的"聚焦"一节中进行专门讨论。

循着热奈特的提示——"切勿照字面意义理解"，我们认识到了"focalization"的譬喻性质，而将"focalization"译成"聚焦"，恰恰强化了原文字面上的空间意义——"调节焦距"，这正是热奈特不愿意看到的。譬喻这种修辞手段让人看到"A像B"，但其后面的意思却是"A非B"；如果只看到"像"而忘记了"非"，便会把字面意义当成本义，不知不觉由"A像B"滑向"A是B"。叙事学研究中这类混淆层出不穷，例如，在使用"距离控制"与"叙述声音"等术语时，许多人根本就忘记了它们在本质上属于譬喻，这些概念中的"距离"与"声音"均不能按字面意义理解，因为它们并非真正地诉诸视听感官。本文并不笼统反对使用技术领域的概念，但不加界定的使用显然会把自己连同他人拖入"A是B"的误区。换句话说，叙事学朝"精深细密"方向的发展不能轻率否定，但我们应警惕"物理学钦羡"的负面影响。热奈特在《新叙事话语》开篇中以"机械论式的叙述学"为话题，戏谑般地提到它那"没有'灵魂'的、往往没有思想的技术性，以及在文学研究中扮演'尖端科学'角色的奢望"，[1] 我们千万不要成为他所嘲弄的对象。

总而言之，遵循热奈特本人所说的"切忌照字面意义理解"空间隐喻，我们应当让他的"focalization"在汉语中回归其本义——"观察"。我注意到许多汉语文章在解释"聚焦"这一概念时，绕来绕去还是离不开"观察"一词，既然如此，何不迳用"观察"代替"聚焦"？"观察"中其实就有"聚焦"的成分，这层意思并未真正"撇"去，而是作为一层内蕴隐藏在字面之下，这就像人们看东西时自然要通过眼球晶体"屈光"一样，但人们从来不会将"看"机械地表述为"屈光"，那样做的话未免有点煞风景。

四、余　论

语言问题的背后是文化，"聚焦"这一译法折射出的诸多问题，归根结底

---

[1] ［法］热拉尔·热奈特：《叙事话语/新叙事话语》，王文融译，中国社会科学出版社1990年版，第195页。

还要到文化上去寻求解释。

读者或许已经注意到，“聚焦”在现代汉语中已经成为一个高频词（媒体上这个词几乎等于“关注”），但在文学领域，人们多半是在讨论西方叙事时才使用这个术语，一旦涉及我们自己的文学特别是传统叙事，研究者还是倾向于用“视角”之类的概念来表达。为什么“聚焦”一词与中国叙事之间会出现这种不“和谐”现象？我认为原因在于中西文化在空间表现上的巨大差异，这种差异在绘画上体现得最为明显。众所周知，中西绘画的“投影”方式分别为“散点透视”与“焦点透视”：前者的“视点”可以自由移动，后者因固守一处而只有一个消逝点。张择端的《清明上河图》依靠“散点透视”，将绵延几十里的水陆景观纳入五米多长的画幅之内，这种面面俱到的动态观察，使画家能逐一描绘清明时节汴河两岸的市相百态；拉斐尔的《雅典学派》运用的是“焦点透视”，画家把古希腊50多位学者名人集中到一间大厅之内，把他们表现为仿佛是从背景上的拱顶长廊深处走来，挺立于画面正中的亚里士多德与柏拉图成了最吸引观众目光的人物。

与此相似，西方叙事也喜欢在主要人物身上“聚焦”，从荷马史诗、骑士传奇到流浪汉小说（18世纪之后的小说更不用说），都是紧紧围绕主要人物的行动（战斗、漂流、游侠、流浪等）展开叙述。中国叙事则不那么讲究“聚焦”，叙述的重点经常发生偏离与游动，这方面《水浒传》《儒林外史》《官场现形记》等可为代表。鲁迅对《儒林外史》所作的考语——“惟全书无主干，仅驱使各种人物，行列而来，事与其来俱起，亦与其去俱讫，虽云长篇，颇同短制；但如集诸碎锦，合为帖子”，[1] 指的就是叙述中观察对象的不断转移。“聚焦”这一概念与中国叙事的疏离，其道理就像西洋拳击术语不适合中国的太极拳一样。借用上文的空间譬喻，西方文化是讲究“聚焦”的“焦点透视”，而我们的文化则是不那么注重“聚焦”的“散点透视”；“聚”有“聚”的好处，“散”也有“散”的优势，这两种方式各有所长，没有高下优劣之别，在这方面我们也要警惕某种“西方学术钦羡”。本文不同意将

---

[1] 鲁迅：《中国小说史略》，人民文学出版社2006年版，第190页。

"focalization"译为"聚焦",还有更深一层的用意:该词的滥用有可能酿成"重'聚'轻'散'"的偏见。当然,如同有些人已经做过的那样,在"聚焦"前面加上"可变""环绕"之类的限定语,或许可以规范其适用范围,但此类自我矛盾的表达总令人感觉别扭。

文化不但有中西之分,还有视觉文化、听觉文化等基于感知方式的区分。如前所述,热奈特发明"focalization"一词是为了避开"专门的视觉术语"("由于视角、视野和视点是过于专门的视觉术语,我将采用较为抽象的聚焦一词"),但是事与愿违,该词在人们印象中始终摆脱不了"专门的视觉含义",❶ 不仅如此,"聚焦"这一汉译的流行如今反而扩大了视觉文化的强势地位。可能有人会说"观察"这一表述也指涉视觉,这点本文完全承认,不过请注意,"观察"(诉诸视觉)在这里是与"聆察"(诉诸听觉)平行的一对范畴,也就是说使用该词为的是给其他感觉的表达留出余地!而热奈特的意图则是以"focalization"囊括所有感觉,所以他会在《新叙事话语》中将"谁看"改成"谁感知",但由于前面提到的原因,不是所有的感知方式都能"聚焦",因此"聚焦"这一汉译与"谁感知"又有龃龉。

按照沃尔夫冈·韦尔施的意见,西方文化最初是一种听觉文化,但从公元前5世纪初赫拉克里特宣布眼睛"较之耳朵是更为精确的见证人"开始,"听觉领先已经在向视觉领先转移","到了柏拉图的时代,已完全盛行视觉模式"。❷ 从那以后人们更倾向于用视觉来代替其他所有的感觉,似乎"看到"就是"知道"——"'视'与'知'画上了等号"。❸《我们赖以生存的譬喻》

---

❶ "'聚焦'一词涉及光学上的焦距调节,很难摆脱专门的视觉含义。"申丹、王丽亚:《西方叙事学:经典与后经典》,北京大学出版社2010年版,第89页。

❷ [德]沃尔夫冈·韦尔施:《重构美学》,陆扬、张岩冰译,上海译文出版社2002年版,第214页。

❸ "无论是柏拉图的'心灵的视力',还是奥古斯丁的'光明之眼',或者笛卡尔的'精神察看',它们有一个共同的特点:均以视觉为认知中心,强调视觉中包含的知性和理性成分以及视觉对外部世界的把握能力。眼睛上升为智性器官,'视'与'知'画上了等号,视者理性的目光冷静客观,看穿隐藏在表象下的秘密。"陈榕:"凝视",见赵一凡等(主编):《西方文论关键词》,外语教学与研究出版社2006年版,第351页。又,"'知道'一词在词源学上是'看见'的同义词。我们大多数其他表达认知的词汇:洞见、证据、理念、理论、反思等等,都是凭视觉裁定。我们的政治修辞和我们的私下期望同样是为视觉所主导:我们期待开放性,希望看穿某人的灵魂。"沃尔夫冈·韦尔施:《重构美学》,陆扬、张岩冰译,上海译文出版社2002年版,第216页。

一书举出大量与视觉相关的喻语，来说明“视即知”这种语言表达习惯。❶不过西方的有识之士对此早有警觉，索福克勒斯的《俄狄浦斯王》中，主人公得知自己弑父娶母后弄瞎双眼，莎士比亚的《李尔王》中，主人公失明后反而“看”清三个女儿的真实面目，这两部悲剧似乎都在说明“看到”不一定就是“知道”。马歇尔·麦克卢汉称中国人为“听觉人”，中国文化为倚重听觉的精致文化，❷ 不管这种概括是否准确，我们都应该尊重和珍惜自己的感觉表达习惯。本文当然不主张大家都怀疑自己的眼睛，只希望恢复感觉的丰富与均衡，以抵御视觉霸权对其他感知方式的压迫。不加辨析地使用乃至推广“聚焦”概念，有可能把叙事学推向狭隘的视觉叙事学，这一焦虑在当前这个“读图时代”应当不是多余的。

（编辑：萧　莎）

❶ ［美］乔治·雷可夫、马克·詹森：《我们赖以生存的譬喻》，周世箴译，台北：联经出版社2012年版，第91～93、177～180页。

❷ “中国文化精致，感知敏锐的程度，西方文化始终无法比拟，但中国毕竟是部落社会，是听觉人。”［加］马歇尔·麦克卢汉：《古滕堡星系：活版印刷人的造成》，赖盈满译，台北：猫头鹰出版社2008年版，第52页。

符号学的得与失：从几个关键词谈起

■ 史忠义

一、符号学旅程的简要回顾

“符号学的得与失”这个题目太大，故以副标题“从几个关键词谈起”限定之。但这几个术语又是符号学生命攸关的关键概念，所以主标题又对它们有所提升。另外，拙文还可能涉及几个独立的学科，它们亦可以从属于符号学，题目小了便无从谈起。

符号学这个概念最早是索绪尔在 1916 年发表的《普通语言学教程》（*Cours de linguistique générale*）中提出来的。索绪尔当时已经提出了更应该属于符号学的概念“signifiant”和“signifié”，即“表意手段”和“表意对象兼表意结果”。后来这两个概念被语言学先用了，通译为“能指”和“所指”。索绪尔在《普通语言学教程》里还提出了一个非常重要的概念即“复量”（paragramme）概念。“复量”概念是巴赫金“复调”概念的先声，遗憾的是，《普通语言学教程》的整理者、索绪尔的学生兼同事夏尔·巴伊（Charles Bally）未能充分论述索绪尔的这一思想，中译本的译者也未必准确地把握了这个概念。李幼蒸先生在没有语境、未读原文的情况下把这个术语译为“副语法”显然属于误译。❶ 这个概念的发现，说明笔者在《从对话原则引出的双

❶ ［法］罗兰·巴尔特：《符号学历险》，李幼蒸译，中国人民大学出版社 2008 年版，导论第 5 页。

重思考》里的下述说法是有一定道理的："上述20世纪初出现在现象学、哲学、人类学、语言学、阐释学和自然科学中的对话思想或对话现象的例子，使我们有理由做出这样的推论：一，对话理论的出现是历史发展的必然；二，对话的真谛即泛对话。我的意思是说，对话是各种学科、各种领域的普遍现象，绝不仅仅发生在小说体裁范畴之内。当然，巴赫金的功劳是巨大的，是他第一个明确提出了对话理论。"❶ 20世纪初，美国哲学家皮尔斯也有符号学的萌芽思想。

20世纪60年代起，罗兰·巴尔特、茱莉亚·克里斯特瓦、A. J. 格雷马斯、热拉尔·热奈特等人，从不同、但又比较接近的渠道，在法国真正开始了符号学研究。罗兰·巴尔特1964年发表了《符号学原理》一文，1985年结集出版了《符号学的机遇》（*L'aventure sémiologique*）❷ 一书。《符号学原理》后来出了中文的单行本。这是他研究符号学的主要的两部著作。其他多部著作如《时尚体系》（*Système de la mode*，1967）、《S/Z》（1970）、《文本的乐趣》（*Le plaisir du texte*，1973）、《叙事诗学》（*Poétique du récit*，1977）、《符号的帝国》（*L'Empire des signes*，1970）、《明室》（*La Chambre claire*）、《艾菲尔铁塔》（*La Tour Eiffel*，1989）等，都有显著的符号学研究的影子。《符号学原理》从四个维度即语言与话语、能指与所指、范式与系统、外延与内涵的区分方面阐述符号学的基础知识。《符号学的机遇》一书除了《叙事结构分析导论》和《旧修辞学——记忆术》属于原理性阐述，其他文章更多的是符号学方面的分析实践。罗兰·巴尔特的特点是高屋建瓴、简练、善于总结，几乎总是站在旗手的位置上。笔者以为他的符号学思想大概离索绪尔的符号学思想最接近。索绪尔当初可能也是想开发、总结出若干最有概括性的概念，作为符号学这门学科的支柱就行了，可能并没有想搞出那么多数学公式来。

格雷马斯是巴尔特的朋友，是他在20世纪40年代中期介绍罗兰·巴尔

❶ 参见拙著：《现代性的辉煌与危机：走向新现代性》，社会科学文献出版社2012年版，第363～364页。

❷ 李幼蒸把书名译为《符号学历险》，见中国人民大学出版社2008年版。其实，"机遇"更符合20世纪60年代符号学似乎一下子就发展起来却涉及若干领域的事实。

特阅读索绪尔的著作的，从而开启了巴尔特的理论探索之路。格雷马斯的研究方向主要是词汇学和语义学。1966 年，他在巴黎举办了“结构语义学”的讲习班，重在探讨方法论。这个讲习班和格雷马斯的这部讲稿培养了后来在法国逐渐鹊起的一代理论家。格雷马斯的讲稿是自成体系的，创立了语义学这门学科和这种方法论。格雷马斯的特点是低调、厚重、深邃，善于做系统性研究。20 世纪 80 年代中期，当陈述诗学在法国学术界兴起、主张以动态的学理关系代替结构主义、包括结构主义语义学的静态关系时，格雷马斯没有争执，他明白学术领域后浪推前浪的道理，默默地继续自己的学术耕耘。蒋梓骅译格雷马斯的《结构语义学》❶ 最后收录了这位学术大家 1947 ~ 1998 年的著作目录（格雷马斯 1992 年去世），让我们一睹他的风貌。

茱莉亚·克里斯特瓦是罗兰·巴尔特的学生，一代才女。她来自东欧的保加利亚，熟悉马克思和列宁的思想，也了解巴赫金的思想。她思维敏捷，善于发挥自己得天独厚的学术资源，学识渊博，思想开放，追踪前沿。由于她是巴尔特之外论述“文本”概念最多的学者、又提出了“互文性”（intertextualité）的概念并用它来阐释巴赫金的对话思想，由于她提出了符义分析（sémanalyse）的方法论和“成义”（signifiance）以及“成义过程”（procès de signifiance）的观念，还由于她阐述了索绪尔的“复量”概念，她在符号学发展史上有着特殊的地位。克里斯特瓦的符号学研究主要体现在《符义分析探索集》（*Sèméiotikè*，*Recherches pour une sémanalyse*）和《小说文本，某种言语转换结构的符号学方法》（*Le Texte du roman*，*approche sémiologique d'une structure discursive transformationnelle*）两本书中。她叙述的特点是冗长，总想把自己知道的相关知识都插进去，引用前沿时尚的东西比较多，文章艰深。

热拉尔·热奈特的特色是成就了经典叙述学。他大大扩展了美国学者布思和巴尔特关于叙事规律的研究，集合了当时该领域研究的主要成果，并大大发挥了个人的创造力，是经典叙述学的集大成者。叙述学既是符号学的一

❶ ［法］格雷马斯：《结构语义学》，蒋梓骅译，百花文艺出版社 2001 年版。

个分支，也是一门新兴的独立的学科。热奈特的特点是淡泊名利、思维缜密、想象力强、创造力强。从学科的实际影响力来看，叙述学大概是影响最广泛的学科。西欧若干国家的小学教育，大概从五年级开始，是要学习叙述学的几个最基础概念的，就像稍前刚刚学习的基础语法概念一样。中学要逐渐扩展叙述学知识，大学文学院的学生都要进行专门的叙述学训练，这是理解叙事的基础。经典叙述学很快传遍全球。热奈特后来还提出过系列文本概念，并围绕其中的这种或那种，进行过若干年的专门研究。他被其他国家的一些学者视为法国形式研究方面最杰出的学者。

自这些开创者开始，符号学的涵盖范围在逐渐扩大；罗兰·巴尔特从符号学的视角研究过广告、城市规划、医学等，同时期的法国学术界还出现过电影符号学、绘画符号学、时装符号学等。但奇怪的是，符号学研究出版过词典，把所有研究热点和出现的新词都收进去，但似乎却没有出版过一部比较统一的教材，不像语言学、比较文学、文学理论等学科那样，每隔几年就出现一部新的教材，在先前的基础上前进一步。这大概就是符号学这门学科的特点：庞杂、涉猎面宽广，却难以总结出各学科和大部分学者都接受的基础知识，这一点是有违符号学开创者之初衷的。

符号学传到中国以后，也找到了大量的知音。李幼蒸、张智庭等人翻译了一些符号学的专著。叙述学的研究自然最热门，成果也最丰硕。全国每个省和每个中等以上城市，都有叙述学的研究者，涌现出了像申丹这样国际知名的叙述学研究专家。申丹还大量介绍了英美的后经典叙述学研究成果。法语国家的后经典叙述学研究也有大量成果，但鲜有介绍。傅修延专注于汉语言文字特别是古汉语的叙述学研究，取得了可喜的成果。四川大学赵毅衡的团队编辑了一份电子版的符号学研究专刊，不时刊发一些符号学方面的研究信息和成果。中国的符号学研究也扩展到绘画、摄影等多种领域，甚至也出现了符号经济学。一个共同的现象是，我们也没有符号学教材。笔者知道有些学者曾经给学生开设过符号学课程，编有符号学讲义，但那类讲义是很个性化的阐释。符号学研究中也有“走火入魔”的现象发生，例如，有人提出“脑文本”“精神文本”等概念，自以为创新。学术界有大量更有价值的东西值得去做，为什么要钻这种牛角尖呢？“脑文本”或“精神文本”是看不见的，如何去界定、去证实它的存在并进而进行分析呢？

二、文本理论的得与失

罗兰·巴尔特1973年为法国《通用大百科全书》书写的“文本理论”一文是法国20世纪60年代真正兴盛起来的符号学的纲领性文件。这篇文章把文本方面的几个关键术语的提出和论证都归功于茱莉亚·克里斯特瓦。

文本理论提出的第一个功绩，是从认识论方面以全新的视角重新认识表意实践活动。克里斯特瓦和巴尔特等人认为，在我们看到的表面文字即现象文本的背后，有一个更加广阔的、无始无终的意义生殖空间，谓之曰：基因文本。意义的生产力和生产活动、成义活动就发生在这个空间里。这个空间是一个漫长的历史过程，犹如考古中挖一个纵切面，人们可以从纵切面上看到不同历史时期形成的痕迹和地质层。在文本这个空间里，我们也可以看到意义生成过程中形成的不同层面，因而文本是一种多义空间，多种可能的意义交织于其间。这样，成义过程就与意指概念相区别、文本与作品相区别。意指和作品属于产品、陈述文和交际活动范畴，而表意工作、文本、成义过程则属于意义生产、陈述活动和象征活动范畴。意指和作品的主体是比较明确的，而意义生产的主体则是裂变的，他们雾化在整个成义过程中、整个历史中。

文本理论的第二个功绩是，由于不再把作品视为单纯的“信息”和“陈述文”，而是永恒的生产过程，是陈述活动，文本理论趋向于消除文类间和艺术间的分野。用巴尔特的话说，即“成义过程是工作中的文本，它不承认言语科学强制划分的领域（这些领域可以在现象文本层面得到承认，但却不能在基因文本层面得到承认）；成义过程是言语未确定性时隐时现、捉摸不定的微光，依稀存在于作品的所有层面：存在于声音之中，声音不再被视作专门确定意义的单位（音素），而被视为冲动运动；存在于义素之中，义素较少语义单位的性质，更是种种联结之树，并被内涵和潜在的多义性带入一种普遍化的换喻之中；存在于义群之中，其中互文性的冲击和回应比正统意义更重要；最后还存在于语篇之中，其‘清晰性’被不同于纯粹直陈式逻辑的某种多重逻辑所超越或所复加”。❶ 绘画实践、音乐实践、影视实践等，所有的表意实践均产生文本。旋律也是一种文本，远甚于一种音乐类型，它是纯粹肢体能指的和声与语言的混合，等等。文类分野的消除便于打通隔膜，从跨文类的整体视野认识表意实践。

文本理论的第三个功绩，是提出了“互文性”概念。互文现象其实是一种司空见惯的、历史的、也是永恒的现象，但是人们对此一直没有明确的意识，“只缘身在此山中”。互文性概念的提出使人们重新认识了作品，所有的作品、所有的文本、所有的表意成果其实都是互文性的编织，从而加深了我们对对话主义、对历史传承性和横向关联性以及人类文明和文化未来前景的认识。广言之，任何试图割裂古代文明与现代文明之关联、任何试图彻底埋葬传统文化的企图都是不可能实现的。人类的任何创新都以先前的成果为基础。互文性也从根本上论证了泛对话主义的真实性。

文本理论的第四个功绩，是开辟了一个新的认识领域，提升了一个新的认识对象的地位，即阅读。传统批评的基本兴趣或者在作者其人，或者在作品制作的规则和规律，一向轻视读者。文本理论认为在意义生产范围，阅读与写作具有同样的重要性，读者与作者同样参与书写。“在真正的阅读中，读者是一个不让须眉、一心想写作的人。”❷ 文本理论的提出对同时期康斯坦茨学派的接受美学理论和读者阅读理论给予了一定的启示。如今，读者的主动性几乎已经成了学术界的普遍共识。

文本理论的第五点功绩，是大大扩展了书写概念，把创作变成了书写，批评也是书写。罗兰·巴尔特甚至妙趣横生地说，批评家不再存在，只有作家。这种观念对于破除创作神秘感、让创作走进普通人的生活，发挥了一定的促进作用。

---

❶ ［法］罗兰·巴特：“文本理论”，史忠义译，见《风格研究 文本理论》，河南大学出版社2009年版，第303～304页。

❷ 同上书，第305页。

就认识论而言，文本理论的提出是人们尤其是学术界思想的一次大解放。

笔者以为，文本理论本来应该与作品理论并存，它们本应该是并行不悖的。但四十年来的写作实践、批评实践和阅读实践中，却逐渐出现了以文本观取代作品观的基本倾向，以及由此衍生出的一些稍嫌消极的现象。中国古代的经典文献《左传》里有“和而不同”的古训，可以用来构建文本理论与作品理论和睦相处的愿景。中国古代儒、道、佛三家很不相同的思想体系却能长期和睦相处，这种相互取长补短、相互理解的现象应该给我们以启示。当然，西方思想传统中二元对立和思维一定要极端的倾向，对于文本观取代作品观这一基本倾向的产生具有一定的影响。罗兰·巴尔特所说的“它（文本）毁坏交际的、再现的或表达的语言”，“多义性、对话性、愚弄并挫伤内涵义的空白写作与阅读关系和发送者与接受者关系的持续颠覆等……这是一种向构成我们日常社会性的主要类型如感知、理解、符号、语法甚至科学发起严重挑战的实践”❶ 等现象，就是上述二元对立传统的体现。

文本观代替作品观的体现之一，即文本的碎片化现象，这种现象取代了作品和叙事的完整性。因为三言两语、因为一个片断都可以是一部文本，于是碎片化现象就是不可避免的。对于这种碎片化现象，克里斯特瓦和巴尔特都有论述，如《文本理论》中说：“种种规约碎片、格式、节奏范式、社会言语之片断等，进入文本”，❷ 但没有明确强调应该区别对待碎片化与完整性，反而有倡导之嫌，后来的社会风气中有他们的影响因素是不言而喻的。

文本观代替作品观的体现之二，是主体的虚无倾向。本来文本是有作者的，不过这个作者不是一个人，而是历史进程中的无数人。如上所述，他们雾化在了漫长的成义过程中，但这不等于说语义和文本没有主体。对此，克里斯特瓦和巴尔特也都有论述。但是，他们的另一些说法，却导致了人们错误的或至少是模糊的理解。克里斯特瓦说：“基因文本既非被结构物，亦非结

❶ ［法］罗兰·巴特：“文本理论”，史忠义译，见《风格研究 文本理论》，河南大学出版社2009年版，第301页、第307页。

❷ 同上书，第302页。

构材料，它不认识主体。”❶ 罗兰·巴尔特说：“成义生产是一种过程，在这种过程中，文本‘主体’由于离开了‘我思故我在’型自我的逻辑而步入其他逻辑（能指逻辑和矛盾逻辑），与意义发生冲突且自我消解（‘自我迷失’）；成义过程直接区别于意指的地方，就是它是一种工作，但不是（未受触及和外在）主体试图驾御语言（例如风格工作）的那种工作，而是主体透过这一过程发掘一旦自己进入语言（而非监控语言）、后者如何作用于主体并消解主体的彻底工作。”❷ 这些说法都容易导致误解。加上罗兰·巴尔特那句“作者已死”的名言和人们对19世纪圣伯夫所倡导的传记批评的逆反心理等因素，批评中忽视文本主体的现象是比较普遍的。

文本观代替作品观的体现之三，是“能指的无限性”和“游戏”说导致了对生活的脱离。其实，意义的生产、成义过程，是在历史长河的生活中发生的，各种意义都是人类在漫长的历史中的生产实践、生活实践和社会实践留下的痕迹。意义不是空穴来风的，离开了主体们、离开了绚丽多姿的生活，文本生产就变成了单纯物质性的符号游戏。这是现当代文学创作和文本分析中一个比较常见的现象。《文本理论》一文说：“……而建立另一种体积庞大的、既无底层也无表面的语言，因为其空间不是语象、场景和环境空间，而是组合游戏的立体空间，一旦我们走出日常交际（受舆论和常规制约）以及叙述真实或言语真实的限制，上述组合游戏就会无穷无尽”，又说：“其实，不知疲倦工作的是文本，而不是艺术家或消费者”，❸ 这些话对上述现象的蔓延似有推波助澜之嫌。

文本观代替作品观的体现之四，是去价值化。西方传统的作品观崇尚崇高，中国传统的作品观崇尚真实；真善美是各民族文学作品所追求的共同价值。“文本理论不以为有责任遵守‘好’、‘坏’文学的习惯区分；文本的主要标准有可能至少孤立地存在于被高雅的、人文主义文化（其规范由学校、

---

❶ Julia Kristeva, *Sèméiotikè. Recherches pour une sémanalyse*, Paris, 1969, p. 223.

❷ ［法］罗兰·巴特：“文本理论”，史忠义译，见《风格研究 文本理论》，河南大学出版社2009年版，第301页。

❸ 同上书，第301页。

批评界和文学史界等确定）所摈弃或所鄙薄的作品里；互文文本、文字游戏（能指游戏）可能出现在很通俗的作品里，成义过程可能存在于传统上被排除在‘文学’之外的所谓‘谵妄’文字中。”❶ 文学“好”“坏”的区分，似乎最主要的是作品审美价值取向的区分。在一个愈来愈商品化、物质化的社会里，作品的审美价值取向对于社会的健康发展、对于世界和平、对于人类本身的健康，都是至关重要的。放弃引领人们行为导向的审美价值取向，很容易造成社会的混乱局面。当代文学创作中忽视价值取向的现象，与文本观的广泛流行似有一定的关系。

文本分析是多元的，作品分析其实也是多元的。克里斯特瓦在《符义分析探索集》一书中提出了符义分析的方法论，以显示符义分析与文学符号学和作品分析的区别。据罗兰·巴尔特说：“两者最明显的区别在于对精神分析的参照与否，符义解析参照精神分析，文学符号学则不参照精神分析（它仅分类陈述文并描述它们的结构运行情况，而不关心主体、能指和他者之间的关系）。”❷ 这里提出的一个问题是，精神分析一般都是对病态的分析，难道文本分析的对象都是病态的？这大概只是一个行文严密与否的问题。在凸现符义分析的特征时，克里斯特瓦较多地引用了德里达的解构主义，福柯的知识考古学和拉康的精神分析方法，她也引用了《道德经》和印度的《梨俱吠陀》，引用了莱布尼茨的微积分和索莱尔斯的《数论》，引用了西方的逻辑律，引用了马克思等。她既有兼容并蓄的一面，也有比较追求时尚的一面。后者与当代绘画追求时尚、当代服饰追求时尚有相似的一面。看得出，文本理论其实是一种先锋派理论，它的背后有着这个时代法国学术界崇尚差异、崇尚后结构的影子。2009 年 2 月，克里斯特瓦来华访问，在北京大学的演讲中一上来就说，她是后现代的祖母。其时我们国内学者对后现代主义已经有了一些微词。这是她追求时尚的一面。她那种毫不客气的自诩态度，与中国文坛一贯崇尚的虚怀若谷的气度是大异其趣的，让我们对这位西方杰出女性的个

---

❶ ［法］罗兰·巴特：“文本理论”，史忠义译，见《风格研究 文本理论》，河南大学出版社 2009 年版，第 304 页。

❷ 同上书，第 306 页。

性有了一次实际的体会。

克里斯特瓦在引用微积分、逻辑率和数论分析诗歌文本时，得出了不少公式。后来她又把这类方法引入了小说文本的分析。[1] 从认识论的维度看，这类分析开阔了我们的视野和认识方法，但从审美体验的角度看，这里的跳跃似乎过大且过于频繁。读者从诗作中体会的，首先是诗的意境美和意象美，而众多的数学公式属于科学范畴。两者之间的频繁跳跃似乎给人以疲于奔命、应接不暇的感觉。

克里斯特瓦的《符义分析探索集》，是文本理论方面的纲领性文本。译完这部文本后，笔者写下这篇拙文，意在从四十年的文本实践中做一点总结，以期对文本理论有一个比较清醒的认识。

对于符号学未来的发展和新观点，我们仍将持很开放的态度。

（编辑：萧　莎）

[1] See J. Kristeva, *Le Texte du roman*, La Haye-Paris, 1970.

佳作评点

诗性：海德格尔诗学的意义

——《诗性的思：走近海德格尔》评介

■ 任　昕

大卫·哈里伯顿（David Halliburton）的《诗性的思：走近海德格尔》❶抓住了海德格尔思想研究中一个关键性的问题：诗性。从哲学角度接近海德格尔，是我们大多数人思考海德格尔时最常选择的路径，但从诗性的角度接近海德格尔，在20世纪80年代初的西方还寥寥无几。即使现在，在海德格尔诗学研究方兴未艾之时，关于“诗性”，关于“诗性”在海德格尔哲学中的意义以及“诗性”与我们“在世界中存在”的关系，仍然是一些并没有说尽的课题。如果仅从哲学角度接近海德格尔，那么对他后期的许多作品就可能很难作出更为合理、更为深刻的解释。

海德格尔在思想转向之后，诗性，便成为其哲学中最重要的元素之一，可以说成为了其思想的基调。转向之后的海德格尔哲学，充满了一种诗一般的抒情氛围：他不仅大量地、不厌其烦地在文中讨论诗和艺术，甚至连他的行文方式和语言风格都带有诗一般的意味。事实上，在海德格尔身上发生的这些变化令当时的许多人困惑不解：一个现象学的亲传接班人，一个正在冉冉升起的哲学之星，何以放弃了《存在与时间》这样一部皇皇巨著的写作，转而研究起诗歌、绘画，至于其非哲学化的、诗一般的甚至是谜一般的行文就更加令人迷惑。这既非哲学家的正业，又似乎不在西方哲学讨论艺术问题的传统范畴之内。西方哲学历来有对艺术进行评点的传统，而这些哲学家们

---

❶ *Poetic Thinking*: *An Approach to Heidegger*, Chicago: The University of Chicago Press, 1981.

之所为，是从哲学或美学角度对艺术进行高屋建瓴式的论述，目的是要将艺术纳入到他们自己的哲学体系中。但是，尽管如此，这种对诗的重视显然与海德格尔的态度又有不同，那是一种站在哲学制高点上的、哲学家式的关怀。而海德格尔，作为哲学教授和20世纪西方最伟大的哲学家之一，虽然他对于诗的所有阐释也是哲学意义上的，但是，他对诗如此热切的推崇显然又不同于哲学的审视，倒是与德国18世纪浪漫主义哲学和文学以及谢林哲学中那些充满灵性和神秘气息的诗化内容有些内在的相通之处。

作为一个哲学家，海德格尔对诗似乎有一种无法放弃的迷恋；而作为文学或艺术的研究者，海德格尔所做的并不能得到文学史家、批评家或艺术史家们的承认。与专业诗歌、绘画或某一艺术门类的研究相比，海德格尔对艺术和诗的阐释显得不伦不类。这就使海德格尔的诗性变化从一开始就让人难以分辨其用意。卡尔·勒维特就曾困惑地说："常常不能断定，海德格尔到底在思维般地写诗呢，还是在诗意般地思维。"1950年年初，刚刚读到海德格尔新出版的《林中路》的雅斯贝尔斯就曾在信中对海德格尔表示，海德格尔在书中实际上预见到了什么，但是人们无法说出。

海德格尔的确想用诗来说明什么，他想用诗来开辟一条通路，同时对自己的思想进行印证。在海德格尔看来，诗揭示了存在的本源，存在通过诗的语言、通过艺术作品的去蔽而显现；诗是联结人与神明的中介，是人在大地之上生存的本真的方式，诗向我们敞开了存在的真谛。因此，在海德格尔这里，诗已绝非一种单纯的文学形式；他将诗作为与人之生存密切相关、与存在密切相关的本源性的东西。因此，海德格尔论诗，与其说是在讨论诗歌，不如说是在通过诗歌来思考哲学问题。

因此，从诗性切入，比起单纯从诗学入手，我认为更抓住了海德格尔转向之后的诗学思想的关键。也就是说，"poetic"比"poetics"来得更为重要。大多数研究海德格尔诗学思想的著述，往往注重对其诗学的研究，即对"poetics"的阐释。从《艺术作品的本源》到《荷尔德林和诗的本质》，再到《在通向语言的途中》，等等，对这些重要作品进行诗学阐释和论析无疑是对海德格尔转向之后思想本质的研究；但对诗性的把握，即对"poetic"的理解则是打开海德格尔诗学思想的一把钥匙。从这一点上来说，本书作者以“诗性的思”为主题，无疑是抓住了理解的线索。

寻找诗性，是海德格尔后期思想中始终追问的问题，成为一条一以贯之的线索。海德格尔通过对诗性的追寻想要说明的，不单纯是艺术问题或者美学问题，他想要探寻的是诗性与我们的思想、我们的生存究竟处于一种什么样的关系中？对我们的生存、我们的思想又有着什么样的意义？而在所有这一切追问的背后，是关于生存与超越的思考以及对整个西方世界的反省：海德格尔想借诗性来追问西方文明究竟出了什么问题，我们的生存究竟出了什么问题，哲学出了什么问题，而诗性能否克服思想的痼疾？能否解决这个时代的神位的缺失？能否超越我们生存的有限性？这是海德格尔诗性之思的主旨所在。因此，诗性所关涉的不仅是诗的问题，甚至也不仅是哲学观念，更是一种生存方式，一种思（thinking）。而假若不以诗性这一线索贯穿其间，那么我们对海德格尔诗学的研究则可能止步于一般性的阐释，或者，我们也有可能在其诗学中的神秘性、理想主义和宗教救赎色彩面前无所适从。

本书与其他研究海德格尔诗学的著作一样，内容基本涉及到海德格尔诗学思想的每一个重要方面：艺术的起源，诗的本质与荷尔德林，诗人何为，人诗意地栖居在大地上，天、地、人、神四方一体之构想，关于前苏格拉底时期的希腊哲人之思，诗与存在以及诗与思等。而将所有这些串联起来的，则是诗性。

这里，海德格尔的诗性包涵这样几层意义：第一，诗性是人生存在世的基本状态，是人类存在的本源状态，只有“诗意地栖居”在大地之上、天空之下，人才可能获得本真的生存。第二，诗性的生存的意义在于，人是在大地之上的生存，人永远不可能离开大地、背弃大地，而大地就是人所赖以生存的环境，它代表了自然，人不可能脱离自然而生存。而现代人对自然的破坏，不仅仅是在破坏人赖以生存的环境，也是在破坏人生存的本源状态，破坏人在地球上生存的基础。第三，人是在世界之中的生存。人是在世界中的，也是历史地存在的，而不是脱离大地、脱离自然、脱离历史的形而上的存在者，不是与世界对立而是融合于世界中的，这是一个如何看待世界的视角的问题。形而上学哲学历来将人与世界、心与物、主观与客观、主体与客体对立起来，这种看世界的视角形成了西方文明的历史，也造成了西方文明的现代问题。第四，人既在大地之上生存，也同时仰望上苍，满怀对神明的向往。也就是说，人的生存脱离不了神性，只有心中存有神明，人在大地之上的生存才有可能是诗意的，而不仅仅是一种活着、居住着的存在者。这是海德格尔强调诗性的另一番重要用意，即诗性是与神性相通的。第五，诗性不仅是人的本真的生存状态，也是一种思维，这种思维因强调整体性、圆融性、不同事物之间的联通和相互依赖而不同于形而上学的理性思维。海德格尔在这里强调诗性，实则是以诗性的思来对照形而上学的理性之思，他要打破西方两千年来看世界、看问题的视角，试图扭转这种主体与客体的分离和对立。第六，正因为诗性的这种思维特质，海德格尔对诗推崇备至，意欲以诗性来修正、批判、克服和超越形而上学哲学。因此，诗性在海德格尔这里有着非凡的意义。海德格尔在诗性上赋予了能够对抗和克服形而上学理性、并在我们这个生存的世界上焕发出本源意义的理想之光，诗性就是西方文明的希望。海德格尔给诗性赋予了一种思想的力量。

为什么要将诗引入哲学？为什么要将哲学与诗结合在一起？难道仅仅出于一个哲学家对艺术问题的个人兴趣？这里牵引出关于诗性的第二个重要问题，即诗与思的问题。其实，这种将哲学与诗联系在一起，或者说，这种对哲学与诗的错综复杂的关系的论述，古已有之。从柏拉图开始的哲学与诗之争，即引出这样一种开端和方向。这一切似乎首先表明了哲学与诗之间的对抗性；人们往往更多看到逻各斯与秘索斯之间的差异和对立，却较少正视这一对古老的关系之间的内在渊源和难解难分。其次，在西方文化史上，哲学一直占据着人类思想的统治地位，成为人类思想的王者，诗的身份不过是哲学的奴婢，但有时，诗会越过哲学，成为高于思想王权的神示一般的存在，成为本源的动力。

而这种位置的交替变异又总是与时代的变化有关：当理性成为世界的一切秩序的主宰时，诗性便悄然隐匿了；反之，当理性开始受到质疑，既定秩序开始被打破时，诗则开始显露出神圣的曙光。诗登上思想宝座的时代总是一个对理性、逻各斯和秩序的时代进行反思、讨伐的叛逆的时代，这种说法尽管有些笼统和绝对，但诗的兴起无疑是一种表征，它表征着这个时代的变化。而由于西方文化中形而上学、理性主义、逻各斯中心长期占据着统治地位，诗的兴起，或对诗的认识的潮流的出现，就不可避免地具有了反叛、反思、批判的意味。对西方文化来说，理性的秩序与诗性的灵光一直在暗暗较量，这是自其文化形成以来如影随形的现象。西方文化一直在这样一种交替出现的争斗中前行，这种较量直到19世纪后期至20世纪终于爆发为大规模的反形而上学潮流。在这一潮流中，西方哲学才开始真正向诗俯首，哲学与诗的融合也从没有像这样来得如此轰轰烈烈。许多著名的哲学家都不约而同地将目光转向诗，转向艺术，转向西方哲学之外的文明形态。

而以诗性来对抗形而上学哲学，其实是西方文化中一直存在的倾向。在此之前，尽管诗也曾被推到至高地位，但对诗的推崇却常常是诗人、艺术家所为；虽然也有不少哲学家同样注重诗的这种特质，但如果说到一种大规模的思想浪潮，则是在19世纪后期开始出现、直至20世纪达到高潮的。

海德格尔哲学代表了西方现代哲学的发展方向，这一切在当时看来是匪夷所思的举动，其背后正是对西方文化的深层问题的追问。西方现代哲学在总体上是向着反传统的方向发展的，对西方形而上学传统的反思和超越，构成了西方现代哲学以及海德格尔哲学的基本立场、基本倾向，这是西方文化在现代爆发的一场总体反思。诗之受到推崇是作为对哲学的一种修正，确切地说，是作为对形而上学哲学的克服和修正，这种修正直指形而上学的思维基础即主客体的分离和对立，以及理性和两分性、概念性、差异性、离析性、线性等思维方式。作者指出："激发海德格尔诗性的思的动力，以及因此产生的能量，其中有些是来自对唤起事物的整体性的观念的渴望，整体性观念已经被形而上学变为分离与对立的关系。因此，以形而上学标准来衡量，事物最终的原因应该表现为自身的对立。"这是西方对自身文化的审视和反省，也是海德格尔何以发生诗学的转向、提出诗性的思，何以认为哲学已经终结、而要哲学去从诗中寻找存在的真谛的原因。在他看来，西方人至今并没有学会思，因为长期以来浸淫在形而上学理性之中已经太久，真正的思反倒被遗忘了。他说："当我们思时，我们便获得了那被称为思的东西。为了使这一努力获得成功，我们必须准备去学习思。"而真正的思是与诗相伴而生的。

但是，具有讽刺与悲剧意味的是，诗之被推崇，并非由于我们所处的时代是一个诗的繁盛的时代，恰恰相反，而是由于我们所处的时代是一个诗性缺乏的时代，用海德格尔的话来说，是一个"世界之夜将达夜半"的时代。这是一个比以往任何时候都要黑暗的时代，在此时代中，"诸神隐退，新的神尚未来临"。从社会发展层面上讲，是一个"技术图像"的时代。技术对全球已经实行了彻底统治，现代技术对自然和人的生存境况的破坏比以往任何时候都更猖獗，人与自然的关系从未像如今这样紧张，人从未像今天这样遗忘存在；现代社会的问题比以往任何时候都更为凸显，这是一个形而上学达到顶峰的时代，也是一个缺乏诗性、缺乏神性的时代。这是海德格尔给西方世界所开的诊断，而救治的良方则在于回归存在的本源。

本书值得指出的一点是，在评价海德格尔对西方形而上学的批判意义时，作者指出，对西方形而上学传统的"解构"究竟意味着什么？"解构"一词对于海德格尔对传统批判的本意来说，是否有些过于强硬？作者认为，"破坏传统，一如海德格尔所理解的，这一过程并不意味着毁灭过去或将过去搁置在一边，与之同样具有破坏力的另一种相近的表达方式是'克服形而上学'，这意味着采取一种立场，一种与正在克服的事物无关的立场。这一过程宁可从内部进行……"即如海德格尔所言："我们必须为传统的正面效应划出边界，这就总是意味着要将传统保留在它自身的范围内。"这就是说，对传统的反思要从传统内部着手，而不是简单地毁掉。

而这一对待形而上学和传统的态度的差异也就造成了海德格尔与其后的解构主义者之间在行动上的差异。在本书的结论部分，作者将海德格尔思想放在现代语境中考察，与伽达默尔、德里达、列维·施特劳斯和福柯进行联系研究。当整个西方世界都在反思和试图解构形而上学的基石时，海德格尔则试图从历史和世界的视域、从思维变换的角度来解决形而上学的本质的缺陷。当尼采用锤子的精神来砸碎旧哲学对新生世界的禁锢、德里达用非中心策略来消解逻各斯中心主义的秩序时，海德格尔的意图是想通过诗性的思来超越形而上学的思，这并不是对形而上学的取代，也许称之为是一种批判、反抗、克服、匡正、救治、超越、指引更为合适；颠覆、破坏、消解或解构也同样道出了诗性对形而上学的对抗作用，只是缺少了救赎、建构和人间关怀的意味。

这也正是海德格尔诗学的意义所在，也正是何以诗性比诗学更为重要的原因所在。

本书唯一的一处遗憾是没有专门谈及语言问题。语言是海德格尔诗学中一个不可或缺的重要方面，是海德格尔思想中关于存在、关于诗与思的重要角色，“语言是存在的家”，是诗性的思得以运行的源泉。在海德格尔转向后的思想中，语言一直是他极为关注的重要问题，同诗与思一样，语言居住在离存在的本源最为切近的地方。

（编辑：张　锦）

《理解德里达》：走进解构主义的导游图

■ 萧　莎

2004 年 10 月德里达去世的时候，他的讣告是由法兰西共和国总统办公室发布的。以国家元首之名向公众宣布一位哲学家的离世，这不仅在世界范围内不多见，即便在法国这样一个人文传统悠久深厚的国家，也并非常事。德里达的著述以艰深晦涩、佶屈聱牙闻名，读者群规模有限，大众对他知之甚少，因而称不上学术明星。德里达的解构主义哲学和文学理论，多年来饱受争议甚至攻击，因而在学界也谈不上众望所归。此外，德里达的政治立场还和时任法国总统的希拉克相左——希拉克是标准的右派，德里达是激进的左派，德里达还曾经为希拉克的总统竞选对手密特朗助阵，因此，要论两人之间的私谊，似乎也深厚不到哪儿去。这么一位距离公众甚远、与学界及政坛中心保持距离的知识分子，却获得如此特殊的待遇，如果要解释其理由，恐怕只有一样：德里达的解构主义虽不复二三十年前那样的强势地位，虽然他的思想一直受到不同立场学者的质疑，但是，解构主义的巨大渗透力使之影响深远，令人文学界乃至整个社会无法忽视。

解构主义的渗透力和影响力有多大？解构主义带来纷纷扰扰数十年，学界对它的理解是否已经形成基本共识？站在 21 世纪的今天，我们应该如何解读德里达解构主义的意义、收获其遗产？杰克·雷诺兹和乔纳森·洛夫主编的《理解德里达》[1] 一书，是回答这些问题的钥匙。

---

[1] *Understanding Derrida*, edited by Jack Reynolds and Jonathan Roffe, Continuum, New York and London, 2004.

《理解德里达》初版于2004年，由英美著名的学术出版社康提乌姆出版。此书召集了英语世界顶尖的解构主义研究者为其撰文，从11个主题切入，分析德里达思想的各个维度及其对于相关学科的影响。这些主题分别是：语言、形而上学、宗教、主体、政治学、伦理学、决定、翻译、精神分析学、文学、艺术。最后，本书还专辟一章，简述德里达笔下所涉及的哲学家如胡塞尔、列维纳斯和黑格尔等与他思想的交集、分歧和交锋。概而言之，《理解德里达》一书将哲学专业和英语文学专业对德里达的理解熔于一炉，既囊括了戴维·埃里森、❶ 罗伯特·伯纳斯科尼、西蒙·克里奇利❷等哲学界智慧的代表，也收集了文学批评界所熟悉的克里斯托弗·诺里斯、❸ 朱利安·沃夫雷斯❹等学者的观点，可以说，它的学术准确性和权威性是毋庸置疑的。

本书围绕不同主题编织了一系列坐标体系，以定位德里达的思想，引导读者直击解构主义的核心。其中最重要的坐标系，莫过于语言。众所周知，德里达的思想是与西方哲学的“语言转向”息息相关的。《理解德里达》中的《语言》一章便明确阐释了二者的关系，将解构思想在西方哲学史上的立意和定位清楚地标注了出来。

20世纪初，英美哲学经历了一个重大转折：语言转向。这意味着人们忽然意识到，哲学问题，特别是有关心灵和认识论的哲学问题，其实质是语言问题。换句话说，要解决人类的认识论问题，前提是必须对语言进行正确的分析。英美哲学由此走向分析哲学的道路。相比之下，欧陆哲学的变化要晚得多。直到20世纪60年代末，随着结构主义的诞生和德里达对符号结构的研究，局面才为之一变。由此，语言也站到了欧陆哲学研究的舞台中央。也正因为如此，今天的英语世界常常把德里达的著述视为当代哲学“语言转向”

---

❶ David Allison，美国纽约州立大学哲学教授，是德里达的代表作《声音与现象》的英译者和序言作者。

❷ Robert Bernasconi，美国孟菲斯大学哲学教授；Simon Critchley，英国埃塞克斯大学哲学教授。两人是《莱维纳斯剑桥指南》的编者。

❸ Christopher Norris，其代表作《解构：理论与实践》（*Deconstruction：Theory and Practice*）是英美学界影响最广的解构主义导论之一。

❹ Julian Wolfreys，美国佛罗里达大学英语教授，是《德里达读本：书写行为》（*The Derrida Reader：Writing Performances*）的编者。

的一个激进案例。人们常常引述德里达《书写学》中的名言“无物存在于文本外”，论证德里达将文本替代了世界，认为在德里达看来，万事万物皆语言。然而，德里达语言思想的价值，还并非如此简单。

首先，德里达开创性地发现了符号观念与根植于基督教创世论的形而上学、与古希腊哲学的渊源。这种渊源是伴随整个西方哲学史的、系统性的关联。语言符号是（现实世界的）可感的能指与（理念世界的）可知的所指相结合的整体。现实世界与理念世界的区分和呼应，是柏拉图以来的西方哲学主流。而所指，意味着创世者上帝的神言，逻各斯，也就是纯粹的可理解性。换句话说，所指的根源其实就是神学－形而上学。德里达为什么说“符号与神性创生于同时同地，符号时代即是神学时代”，原因正在于此。在符号（神学）时代，书写作为（现实世界的）可感的能指的形象，在逻各斯之外，也就是在纯粹的可理解性之外，因而必然地位低一等。基于这样的革命性发现，德里达力图证明，从来没有、也不可能有某种纯粹的可理解性、逻各斯，或者某种理念性的意义存在于（现实世界的）书写之外。

其次，德里达发现，语言可使用的前提即是书写。书写意味着信息发送者和接收者不在场。人们通常以为，因为书写信息可以保存，所以这些信息可以在发送者和接收者不在场的情况下被复述。在德里达看来，逻辑关系恰好相反——正因为发送者和接收者不在场，书写信息才是可读的信息。任何一次信息的交流，都是有前提条件的，即它必与一次复述有关，而复述的正是另一次此刻并不在场的的交流，而那一次交流又必与复述另一次交流有关；如此以至无穷。这就是说，符号的可重复性，是符号每一次使用过程中的内在性特征。当前语境不复存在，语言仍可再次使用，这就是“书写”。书写从结构上而言，为每一个潜在的语言使用者服务。这意味着书写的逻辑空间从一开始就是无中介的、非私人的。每一次书写，书写本身必与书写者脱离。我此刻所写的东西，必须能够与我此刻的行为脱离，这样，它才能够发挥功用，成其为“此时此刻”所写的东西。也就是说，从一开始，我就不可能再次“从绝对意义上”重新挪用它。由此，德里达得出结论，任何一种符号系统，在原则上都有可能被另一套系统所使用。即使一种语言只有一个使用者，从理论上来说，即便这个使用者不存在，这些声音标记的可重复性使之可以被另外一个人重复。

即使信息发送者和接收者不在场，书写或一个永久的书写标记仍能发挥作用——这种书写或书写标记的产生，恰恰因为这种缺场是一切符号（无论是不是人类使用的符号、是不是语言符号）的逻辑结构中的一环；是沟通之可能的条件。因此，德里达断言，语言并非“一种书写”，而是“建立在书写可能性上的一种可能性”。[1] 因为这种可重复结构在书写中最显而易见，这为书写的理论化提供了理由。传统的语言系统将书写置于次要的地位，认为书写是用图形再次表述声音对某种（理念的）意义-内容的表述。然而，现在，一切交流手段必以德里达意义上的书写为前提，因此，传统的语言符号观念必须让位给另一种观念，即可重复的书写标记在一种广义的文本（一种书写结构）当中产生作用，而这个文本的意义并不取决于它以外的事物。

文本的概念与语言系统无关；与书写或书写结构有关。在德里达看来，先有书写结构，才可能有语言，语言只能在书写的意义上来理解。语言转向不是哲学的进步，而是一种征象、一种预示。语言成为一切哲学问题的中心，是因为以前一切被认为确定无疑的东西、一切曾经向我们允诺我们能确定无疑把握的东西，也就是指意系统，开始崩塌了。由此可见，德里达并非哲学语言转向的一部分，其思想已经超越语言转向、再向前走了一步。

《理解德里达》对于从事文学理论研究的人具有特别的启发，其《文学》一章否定了一个在接受和反对解构主义两方阵营中均很普及的共识：德里达瓦解了哲学与文学的关系。事实上并非如此。因为德里达的文学理论认为，真理概念仍有必要存在，哲学形式的真和文学写作的真这二者之间的对立仍有必要存在。事实上，在德里达看来，文学阅读经验必定迫使我们关注并讨论真理概念的边界，迫使我们思考某种“超越真理的真理”。

根据西方形而上学史，哲学意义上的真对立于伪、虚构；哲学意义的真也被确立为基本的、原初的存在。也就是说，先有真，然后才有伪、虚假和

---

[1] Jacques Derrida, *Of Grammatology*, Johns Hopkins University Press, 1974, p. 52.

错误。然而，德里达试图设想一种超越哲学真理的真，一种超越真伪之间二元对立关系的“非真”。也正是在这里，他的文学理论才显示出非凡的意义。

文学作品所涉及的世界既非常规意义的真，也非常规意义的假，但与此同时，真与它同在。我们所阅读的文学文本常常会演示一个悖论：故事是虚构的，但是，在叙述故事的途中，叙述者会讨论这个故事的来历和可靠性或虚构性。此时，我们可以说，这个文本既是虚构的，但其框架形式又直接表明了虚构这一事实，因而它又不是虚构的。由此，真即是伪，伪即是真。真与假、虚构与非虚构，这原本互相对立、边界明晰的二元，在文学作品中不仅变得边界模糊，而且甚至相互指向对方。此外，文学阅读经验实际上是一种对独特性的体验；在此经验过程中，一方面，文本的真相竭力显现，另一方面，它又摧毁了一切宏观的、可重复的、理念意义上的真理概念。但是，没有文学的独特性，也就不存在哲学意义的真理。文学、虚构活动，一方面使一种基础的原初意义的真成为可能，另一方面又把这种真排除在外。如果说阅读总是为了寻找一种普遍的意义，那么，文学文本等于是召唤我们去阅读抵抗被阅读的独特性。在这一层意义上，文学向我们提供了解构的肯定性维度，因为感知和意义在传递过程中总是被延迟、总是处于将来未来的状态。因此，哲学以及一切致力于寻求真理的活动总是否定性和批判性的工程；与此相反，文学文本总是处于不可阅读的状态，总是向不可理解、合并或转换的他性开放。

综上可知，德里达解构了原初的哲学真理与模仿派生的文学之间的简单对立。与此同时，哲学和文学这两个术语也因此发生了改变和转化。文学不再是对某种外在（或超验）真理的表述，而是一种肯定性的召唤，召唤读者阅读不可能外在于文本的东西。另一方面，哲学依赖于它所否定的书写和踪迹活动，因此，哲学也是允许解构阅读的。

《理解德里达》除了简明扼要地分主题提供对德里达思想的解读以外，它的每章末尾还附有德里达的核心专著对于此主题探讨的侧重点和章节信息，这对于有意阅读原著而一时没有方向的读者而言，作用如同指南针。《理解德里达》的各章各有优点，不过，尤为值得一提的是由五位学者联合撰写的最后一章《与其他哲学家的邂逅》。我们常见的研究性专著，习惯将某位理论家作为一个独立的原子进行考察，而在这本书里，学者们将德里达置于一个学术史资源网络中予以考察，探究他与海德格尔、黑格尔、尼采等哲学家在思想上的互动。这一重要章节，不仅有利于读者把握德里达思想的来龙去脉，更重要的是，它指明了一点：德里达不仅是西方哲学的突破者，也是当代西方哲学图景的建构者。

有的批评家可能会说，通向德里达的唯一路径是阅读德里达自己的著述，像《理解德里达》这样的阐释性著作不足以让我们了解德里达原本的“思想程序”。此言不假。然而，即便如此，这本书仍然是有用的。它的优点在于清晰、明了，而清晰明了恰恰来自对德里达的精准、深刻、自信的把握。这一点，将使本书的目标读者——修读文学理论专业的学生们，受益匪浅。

（编辑：萧　莎）

邪恶与文学
——读伊格尔顿的《论邪恶》

■ 马海良

打开各种媒体，经常会看到一幅幅血腥恐怖的场面：纵火、爆炸、绑架、奸杀、碎尸……人们在震惊之后的反应往往是不断追问“为什么?”“这到底是为什么?”其实，这样的问题并不期待答案，因为就个案及其当事者本身来说，每个暴行后面都有这样那样的直接原因和理由，譬如许多杀人犯曾经先随便逮杀几个路人，理由是为了练胆。或者说，这样的理由对于“为什么”毫无意义，这里的“为什么”追问的是为什么会以如此荒谬绝伦的理由犯下如此伤天害理的罪行。而“荒谬绝伦”意味着与理性逻辑无法交集，因此“为什么?”注定是一个无解的或一开始提出时就不求甚解的问题。也许“为什么”的意义仅仅是表示无以复加的震惊强度（英文“why”既可以是疑问词，也可以是感叹词)，或者是对某些罪恶类型的标记：当一种罪行能激起“为什么”的惊呼时，它一定超出了普通意义上的作恶、超出了想象和理喻，达到了“邪恶”的程度。尽管在无罪推定的法理下，律师几乎会为所有的杀人犯作出减轻或免于法律制裁的辩护，但是当一个女孩撑着雨伞、搀扶那位陌生孕妇回到家里，却被孕妇夫妻设局迷奸碎尸、瞬间香消玉殒的时候，谁能否认这世界上确实存在着“无辜”？而加害无辜，在我们现有的词汇里，只能找出“邪恶”来称之；可“邪恶”不只是两个短促的音节，而是在我们身边和地球上几乎所有角落都频繁发生的、实实在在的行为，是人类记忆中几千年消退不去的伤疤。不能说所有人都是恶魔，但可以说每个人都不想成为邪恶的受害者。因此，只要邪恶存在，只要消除邪恶的希望还在，关于邪恶的追问和讨论就不仅具有理论意义，也具有现实价值。而以文化理论和文学批评大家名世的伊格尔顿在其专著《论邪恶》（*On Evil*，2010）里会作出什么样的精辟阐述，如何在这个新的议题上展示他犀利深刻、幽默轻快的一贯风格，无疑会强劲地唤起广大读者的阅读兴趣。

邪恶的最大特征在一个“邪”字，它偏离可以理性解释的“正常”轨道，譬如1990年年末英国北部发生的一件个案，两个十来岁大的男孩百般折磨、最后杀死了一个还未学会走路的婴孩。这种邪恶罪行用任何情理几乎都无法解释，除非说所有人都是天生的恶魔，或者说人类是披着人皮的动物，在外星人眼里恐怕只是一种“人形动物”（human animal）。然而，恶魔毕竟只是极少数，否则也就不会如此强烈地刺激人们的听闻了。也许正因为与人类的正常活动相比，邪恶只占很小的份额，所以人们才不由得质疑作恶者究竟是否属于人类——把他们划入动物之列，甚至咒骂他们不如猪狗。可是话说回来，如果作恶者真是猪狗蛇蝎，那倒好，就不存在邪恶问题了，因为动物的行为与邪恶无关。邪恶恰恰是人类的一种作为，正如消除邪恶也只能通过人类的不懈努力。邪恶行为的理由虽然听上去不可理喻，但确实表明人类总是按照观念来行事；不可否认的事实是，许多邪恶都是精心策划的行动，譬如抢劫银行或复杂的毁尸灭迹。如果把恶魔说成是天生的另类、邪恶是疯子的行为，那么邪恶者就大可不必承担责任，因为他们并非故意而为、并不能做自己的主人，就像那两个十来岁的小孩一样，“他们是无辜的”。可见，把恶魔说成是天生的恶人、疯子或猪狗，不仅无助于消除邪恶，而且可能纵容邪恶。另一方面，如果割断了邪恶与所有原因的关联，或者认为邪恶完全是个人基因使然，那么消除邪恶就几无可能，甚至成了一个与社会无关的问题。

不难想见，伊格尔顿认为邪恶是必须予以解释的，而且是能够解释的，因为必须消除邪恶。理解不等于容忍。只有理解邪恶，才能真正有效地消除邪恶，《论邪恶》一书的写作就基于这样的假设：“本书的论点之一是，邪恶之根本并非神秘莫测，尽管它超出了日常社会的调控”，“承认邪恶的现实性，并不就等于说邪恶根本无法解释”。作者在这部力作中再一次从马克思主义立场出发，运用哲学、伦理学、精神分析学、宗教、政治等各种理论资源，对邪恶展开环环紧扣的分析，着力寻找和厘清产生邪恶的历史文化根源，探讨消除邪恶的社会政治路径，表现出令人感动的生命关怀和可贵的坚信人类美好未来的乌托邦热情。伊格尔顿指出，很多马克思主义者回避“邪恶”，好像讨论邪恶问题就是脱离了物质性的社会历史，会掉入唯心主义的宗教和伦理话语的圈套，结果拱手让出了马克思主义在伦理和宗教等议题上的话语权。回避深入阐发“邪恶”之类的、疑似伦理和宗教范畴，实质上是把道德议题与唯道德论混为一谈，“唯道德论意味着离开物质条件，在一个自我封闭的范围内进行道德判断”，因此关键在于是否把道德讨论与物质条件联系起来。具体到“邪恶”议题上，马克思主义者要坚持的立场是，人来到世界上就是生活在社会中，不存在社会影响之外的人，“我们是自由的能动者，完全是因为这个概念在塑造我们成形的世界里具有意义，而且这个世界允许我们这样做。我们所做出的人类行为，无一能够摆脱社会的决定性影响，甚至包括挖出别人的眼珠这种只有人才能做出来的行为。……人类确实能够在一定程度上自行决定，但是能够这样做，也一定是因为在更深的层面上依赖于同类中的其他人，人之为人的首要条件是依赖他人。……纯粹自主是邪恶的梦想，是中产阶级社会制造出来的神话”。

按照正面意义去理解，伊格尔顿所说的人间关系应该是指人类在维持物种生存的劳动生产过程中必然形成的人与人之间的相互依存关系，应该是取长补短、相互帮衬、充溢快乐、欣欣向荣的生命关系，而邪恶要否决的正是这种关系。邪恶反对劳动、生产和创造，敌视所有被创造出来的东西，进而千方百计甚至奋不顾身地要毁灭一切生命存在，也就是消灭他者。世界上有许多恶行像酗酒一样算不上邪恶，但是，如果因为自己喝坏了胃而非要唆使别人也喝坏身体，甚至在酒里放进毒药，那就是邪恶了。邪恶之所以恶，说到底是因为加害别人、不能容忍别人的存在，甚至表现为对生命本身的麻木、无知和蔑视。可能正是由于这个原因，邪恶行为往往显得漫无目的，没有因果联系明确的实际目标，好像《麦克白》里的三个女巫一样，游离于现实社会之外，玩弄人世间的生活于掌股之间，在现世生活的坍塌中获得弗洛伊德所说的那种“下流的享受”(obscene enjoyment)。

虽然邪恶行为的杀伤力是巨大而现实的，说不定哪天就降落在某些最无辜的人们身上，但是由于邪恶的随意性、漫游性、对整个社会生活的疏离以及对生命本身的漠视，故伊格尔顿认为，邪恶具有一定的形而上性质：“在我看来，邪恶确实可以成为形而上学探讨的一个问题，因为它所涉及的不仅仅是如何对待具体存在的问题，而是一种对待存在本身的态度。从根本上来说，它要消除的是存在本身”。对生命的敌视表明，邪恶追求的是无限性，通过克服有限性到达无限性。任何生命体的自然属性决定了其存在都是历史的、有限的，世俗生活更是多变无常，追求无限性的邪恶自然会视生命如草芥。在西方现代文化里，贬斥有限性、追求无限性的话语占据着主导地位。清教教义捐弃肉身、物质和一切世俗存在，渴望升入与上帝永恒存在的彼岸世界。歌德的《浮士德》表现了人类求索不止的野心。卢梭关于“人生来是自由的”命题成为现代观念中的神圣律条，反映出以人生的有限性来追求无限性的冲动。从叔本华到尼采，意志成为能够到达无限性的唯一力量，甚至成了无限性本身。意志是一种没有任何具体目标的、不断复制自身的欲望力量。意志以满足自我的无限欲望为目的，为了自我利益而粉碎他人的存在。意志的无限扩张特性具有自虐性质。在弗洛伊德精神分析理论中，自虐的意志力量成为死亡的驱动力。在本我和超我之间受尽挤压折磨、伤痕累累的自我“理所当然地渴望消除自身”，快乐本能驱动脱离苦海的努力，脱离苦海的前景成为死亡的吸引力，因此，在人的无意识深处，潜伏着蠢蠢欲动的死亡欲望。对于本能的死亡冲动而言，一切利益、价值、意义和理性都成为必须扫除的障碍，直至以绝对的虚无为最大满足。按照精神分析理论，邪恶源于欠缺或不足——一种无法承受的非存在感(sense of non-being)，这种非存在感必须爆发在他人身上，于是“走向另一种缺乏，虚无的死亡本身”。

亚里士多德曾经指出，邪恶是欠缺生活艺术的表现。倘若如此，任何人都不可能超然于邪恶之上，而是与邪恶有着这样那样的关系，因为没有任何人敢说自己掌握了全部的生活艺术，而是在生活艺术方面存在着这样那样的不足。嫉妒可能就是人欠缺生活艺术时的一种表现，因为自己没有而恨别人拥有、别人的快乐是自己的痛苦，进而盼望别人没有甚于希望自己拥有，这种幸灾乐祸的心态离邪恶不远了，日常生活中的许多恶行便由此而生。阿伦特所批判的平庸的邪恶即属此例，纳粹分子“阿道夫·艾希曼与其说是种族屠杀的设计师，不如说更像一个平庸的银行职员”。平庸的邪恶让人自然地联想到西方宗教传统中的原罪说。按照基督教教义，人类的始祖亚当和夏娃违逆上帝的嘱托，偷食禁果，从天堂堕落，让人类的子子孙孙自出生起便烙上了原罪的印记。不过，像胎记一样镌刻在每个人身上的原罪并不意味着每个人都是恶魔，事实上，正是那些恶行的个别性、少数化和不同寻常的特点，才让人惊呼为邪恶。原罪理论有助于教育人们谦卑、自省、宽容，却无法更有针对性地说明邪恶的原因，当然对于消除邪恶也就助力甚微。况且，亚当和夏娃是受到撒旦的邪恶诱骗才偷食禁果、犯了原罪，撒旦才是恶魔，亚当和夏娃是邪恶的受害者。

《论邪恶》全书由三章组成，第一章篇幅最长，题目是“文学中的邪恶”，这个布局反映出伊格尔顿文学批评家的本色身份。实际上，在全书的理论阐述过程中，他总是得心应手地把文学拿过来，用作观察和分析的有效材料。当然这也表明，伊格尔顿像许多当代批评家一样，把文学文本与其他类型的文本并置交叠、互相征引阐发，已经不是一种需要专门说明的阅读方法，而是已经成为一种熟练而习惯的陈述方式。另一方面也确认，文学是描述“邪恶”的最重要的文献，可以说，全部文学史都是关于善与恶、好人与坏人的叙事史。能够在当代人记忆中留存的形象，无论天使还是恶魔，几乎都是文学人物。作为真实历史人物的好人和坏人的信息往往因为后人各种利益考虑而不断被增删修改，成为只有极少数人关注并愿意去争议的一堆抽象、简化的符号，导致一般读者对这些人物的真相失去了信心和兴趣；而文学人物却凭藉凝固的文字刻画、生动可感的细节和丰富真实的情感，成为一代代、广大读者可以阅读、思考和交流的可靠文本。

就我们所知道的西方文学史来说，惩恶扬善、好人终得好报的故事占了大部分篇幅；为了劝人向善，不惜假设人性本善，塑造了许多一念之间、感化之下放下歹心、幡然悔悟的形象，但是也并不缺少那些恶到骨子里的恶魔，例如莎士比亚戏剧中叫喊“我就是铁了心要做恶魔”的理查三世、弥尔顿的长诗《失乐园》里声明“邪恶即我的善良”的撒旦以及萨特的戏剧《恶魔与主》（*Lucifer and the Lord*）中宣称“为作恶而作恶”的路西法，等等。随着时间的积累，恶魔形象越来越多，表现方式越来越丰富，在现代主义文学中发展到恶魔无处不在的地步，甚至不乏以恶魔形象为主要人物或书名的作品。譬如戈尔丁（William Golding）的小说《品彻·马丁》（*Pincher Martin*），书名人物马丁是一艘远洋轮船的船长，平日里阴险狠毒、专横跋扈，手下船员只是他攫取财富和快乐的工具；后来发生海难，全船人员只有船长马丁活了下来，漂流到一块孤独的岩石上。不过，信仰基督教的保守、悲观的小说家戈尔丁似乎无意为邪恶张目。恶魔幸存下来，但是并没有过上顺风顺水的生活，而是陷入了撕裂自我的、出气僵尸的痛苦之中。小说开篇就是马丁在海水里垂死挣扎的凄惨画面，伊格尔顿一眼就看出：“他已经筋疲力尽，也就是说，他现在完全依靠意志的力量来移动自己的肢体，放大一点来看，这正是他对待别人身体的一贯方式。自己的身体显然已经不是自我的一部分”。身体与精神的分裂是邪恶的表征之一，而实质则是意志的无限膨胀把所有他人的身体都当作障碍物而必须予以清除，最后连自己的身体也变得像别人的身体一样，成为扫除的对象。在戈尔丁的设计中，身心分裂是对邪恶的最大惩罚：马丁虽然活着，但是生不如死，他看似奋不顾身地求生，实际上是求死而不能，没有赴死的能力，“他没有死的能力，那是因为他没有爱的能力”。在恶魔心里只有仇恨，这一点可以确定无疑。在格林（Graham Greene）的小说《布莱顿岩石》（*Brighton Rock*）中，邪恶对整个世界的仇恨表现为对生活的冷漠。小说中的17岁少年品基（Pinkie）不跳舞、不抽烟、不喝酒、不赌博、不吃巧克力、不开玩笑、不交朋友，伊格尔顿评论说：“他这不仅是孤高和苛刻，而且是深深仇视物质世界本身”。这样的人不可能理解和同情别人，他也不愿意去理解别人，厌恶与别人接触，害怕“亲近的人间关系会侵犯自己的存在”。

在托马斯·曼（Thomas Mann）的《浮士德博士》（*Doctor Faust*）里，音乐家莱维库恩（Leverkühn）为了体验脑神经的逐渐退化，从而得到新的创作灵感，故意嫖娼，患上性病。伊格尔顿认为，莱维库恩的故事反映了邪恶自我毁灭和自我异化的特征，而用本雅明的话说，这种乖谬的“自我异化竟然把自我毁灭体验为一种审美快感”。伊格尔顿进一步认为，莱维库恩是一个形式主义者，他创作的实验艺术或现代主义艺术是一种掏空了内容的、纯粹形式的东西：艺术拒绝向周围的世界寻找内容，而是折返回自身，以自身为再现对象。没有任何内容的纯粹形式是虚空，按照基尔凯郭尔所说的“邪恶是可怕的空洞和毫无内容”，现代主义就是一种邪恶的艺术。像邪恶一样，现代主义艺术鄙视日常生活，追求超验的永恒状态。这一传统从19世纪后期以来，表现尤其突出，许多诗人和艺术家拥抱撒旦，摒弃现世道德观，各种各样的恶人、罪犯、疯子、破坏分子成为文学中的主人，就像陀思妥耶夫斯基《卡佐马洛夫兄弟》里的一个人物所说的那样：“对于桀骜不驯、放荡不羁的人来说，对终极堕落的体验与对纯粹善良的体验是同样至为关键的”。当然，从积极的角度去理解，现代主义艺术是通过对日常生活的绝望来救赎现实世界，邪恶成为抵抗中产阶级庸俗生活的有力方式，“恶魔式艺术旨在粉碎城市生活的良好感觉，释放被压抑了的活力。从这个意义上也许可以说，恶的最终目的是拯救善”。从波德莱尔到叶芝，现代主义艺术坚持“只有踏入地狱，直面野蛮、非理性和下作的人性，才能实现救赎”。然而不能忽略的事实是，“现代主义艺术像它嘲弄的城市生活一样空虚。它在追求纯粹形式的同时，对非存在感的向往最终毁了它自身”。伊格尔顿的这一看法为更好地理解现代主义，提供了十分重要的启示。

应该提及，与现实世界里对邪恶几乎众口一词的讨伐不同，文学世界里的恶魔形象有时会被赋予正面的意义或作出积极的阐释，譬如《失乐园》里的撒旦被人们理解为反抗专制压迫的革命者形象，布莱克（William Blake）的《天堂与地狱的谚语》（*Proverbs of Heaven and Hell*）有时会站在恶魔的一边、颠倒善恶，把邪恶看做正面力量、把善良视为消极因素。那么，是否因此可以说，邪恶和善良殊难裁夺、二者之间并无分界，甚至不无深刻地认为善即恶、恶即善？熟谙辩证法的伊格尔顿显然没有接受这种高超的辩证法，而是直截了当地指出，“现代道德观犯下的大错是让邪恶看上去光彩照人”。

他认为文学世界里的恶魔形象虽然生动感人，甚至不可否认诗人有时对恶魔大唱赞歌，但是实际上，这并不表示为邪恶翻案、为恶魔正名、为世界的毁灭而祈祷。“颠倒善恶”也许只是诗人采取的策略，意在嘲弄庸俗的资产阶级道德观，揭穿统治阶级刻意修饰的“天使”社会的虚假，而“布莱克真正坚信的东西可以概括为‘一切活着的生命都是神圣的’”。

启蒙时代以来，理性和进步成为现代社会意识中的基本信念，人们愿意相信理性是人与动物区分开来的、最重要的天赋能力。我思故我在。先验的思维能力使人能够天然地辨别是非、发现真理、知耻明礼、悔过自新、走向完美，尽管这一过程可能免不了一些曲折和反复，但总体态势是螺旋上升的。启蒙语境下神学对邪恶的阐释也做出了相应的调整，集中表现为“神正论”（theodicy），认为邪恶的顽强存在并不证明上帝的缺位，而是恰恰证明了上帝对世界的终极关怀，因为通过邪恶的必要考验和锤炼，善良才显示出坚贞可贵的品质。这一逻辑在伊格尔顿看来有些过于残忍，他机智地指出：“尽管《新约》里塑造的耶稣用很多时间来给人治病，但是他从未说孱弱多病者应该顺从病痛的折磨。相反，他似乎把病痛看做是魔鬼作祟。他并没有暗示进入天堂就可以补偿他们所遭受的苦难”。苦难就是苦难，它实实在在地降临到无数个体的身上，使生命在不断加码的重压下痉挛、扭曲、撕裂，因此“即使磨难让人变得更大气更智慧，它终究不是一件好事情”。更何况苦难之汹涌狂猛可能转眼间便吞噬一介活体，让你永远不再有变得智慧起来的机会！在20世纪伊始就制造的、规模空前的世界大战中，几十个国家厮杀成一团，成批的、青春年华刚刚绽放的生命像牲口一样被宰杀于战壕里，把遥远家乡教堂里的钟摆永远定格在“下午差十分三点”。英国青年诗人布鲁克（Rupert Brook）的诗句虽然不幸一语成谶，但是毕竟把自己的名字和声音印刻在了后人的记忆中，而更有成千上亿的士兵湮灭于无数的、动辄“坑几万”“坑几十万”的冰冷数字里。在如此严酷的历史面前，一切“进步”的说辞是那么的不得要领，甚至做作；来世和天堂的安慰显得那么缥缈和无力，让人绝望。在后现代语境中，马克思主义因其相信历史规律而往往被看做历史进步论的中坚力量；这种说法暗示，现代宏大叙事所造成的悲剧中也有马克思主义的一份责任。但是在伊格尔顿看来，马克思主义并非如此简单、幼稚，而是清醒地看到，历史的发展取得了令人瞩目的文明成就，然而付出的代价也太过沉重，整个历史充斥着野蛮的记录，疯狂的现实状况显然潜伏着人类自我毁灭的可能；展望前景，让人不寒而栗，不由得怀疑生物进化以及历史的开始可能是一个巨大的错误，不由得感叹："也许我们倒不如停留在虫子的阶段"。

当然，马克思主义者不会停留于哀怨、叹息，而是确信应该改变现实、改变历史，并且为此而展开实际的行动。相信应该有且能够有一个更美好的社会，也许是马克思主义历史进步论的真谛所在。但是伊格尔顿指出，马克思主义者致力于改变历史，是因为迄今为止的历史是一部野蛮史；人类如果有什么光明未来的话，就必须果断扭转这样的历史，首先是揭示被各种虚假意识和美丽话语遮蔽的历史真相。尽管我们生活于其中的社会一如既往地充斥着谎言、欺诈、冷漠、压迫、血腥，但是伊格尔顿相信，"我们并非毫无能力改变现状，只是说，必须清醒地看出历史中令人沮丧的地方，才能改变现状"。这就是批判历史、认识历史，找到历史的症结，从而改变历史，亦即改变社会。伊格尔顿指出："人类的某些负面特性不会发生大的改变，譬如只要爱和死亡存在，为逝去的亲人哀悼这样的悲剧就不会终结。同样几乎可以肯定的是，在剪除暴力的同时，也会牺牲掉我们珍视的某些潜能。但是，我们尽管没有能力消除死亡和苦难，我们仍然应该有能力消除社会的不公。"

（编辑：张　锦）

孔帕尼翁的中庸之道

——评《理论的幽灵——文学与常识》

■ 钱　翰

乔纳森·卡勒在《文学理论》这本小册子中把“理论”定义为“挑战常识”，说明了20世纪文学理论的一个重要特点：先锋理论不断与常识发生冲突，提出惊世骇俗的命题，甚至被称为“理论的恐怖主义”。关于理论的有效性，有两种说法。一种说法是，把理论的命题推到极致，看会得出什么荒谬的结论，就能发现这个理论本身固有的毛病；另一种说法是，把理论的命题推到极致，看看能得出什么“在常识看来”荒谬的结论，这就是理论的效力。同样的推理，得出完全不同的结论，反映出文学理论与常识经验之间的紧张关系。在当代20世纪下半叶的文学话语经历了理论的强力冲刷和洗涤，其面貌发生了巨大的转变，然而，常识和经验并未消失，尤其在欧洲，在“文学理论”的发源地法国，反而卷土重来，在各个大学的文学系中，传统方法依然显示了强大的生命力。文学史和结构主义都是文学系学生的必修课，刚刚听完巴尔特理论的学生转身就到另外的教室学习文学史的考据；一些截然对立的概念在大学的课堂上，似乎矛盾，然而共存。

法国学者安托万·孔帕尼翁（Antoine Compagnon）1998年出版的《理论的幽灵——文学与常识》（*Le Démon de la théorie. La littérature et le sens commun*）试图在世纪结束之时对理论与常识之间的紧张状态做一个梳理。结构主义兴起之后，先锋的文学理论家们提出了很多违反常识的命题，例如：文本与现实无关、作者已死、读者决定作品的意义，等等。这些命题从逻辑推理的角度来看，都是有道理的，然而却与我们的生活现实充满矛盾。宣称作者已死的巴尔特和强烈抨击“署名是资本主义罪恶”的索莱尔斯，都并没有真正放弃过署名权，论述“反意图论”的文章也从不怀疑维姆萨特和比尔兹利的意图是“反意图论”。这些锋利的理论如一把手术刀切开了文学传统认识的外表，深入探究其内部的各种矛盾和冲突，与此同时，理论自身与现实的种种不协调和矛盾也显得异常扎眼。

作者与文学文本的关系历来是文学批评的焦点，布丰说“风格即人”，中国人说“文如其人”，传统的文学史更是试图建立作家与作品之间一一对应的关系。新批评兴起之后，风气为之一变，批评家返回文本的内部研究而不再考虑作者的“原意”。法国的理论更加彻底，1969年福柯发表了著名的演讲《何为作者?》，质疑作者这个概念的功能；巴尔特1968年的文章《作者死了》令天下大哗，“无论在其拥戴者还是在其反对者的眼里，该标题后来都成为文本科学反人本主义的口号”。互文性的概念也源自作者的死亡，文本没有作者、没有主人，文本的统一性不复存在，它们成为一个个语言的碎片，自由地相互交织，不断生产出新的文本，直到读者把它们暂时收拢起来，参与另一次文本运动。克里斯特瓦在《词语、对话和小说》中说：“一切文本的构成都仿佛是引文的拼接，一切文本都是对其他文本的吸收和转换。互文性概念取代了互主体性的概念……”西方人文主义话语中最重要的主体和作者地位受到了严重质疑，作者之死与人之死成为现代性以来一连串死亡中之一环。

虽然作者之死为文本的解读打开了更大的空间，读者的地位得到提升，多义性展示了文本的复杂性，但是意义毕竟还是存在的。如果不是作者决定意义，那么就是读者来决定意义。主体在文本产生的起点消亡了，却在终点现身。有关作者地位的思辨很有趣，然而作者被宣判死刑之后却从未真正消亡。“一旦离开了这一莫名其妙、纯属虚幻的争论，就很难把作者打入冷宫。其实，不谈作者的意图不等于没有意图。”无论怎样来理解写作还是阅读，都不可能真正排除“意图”的问题。理论也许是对的，我们确实不可能通过文本找到作者的原意，或者说文本的全部含义总是超越作者的意图，不过这并不能否认作者有写作的意图。任何试图阐释文本的人，必须假设存在一个有意图的人写作了这个文本，即使他对真实的写作者一无所知，或者搞错了写作者。事实上，我们常常面对这样的情况，即使面对一部匿名的作品，还是会设想这是“一个人”的作品，例如下面这首无名氏所做的“杂诗”：

旧山虽在不关身，且向长安过暮春。

一树梨花一溪月，不知今夜属何人？

我们不能把这些词句当做纯粹的语言现象，它们不是词句的拼凑，而是某个具体的内心意识的表现，是一位诗人的有感而发：远离故乡的山河，在长安看不见家门口的梨花和明月；它们虽然并不是珍贵、稀罕之物，却牵动“我”的心绪，不知今夜谁在欣赏它们。这一些与“我”有关，抑或无关？读者只有把这些诗句看做是某一个具体的个人意识所做，才能体会到一位远离故乡、羁旅长安客的思念之情。虽然我们不能查考出作者的名字，更无法知道他的具体生活经历，但是也必须想象一位作者出来，才有可能读懂这些诗句，并且从中分享感动。

文学终究是人与人的生活世界，传统文学观赋予作者的权威地位固然经不起理论的检验，但文学理论杀死作者的说法也得不到文学实践和现实的承认。在从两个角度分别论述作者问题之后，孔帕尼翁的结论是：“无论是纸上的语词还是作者的意图，都没有掌握解读一部作品意义的钥匙；只探寻二者之一的意义，我们永远也别想得到一个令人满意的阐释。再说一遍，必须跳出这种非此即彼的荒唐选择，即要么文本，要么作者。所有的排他性方法都是不充分的”。

文学的价值判断同样是一个充满争议的领域，对于中国美学来说，审美的客观性和主观性问题早已是过时的陈芝麻烂谷子。然而，这个纠缠了人文学科几百年的话题并未得到真正的解决。文学批评上千年来的唇枪舌剑，万变不离其宗，其实质主要就是这一个问题：“应当以什么标准来确定文学的价值高低？”不同的文学流派和批评理论，都是对这一问题的不同回答：伦理、创新、政治、形式；等等。然而在理论的审视之下，所有这些标准都不具备它们所宣称的普遍性，就像热奈特（Genette）在《审美关系》（*La relation esthétique*）中所说，没有任何方法能够证明喜爱贝多芬的交响乐比喜爱街头的摇滚更正确，因为“美”本身只是主体赋予的价值，他声明：“对我而言，所谓审美评价，不过是对评价的客观化而已”。他比康德走得更远，相对主义更加彻底，在逻辑上也更加无懈可击。

然而，这种理论上看上去完美无缺的相对主义却是文学的死敌，因为文学这个概念就是建立在“价值”之上的，失去了价值，不仅文学内部的秩序会发生混乱，甚至文学自身的存在也会受到质疑：如果没有内在的价值，文学为什么存在？这就是为什么近年来不断提及“文学之死”的话题。托多洛夫在《文学的危机》中对文学所面临的价值判断危机痛心疾首，布鲁姆在《西方正典》中强烈捍卫经典固有的审美价值，这种焦虑反映了文学理论兴起以来对传统秩序的强烈挑战。面对这一理论难题，孔氏同样采取了中庸的立场，走向“温和的相对主义”：“建构合理的美学等级或许不大可能，但这并不妨碍我们效法鉴赏史或者接受美学，对价值的变化进行理性研究”。

在《理论的幽灵》中，孔帕尼翁论述了文学理论的几个主要范畴：作者、世界、读者、风格、历史和价值。针对这些问题，他都从两方面阐述了传统的经验之谈，以及挑战常识的先锋理论的逻辑推理。最终的结果是，无论常识还是理论，都无法给出一个确定无疑的答案。就像量子力学给我们的启示：根据海森堡的测不准原理，我们不可能同时确定一个微观粒子的速度和位置；对一个数量测得越准确，那么另一个数量的误差就会越大。也许，文学作为一个复杂事物，本身就需要多方面的视角，观察文学的眼光本身就决定了文学所呈现的面貌。任何一个彻底的理论，都会招致另一个理论眼光的质疑。这是理论的缺陷，也是理论的魅力。孔氏说：“理论之所以如此诱人，不仅是因为理论常常道出了真理，还因为理论永远只蕴含一部分真理，理论的反对者的观点同样有可取之处。”子曰：“吾有知乎哉？无知也，有鄙夫问于我，空空如也，我叩其两端而竭焉。”孔帕尼翁在讨论这些理论问题的时候，力图叩其两端，分别展现理论和常识的合理性及其限制；在他看来，调和各种理论的中庸之道也许比理论的彻底更能接近事物的真相。

孔帕尼翁先生的学术之路也许是他力求中庸和调和的原因。年轻时，他曾考入法国久负盛名的综合技术学校（polyethniques）学习经济数学，后来转向文学，师从茱莉亚·克里斯特瓦；其博士论文《第二手资料——引述手法》

是互文性研究的重要著作，深谙以“颠覆”为旗帜的先锋理论之真传。然而，他后来却在以保守著称的巴黎四大（索邦大学）文学系当教授，2006 年进入法兰西学院（Collège de France），获得现当代法国文学的讲席，确立了在法国学术界的地位。这样的学术经历使他在面对文学理论时会充分考虑问题的复杂性：不是专注于片面的深刻，而是考虑到多方面的视角，努力沟通传统与现代、常识与理论、感性与理性。

（编辑：张　锦）

作为美国发明的“法国理论”*

——评《法国理论——福柯·德里达·德勒兹公司与美国智识人生活的变迁》

■ 张 弛

在崇尚独创性的现代西方国家里，法国格外引人注目。“法国红酒”“法国香水”“法国大餐”“法国鹅肝酱”“法国时装”，享誉全球，在许多人（包括不发达国家里的富人和小资）心目中，它们是奢华品味的象征。

法国人的独创性当然不只是表现在形而下的物质层面。众所周知，法国还以盛产政治思想家、哲学思想家、社会思想家和文学思想家、科学思想家著称。在国际人文社会科学界里，可以没有许多国家的学者发声（事实上也是如此），但是，没有法国思想家的声音却是不可想象的。笛卡尔被公认为现代西方思想的奠基人，孟德斯鸠的学说为“三权分立”的现代政治打下了基础，卢梭的“社会契约论”使自我授权的独裁政治在理论上失去了合法性……

在自然科学、社会科学和文学艺术里，确实有不少理论是法国学者提出的。但是，第一次听到“法国理论”（French Theory）这个术语的人，不免还是有些茫然与疑惑：什么样的理论能够代表法国？它属于哪个学科、关乎哪个领域、提出过什么样的假设或论点？如果你是一个研究文艺理论的学者而不知道“法国理论”，也不必自惭形秽，因为事实上，在“索卡尔事件”之前，就连许多法国学者都没有听说过“法国理论”！

---

* 此文系国家社会科学基金重点项目《西方文化视野中的昆德拉小说诗学研究》（13AWW004）的阶段成果。

一、索卡尔事件与遭到批判的“法国理论”

1996年，美国物理学家阿兰·索卡尔向著名的文化研究杂志《社会文本》（*Social Text*）投稿，他的文章题目是《越界：走向量子引力的转换阐释》。他在其中罗列了许多伪科学公式，旁征博引了从德里达到克里斯蒂娃这些时髦的后现代主义思想家的论述，佯装成对物理学现状与科学公设展开讨论的呼吁。索卡尔的文章洋洋洒洒，从集合论到激进女权主义的“平等”，从拉康无意识论到量子物理学中的“位移”，从爱因斯坦到德里达的“广义相对性”，他自如地驰骋于自然科学与哲学思想的广阔领域。《社会文本》编委会觉得这篇文章无可挑剔，所表达的完全符合他们的理念，遂立即将其发表在关于“科学之战”的春夏专号里。一个月以后，索卡尔在《法兰西语言》杂志上公开声明：那篇文章是他随意拼凑而成的，为的是展示承袭“法国理论”而来的后现代主义之狂妄自大，揭示其“认知相对主义”所带来的破坏性影响，以暴露其自封的“左派”之愚蠢。

索卡尔的投稿恶作剧和他对以“法国理论”为基础的后现代主义的严厉谴责，使这一事件超出了一般的学术论争范围，变成了美国大众传媒的热门话题。许多报刊借此机会抨击美国大学中的“假左派”学者堆砌法国参考文献的“满篇空话”和他们散布的“相对主义”。一些保守的报刊则直截了当地指责“非洲中心主义”和女权主义的时髦毒害了大学生，使他们损失了本科阶段的美好时光。

索卡尔的挑战几乎没有得到被他批判的美国教授们的回应，只有著名文学理论家斯坦利·费什在《纽约时报》发表了一篇挑衅性文章，把客观恒常的“科学法则”与主观人为的“棒球规则”相提并论。因为没有发生激烈的论战，索卡尔投稿事件的影响也就基本局限在美国之内，没有引起更广泛的反响。

1997年10月，阿兰·索卡尔和比利时人让·布里蒙合著的《智识谰言》（*Impostures intellectuelles*）一书由巴黎欧迪尔·雅各布出版社推出。顺便说一句，此书的英文版第二年由英国圣·马丁出版社发行，书名被改为更加直截了当的《时髦的胡话》（*Fashionable Nonsense*）。两位作者严厉地批判了后现代主义思潮，指出其具体表现为“费解之言”“招摇撞骗”“实实在在的语言毒化”以及“对事实与逻辑的鄙视”。他们谴责这股思潮或多或少地、明确弃绝了启蒙运动的理性传统，宣扬了“在认知与文化上的相对主义”，将科学真理贬低为人为的“叙事话语”或“社会建构”。他们发起这一场文化批判的目的，是要“捍卫对自然科学和人文科学来说是（或应该是）共有的理性和智识人之诚实”。

被索卡尔与布里蒙点名批评的基本上都是法国学者，有福柯、德勒兹、德里达、加塔利、鲍德里亚、拉康、拉图尔、利奥塔、塞尔、维利里奥、西苏、伊里加雷、克里斯蒂娃等。索卡尔与布里蒙指责这些作者们胡乱使用学术语汇，不仅把他们自己导向了“智识的混乱”，而且将其追随者引至“非理性主义和虚无主义”。索卡尔和布里蒙直言不讳地说：这些作者“如果让你感到看不懂，那只是因为他们本来就没想说什么”。

这本书的出版在法国学术界引起了一场轩然大波。发起这场文化批判的两位作者是物理学家，他们的立场不免令人质疑。有人反唇相讥说他们是以“科学正确”的态度苛求文学，有人把他们对法国学者的评判上纲上线为“对法国的敌视”，有人附和说他们的批评非常有必要。法兰西学院院士让·弗朗索瓦·勒维尔则尖刻地把“法国理论”称为“蠢话录”，认为它反映出“反动派在体系内部作弊得手”以后的狂妄自大。在他看来，这些所谓的“左派”学者从虚无主义和相对主义出发，抹去了真与假、善与恶之间的区别，结果只能是“重新堕入纳粹的观念”，“并背离真正的左派在一个世纪以来取得的所有成果”。布鲁诺·拉图尔讲了一个寓言，使人感觉到索卡尔眼中的法国就像是另一个哥伦比亚，其毒品贩子用“德里达片（derridium）和拉康片（lacanium）”胁迫美国大学教授，使其产生依赖性，摧毁了他们的学术生活。

巴黎一向是现代思想的主要发源地，发生在巴黎的激烈论争当然会产生国际性影响。世界各地的大报刊很快都对索卡尔事件做出了回应，它们通常都是既指责索卡尔的“科学主义”，又批评学院派“小集团”的放肆。

二、作为美国学术发明的“法国理论”

法国学者弗拉索瓦·库塞（François Cusset）广泛搜集和研读资料，穷数年之力，对这一当代文化史现象做了深入细致的分析，写成《法国理论——福柯·德里达·德勒兹公司与美国智识人生活的变迁》（*French Theory: Foucault, Derrida, Deleuze & Cie et les mutations de la vie intellectuelle aux Etats-Unis*），由巴黎的发现出版社于2003年出版、2005年再版。

库塞指出，把被索卡尔和布里蒙点名批判的这十几位法国作者视为一个学术思想整体的做法是大可争议的。尽管他们差不多都是当代人，但并没有形成一个统一的思想流派和运动。只要稍微了解一下他们的观点，我们就可以发现，在福柯的“权力的微观物理学”、德里达的踪迹“扩散”、德勒兹内在性层面的“流动”和“分流”以及鲍德里亚模拟的“极度真实空间”之间，根本找不到任何的逻辑关联。

事实上，在这些被归入“法国理论”的思想家们之间，存在着不可调和的大量分歧，使他们渐行渐远并且严重对立。德里达与福柯曾经围绕笛卡尔的疯狂和理性而展开论战，德里达要揭露“结构主义的极权”，福柯却指责他的“文本化教学法”无足轻重。德勒兹公开反对德里达的“文本主义”，他轻蔑地说：“一个文本对我来说只不过是超文本机器上的一个小齿轮而已”。福柯则批判德勒兹关于欲望惊人的、反复无常性的论点。鲍德里亚曾在1977年发表题为《忘记福柯》的文章，福柯则反唇相讥说：自己的“问题恰在于会想起鲍德里亚”。福柯嘲笑利奥塔“唯有资本在愉悦”的观点，利奥塔则严厉指斥了鲍德里亚的“社会末日”论。他们每一个人都是单枪匹马的斗士，其他人都是他的敌手，这真是令人眼花缭乱的混战。

这些法国哲学家大都成名于20世纪60年代中后期，然后迅速地在70年代从法国智识界的前台消失，以至于来不及把他们归为同类。他们几乎同时发声，但却各说各话。如果一定要找出他们之间的共同点，那就是在他们彼此大相径庭的观点背后，有一个彼此同共享的否定性（négativité）倾向：对主体、表象和历史连续性的三重批评，对尼采、弗洛伊德和海德格尔的三重再解读，以及对“批评”本身的批评，因为他们都以自己的方式质疑以康德、黑格尔为代表的德国哲学传统。保罗·利科给他们贴上了“怀疑阐释学”的标签。吕克·费雷与阿兰·雷诺则把他们归入“1968 年思想”，说他们表现出“反人文主义”和“非理性主义”倾向。也许我们可以用 1968 年巴黎学生运动的著名口号来概括他们的思想共同点：“禁止一切的禁止！”（Il est interdit d’interdire！）

根据库塞的研究，“法国理论”是美国学者发明创造出来的。“法国理论”的制作过程是这样的：首先把上述彼此意见分歧的法国作者们的论著归拢到一起，随后的工序是添加标记、重组概念，把法国作者的不同观点整合成一个逻辑严密、前后连贯的思想系统，使其好像是真正中立、中肯的论著，将最终的打包产品命名为“法国理论”，或者从学术嬗变的角度称为“后结构主义”或“解构主义”。它更通俗、流行的名字是“后现代主义”。因为“后”，它也就成了学术文化界的“新潮”，为其使用者提供共享并使它们重新指向实践领域。

美国学者极为大胆和机智，为这些法国作品赋予了在美国的特定政治使用价值。靠着随意的再解读批评或生产性曲解，他们有时候也能从这些局限于法国情境的论著中发挥出新意。他们从中提炼出了 80 年代的政治口号，对西方展开了激进的文化批判。对他们来说，“文本”就像是某个“作者”的产品，隐藏着某种“意思”，从中可以解读出作者的政治、社会立场，比如人种、性别、阶层的歧视立场；“帝国主义”理性表现出来的中立性是虚假的；“普世主义”只是西方文化侵略的武器；“经典”不过是西方文学殖民主义的形式……

三、在美国大放异彩的法国思想家

从 20 世纪 70 年代末期以来，在美国大学里，法国理论无所不在，“作为分类的缩略词、入伙的印记和话语的对象，尽管它难以界定，却被数以千计的评论者异口同声地采用了”。从大学论坛到政治辩论，“法国理论”家们的名字都被提及，他们的观点被引用，以增加权威性和说服力。这些法国思想家做梦也没有想到，在大洋彼岸的美国，自己获得了在法国从未有过的官方声名和潜在影响。然而，在被标榜的“法国理论”中，法国作者实际上无法真正地自我辨识。以嘲讽著称的《鸭鸣报》暗示说这些法国作者在美国相当于文具店里的随手贴（post-it），从而隐隐地表达了对标榜引文、拼贴文本的整个美国学术风气的鄙视。

经过美国学者打包处理而成的“法国理论”，既高深又通俗且前卫，从而大大扩展了其接受空间，也使法国学者的论著在美国获得了比在法国更加广泛的阅读。“法国理论”走出了校园，渗透到了电子音乐、好莱坞科幻电影、波普艺术、观念艺术、数字朋克等各个角落。“法国理论”体现在纽约画廊老板的言谈中，体现在好莱坞电影剧作家的观念里。《侏罗纪公园》的作者，著名科幻作家、影视编剧兼导演迈克尔·克莱顿根据他对鲍德里亚、维利里奥等人观点的理解，说自己的科幻作品的创作目的就是要揭发使人“精神解体”和“非人化”的现代技术。

进入了美国大众文化的视野以后，“法国理论”家们的名字经历了去法国化和加符码化以后，逐渐地美国化了。这些在法国早已被边缘化的小众思想家们，在美国却出人意料地大红大紫，变成了美国人心目中的文化偶像。他们虽然不是电影明星，却获得了类似于当红明星的耀眼光环。库塞把“法国理论”家们与美国电影明星做了一个生动的系列比喻：

> 雅克·德里达就像是克林特·伊斯特伍德，其角色是孤独的先锋，带着无可争议的权威和征服者的满头乱发；让·鲍德里亚有点像格里高利·派克，混合了天真与冷漠，总是有些出人意料之举；雅克·拉康可以占据暴躁的罗伯特·米彻姆的位置，因为他们都爱好谋杀行为和令人费解的反话。吉尔·德勒兹和菲利克斯·加塔利，让人联想到保罗·纽曼和罗伯特·雷德福在《虎豹小霸王》中扮演的两哥们，头发蓬乱，疲惫而高尚，而不太会联想到特伦斯·希尔和巴德·斯宾塞拍摄的意大利式西部片。那么，米歇尔·福柯为什么不能成为让人无法预料的史蒂

夫·麦奎因，由于他对监狱的知识、他令人不安的笑声、他自作主张的独立性而占据片头字幕顶端观众偶像的位置呢？不能忘了让-弗朗索瓦·利奥塔，他可以比之为杰克·帕兰斯，因为他们都有粗糙的心灵；还有路易·阿尔都塞，他和詹姆斯·史都华一样有着忧郁的外表。在女性方面，朱丽亚·克里斯特娃可以说是梅丽尔·斯特里普，代表了勇敢的母亲或出走的姐妹；而埃莱娜·西苏则是不受任何模式制约的费·唐娜薇。

“法国理论”对美国文化的影响如此深入、广泛，以至于有人称之为“法国理论入侵”，将它与十年前的“英国流行音乐入侵”相提并论。美国的政治、经济、军事霸权遭到包括许多国家学者（包括美国的左翼学者）的激烈批判，但是，以“法国理论”为基础发展出来、目的是解构一切权威的后现代主义，却悖论性地借助美国的国际威势，由美国推展到其他国家学术界，成为许多人津津乐道、夸夸其谈的文学理论时尚，并催生了文学研究的文化转向。除了法国以外，几乎所有国家都从美国进口了“法国理论”的美国衍生产品，诸如文化研究、性别研究、后殖民主义等，而且很有一批人以此来引领本国的学术新潮，一时间风头无两。

四、探索误读的深层历史和文化原因

直到索卡尔事件发生，法国人才忽然发现了这个悖论事实：在法国被忽视的“法国理论”在美国大行其道，在法国被边缘化的法国思想家们在美国声名显赫。《世界报》就曾经发表文章质疑：是否有必要在法国出版索卡尔与布里蒙的书来谴责哲学偏航？库塞感兴趣的不是“法国理论”在美国接受史这一个案里的种种逸闻轶事。他想要弄清楚的是，这些既犀利又晦涩、在法国读者寥寥无几的法国文本，如何能够如此广泛、深入地参与到美国的文化和智识生产之中。

库塞发现美国学者以特殊的阅读方式使法国著作被去语境化并被美国化，从而据为己有，并使它们在当代美国的社会与政治论争中扮演常常是艰难的角色。他注意到，在“法国理论”的美国之旅中，文本的去情境化（布尔迪厄名之为“去国家化”）发挥了特殊的效能。在离开了其原初语境以后，这些“旅行中的理论”（爱德华·萨伊德语）自然而然地失去了一部分能够激发思想共鸣的政治力量，但它们也获得了一种文化补偿，可以在新地方产生出新的思想威力。具体到“法国理论”这一思想史个案，这种新威力之产生有赖于两个重要因素：其一是被重组后的理论赋予其使用者以解除适用性限制范围的可能性，其二是“法国理论”的原初发生领域和后发接受领域之间存在着富有成果的制度性落差。

哲学思想本来就是一种涵盖普遍现象的反思，而全球一体化的推进又使得当代西方社会的发展具有同步性。因此，将法国思想家的文化批判应用到对美国甚至整个西方的文化批判之中，并不存在太大的难度。至于“法国理论”的法国发送者与美国接受者之间的制度性落差，则确实是相当独特的，也许这一点正是“法国理论”能够在美国学术界和大众文化领域里风靡一时的根本原因。很有意思的是，把德里达、福柯、德勒兹等法国哲学家介绍到美国的是文学研究者而不是哲学研究者。当然，研究法国文学的人都必须懂一点哲学，否则无法理解蒙田、笛卡尔、巴斯卡、伏尔泰、狄德罗、孟德斯鸠、卢梭、马尔罗、萨特、加缪、波伏瓦等人的散文和小说。但是，一个文学教师的哲学素养恐怕难以达到与专业的哲学家对等的程度，望文生义、离题发挥是不可避免的事情，也可能产生郢书燕说这样戏剧化的创造性误读。

库塞指出，索卡尔和布里蒙在巴黎出版他们的火药味十足的著作，其目的不在于揭穿这些法国思想家们“实际上什么也没有说”的皇帝新装，而是拉大旗作虎皮的美国学术界。索卡尔的投稿恶作剧，实际牵涉的是70年代以来，发生在美国大学和美国社会的某些阶层里，“人文主义者”与“怀疑思想家”，或者说“保守主义者”与“多元文化主义者”之间的冲突。索卡尔和布里蒙所忧心的是，美国大学教师倚仗法国思想家的声威，将要在大学里推动共同体主义和相对主义的双重退步。因此，身处大西洋此岸的法国读者最多只能隐约听到在索卡尔事件背后传来的间接或表面回声，却无法在其关涉的广度上明白“文化研究”“建构主义”“后人道主义”“多元文化主义”

“正典之争”“解构”和“政治正确”这些术语的含义。法国读者也无法明白这些学术语汇关联着20世纪70年代以来美国大学所有人文科学领域里的激变。令法国读者难以想象的是，“法国理论”在美国强大到使议论都要以之为参照，从而渐渐地现身于智识领域和政治舞台之间、意见主张和颠覆行为之间，甚至单一族国和多重身份之间的危机与论争中。

库塞并没有因此嘲笑和指责美国学者对福柯等人思想的想当然解读和随意发挥。他发现，即使是法国的哲学学者在介绍德国思想家的时候，在把原文去情景化以后，也依然会发生严重的偏差。比如在黑格尔的思想里，偏重存在和历史的维度，而不是逻辑学和自然哲学；在胡塞尔的思想中，偏重情绪与想象，而不是先验还原的方法。法国的哲学学者们对黑格尔和胡塞尔的介绍，催生的却是法国现象学和法国存在主义——尽管萨特把海德格尔视为同道，后者却坚决否认。

库塞的考察上溯到第二次世界大战期间，从法国文人、学者、艺术家流亡美国，到福柯、德里达、德勒兹等人应邀赴美讲学。他发现“法国理论”这一个案实际牵涉的是在法国鲜为人知的几个主题：美国大学的历史嬗变和60年代以来发生的诸种危机；美国的文化生产及其认同的动力与局限；在法国被主流思想轻视的文本被美国学者像对待所有文化产品一样做了实践性发挥；在支配势力的缝隙中，美国文学教授展开了关于微观政治抵抗的“文本化”话语。

但是，在把一切价值都相对化并进行了否定性消解以后，面对“9·11”事件激发的新帝国主义和新保守主义咄咄逼人的态势，信奉相对主义和虚无主义的“左派”根本无法形成与之对抗的有效力量。在解构了一切之后，解构者自身也没有了立足之地。库塞认为，在新千年伊始动荡的世界政治和文化背景下，这些主题并非无关紧要，也并非只与美国有关，它们也是我们无法回避的问题。因此，他自陈写作《法国理论——福柯·德里达·德勒兹公司与美国智识人生活的变迁》的目的是“探讨发生在法语文本与美国读者之间的创造性误读之政治与智识谱系及其各种影响”，因为“这种误读延伸到了法国，并持续到今天”。

五、结　　语

“法国理论”在法国遭到批判的同时，却在美国大出风头。对这一现象的深入细致考察，不仅可以使人理解其在美国的生产机制与扩散过程，也可以让我们重新审视这些三四十年前的思想闪光。它们先是被主流思想压制下去，又随着大部分思想家的去世而成为思想史里的遗迹。库塞指出，这些法国思想家是将要来临的一个时代的预言者，他们早已细致地描绘了构成我们当下此刻的一切，以及前所未有的恐慌：“生命的权力、无臣民的部落、没有外观的恐怖、帝国的网络和阴谋、反动派的刀剑与认同的圣水器，但也有微观抵抗及其屏幕外的缝隙”。所以，借着对“法国理论”发明史的考察，美国的某些经验教训可以回应今日的一些问题，从中也许可以得出一些对未来的展望。

“后现代主义”在中国之被广为人知，端赖美国的法国文学教授弗雷德里克·詹姆逊。从1985年9月起，他在北京大学作了为期4个月的后现代主义文化理论讲座。次年春天，他的讲稿中文版由陕西师范大学出版社出版，使更多的人为之入迷。20世纪90年代，谈论后现代主义成为学术时髦，“法国理论”家拉康、福柯和德里达等人的著作也纷纷被译成中文出版，以飨读者。但是，许多人没有注意和反思这个双重悖论：当中国学者通过美国学者的介绍而热情研读以福柯、德里达、德勒兹为代表的“法国理论”著作时，它事实上在美国学术界已经过时了；而且，在20世纪80年代的美国盛极一时的“法国理论”，在其原产地法国却只是一种边缘思想。所谓后现代主义是文化危机的症状，而不是解决文化危机的方案。库塞的著作正可以帮助我们深入理解这一问题。

（编辑：张　锦）

《批评理论在俄罗斯和西方》评介

■ 汪洪章

一

英国斯拉夫及东欧研究学会（British Association for Slavonic and East European Studies，简称 BASEES）与劳特里奇（Routledge）出版社合作出版的《俄罗斯及东欧研究丛书》（*Russian and East European Studies*）共计 60 种。丛书主编理查德·萨科瓦（Richard Sakwa）是英国肯特大学政治与国际关系学院院长、俄罗斯及欧洲政治学教授。《批评理论在俄罗斯和西方》（*Critical Theory in Russia and the West*, edited by Alastair Renfrew and Galin Tihanov; pp. 220. London and New York：Routledge，2010。该书中译本将由河南大学出版社出版）是该套丛书中的一种，主编为阿拉斯戴尔·任甫卢（Alastair Renfrew）和加林·吉哈诺夫（Galin Tihanov）。任甫卢现任英国杜伦大学现代语言文化学院研究部主任、俄文系主任，学术研究领域包括文学与批评理论、俄罗斯文学与比较文学、俄苏电影，主要著作有《质料美学新论：巴赫金、体裁及文学理论的命运》和《巴赫金简论》等。吉哈诺夫曾任英国曼彻斯特大学都市文化研究所副主任、比较文学与思想史教授，现任伦敦大学玛丽王后学院语言、语言学和电影学院乔治·史坦纳比较文学教授兼研究生部主任、国际比较文学学会文学理论委员会荣誉主席。吉哈诺夫与叶甫盖尼·杜勃连科合编的《俄国文学理论批评史：苏联时代及之后》2011 年由美国匹茨堡大学出版，2012年两位编者因此书获艾菲姆·埃特金德俄罗斯文化研究最佳图书奖。

《批评理论在俄罗斯和西方》是一部论文集，全书精选专题研究论文10篇。目录如下：

1. 《一种诗学的复兴》，阿拉斯戴尔·任甫卢

2. 《陀思妥耶夫斯基、托尔斯泰和巴赫金论艺术与不朽》，卡瑞尔·爱默生、伊涅萨·梅日波夫斯卡娅

3. 《革新与退化：1920年代的古斯塔夫·施佩特所关注的理论问题》，加林·吉哈诺夫

4. 《"一旦越出自然"：俄罗斯（等国）语言理论中的有机性隐喻》，托马斯·塞福瑞德

5. 《罗曼·雅各布森与语文学》，迈克尔·霍奎斯特

6. 《陌生化的诗学与政治学：维克多·什克洛夫斯基与汉娜·阿伦特》，斯韦特拉娜·博伊姆

7. 《胡须剃光的男人之负担：作为内部殖民传奇的俄罗斯小说》，亚历山大·埃特金德

8. 《译而不解的女权主义：20世纪90年代以来俄罗斯的性别研究和跨文化传统》，卡洛尔·阿德拉姆

9. 《"原始以表末"：巴赫金与人文学科的未来》，米哈伊尔·爱泼斯坦

10. 《文本之外》，维塔利·马哈林

从以上这份目录，我们不难看出，所收文章作者绝大多数为英美学界研究俄罗斯和东欧文学、文化及批评理论的知名学者（除该书两位主编外，各篇文章撰稿人小传附后，以便国内斯拉夫文论学习与研究人员了解相关文章作者个人学术信息），所收文章重新检讨了20世纪20年代至今俄苏与西方批评理论之间相互碰撞、相互影响的复杂关系，20个世纪曾做出重大理论贡献的批评流派、批评家及其批评主张是全书的讨论重点。据该书编者在序言中介绍，在考察20世纪理论产生的背景时，文章作者坚持采取的方法和态度

是，把俄苏和西方之间或隐或显地进行过的对话交流看做历史事实；研究工作重背景文献的实证，轻脱离文献的个人推断。书中讨论到的大理论家、大批评家均被看做是变化中的思想家，并将其置于比较、对话关系中加以讨论。文章作者均有明确的问题意识，试图在20世纪的理论中找出一些关键性的理论批评热点问题并详加分析，如模仿论的危机、文学理论从美学桎梏中解放出来后向哲学间接回归的印迹如何、“十月革命”前后及苏联解体前后文学理论的命运等。书中有的文章对学界由来已久的一些传统看法提出了质疑，部分文章的作者对决定未来俄罗斯和西方在人文学科领域进行对话的主导因素，也作出了一定程度的预判。

限于书评文章的篇幅和体例要求，本文下面仅重点介绍前三篇文章的主要内容和主要观点，冀收尝鼎一脔之效。

二

《一种诗学的复活》为本书编者之一阿拉斯戴尔·任甫卢所撰写。文章的导论和第一部分从学科史角度重新探讨了俄国形式主义者（特别是蒂尼亚诺夫）、维诺格拉多夫和巴赫金小组的三方论战，认为三方在理论观点上的不同主要是由各自学科倾向上的差异而导致的，各方争论的主要目的说穿了就是为了争夺学科主导权。第二、三、四部分重新考察了克里斯蒂娃和托多罗夫对俄国形式主义和巴赫金的研究介绍在法国特别是在罗兰·巴尔特身上所产生的理论影响。任甫卢认为克里斯蒂娃对20年代苏联理论遗产的研究有点简单化，因而不太可靠。首先，他认为克里斯蒂娃低估了形式主义者于20年代后半期为使形式主义批评历史化而做出的努力，结果，“巴赫金、维诺格拉多夫和形式主义者之间存在的表面之争，被克里斯蒂娃误当做无法逾越的理论鸿沟”。其次，任甫卢认为，克里斯蒂娃完全、彻底地歪曲了巴赫金的核心立场和观点，并进而混淆了“互文性”与对话理论之间的区别，主要原因是由于克里斯蒂娃对巴赫金早期著作情况所知甚少，因而对巴赫金《陀思妥耶夫斯基诗学问题》的复杂性认识不足。他认为克里斯蒂娃1967年写的《语词、对话和小说》一文，不恰当地强调了巴赫金关于“讲述”（skaz）的观点优于艾亨鲍姆，而忽略了维诺格拉多夫在这个问题上所做的理论贡献。尽管该文使巴尔特初次了解到了巴赫金的一些著述情况，并可能间接催生了巴尔特的《S/Z》，但真正促使巴尔特努力超越结构主义既有范式的主要原因，还是由于他读过托多罗夫译介的巴赫金著作。通过分析，任甫卢甚至认为，“开启后结构主义时代”的是梅德韦杰夫的《形式主义方法》，而不是巴尔特的《S/Z》，而标志这个时代之特征的是言语体裁问题。而托多罗夫《话语的体裁》一书，研究问题的视角从思想渊源上看，恰好与蒂尼亚诺夫、维诺格拉多夫和巴赫金关于体裁的理论有关。任甫卢接着通过文献间复杂关系的考证，推断托多罗夫在写作《话语的体裁》时曾见过巴赫金《小说中的话语》一文的某一不同版本，并通过文本对比，较为详细地指出托多罗夫与巴赫金在言语体裁理论上的相似之处。任甫卢同时也指出产生相似之处的另一种可能性，认为托多罗夫所熟悉的相关理论问题，恰好是形式主义者认真研究过的，而蒂尼亚诺夫、维诺格拉多夫及巴赫金相互间的对话所蕴含的发展潜力，本身也根植于这些问题。在结论部分，任甫卢认为，巴尔特关于文本的理论、巴赫金关于小说的理论乃至克里斯蒂娃关于文本间性的理论，都可说是为托多罗夫的话语体裁理论做了准备。托多罗夫曾明确地预感到，“诗学”将最终“让位于话语理论，让位于话语体裁分析”。

《陀思妥耶夫斯基、托尔斯泰和巴赫金论艺术与不朽》一文为著名巴赫金专家卡瑞尔·爱默生和伊涅萨·梅日波夫斯卡娅合作撰写，文章着重比较、研究了陀思妥耶夫斯基、托尔斯泰和巴赫金三人对作为一种生存方式的艺术、对何为不朽的看法。文章认为，两位艺术家和一位大批评家在相关问题上虽有程度不同的自己的看法，但三人都认为不朽的观念充溢着审美活动。文章作者花了较大篇幅，深入细致地比较、研究了托尔斯泰和陀思妥耶夫斯基的作品在人物塑造上的艺术差异，揭示出两人在美、善及两者关系上的不同观点。此外，文章作者通过比较两位艺术大师和一位大批评家有关艺术和不朽的思想观点，试图在欧洲及俄国的传统中发现不朽观念的审美之维。作者认为，托尔斯泰不相信文化是进步的，他认为文化永远是虚假的，人是在失去宗教信仰时才创造出所谓文化的。和荣格一样，托尔斯泰认为人对不朽的渴望，部分地反映在其试图创作“优秀艺术”的欲望中，而对不朽的渴望从根本上说来是反文化的表现。他在《论生活》及《什么叫艺术?》中认为，人的精神活动是个孤独的过程，必须从堕落的、习以为常的审美环境中超脱出来，人才能过上真正有意义的精神生活。在他看来，理智上的各种善，与传统和社会普遍认可为美的各种文化形式毫无关系，只有置身于文化之外，艺术才不至于沦为矫揉造作的赝品。巴赫金对文化、艺术和不朽的看法，与陀思妥耶夫斯基相近，而与托尔斯泰相反。他从梅特维伊·卡冈那里吸收了部分马堡学派的思想，认为借助文化而生存才是唯一有意义的不朽形式；一切有意义的记忆本质上说来都是对话性的，个人的性灵在与他人的意识互动时，才能获得新生。巴赫金还给艺术和不朽问题提供了两种参照系：完成、实现了的世界和转化、变易着的世界。他认为托尔斯泰偏向于完成、实现了的不朽，而陀思妥耶夫斯基看重的则是如何变为不朽。在巴赫金看来，努力“完成、实现”不朽，虽然原因、动机很崇高，但根本上说来仍是自私的，而人若是“变为”不朽，那他起初的行为也许是自私的，但他会继续努力参与到永无止境的公共事业中去。人终有一死，但人类及其创造的文化产品却是不朽而永恒的。

《革新与退化：1920年代的古斯塔夫·施皮特所关注的理论问题》一文是加林·吉哈诺夫根据自任主编的文集《古斯塔夫·施佩特对哲学和文化理论所做的贡献》（*Gustav Shpet's Contribution to Philosophy and Cultural Theory*, Purdue University Press，2009）一书的序言扩充、改写而成。文章认为，第一次世界大战结束后的大约20年里，施佩特的哲学、文学理论批评活动极为活跃，但其重要性一直未能得到俄苏及西方学界的重视，尽管近年来情况虽有所改善，但实际研究成果仍然有限。有感于此，吉哈诺夫在本文中略述施佩特的生平和主要学术贡献后，集中探讨了施佩特于20世纪20年代在“莫斯科语言小组”和苏联国家艺术科学院里从事文学研究包括戏剧理论研究时所做出的贡献；文章还涉及施佩特与巴赫金在小说理论观点上的比较。他将施佩特的学术生涯分为四期，认为第二期（1912，3～1922，3）是其最具创造性学术活力的时期。此间，施佩特游学德国，在哥廷根见到胡塞尔，但他既能入乎其内又能出乎其外，批判地发展胡塞尔现象学，出版了《表象与意义》。回国后不久，施佩特又相继推出《历史作为逻辑的一个问题》《阐释学及其相关问题》等一大批著作，所论涉及戏剧、艺术哲学、艺术史方法论以及俄国哲学史。1920 年施佩特在"莫斯科语言学小组"会议上宣读了论文《词语结构的审美特征》，随后被吸纳为小组成员。他的《美学谈片》一书（1922 ~ 1923）则在"莫斯科语言小组"产生了更大影响，该书第二卷里曾称"广义上的诗学就是诗性语言和诗性思想的语法"。吉哈诺夫在文中以较多的篇幅重点介绍了《美学谈片》，认为该书有两方面重要价值。一、施佩特在书中基本预见到了后来结构主义和符号学的大致发展情况，并先于恩格尔加特和梅德韦杰夫，较早地与形式主义展开了论争，且论争的哲学功底扎实、雄厚。二、施佩特的现象学美学已经具有阐释学的维度，为语言艺术作品的分析和研究提供了一个积极的方法。吉哈诺夫注意到，施佩特于 1923 年在苏联国家艺术研究院提交、宣读的一篇题为《威廉·洪堡的内在形式之概念》的论文（该文后经扩充整理，1927 年作为专著发表，题为《语词的内在形式》），此文随后在其追随者中所产生的影响反映在 1927 年艺术研究院出版的文集《艺术的形式》中。集中所收文章的作者所持理论批评观点与当时的马克思主义批评和形式主义批评皆有很大距离。吉哈诺夫还介绍了施佩特从 1924 年起写的一系列论小说的札记。从其所介绍的内容看，施佩特对作为一种体裁的小说之评价是很低的，低得甚至令人惊讶。在施佩特看来，小说是大众文体，与史诗和戏剧相比，小说的最大缺点是缺乏"内在形式"，因此没有未来。这与巴赫金在《史诗与小说：谈谈小说研究方法论》一文中的观点相比，可谓大相径庭。

三

在如何对待 20 世纪留给我们的文学理论遗产这个问题上，该书的两位编者在序言中表达的观点是比较中肯的。他们认为：20 世纪出现的任何一派理论，本身都是变动不居的，因为这些理论产生之初，都曾调动、运用相互竞争的各种理论资源；在跨越时代和传统，在与其他历史上曾产生重大影响的事关文学与文化的思考方式进行交流时，相互竞争的理论观点之意义会发生情形复杂的调整，有的会进一步得到发展，有的会在作局部修正后进一步被利用，而有的则会彻底消亡。鉴于这样一种认识，两位编者在组稿时希望所收文章能有助于人们认识到，20 世纪的种种理论发现并不是一座了无生气、一成不变的所谓知识或智慧的宝库。因为，假如追根溯源的话，有些理论，包括很了不起的理论，原来是从另一些著作中派生出来的。而这另一些著作起的仅仅是中介作用，本身可能就是批判、转译其他著作而来，因此形式上常常散漫芜杂，有不少还是未完成之作，所以读起来往往让人不知所云。而各类教育、学术、出版机构在传播这些著作时的复杂情形又导致了相关盲点，从而掩盖了理论相互影响、相互派生的实际情况。这就提醒人们，阅读、研究 20 世纪的理论著作时，必须持明确的怀疑态度，不能被动接受、人云亦云；必须清醒地意识到，20 世纪理论对于当今的读者来说，已经不是一座取之不尽、用之不竭的富矿，因此，没必要采取舍新求旧的态度到其中去寻求启示。编者认为，我们应该将学习 20 世纪理论当做一种特定的过程和经历，其中，学会扬弃仍是十分重要的。

全书所收 10 篇文章基本是在以上原则基础上撰作而成。各篇文章文献疏证详尽，实际参考的一二手资料列为书目附于文后，有的文章仅书目就长达两三页之多，为我们了解英美学界在研究斯拉夫文化、文论方面的进展情况提供了很好的文献线索。在研究方法上，该书相信也定能为国内相关研究提供若干启迪作用。

（编辑：张　锦）

名家访谈

茱莉娅 ·克里斯特瓦谈法国对巴赫金的接受*

——克莱夫·汤姆逊对茱莉亚·克里斯特瓦的访谈

■ 周启超 译

克莱夫·汤姆逊：米哈伊尔· 巴赫金与其小组的著作在法国的接受，这是一个非常有趣的题目，可是，这一题目尚未得到详细的研究。❶ 下面所提的这些问题的目标——就在于来了解巴赫金的那些思想在法国被接受的演变，主要的是，在1960年代里之被接受的情形。克里斯特瓦女士，您在自己所接

---

* 节选自加拿大著名巴赫金专家——东渥太华大学教授克莱夫·汤姆逊教授1997年10月在加拿大渥太华省伦敦城对茱莉亚·克里斯特瓦所做的一次访谈录。此时，茱莉娅·克里斯特瓦以客座教授身份前来东渥太华大学授课，她的系列讲座以“马塞尔·普鲁斯特的创作”为题。这篇访谈录，原文为法文，原刊于 *Recherches semiotiques/*semiotic inquiry，Numero special Bakhtine *et l'avenir des signes/Bakhtin and the future of signs*，1998，vol. 18，No. 1 ~2，pp. 15 ~29；后来，俄罗斯学者尤里·普赫里将这篇访谈录由法文译为俄文，该译文刊载于《对话·狂欢·时空体》2002年第1期，第108 ~133页。

❶ 不久前，在法国出版了两本书：Peytard，Jean，*Mikhail Bakhtine*：*Dialogisme et analyse du discours*，Paris：Bertrand Lacoste，1995；Deperetto，Catherine，（editeur scientifique），*L" Heritage de Bakhtine*，Bordeaux：Presses universitaires de Bordeaux，1997。这两本书只限于指出，茱莉娅·克里斯特瓦在发现“这位学者”上的“奠基性作用”，对这一发现的细节却并未加以考察。前一本书的作者，让·佩塔尔是执教于贝桑松大学的一位语言学家、符号学家与文学学家。除了《巴赫金与话语分析》这本专著，他还撰写了下列文章：“Discours interieur vers discours rapporte chez Volochinov/ Bakhtine”（1996）；“ Sur une note de Volochinov（a propos de Le Freudisme ）. Pour J. B. Marcellesi，' initiateue. . . ”（1998）。后一本书《巴赫金的遗产》是一部集体专著，是由米歇尔· 蒙田大学的斯拉夫文化研究中心与法语与文学系于1995年5月联手组织的一次巴赫金学术研讨会的会议论文集。这部书的主编，凯特琳·蒂普莱托是执教于波尔多大学的一位文学学家、俄罗斯研究专家，著有《尤里·蒂尼扬诺夫. 形式论学派与文学史》（1991）。《巴赫金的遗产》这部专著中的“导言”“巴赫金与20世纪俄罗斯文化”两篇论文出自她的手笔；她为本书编写了：巴赫金的著作书目选、巴赫金生平年谱、巴赫金周边的学者简介；她还是鲍· 帕斯捷尔纳克致帕·梅德维捷夫的信、莉·金兹堡的见证、谢· 鲍恰罗夫的文章“关于一次交谈的情形及其他”等重要文献资料的译者。

受的那些采访中，已经涉及巴赫金在您的著述中所起的那种作用。❶ 正在考量您的思想与巴赫金的遗产的研究者们，不会放过——在我看来——要详尽地弄清楚这一情形之机会的。至于说到巴赫金学本身，那么，1997 年可是标志着一个重要的日期，因为整整 30 年之前您那篇文章《巴赫金，话语与小说》被发表出来了——这是在西方第一篇专题探讨巴赫金思想的文章。作为开始，我提议且驻足于这一节点。您那是在什么样的情形中为自己发现了巴赫金的呢？

茱莉娅·克里斯特瓦：对于巴赫金研究上我的开路先锋地位之更准确的说明，我是看重的，因为我常常有这样一个印象：现如今的巴赫金学专家们会忘却这一点。当年，我开始读巴赫金的时候，那是 1960 年代初，我还在保加利亚。我那时属于人们曾将之界定为“不同政见的”知识界，它被分为两大圈子：一方面是斯拉夫主义者，或者说，是民族主义者，这些人企图在修复文化记忆的基础上来重新点燃文化生活与自由思想之火焰；另一方面，则是西方派，这些人认定：要寻找自由就必须转向西方。我那时是一个女大学生，刚刚结束学业，吸引我的是西方派。这两大圈子知识分子的注意力那会儿都被吸引到在莫斯科刚面世的一本书上——巴赫金的著作《陀思妥耶夫斯基的诗学》（1963），❷ 而随后便是他论弗朗索瓦·拉伯雷的那部书。❸ 我朋友之中的那些年长者——大学教师，或者科学院的研究人员，他们从事文学史与文学理论以及比较文学学研究——他们当时看出这两部著作不仅仅是对形式主义的回应，而且还是一种具有综合性的思想之杰作。这一思想能从俄罗斯人的性格——偏爱走极端而具有多声部性或者狂欢化的性格——这一视角

❶ Guberman, Ross Mitchell, dir.: *Julia Kristeva*: *Inyerviews*, New York: Columbia University, 1996, p.44；以及 1995 年 2 月底 3 月初，卡米尔·艾里－穆阿里受《对话· 狂欢·时空体》杂志编辑部委托，在巴黎对茱莉娅·克里斯特瓦所进行的采访：“克里斯特瓦谈巴赫金”，刊于《对话·狂欢·时空体》1995 年第 2 期。

❷ 这部书的法译本是：Bakhtine, Mikhail, *La Poetique de Dostoievski*, traduit par Isabelle Kolitcheff, preface de Julia Kristeva. Paris: Seuil, 1970；巴赫金这部著作的法译本书名为《陀思妥耶夫斯基的诗学》，将俄文原著书名中的一第一个词语“问题”省略了。茱莉娅· 克里斯特瓦当时参与了巴赫金这部著作的翻译，并为该书的这个法译本撰写了序言。

❸ 这部书的法译本是：Bakhtine, Mikhail, *L'oeuvre de Francois et la cuiture populaire au Moyen Age et sous la Renaissance*, traduit par Andree Robel, Paris: Gallimard, 1970.

来理解陀思妥耶夫斯基。他们在这两部著作中所找到的，首先是对于俄罗斯人民的认可，与此同时，还有将西方的智识遗产——主要是黑格尔——变成为自己的东西的那种才干。巴赫金的那些思想提供出将这些知识改写而适应于俄罗斯文学之特征的可能性。

巴赫金在我们心目中曾是两种重要倾向之综合。这两种倾向是：其一，是内在的，它导向自由，它倾听人民的声音；其二，是外在的，它向国际性语境开放。我们曾经整夜整夜地围绕着这一天才进行争论；巴赫金在我们心目中可是一个天才，他的著述方式是同时立足于哲学的与文学的知识。与此同时，作者是将整个心灵倾注到他的文字之中。他向我们呈现出来的那种文体，乃是一种既可说是论文随笔也可说是文学作品的跨界现象。巴赫金真的是点燃了我们那些晚间的聚会。我现在驻足于这一情形而要予以详细地回忆，因为我后来就很少遇到类似的充满文化热忱的氛围，这一文化热忱会以一些政治事件来潜在地补充养分的。我们那会儿感觉到了对于我们要从极权体制下解放出来这一愿望的支持。这曾经是一股强大的智性的冲动，同时又是一个死胡同。我倒是愿意类似的情形现在会在东欧诸国得以形成，因为它们现在在经历某种类似于萧条与沮丧的境遇，对于政治的、经济的与精神的变革没有特别的期望。这可是十分可惜的，要知道这些国家拥有潜藏的资源，拥有非常丰厚的文化根基，它们能提供智性的提升，也许，还能提供社会的成长，即使是不得不期待它的出现。

每当我来到加拿大，来到东渥太华大学，还有多伦多大学之时，便会在那里遇到一些年轻人——加拿大人与欧洲来的移民。他们当中的许多人都怀有我当年曾体验过的那股对于知识的热忱，这使我十分感动。我不知道，也许我是在潜意识之中将这一情形同60年代东欧的那个时期关联起来了，或者，我这是在试图复活这一理想……这一点可是事实：我现在感觉到自己置身于更好的环境之中，我受到了比在法国更好的理解。何况，我已经接近这样一把年纪，这时，你会开始给自己提出这样的问题：该怎么处理我自己的那些文稿档案呢？譬如说，我该将自己的这些文稿资料托付给谁呢？我想，这不会是法国，因为在这个国家里我总觉得自己是个外人。这也不会是美国——由于一种对应、一种临时战争——这场战争，眼下正在法国的社会模式同美国的社会模式之间凶猛地展开。可是，加拿大则有可能是这一国家。

您的问题引发了我的一些自由联想。我是在保加利亚开始读巴赫金的。当我 1966 年来到法国的时候，一如我在长篇小说（*Les Samourai*）❶ 中所描述的那样，我立刻就进入巴黎高等实用研究学校社会学家与符号学家的圈子里，该院社会科学部的研究人员那时迷恋俄罗斯形式主义。茨维坦·托多罗夫——他是在我之前来到法国的，已经将俄罗斯形式论学派的著作译为法文，我们俩都确定，结构主义的研究——列维－斯特劳斯在雅各布森的促动下所进行的研究——与这一个形式主义之间，有着一定的亲缘关系。但我个人有这样一种感觉：这一严格的、有局限的形式主义，恰恰已然被巴赫金所超越。我有心展示这一在东欧、尤其是在保加利亚已经出现的文学理论。我那个时代的同事与老师都是老一辈人，于是，我想让他们了解我的阅读范围。我给热拉尔· 热奈特与罗兰· 巴尔特讲了这件事，他们俩都是我的老师。顺便说一句，在我进行学位论文答辩时，巴尔特曾是答辩委员会委员，❷ 而我恰恰是想看到他做我的学术导师，尽管最终成为我的学术导师的是吕西安·戈德曼。巴尔特进入了答辩委员会，因为我的定位变得是越来越多地结构主义的与后结构主义的取向，而越来越少的哲学的、辩证法的取向——而后者是戈德曼本人的专业。热奈特与巴尔特在这之前从未听说过巴赫金，他们看出巴赫金的思想是极为有趣而引人入胜的。巴尔特请我在他那个研讨班的框架里作一个关于巴赫金的报告。正是这样，我写出了那篇文章——它是为杂志《批评》所写，同时又是为巴尔特的研讨班所写。我在研讨班上的发言是在 1966 年秋

❶ See Kristeva, Julia, *Les Samourai*, Paris: Fayard, 1990 (1983); see also "Memoire", in *L'Infini*, No. 1, p. 44.

❷ 茱莉娅·克里斯特瓦的博士学位论文《小说文本》写于 1966 ~ 1967 年，出版于 1970 年；Kristeva, Julia, *Le Text du Poman*, La Haye-Paris: Editions Mouton, collection "Appoahes of semiotics", 1970.

天，就在我那篇文章在《批评》上刊发出来前不久。❶

克莱夫·汤姆逊： 您现在还记得，罗兰·巴尔特对您在研讨班上的发言的反应是怎样的呢？

茱莉娅·克里斯特瓦： 是的。我记不准他当时说的话，可是在总体上的反应，用兴奋不已这个词来形容还是不够的。他尤其看中对话主义与互文性这两个概念，它们是我在发言时加以发挥的。至于说，他那部以《S/Z》为书名的著作，乃是借助于好几种代码对巴尔扎克的解读；使文本向互文开放这一思想在他的脑子里出现，乃发生于我在研讨班上的那个发言之后。巴尔特对待这些思想可是要认真得多，譬如说，与热奈特相比。我觉得，这些思想相当大地丰富了他后来的那些著作，其中包括，加快了他从严格的结构主义框框走出来的速度。

克莱夫·汤姆逊： 那么，吕西安·戈德曼也曾对巴赫金的思想有兴趣吗？

茱莉娅·克里斯特瓦： 且让我们这样来说吧：有兴趣，也没有兴趣。那些思想曾在这个层面上使他发生兴趣：它们回应了他的这一认识——结构主义所推崇备至的结构，不仅仅是语言学的。我来到巴黎，在某种意义上是将他从这一思索圈子中给解放出来了，因为这使得他有可能来思考：多亏了巴赫金——可以将社会、将历史，固着于语言结构上了。这——就是他在巴赫金的方法中曾经予以欢迎的东西。他曾将它看成是学科之间的一种对角线，而这也正是——在他眼里——我的诠释的价值之所在。巴赫金确实曾对相当奇怪的对象——它横贯于，如果可以这么来表述的话，语言与社会之间——加以思考。我不认为，戈德曼在这之后曾重读巴赫金。的确，我不曾以巴赫金的路径去对戈德曼的所有著作进行一番梳理。他更像是一个黑格尔主义者，在那个年代里，他曾竭力投入于旨在“战胜”萨特的工作。戈德曼乃是萨特

❶ 克里斯特瓦在这里是将时间稍推前了，她的这篇文章最初刊发于《批评》1967 年 4 月那一期：Kristeva, Julia, “Bakhtine, le mot, le dialogue et le roman”, in *Critique*, 1967, t. XXIII, No. 239, avril, pp. 438 ~465。这篇文章后来被她收入其著作：*Recherches pour une semanalyse*, Paris: Seuil, 1969, pp. 143 ~173。莫斯科大学语文系外国文学教研室主任 Г. К. 柯西科夫曾将克里斯特瓦的这篇文章译为俄文，俄译《巴赫金，话语与小说》刊于《对话 狂欢 时空体》1993 年第 4 期，后收入《法国符号学：从结构主义到后结构主义》（译自法文，Г. К. 柯西科夫编选并作序），莫斯科：进步出版社 2000 年版，第 427 ~457 页。

的《辩证理性批判》之凶猛的敌手，使他分心的乃是使萨特与黑格尔调和这一任务。这样一来，巴赫金的思想，使得他有可能在对待法国结构主义的关系上去确定自己的位置，可是，它们不曾是戈德曼的主战场。巴赫金主要是在巴尔特的追随者们当中引起了兴趣。不管怎么说，我从来也不曾有过这样的感觉：在法国，对巴赫金——我的这些学生是例外——的兴趣曾经是高的。巴赫金研究在这里不曾成为核心的取向之一。

克莱夫·汤姆逊：当年，还在保加利亚的时候，您是用哪一种语言通读巴赫金的呢？

茱莉娅·克里斯特瓦：用俄文。那时，保加利亚文的译本还没有。我们沉浸于俄文之中，用俄文来阅读，顺便说说，我那些老一辈的研究者——朋友当中，有些人就是俄语与俄罗斯文学专家，他们同俄罗斯知识界十分亲近。论陀思妥耶夫斯基那部书在莫斯科刚一面世，他们马上就给我们捎来了。于是，我们就用俄文来阅读这部书。后来，我曾把这部书交给了伊莎贝拉·柯里舍夫，让她译为法文。我曾就这部书向罗曼·雅各布森谈了许多。起初，他对巴赫金是持含糊不明的立场，应该想到，那是基于这一原因：巴赫金是被形式主义者看成为对头的，由于巴赫金曾指出他们方法上的局限性。况且，对于形式主义者来说，巴赫金是那种曾与马克思主义调情的思想家。并不完全是这样，因为，诚如您知道的那样，巴赫金思想的自由，曾经被斯大林的体制糟糕地接受。案子的结局是流放。可是，对于巴赫金曾试图反思身体与历史这一点，形式主义者认为那是针对他们的攻击。其实，我觉得，巴赫金的立场是批判性的，但那可是善意的批判，就像智性的辩论所素有的那样，而丝毫也不是迫害者的立场。他不曾站到斯大林的视角上，这乃是思想的冲突。而且，顺便说一句，他对形式论学派的对抗并不少于对于弗洛伊德主义的对抗。如果我没有记错的话，梅德维捷夫那部论形式主义的书，如果不是巴赫金所写，也是受到了巴赫金的启示。至于说雅各布森，那么，应该看到，起初他是矜持的，他最终还是有了这样的一个思想：论陀思妥耶夫斯基这部书——这是一部十分重要的作品。顺便说说，恰恰是雅各布森的妻子，波末斯卡，几年之后为在美国传播巴赫金的作品做了不少工作。这一热情、这一兴致，乃是在我的强攻之下而孕生的，如果可以这样来说的话。

克莱夫·汤姆逊：与伊莎贝拉·柯里舍夫的译本同时，《陀思妥耶夫斯基的诗学问题》还有一个法文译本，那是吉·维勒❶译出的。这个法译本，1970年由在洛桑的一家瑞士出版社推出。❷ 您曾参与这一项目了吗？

茱莉娅·克里斯特瓦：没有。你看出来没有，当年我来到法国时，我是带来了一股热忱，对那股热忱，我已经向你作了描述，可是，我并不曾想成为一个斯拉夫学者而在法国的环境中传播俄罗斯文学或者保加利亚文学。我在大学里是就读于罗曼语系语文学部，进而，我学的是法国文学与文学理论。这样，我就将俄罗斯文学给搁置在一边了。巴赫金则是被后来的斯拉夫文化专家们尤其是俄罗斯文化专家们所开采的，那些专家曾提供出更为准确的描述。我之所以将这一领域搁置在一边，其理由之一乃是我不曾想以一个斯拉夫学家，或者说，一个中介，即"go-between"来作为自己的专业。

（编辑：张　锦）

---

❶ Bakhtine，M.，*Problemes de la poetique de Dostoievski*，traduit par Guy Verret，Lausanne：L'Aged'Homme，1970；吉·维勒，斯拉夫学者、翻译家。据某些斯拉夫学者之见，维勒的这个译本——原作者的书名在这里得以原封不动地保留下来——更受欢迎，因为它更为准确地传达出巴赫金的术语。除了巴赫金的这部著作，吉·维勒曾将瓦·沃洛希诺夫的《弗洛伊德主义批判》与维·什克洛夫斯基的《散文论》译为法文：Volochinov，V. N.，*Le Freudisme*，L'Aged'Homme，1980；Chklovski，V. B.，*Sur la theorie de la prose*，L'Aged'Homme，1973。吉·维勒曾将B. 柯仁诺夫与C. 孔金所撰写的巴赫金传略、巴赫金生平年谱与著述目录（原文刊于《诗学与文学史问题》，萨兰斯克，1973）译为法文；他还撰写了论文"Sur le concept du ' genre'dans la poetique de Bakhtine"，该文刊于集体专著《巴赫金的遗产》：Deperetto，Catherine，（editeur scientifique），*L" Heritage de Bakhtine*，Bordeaux：Presses universitaires de Bordeaux，1997. pp. 25～29.

❷ 即L'Aged'Homme出版社，位于洛桑，1966年创立，以出版俄罗斯及其他斯拉夫语言的译著闻名于学术界，譬如*Slavica*丛书系列。巴赫金的《陀思妥耶夫斯基》与沃洛希诺夫的《弗洛伊德》属于这一系列。

卡瑞尔·爱默生谈巴赫金*

■ 周启超 译

【访谈者按语】普林斯顿大学的卡瑞尔·爱默生教授同时执教于两个系——斯拉夫系与比较文学系，这既证实她的学术兴趣之广泛，又证实这位学者拥有很高的学术声望。众所周知，爱默生博士是巴赫金在美国之最早的译者与诠释者之一；此外，她还是一系列专著与论文的作者，不少著作与文章在美国学界甚至另一些国家都受到很高评价。这首先要归功于她的著作《鲍里斯·戈都诺夫：俄罗斯主题之移调》（1986），以及她与加利·索尔·莫森联袂合著的那部具有奠基性的著作《米哈伊尔·巴赫金：一种小说理论的创建》（1990）。爱默生博士有理由被视为俄罗斯哲学史、心理学史、文学史与音乐史方面公认的专家。1993 年夏，我履行了《对话· 狂欢·时空体》杂志编辑部驻美国代表的义务。爱默生教授欣然接受了采访请求，尽管她当时特别繁忙。编辑部要感谢她这一极为友善的态度与对本刊在宣传上所给予的很大帮助。这篇访谈的译文已于 1993 年 10 月 14 日得到爱默生教授的认可与赞同。

——阿列克谢·拉洛

1. 以您之见，在 20 世纪各种不同的意识形态流派中，米·米· 巴赫金占有什么样的地位呢？

---

* 该文原刊于：《对话·狂欢·时空体》1994 年第 2 期。

卡瑞尔·爱默生：要谈论整整一百年可是不容易，但我同意米哈伊尔·霍奎斯特的这样一个论题：作为语言哲学家与意识哲学家，巴赫金在曾经席卷我们这个世纪的、在“谁掌握语言”这一话题上那一尖锐的争鸣中是持中间立场的。在一个极端上，人格主义者断言：“我掌握语言”，我能迫使它去意指我有心要它去意指的那个东西；结构主义者坚持认为，句子的组成成分之间的那些结构性关系（也就是“关系主义”）决定着意义，因而，“我”——宁可说是言语行为的结果，而不是它的支配者。而在另一个极端上呢，解构主义者则确信：“谁也不能掌握语言”，而语言，原本意义上的语言，实际上会拒斥任何言说者要来支配它的企图。巴赫金避开这样一些极端的定势而声称：——再次借用霍奎斯特那个简练而到位的提法——“no one owns language but we are obliged to rent it for a while”（谁也不能掌握语言，但我们有义务去租用它一段时间）。也就是说，我们可以在任何时刻约定现实的、可靠的、具体的意义。诚如加利·索尔·莫森与我在我们的那部《米哈伊尔·巴赫金：一种小说理论的创建》一书里所竭力展示的那样，这使得巴赫金成为了一个深刻的、独创的现象主义者：他坚定地相信人要在语言中穿行的那种间接性，而并不相信“我”与“他者”之对立，并消除个人与社会之间的不信任，这种不信任可是西方的语言理论（以及对那些理论的把握）所素有的。正是基于这个缘由，巴赫金的对话主义之研究成果被美国的心理学家们应用于列夫·维戈茨基的思想语境之中。

以我之见，如今巴赫金因其两个直觉——发轫于他早期的那些哲学著作之中的两个直觉——而特别令人珍贵。第一，青年巴赫金（在这一点上，像我们美国的实用主义者）是在那些数学本质与功能极为风靡的那个时代，是在集、场、群这样的一些形式范畴的魅力令人着迷的那个时代，而开始自己的智识探索事业的。一如其伟大的同时代人路德维希·维特根斯坦，巴赫金回应了相对主义——在那个年月里占据主导地位的相对主义——抓住的东西，而与之相平行，他同时对系统——如此经常而自动地被套用到他身上的那个系统——加以拒斥。的确，为什么关系要成为真正的，就必定应当在系统之中被有序化呢？我认为，在巴赫金的那个“长远时间”的学说中已蕴涵着对系统性的批判。

长远时间——这是一个时间层面，在这个层面上所有暂时尚未得到表达的抑或潜在的意义最终得到实现，也就是说，在那里任何一个思想会找到某种语境，那语境会对这一思想的合理性加以证实，会对这一思想加以发展。这一时间并不抽象，既不处于历史之外，也不具有系统性；这简直就是一个开放的——并且是很有持续性的——由那些具体的历史时刻所构成的连续性。那些历史时刻中的每一个，都会在其身后留下某种就其自身来说是唯一的而具有能产性的剩余，那剩余会在自身保存住一旦用系统的视界来看便是意料之外的与不可预言的潜能。这样的时间学说中的评价标准总是各种各样的。譬如，尽管“现在”对于我们乃呈现为一种价值——作为对我们最为开放的潜能之体现的那种价值，那种今天我们时常认为生命般重要的东西，诸如——这么说吧——在美国，现如今浮躁的学术时髦、在形形色色的“主义”诸如女权主义、多元文化主义或者新马克思主义之上的时髦，在巴赫金对于事物的视像之中，是从来也不会被归结为最高智慧的范畴的。因而，毫无疑问，文学对于文化的贡献，并不在于以退化的、偏执的当代术语框架中的片断的见解之形态去展示文化之丰富多彩的过去，那种在长远时间里绵延着的过去。自然，作为组织原则，“长远时间”便显得像是天真的、臆造的，未必是名副其实的哲学综合能力。但在这一为巴赫金所直觉的典型情形下，合乎常理的立场恰恰应当在哲学的高度上被重新获得。

巴赫金思想的这一特征，也可以用他对于“解释”与“理解”所作的区分来加以陈述。一如“认知”，解释具有独白性；我先是去对某种东西加以了解，然后，我给你来解说这个。在这期间，你可以是消极的，或者是无动于衷地听着，我则仍然可以去继续行动。精确科学或者自然科学是以这一模型来运作的，巴赫金说道：观察自己的星星的天文学家，就是这样的，或者，勘探岩石的地质学家，就是这样的。文本实在是静止的，而承受着考量。“理解”呢，则恰恰相反，不可避免地具有对话性。我只是在给你解释某个东西的那个时候，在邀请你随时做出校正、打断、提问的那个时候，才会了解到这个东西。人文学科的模型就是这样的，在人文学科里，一切文本并不具有

“顺从性”这一特点。不论是这一面，还是另一面，无论如何也不能准确无误地或者一成不变地知晓，而这恰恰是会经常不断地激活对话、激活对于对话之兴趣的那种东西。

俄罗斯的巴赫金学专家在最近这几年里提出了他们对于这一区分的富有表现力的评价，我觉得，在这里我们可以观察到巴赫金的思维类型与著名的塔尔图学派的符号学家尤里·洛特曼之间有一条具有根本性的分界线。在最近这20年里，洛特曼承受对话性修正的作用而戏剧性地“软化”自己的结构主义，从那些典型的平面的、二元对立的模型，经由更为圆融而完整的、有机的生物圈形象、智力圈形象、符号圈形象，而走向他就在前不久提出的用于艺术和文化断层的那些模型（它们受到混沌理论与非线性动力论的激励）；在《文化与爆裂》一书（1992）我们会找到这些类型。然而，尽管有所有这些对符号结构加以人文化的举措，有使这些结构变得更为有机一些的努力，洛特曼依然是一个解释者。符号学过去曾经是、现在仍然是被牢牢捆绑在信息理论上。它在传达的是有关已知事物的概念。借助于符号学，人与事物可以被分类，可以被分置于不同的书架上，可以“被训练被教会”，并且，可以“被拯救”——在这个词的某种意义上。

巴赫金——我觉得——对这些过程是很少有兴趣的。他第一位的使命并不是分类，当然，也不是“拯救”。人们并不向往有谁来拯救他们。他们向往的是有谁来倾听他们，他们向往的是有谁来认为他们是有趣的；人们还向往有谁来改变他们。通常，人们甚至可以由于有谁并没有完全理解他们而受益，因为基于这一点，所有的方面就会继续言说、继续倾听。

我认为，巴赫金对于20世纪思想的另一个重大的贡献——也许，不太有原创性，但在当今时代确实并不是不重要——乃是他曾是一个深刻的、非政治的思想家这一事实之本身。他早年的那些论伦理的著述，是那么令人鼓舞地摆脱了那些超个性的理论建构与乌托邦式的、“造神的”姿态，而涵纳着整整一套准则——精神上的与日常生活中的行为上的操行准则。一如索尔·莫森与我所推断的那样，巴赫金认为，人之被创造出来就是为了密切的接触，人首先是交际的（或者说，交流的）动物，而不是政治的动物。当巴赫金的崇拜者们试图将政治塞进他的方案之中时，结果往往是出现某种同巴赫金之总体的伦理定位直接相对立的东西，要不就是某种滑稽可笑的东西（譬如说，当有人将狂欢化同马克思主义的革命精神相关联之时，或者，当骗子、小丑与傻瓜——以巴赫金之见，他们在长篇小说的演化中会起巨大作用——被理解为“被压迫阶级之被组织起来的声音”之时，就会出现这样的结果）。巴赫金身为对以巨大的集体或群众这样的范畴来思维无动于衷或者颇为怀疑之人（在年轻的时候，他曾计划撰写一篇论政治的专论，但是，据我们所知，他终究也不曾写出该文），实际上，他是不会就如何走向政治多元主义的运作系统而给出具体的推荐性建议的。

巴赫金身上政治之缺失对于我们今天何以是如此宝贵的教训？在米歇尔· 福柯这一类型的思想家——将人与人之间的相互作用简化为无个性之力问题的那些思想家——的时代，巴赫金的“人格化的”声音带来了久久期盼的修正。这一立场，在克里斯汀娜·柯梅斯，克拉克大学的一位哲学教授，不久前的一篇题为《让我们来教教美德》（in *Chicago Tribune Magazine*，1993/9/12）的文章中，得到了清晰的展示。在19世纪——K. 柯梅斯指出——伦理学处于整个人文教育的中心；在讲授这门课程时，最受尊敬的教授们曾公开地号召大学生们去勘探他们生活中道德自我完善的路径。后来，伦理学作为“必修的一门大学课程”失去了普及性。20世纪60年代里，伦理学重新成为时尚，但已是基于另一些缘由。教授们开始来讲授不是作为研究个人道德性的一门学问的伦理学，而是作为一门社会——政治学科的伦理学：探讨的是堕胎问题、毒死病人的问题、在死刑执行期间进行器官移植的问题。诸如诚实、品行端正、自命不凡或者自我欺骗这样的一些微妙而棘手的、没有被系统化的东西，在教室里不曾得到讨论。那时人们认定，好的社会结构就会使人们成为好人。

陀思妥耶夫斯基与托尔斯泰，自然，曾碰到过这个问题，并且很早就为它的解决而绞尽脑汁。似乎是，就像这两位著名的俄罗斯长篇小说家一样，就像曾给他以启迪的这两位先驱一样，巴赫金也觉得，要是在已然体制化的社会政治的语境下开始考察伦理，就意味着本末倒置。须知政治通常就是跟

“双刃的伦理”打交道，也就是说，要与那种被用于智性上尖锐的情境之中的伦理打交道，那时难以确定正确的与不正确的一方。“双刃”的伦理，或者，“危机”的伦理，对于在教室里讲授是好的，它自身已然准备好了来争鸣——因而，它使大学生们倾向于这样一种思想：所有的伦理问题或多或少都是相对的。可是，我们当中许多人的生活所迫切需要的，乃是不太复杂化的、“普通的”伦理，用于日常生活的伦理。如果在这种伦理上我们这儿一切都正常（一如《安娜·卡列尼娜》结尾康斯坦丁·列文的眼前所浮现出来的那样），那么，一旦同道德上的双刃剑发生冲突，我们手中就会出现更多的做出正确选择的机会。

在俄罗斯，巴赫金遗产的研究者们（尤其是由Л. А. 戈戈基什维里编选的那部出色的文选《作为哲学家的M. M. 巴赫金》的作者们）（1992）对巴赫金思想的这一方面——他的捍卫个人的、非危机的（也就是非革命的）伦理的那种言论——已给予很多关注。的确，这一立场是巴赫金醉心于长篇小说这一体裁——至少，也是迷恋于其前现代主义的形式——的一个基石。这一体裁，有别于抒情诗、史诗或者颂诗，乃是被建构于众多的坐标系统之中，被建构于日常经验之细小的微粒之中，那些微粒彼此一个跟着一个，穿行在我们可以将之称为一种未完成的“长远时间”的航道上。须知生活基本上也是犹如最为漫长的散文式的叙述那样，就这么在延续着。可以以什么样的方式来“延续”，与此同时还葆有道德上的不被玷污，这就是长篇小说的话语会向我们提供的那些伟大的教训之一，而且，这一话语准备好了、乐意地向我们提供这一教训，而不让我们遭受传布道德的、说教式读物的那种气息的侵害，不用这种说教来令我们屈辱。

2. 以您之见，巴赫金的影响在学术界能保持多久呢？对他的兴趣是否不过是一种时髦，或者，这是一个比较重大的现象，在证实着思想家的思想深度的一种现象？

卡瑞尔·爱默生： 从上面所说的这些可以推论，在我看来，米哈伊尔·巴赫金曾引入或复活了那样的一系列思想，那些思想的时代（重新）降临了。这些思想乃是极为重要的，并不取决于将它们与谁的名字关联在一起；尽管巴赫金的名字，也像“对话主义”“复调”“狂欢”这些术语之走红，已然被长久地固定下来了。巴赫金思想之有力的方面之一，毫无疑问，乃是这一点：这一思想在本真的意义上是在演变的，相互关联的、普遍通用的一个价值结（对话、小说理论、未完成性）上的那些元素，是可以获得各种不同的重音的。巴赫金的思想中这样一些“完全相兼容的前后不一致”之例子，就是他的狂欢理论与复调理论。这两种理论，尽管都具有它们典型的那种对“开放性”思想的忠诚，却被分置于截然相对的光谱之两极，如果是基于它们对于个体的重要性、对于个体之负责任的表述与行为之重要性来判断的话。

另一个缘由——基于这一缘由，我觉得巴赫金乃是一个已经极为牢固地在文学学史上确立了自身的人物，而根本不是一时的时髦——就在于他的思维过程本身的天性，这一思维过程总是“自下而上”进行的。我已经在上面的谈话中指出，巴赫金之着手展开对于世界的思索，是从非理论性的、非危机性的理论建构来开始的。是从每一个人都可以轻易地对之加以解释的那种情境来开始的。他提出，这不是一个病态的、毁灭性的世界，而更像是那样的一个世界：人们在其中宁愿活下去，而不是毁灭；宁愿说话，而不是沉默；宁愿彼此眷恋，而不是彼此摆脱；宁愿借助于话语来建构自己的个性，而不是去对之加以瓦解。这一定势，并不总能使他成为具体的作者之最好的读者。譬如说，巴赫金对于陀思妥耶夫斯基的解读——那种善意的、向进一步的发展、开放着的解读，就是在佐证这一点：文学天才之启示录般的、独白的方面并不曾引起他的关注，即使是在这一方面显然是存在的那种情形下。他对磨难、恐惧和迫害并不曾特别在乎，尽管他曾经就是在充斥着所有这些现象的那种文化与时代的条件下而生活着。谴责总是要比辩护简单得多，因而这世界上总是有太多的“愤世嫉俗者”与恶先知——不论他们的前提是多么令人信服而毫无争议，他们总是有要来重申的倾向。分解、解构与绝望在使世界简单化，巴赫金则（好也罢，坏也罢）偏爱于使世界复杂化，偏爱使声音与视角多样化。他确实就是赋予人类创造性的而不是毁灭性的力量。也正因为是这样，他会与我们同在，犹如某个总是有什么潜在的新讯息要披露、要宣布之人。

3. 您是在什么时候第一次听说有巴赫金这个人？后来，您对他的看法又是如何改变的呢？

卡瑞尔·爱默生：我对巴赫金之最初的了解，是在迈克尔·霍奎斯特开的研讨班上，那时我在得克萨斯大学读研究生，那是70年代中期。及至此时，译成英文的只有论陀思妥耶夫斯基的专著，这部书鲜为人知；还有论拉伯雷的那部专著，这部书则广为人知。巴赫金的《文学与美学问题》刚刚在莫斯科面世，他本人则就在不久前去世的。我现在还非常清楚地记得自己第一次通读巴赫金那篇《史诗与长篇小说》论文的印象。在对法国文学理论——这种理论曾以新奇古怪、荒诞乖张、毫无直觉可言而令我惊讶——之旷日持久的崇拜之后，巴赫金犹如一口新鲜的空气、一种在无所畏惧地划定边界而将脆弱的假设予以推开的声音。我曾将这篇文章译出来，将自己的译文提供给另一些不懂俄文的研究生。大约就是在这个时候，迈克尔·霍奎斯特拿到了将这部文集译成英文的版权，并很快同德克萨斯大学出版社签订了翻译出版这部文集的合同。那会儿，我们当中谁也不曾料想到，巴赫金的名字将会为全世界所知。不管怎样，很多很多出色的俄罗斯理论家终究还是不曾打进英语世界的呀！被冠名为《对话的想象》的这部论文集——它竟成了畅销书——之成功，其一部分原因可以用这一情形来加以解释：学者的世界在这个时候已然对结构主义开始厌倦了，而对后结构主义尚且持小心谨慎的态度。一如在上文已得以论述的那样，巴赫金辟出了第三条道路。

接下来，我着手翻译论陀思妥耶夫斯基的这部专著（1984），并开始研究巴赫金，不仅仅作为一个译者，而且也作为一个诠释者。在80年代中期，开始了我与加利·索尔·莫森的合作——他如今是西北大学俄罗斯文学教授，他的那些诠释在美国的巴赫金研究者当中是最为鲜明的，这些诠释总是以其挑战与令人信服而令我震惊（尤其是他的“小说诗学”［小说理论］学说，这一学说最初是基于他对托尔斯泰创作的研究而形成的）。1989年，我们俩联手编选一部文集《重新思考巴赫金》；1990年则推出了我们合著的《米哈伊尔·巴赫金：小说诗学（小说理论）之创建》——在这部书里，我们力图对巴赫金的基本思想加以解说，并绘出那些思想发育、发展的年表（时间先后顺序）。

及至此时，美国已被“巴赫金热”所席卷。意识形态的壁垒在先前的苏联崩塌之后，同俄罗斯研究者确立定期性接触，已经是十分愉快的事情（您，应当知道，在停滞时期，研究俄罗斯当代曾经就像是研究月球或者星球那样；信息，犹如月球与星球上的光那样，时常是以折射或直接受到扭曲的形式而达到我们手中的）。随着巴赫金早期伦理学著作的第二部文集《论行为哲学》——由瓦吉姆·里亚普诺夫翻译——于 1993 年秋天面世（第一部文集《艺术与责任》，于 1990 年问世），可以说，几乎所有为我们所知的巴赫金著作都已经有英译本了，巴赫金从一个相对来说不为人所知的理论家在这 20 来年里已变成经典。

我本人的巴赫金观，当然，在这些年里是有发展的，并且，这至少是在两个维度上。其一，在由单纯的翻译到注解与研究这一转变之中，对巴赫金的看法发生了变化，巴赫金本人想必也会对之予以肯定地评价：这就是在走向更多的“外位性”这一方向上的推进。我第一次着手翻译巴赫金之时，曾沉入他的那些思想的印象之中，我曾是那样地被他的精神定位所迷恋，以至于我曾认定：实在是只需将他“应用于”尽可能多的不同文本分析与情景分析，就完全够了。的的确确，须知这正是摆在一个译者的声音之前的任务：去传达出所译原著文献之内在的节律与动机。然而，随着时间的流逝，在获得有距离地批判的眼光之后，我就能意识到，以巴赫金的眼光来看世界恰恰是“妨碍了”在这个世界看巴赫金。最近这些年里，我曾构建出这样一些题目，诸如“巴赫金的诗学问题”，或者，“这样来读陀思妥耶夫斯基，就像巴赫金真的不能为之的那样”。以那种将“解释”与“理解”相对立的语言——这一对立，我在上面已经予以揭示——我开始理解巴赫金。

其二，愈来愈多地吸引我注意力的是早年巴赫金的智力创作。目前，我正体验着对哲学家巴赫金之热烈的兴趣——顺便说说，这一激情也是大多数俄罗斯研究者所拥有的——从不久前发表的谢尔盖·鲍恰罗夫对那些访谈的讲述（《新文学评论》1993 年第 2 期）与 В. Д. 杜瓦金的采访（《文学报》，1993 年 8 月 4 日），我愉快地获悉：巴赫金本人曾将自己一生的耕耘与更为广泛的意义上自己的身份（persona）定位为一个哲学家或思想家，而不单单是一个文学学家。这样的一种自我鉴定完全符合他对于文学、对于诸种人文学科的态度，那些学科——根据他的学说——会为差不多是所有的意识层面寻得意义的。

现在我在写《百年巴赫金》这部书，已与普林斯顿大学出版社签订合同。它将在纪念巴赫金百年诞辰的那一年出版，并向英语世界的读者提供某些新奇而有趣的事实，而让他们关注：这些事实以这样或那样的形式“处于一个译者还尚未涉足于其中的那个地带”。它们关涉到——在俄罗斯，在苏维埃岁月里——对巴赫金起初曾是如何并无介意而予以接受的；之后，在公开性/后公开性时期，则又是如何“一把抓住了”巴赫金。它们关涉到巴赫金那些根基性的学说或“问题域”（复调、狂欢、外位性、巴赫金之设想的马克思主义以及他的基督教主义）在俄罗斯——在西方——近来是如何被重新理解的。我还有意在巴赫金的思想与美国的实用主义传统之间进行某些平行比较，而将这一缘由提出来加以勘察：何以巴赫金在俄罗斯的形象竟是如此的不像他在西方的形象。在西方，曾将巴赫金“据为己有”（尽管不是完全有把握）的有女权主义者、多元文化主义者与新马克思主义者；在俄罗斯，人们更愿意将他看成是新人文主义者，甚至时常是宗教层面上的。这就是为什么“外位性”这一有趣的模型，这个巴赫金本人将其看成是研究他者文化之前提的模型，处于我对巴赫金的这些钻研的中心。

4. 巴赫金的学说是如何影响了您的创作活动的呢？他的哪些思想是您感到亲近的，哪些思想对于你来说是不可接受的？

卡瑞尔·爱默生：我只能说，我本人的“创作活动”——换句话来说，我的那些研究对象，还有那些对之加以考量的方法——在这个时候已经具有这样的形式，并且已然是这样牢牢地同巴赫金的世界观相关联，要将个人的动机同职业的义务分开来已是一件不容易的事了。有可能，这一状态可以这样来解释：我每年都要在全国各地进行以巴赫金为专题的交谈，同感兴趣的但非职业性的听众打交道，这就要求以直接的形态给出材料，持以合乎常理的立场，“以一种声音”来讲话；也许，这就是同“内在地当之无愧的对谈者”及时相遇的结果。或者说，看上去，强有力的理性，我们认为有能力去妥协的那种理性，总是会以这样的方式在我们身上起作用：是权威性的同时又是内在地令人信服的——“由外入内”，同时又是“由内到外”。

目前，占据我身心的是巴赫金的“外位性”学说与这一学说的潜能——对于面向这样一些永恒的人类问题，诸如对于宽容的支持与培养，将智力凝聚于思想之创造与爱之延续的那种潜能。

（编辑：张　锦）

王文融先生访谈

■ 王文融　任　昕

任昕：在中国，从事文论研究的人，尤其是从事叙事学（叙述学）研究的人，恐怕没有人会绕开热奈特的《叙述学》，而这本书是与您的名字联系在一起的。正是您翻译的《叙述学》及其后所做的一系列有关叙事学的译介和研究工作，为叙事学在中国的引进和研究提供了窗口和资料，也为叙事学在中国的蓬勃发展作出了贡献。在当时是什么引起了您对叙事学的关注？

王文融：接受这次访谈，我心里着实有些忐忑。回顾从北京大学西方语言文学系毕业后50年的工作经历，我基本就是个教书匠，大部分时间和精力都用在了语言教学上，翻译仅是副业；对法国文学和文学批评理论谈不上研究，只不过读了几本书，译过几本书而已。说到对叙事学的关注，不能不提到北大从1982年开始聘请的法籍专家Michel Gauthier先生给研究生和青年教师开设的课程和讲座。我已过了不惑之年，算不得青年了。但由于深感自己知识结构的欠缺和对现当代西方文论了解的不足，所以只要时间可以安排，我都跟年轻人一起听课。如此便有机会接触到由托多罗夫编译、集中介绍俄苏形式主义文论的《文学理论》一书，和巴黎高等社会科学研究学院主办、以大众传播学和符号学研究为办刊宗旨的《传播》1966年第8期《符号学研究——叙事结构分析》专号。这些迥异于传统的理论和方法论令我眼界大开，并产生了浓厚的兴趣。

就在那几年，上海社科院的《外国文学报道》约我翻译热拉尔·热奈特《辞格Ⅱ》中的《文学与空间》和《叙事的界限》。这两篇译文后来登在该刊

1985 年第 5 期上。当时我手头正有一本《辞格Ⅲ》，于是又约我翻译其中热奈特所著《叙事话语》的“语式”和“语态”两章。这时北大有人计划出一本关于叙事学的集子，要我撤回已交给《外国文学报道》的译稿。但后来北大方面因故未出，此事便作罢。大约 1987 年前后，中国社会科学院外国文学研究所的谭立德女士找到我，告知他们计划出一套《二十世纪欧美文论丛书》共 30 种，热奈特发表于 1972 年的《叙事话语》入选其中。为了更完整地介绍热奈特的思想，其 1983 年的《新叙事话语》将一并译出。顺便说说，上世纪 90 年代我在巴黎法国国家图书馆看到了热奈特的 *Nouveau nouveau discours du récit*，即《新新叙事话语》，篇幅不长，新意不多，发表后似乎反响不大。《丛书》是国家第七个五年计划重点项目，我的译本于 1990 年由中国社会科学出版社出版。

任昕：叙事学的译介在中国大约始于上世纪 80 年代后期至 90 年代初期，热奈特的《叙述学》也是在 90 年代初翻译过来的，在当时国内文论领域还没有彻底告别苏联文艺学主导模式的情况下，这种以文本为中心的研究视角是不是对当时很多人来说是一件特别异样、新鲜的事？当时国内对叙事学的译介和研究情况是怎样的？人们是怎样看待叙事学这门新的外来的理论现象的？

王文融：正如你所说，对叙事学的译介始于 80 年代中后期。当年在学界，在青年学生中间，可以说掀起了了一股了解、钻研西方现当代文论的热潮。像叙事学这样着重怎样说、忽略说什么的批评方法，大家自然感到特别新鲜和好奇。国内对叙事学的译介，回应了读者如饥似渴的学习热情。就拿刚才提到的《外国文学报道》1985 年第 5 期来说，该期拿出 4/5 的篇幅刊登了 4 篇热奈特的文论、3 篇托多罗夫的文论和 1 篇荷兰学者福克马关于法国结构主义的论文。又如张寅德先生编选的《叙述学研究》（法国现代当代文学研究资料丛刊）1989 年由中国社会科学出版社出版发行。该书对叙述学的译介比较全面，既有罗兰．巴尔特、托多罗夫、格雷马斯、布雷蒙、热奈特等理论家的重要著述，又有运用叙述学方法进行作品分析的案例，以及批评界对叙述学的不同反响。

任昕：当时国内叙事学研究尚处于起步阶段，您在译介和研究过程中一定也遇到过一些困难，对您来说，其中最大的难题是什么呢？

王文融：的确，我在翻译《叙事话语》时遇到过不少困难。初读这本书，让人感到它十分繁琐、分类过细，新概念、新术语层出不穷，令人目不暇接。不多读几遍，就无法理清其脉络，吃透其精神。当时国内对叙事学的研究刚刚起步，可资借鉴的学术成果还不多。如何准确地理解这些概念和术语，并给出恰当、贴切的译文，对我来说绝非易事。首先，如何翻译书名中的 discours 便费了不少心思。翻开《法汉词典》，在 discours 这一词条下有“演说、讲话；论文、论说；说法、言语、措辞”等多个选项。从语言学的角度讲，它指的是一种“言语行为”，语言这个符号系统只能通过它来体现；它大于句子，由一连串句子组成。热奈特本人在《新叙事话语》第 2 节承认 *Discours du récit* 是个模棱两可的书名，既是关于叙事的 discours，又是——如其英文书名 *Narrative Discourse* ——叙述性 discours（研究）。另外，此处的 discours 看不出是单数还是复数，使意思变得更加含混不清。而无论从巴赫金的二人对话论或多人对话论考虑，抑或多勒策尔关于叙事从完整的角度讲包含叙述者的和人物的两个文本（textes）这一观点出发，叙事不如说包含两个或多个 discours。为了打消这双重的含混性，热奈特做出决断：discours 为单数，且只取其第一个含义，但他希望大家记住第二个含义和它的复数色彩。正是读了这段话，同时参考了法国语言学家安德列·马丁内《普通语言学纲要》中译本的译法（罗慎仪、张祖建、罗竞译，国际文化出版公司 1988 年版），我才决定把 discours 译成“话语”。我觉得这个译法或许可以兼顾上述两个含义：既是对叙事的论说，又是叙事文本（研究）。当然，限于本人的水平，当年的译文如今看来还有很多不尽如人意之处，错讹舛误亦在所难免。热诚欢迎专家、同仁继续提出批评和建议。

翻译这本书对我的另一个挑战是它以普鲁斯特的鸿篇巨制《追忆似水年华》为研究对象，对这部作品的叙述机制做了详尽精微的分析。记得上大学高年级时，盛澄华先生给我们编了一本文学选读，第一篇选的就是《追忆》中小玛德莱娜点心那一段。它的写法与以前读过的小说大相径庭，以至几十年后还记忆犹新。不过我对普鲁斯特的了解也到此为止。热奈特的《叙事话语》或从宏观上分析《追忆》的时间结构，或摘引长短不等的段落来说明他的论点，所以要翻译这本书，不通读《追忆》全文简直寸步难行。热奈特本人在《文学与空间》中便说过："普鲁斯特……把他的作品比作一座大教堂。阅读这样的作品，正确的方法就是重复阅读、一读再读，朝各个方向、从各个方面不停地浏览全书。"当时我没能找到七星文库三卷本的版本，仅从北大图书馆借到几册伽利玛1954年的版本。一读再读长达三千多页的全书，查找被引用段落的页码，再将引文译成汉语，这的确是件费时耗力的工作。不过花的功夫似乎没有白费。通过对某些章节和词句的反复阅读和细细揣摩，我对《追忆》的理解比通常匆匆浏览一遍要深入多了，也慢慢咂摸出这部被誉为20世纪法国最重要长篇小说的别致的韵味。

任昕：叙事学深受俄国形式主义和结构主义影响，兼收并蓄其中的语言研究和结构研究方法，又发展出自身的研究范式。您认为叙事学与俄国形式主义和结构主义相比，有哪些自身的独特之处呢？一般说来，叙事学就是研究如何叙事的科学。在传统文论研究中，主题、情节、人物、艺术手法等都是研究的要素，它们所探讨的问题均可在一定程度上被纳入叙事学的范畴，但叙事学的研究范围、视角、方法等，其复杂性已超出传统文论研究的简单概念和分类。您认为叙事学在哪些方面超越了传统文论研究呢？

王文融：要回答这个问题，对叙事学产生的过程做一概略的回顾也许不无必要。叙事学可以说是结构主义思潮和俄国形式主义学派双重影响下的产物。结构主义作为方法论，广泛应用于人文科学、社会科学、自然科学等诸多领域，其先驱是瑞士语言学家索绪尔。他生前先后在巴黎高等研究学院和日内瓦大学任教，1913年去世后，他的学生根据课堂笔记于1916年整理出版了《普通语言学教程》。索绪尔率先提出语言是一个完整的符号系统（système des signes），其中每个成分的性质都取决于它在整体中所占的位置和它与同种及相邻成分之间的垂直和水平关系。索绪尔没有因袭当时盛行的语言历时研究，主张首先对语言进行共时研究，即把它作为某个特定的时间点上的一个完整系统来探究语言各要素之间的相互关系。索绪尔本人并未直接提出"结构"的概念，但他的理论蕴含着结构概念的精神，对以语言的内在结构为研究对象的结构主义语言学派（如20年代形成的布拉格学派、30~40年代形成的哥本哈根学派）有重大影响。1957年，美国语言学家乔姆斯基提出了转换生成语法理论，他认为句子的结构分深层和表层两种。深层结构指现象的内部联系，通过抽象的模式才能认识；表层结构指现象的外部联系，可以直接感觉到。而从有限的深层结构可以衍生出许许多多、甚至无限的表层结构。法国人类学家列维-斯特劳斯用结构主义语言学的方法研究社会现象，以揭示支配社会生活的普遍原理和人类心灵的基础结构。他的结构人类学研究更增强了结构主义方法论的地位。1915~1930年间在俄国和前苏联出现的形式主义文学批评流派，由莫斯科语言学学会和彼得堡诗歌语言研究会两个学者小组组成。他们试图寻求文学批评的新途径，致力于诗歌语言以及小说和神话叙述结构的研究，摈弃心理学、社会学、哲学等文学以外的因素，着重探讨一部作品之所以成为文学作品的“文学性”。俄国形式主义流派的重要成员什克洛夫斯基声称，文学作品是“纯粹的形式，是材料的关系组合”。1920年移居捷克、对布拉格学派立下汗马功劳的雅各布森断言，文学作品不过是一种结构。而在叙事作品中找出不变的组成要素、把拥有无限可能性的叙事纳入一个初始模具的尝试中，前苏联民俗学家普罗普1928年发表的《故事形态学》做出了突出贡献。他以100个俄罗斯民间故事作为研究对象，从中归纳出31个恒定不变的人物行为或功能，并按一定的顺序进行排列。这是一个基本的叙事结构模式，是俄罗斯民间故事的深层结构。

1960年，列维-斯特劳斯在《结构与形式》中介绍了普罗普的理论。1942年到美国定居的雅各布森把他依据交际活动6要素所提出的功能理论付诸实践，与列维-斯特劳斯合作完成了对波德莱尔的诗《猫》的形式主义描述，1962年发表后引起轰动。1965年，托多罗夫编译的《文学理论：俄苏形式主义文论选》问世，反响异常热烈，从此法国成为结构主义活跃的中心。1966年，上面提到的《传播》第8期，首次通过一系列堪称经典的文章阐释应用于叙事作品分析的结构主义方法，试图创立一套适用于各种表达手段（如小说、神话、民间故事、笑话、新闻报道、叙事影片等）的总体叙事理论。这标志着法国叙事学派的诞生。虽然“叙事学”一词尚未出现，但其研究设想和理论框架已相当完整，影响扩及欧美各国，为叙事作品乃至整个文学作品的研究提供了新的阐释原则和分析模式。

叙事学大致可以分为两大研究方向：叙事结构研究和叙事话语研究。第一个方向大多以神话、童话、民间故事等古代初级叙事形态为研究对象，试图从叙述的内容中抽出共有的深层结构，探索情节的逻辑，阐释叙事的机制。如克洛德．布雷蒙借用逻辑方法探寻故事的各种可能性并加以系统化，提出“叙事序列”概念作为叙事的基本单位，改进了普罗普的线性模式。列维－斯特劳斯假设神话的基本单位是以相互对应的二元对立形式出现的神话素（mythème）。这样就从纵向上把功能组合起来，打破了普罗普那种单一的横向模式。符号学家格雷马斯要求给意义一个科学的描述，他提出符号学方阵理论和行动元模式，以功能单位的组合、对立丰富和深化了叙事结构的分析方法。罗兰．巴尔特在《叙事作品结构分析导论》中总结了叙事学初期的研究成果，同时提出了个人的独特见解。他把叙事作品分为功能、行为和叙述三个描写层次。功能层次又分成两类：分布类（即普罗普的功能，适用于分析民间故事等功能性强的叙事）；归并类（包括涉及人物性格的迹象、有关人物身份的信息等，这对分析迹象性强的叙事如心理小说大有助益）。第二个研究方向的突出特点在于试图用语法概念来建立一套叙述结构模式。法国语言学家本维尼斯特在两卷集《普通语言学问题》（1966，1974）中重新构建了法语的动词体系，他从动词时态出发做出的历史层面和话语层面的划分对叙事研究意义重大。罗兰．巴尔特把语言视为文学的一个模式，在《导论》中着重指出：“话语是个大句子，句子是个小话语……尤其在今天，文学不是变成语言状况本身的一种语言了吗?”托多罗夫认为叙事作品的结构与句子的结构十分相似。在《文学叙事的范畴》中他把叙事问题划归语态和语式两类，在《〈十日谈〉语法》中又增加了时间、语体等范畴。热奈特对叙事作品的分析也是从时间、语式、语态入手的，但他对这三个范畴所包含的内容做了调整和补充，提出了更为准确和细致的划分。当然，这几个范畴只是对语法概念的借用，实际上要研究的是故事、叙事话语（文本）和叙述行为之间复杂的多重关系。热奈特利用“时序”“时长（速度）”“频率”概念，分析普鲁斯特在《追忆》中如何运用倒叙、预叙、集叙等结构技巧安排情节的时间顺序，如何在篇幅极长的各个场景叙事和把它们断开的省略（时间空白）中寻求叙事速度的平衡，以及如何在单一叙事和综合叙事的交替中构建叙述的节奏。“语式”要研究的是调节信息的两种手段：距离（模仿程度）和视角。热奈特指出，在事件叙事方面，《追忆》一方面以大量篇幅描绘信息量最大的场景，具有高度的模仿性，另一方面叙述者以信息提供者、文本组织者、分析评论者等身份时时在作品中现身，介入程度非常高，这就打破了模仿与叙事的传统对立。关于人物话语，热奈特归纳出直接引语、间接引语、自由间接引语、自由直接引语和叙述化话语等转述方式。而人物内心活动又有心理叙事、内心独白（转述独白、叙述化独白和自我叙述化独白）等表述手段。热奈特强调普鲁斯特用十分传统的手法处理内心话语，对迪雅尔丹在《被砍倒的月桂树》中首创、对后世意识流小说家们影响巨大的手法，即用亚语言表达萌芽状态思想的手法抱有明显的反感。关于“视角”（热奈特更喜欢不带视觉含义的“聚焦”一词），《追忆》同时运用零聚焦、外聚焦和内聚焦三种手法，但最后一种用得最多。叙述者采取主人公的视角，叙述其幼稚的言行、年轻人的无知和谬误、写作上的无能、不可救药的兴趣观点、对文学日益增长的厌恶，直至发生突变、顿悟自己文学志向的时刻。“语态”涉及叙述主体问题：叙述者在叙事中的位置和职能，以及与作者和受述者的关系。热奈特认为，《追忆》的叙述者马塞尔以第一人称讲述自身的经历和心灵的体验，又往往以人情练达的成年马塞尔的目光审视涉世未深的青少年马塞尔的言行举止。叙述的我（叙述者）和被叙述的我（主人公）这两个声音或并列，或交织，到最后顿悟自己有写作才能并决定写一部书时才开始混为一体或交替出现。间或，我们还听到一个无所不知的叙述者的声音：马塞尔不指明信息来源，便以自己的名义讲述出生前发生的事情（斯万之恋），以及超出其直接认识范围的某些人物的思想和社会传闻。马塞尔正是作者普鲁斯特的名字，叙述者、主人公和作家的同名显示了三者之间的微妙关系。可以说，马塞尔集三个叙述主体于一身，这打破了小说叙事的惯例，动摇了小说话语的逻辑。从以上对《叙事话语》有些简单化的介绍中不难看出，热奈特利用颇具操作性的分析工具，对《追忆》进行了多角度、多侧面和多层次的探究，彰显了作家的叙事策略和独具匠心。同时，他拿这部小说作范本以印证自己的论点，从特殊到一般，试图总结现存叙事作品并预示未来叙事作品的结构形式，从而找出叙事作品自身的规律。

综上所述，我们可以说，在结构主义思潮和俄国形式主义文学批评流派的影响下诞生和发展起来的叙事学，已成为一门独立的学科。它拥有系统的基本理论，通过把内容缩减为抽象概念的手段，运用科学方法分析叙事作品这个封闭体系的结构和功能，探索叙事作品的发展逻辑和叙事机制。叙事学给予文本以前所未有的地位，以其内在性、抽象性和一整套分析工具和详尽细致的分类，拓宽了传统批评方法的研究领域，使我们对叙事作品，尤其是小说的结构和形式取得了远比以往深刻的认识。

法国的叙事学家们在1966年提出了雄心勃勃的、建立总体叙事学的计划。现在看来，除对电影的叙事研究成果较多外（如《电影分析》，雅克·奥蒙、米歇尔·玛利著，纳当出版社1988年；《书面叙事·电影叙事》，弗朗西斯·瓦努瓦著，阿尔芒·柯兰出版社2005年），最有建树的领域还是小说叙事研究。

任昕：讲述的人怎样把一件事讲出来，一部文本是如何叙事的，这是文学研究最重要的问题之一，也是文学理论的基本命题之一。但这也同时是一个令人着迷、困惑的问题。自从有对文学的思考、自从有文学批评以来，这种追问和思考就一直存在着，但叙事学理论作为明确的研究方法出现并蔚为壮观地开展起来，却是近几十年的事。叙事学的出现，更多体现为方法论上的一种现象，一种变革。运用叙事学方法解读文学作品，可能会产生与以往解读视角非常不同的对文本的体验和收获，比如以叙事学方法解读中国文学经典。思维促成方法的改变，而方法的改变又会带来思维的变化，带来研究的变革。您觉得叙事学带给我们思维上的主要变化是什么呢？

王文融：上世纪初结构主义语言学的创立，为符号的总体研究、特别是语言符号的研究奠定了基础。不仅作家和文论家，就连柏格森、巴什拉尔、萨特、梅洛-庞蒂等哲学家，还有历史学家、社会学家、人种学家、心理学家，都对语言问题进行了思考。叙事学与复兴的修辞学、文本语言学、现代文体学、文学符号学等同时崛起于六七十年代，呈现出欣欣向荣的局面。这种对符号、语言、形式、结构、功能的热衷，表明人们不再满足于固有的文学批评格局，希冀深化对文学运作方式和内在规律的认识，给予文学以更准确、更具技术性、更科学的描述和阐释，创立一门真正的文学科学。文学是语言艺术，以语言为材料，而这个材料本身是充满意义的。要知道文学是什么，首先得弄清语言是什么。对语言的关注非自今日始。西方语言学产生于希腊哲学。古代先哲们建立的名词、动词、语法属性等范畴通常都以逻辑学或哲学为基础。19 世纪初梵文的发现和对印欧系各语言间亲属关系的考察，把语言学推向了一个新阶段。近百年中，以历史科学自居的语言学主要研究语言形式的演变。20 世纪初索绪尔提出语言是一个表达观念的“符号系统”，语言学应当研究和描写目前的语言现实，对语言内部各要素之间相对和对应的关系进行分析，从而建立一门严谨、系统、重形式的科学。1929 年在布拉格召开的第一届斯拉夫语文学家大会、出版的论文集中，首次出现了“结构”这个字眼。在结构主义的影响下，语言学面貌焕然一新，理论研究和技术探讨尤为活跃，并逐渐渗透到几乎所有的人文学科，成为一门显学。英美系的语言学研究建树良多，享誉国际。比如与索绪尔并称为现代“符号学之父”的美国哲学家、逻辑学家皮尔斯（Peirce，1839～1914），他与索绪尔互相一无所知，却几乎在同一时期致力于符号科学的创建。英美学者的著述汗牛充栋，由于担心占用太多的时间，这里恕不提及。上面说到过的法国语言学家本维尼斯特，其陈述理论对叙事学和文学批评有过重大影响，所以还想啰嗦两句。本维尼斯特认为，使语言与世界发生关联的中介是陈述（énonciation），有了陈述行为语言才成为现实，陈述是个体将语言占为己有的一个过程。他把陈述划分为历史（histoire）和话语（discours）这两个可以互相转换的层面。在第一个层面，陈述者只需固守史学家的口吻，让所发生的事一件件呈现出来，自己不予介入（评说、比较……），甚至好像不复存在。这个层面的基本时态是事件的时态，即法语中的简单过去式（如今仅在书面语中使用），另外还有与之配套的未完成过去时和愈（先）过去时。在话语层面，陈述者以事件参与者或见证人的身份进行陈述。话语陈述的中心是“我”。这个主体性人称一旦被用于话语，就把人的在场引入话语中，同时“你”也会或隐或显地出现，而且这两个人称是可以互换的。本维尼斯特提出了“语言时间”概念，认为语言固有的唯一时间是位于话语轴心的现在，这个时间正是言说的人通过话语自立为主体的时间。除历史陈述的基本时态外，话语陈述可以使用表示现在、过去和将来的任何动词时态。话语陈述有书面的和口头的两种形式。由于话语依存于说话者和受话者的对话模式，说话者将利用其占为己有的语言的形式配置，通过一些特定的标记并借助某些辅助手段，来表达自己作为陈述者的立场。把语言铰接在讲话主体和讲话时刻之上的特殊形式被称为“指示词”或“语境词”（déictiques），比如“我”“你”等第一和第二人称代词；“我的”“你们的”等主有形容词和主有代词；“这个”“这里”等指示代词、指示形容词和副词；“现在”“明天”、“3 天前”等时间副词或短语；“可能”“大概”等情态副词。陈述行为还借助疑问句、命令式、呼语、“是”与“否”等来发问、下令、断言。

上述本维尼斯特的语言学思想对解释文学现象至关重要：如果不注意历史陈述和话语陈述之间的转换，以及陈述在语言上留下的痕迹，有些作品不要说鉴赏评论，就连读懂都有困难。举个小例子。我给本科生 4 年级上阅读课时选了杜拉斯《劳尔之劫》的几个片段。作家用空白把小说分成 18 节，开篇用第一人称介绍少女劳尔的简况，并声明将根据劳尔的中学好友塔吉亚娜的述说和自己的杜撰讲述在一次舞会上发生的事，并以此为起点讲述“我的”关于劳尔的故事：劳尔的未婚夫在舞会上邂逅了一位比他年长的女子，便弃她而去。塔吉亚娜目睹了这场情变。劳尔深受刺激，大病一场；后来结了婚，去了外地，生儿育女，看上去很幸福。10 年后，因丈夫工作调动，她回到故乡，与塔吉亚娜重逢。到了第 8 节，陈述者自报家门，原来“我”是塔吉亚娜的情人霍德，跟她的丈夫在同一家医院工作。这时我们才理清了人物之间的关系，也明白了为什么小说第 1 节既有“我”和塔吉亚娜的话语陈述的现在时和同一系列的其他动词时态及相关的语境词，又有呈现舞会场景和讲述劳尔 10 年婚后生活的第三人称历史陈述的简单将来时、未完成过去时和愈过去时。两种陈述常常瞬间互相转换，各种时态快速穿插，稍不留意就会生出歧义。加之小说家还运用了文体学和叙事学的一些手法，如自由直接引语，即没有“说”“问道”等陈述动词引导，不加冒号和引号，直接转述人物的话。这样，人物便进入话语陈述的动词时态系统，第1节中劳尔的话便是用现在时、命令式、呼语和疑问句等方式来转述的。在整部小说中我们还发现，与话语陈述的现在时混用的还有表示普遍真理的现在时、表达习惯动作或状态的反复性现在时，以及在一个过去时的语境中把发生的事呈现为如同发生在眼前一样的历史现在时。若对上述动词时态不仔细加以辨别，就体会不出法语的妙处，也领悟不到作家谋篇布局的巧思和掌控语言的功力。如此紧扣文本、关注语言形式的解读方法，对我们全面理解一部文学作品自然大有裨益。

法国著名文学评论家、巴黎第三大学教授让－伊夫·塔迪埃在《20世纪的文学批评》（1987年）中指出：“诗人们历来断言，没有语言理论是无法理解文学作品的。”包括语言学在内的语言科学（sciences du langage），在创造核心概念和构建理论体系的过程中，大大推动了自身和人文学科的发展，并为发现文学表达和文学作品的真正维度做出了独特的贡献。

任昕：我们可以将叙事学归为形式主义文论之列，它更专注结构、叙事方式、技巧，即更关注怎样说，而不是说什么。在叙事学诞生之后，人们对文学的观念有了深刻变化。而另一个值得关注的现象是，就在人们精心建立起分析的结构大厦时，就在结构的建立渐趋圆满和复杂之时，接踵而至的却是解构时代的到来，这中间是一种什么样的内在联系呢？

王文融：叙事学是对传统的实证主义批评方法的反拨。正如热奈特所说：“我们曾经在相当长的时间内将文学视做一个没有代码的信息，因此现在有必要暂时将它看成一个‘没有信息的代码。’”（《辞格I》，1966年）矫枉总会过正。叙事学重形式，轻内容，过分强调文学的内在性和抽象性，把作品当做一个封闭自足的结构来研究，割断了它与社会、历史、文化环境的联系，抽去了它的丰富蕴含、价值取向、哲理性和美学意义，忽视了作者与作品、作者与读者、作品与读者之间的关系，其局限性是显而易见的。结构主义的叙事学被解构，自然难以避免。这说明我们对事物的认识是没有止境的，任何单一的方法论都不可能尽善尽美，只有全方位的多元分析，才有助于我们对作品的全面理解。而且，即便在叙事学盛极一时的六七十年代，它也不能涵盖整个的文学评论潮流，其他的流派并未销声匿迹，仍有自己的生存空间。文学是一种社会意识形态，它展示社会生活，见证人类的命运，传达人生经验并揭示其本质和意义，因而从历史学、心理学、社会学、文化人类学、美学等不同角度去分析、研究作品自在情理之中。文学又是语言艺术，用语言文字塑造艺术形象，表达作者的思想情感，我们当然可以从作品的内部因素出发解析作品。今年恰逢《追忆似水年华》第一卷《在斯万家这边》问世一百周年。这部结构宏大、致力于开掘心灵“深层矿脉”的杰作被文学评论家们视为一座富矿，百余年来，相关的研究论文和专著不胜枚举。除了热奈特的《叙事话语》外，大家熟知的还有：从风格和文体入手的斯皮策的《文体研究》（1928，法译本 1970）和让·米依的《普鲁斯特和文体》（1970）、《普鲁斯特的语句》（1975）、《〈孔布雷〉中句子的长度》（1986）、《文本和前文本中的普鲁斯特》（1985）；日内瓦学派主体意识批评的代表人物乔治·普莱的《普鲁斯特的空间》（1982）和让·鲁塞的《形式和意义》（1962）；将客体意象作为主要研究课题的让·皮埃尔－里夏尔的《普鲁斯特与感觉世界》（1974）和玛丽·米盖的《普鲁斯特的神话学》（1982）；从精神分析的角度解析作家和作品的让·贝勒曼－诺埃尔的《对斯万的梦进行精神分析》（1971）和让－伊夫·塔迪埃的《普鲁斯特》（1983）；试图借助《追忆》等作品论证其“文本社会学”的皮埃尔·齐马的《社会批评讲义》（1985）。最后还应提到法国当代杰出思想家、现代阐释学奠基人保尔·利科在 1983～1985 年先后发表的 3 卷本《时间与叙事》的第 2 卷《虚构叙事中时间的塑形》；他在书中用他提出的模仿三阶段论，探讨包括《追忆》在内的 3 部作品中时间塑形的特征和手段。上述批评理论和方法各有侧重面和排他性，各有长处和不足，多元并存或许是最理想的局面。当然，采用何种理论和方法，也要看实际的研究对象，既不能因循守旧，也不应盲目追风。世界知名符号学家、巴黎第八大学终身教授高概先生 1996 年曾应邀来北京大学讲学。他在谈到批评方法时指出："方法不应该是粗暴的应用，而应该是对思想自由的激励。"[1] 结构主义叙事学家们对自己的论点和批评方法进行过反思，并作出了修正。罗兰·巴尔特在1970年发表的《S/Z》研究了读者和阅读行为，指出对同一文本的反应和阐释之所以多种多样，是因为叙事作品中的符码不仅是语言，还包括文化符码（文化知识背景）在内的其他符码。托多罗夫提出"对话批评"主张：不仅研究者要表明自己的态度，被研究的作者也享有充分的发言权表述自己的思想和意图。在《什么是结构主义（二）：诗学》1973年的修正版中，他提出文学是一个开放性的实体，"决定文学特性的因素恰恰……在其自身之外"。

在法国，结构主义叙事学受到解构主义和政治文化批评的冲击，日渐式微。但从上世纪80年代中期起，叙事学在北美、德国、荷兰、以色列等国迅速发展。到了90年代，美国取代法国成为国际叙事理论的研究中心。自称"后经典叙事学"的理论家们宣称60～80年代的"经典叙事学"已经死亡或过时，他们从共时研究转向历时研究，更加关注形式结构与意识形态的关联、社会历史语境和文类规约语境对叙事结构的影响，以及读者与文本的交互作用。他们还借鉴其他学科和领域的概念和方法，创立了众多跨学科的派别，女性主义叙事学和认知叙事学便是其中两个重要的分支。然而，正当后经典研究开展得如火如荼之时，经典著作继续出版发行，课堂上仍在讲授经典理论，就连"后经典们"本人解读作品时往往还要借助经典的概念和分析工具。这个有趣的现象值得深思。

任昕：在一般意义上，叙述与叙事没有本质的分别，但在叙事学领域，叙述与叙事经常是两个身份交叉重叠，因而多少显得有些模糊不明。这两个概念在使用上有什么区别呢？

王文融："叙述"和"叙事"，这两个词在《现代汉语词典》中都被界定为动词，"叙述"的意思是把事情的前后经过记录下来或说出来，"叙事"即叙述事情（指书面的，如叙事文、叙事诗）。法文中 récit 含义较多，既有

[1] 详见《话语符号学·高概讲演》，王东亮编译，北京大学出版社1997年版。

"叙述、记叙、叙事"之意，又可以指"故事"，甚至"报导"。热奈特在《叙事话语》的引论中首先对这个词所包含的3个不同概念做了区分。一是作为讲述对象的一系列真实或虚构的事件及相互之间衔接、对立、重复等多种关系，可以称作"故事"（histoire）；二是讲述行为本身，即"叙述行为"（narration）；最后是叙述行为的口头或书面的产物，即"叙事话语或文本"。由此可见，"叙事"和"叙述"有交叉重叠的部分，有时可以互用。但在叙事学研究领域，"叙事"覆盖的面显然比"叙述"更广，使用时应避免混淆。至于这门学科的名称，法文是 narratologie，英文为 narratology，早期译成"叙述学"，现在大多译为"叙事学"。我原以为这两种译法没有什么本质上的区别，但北京大学教授申丹等认为二者并非完全同义：前者指"有关叙述话语的理论"，后者指"有关整个叙事作品的理论"。[1]

任昕：改革开放之后，中国文论研究进入新的时期，您和当时一些前辈学者一道，以你们的热诚和才智，为中国的外国文论译介和研究作出了重要贡献。除去翻译和研究，您也将许多精力放在了法语教学上，主编、撰写了多种法语教程。现在您的法语教程是市面上最权威和畅销的版本，可以说，您的名字已成为法语教学中的品牌。从小说翻译、文论翻译到研究，再到语言教学，您的工作几乎涵盖了外语专业领域的所有重要方面。您是如何在这几种角色之间寻求平衡的呢？回首几十年的学问人生，您有什么感想呢？

王文融：虽然我当教师是大学毕业时服从分配的结果，但当年我们所受的教育就是要干一行、爱一行。更何况我喜欢自己选择的专业，喜欢大学的学术氛围，喜欢跟年轻学子们相处，渐渐真的爱上了教书这个职业。数十年的教学实践让我深深领悟到学无止尽和教学相长的道理。随着我国教育事业的发展和学科建设的不断完善，对教师的要求也在提高。我们必须与时俱进，汲取新知识，了解相关学科的发展动态和最新研究成果。传道、授业、解惑是教师的天职，身为教师，自然应当把最多的时间和精力放在教书上。而要教好书，就得改进教学方法，更新教学内容，用科研促进教学。所以对我而

[1] 参见申丹、韩加明、王丽亚：《英美小说叙事理论研究》，北京大学出版社2005年版。

言，授课、编写教材也好，搞科研包括翻译那些难啃的学术专著也好，相互之间是不矛盾的。本人的研究方向是文体学和叙事学。结构主义叙事学和西方现代文体学几乎同时兴盛于上世纪六七十年代，均采用语言学模式来分析文学作品，所以在基本立场和研究对象上有相通之处，至少在叙事视角和人物话语不同的转述方式这两个方面是重合和互补的。1982 年，为了给本科生 4 年级开设“法语文体学”课，我编了一套讲义授课用。十多年来六易其稿，1997 年《法语文体学教程》终于问世。可以说，研读叙事学家的经典著述，翻译热奈特的《叙事话语》，对这部教材的完成起了极大的促进作用。说到小说翻译，热爱文学是当初我选择学习法语的唯一理由，翻译法国优秀的文学作品，自然乐在其中。在翻译的过程中，不仅有审美的愉悦，也获得了丰富的滋养。同时，我也有意识地把自己掌握的叙事学、文体学知识用于翻译中。比方福楼拜不仅擅长用心理叙事表现人物内心的活动，还常常运用自由间接引语和叙述化独白等手法，把叙述者和人物的声音交织在一起，既不打断叙述流，保持了整部小说语言风格的统一，又隐蔽地表露了叙述者和其身后作者的思想情感，增强了客观性效果。我在翻译《情感教育》时比较注意这些写作手法，并尽可能地使其在译文中体现出来。

许多教师都在教学之余从事翻译和研究。这三者相辅相成，互为促进，要兼顾只是在时间上会有些矛盾。本人既无三头六臂，又无过人才华，唯有以学风严谨、敬业务实的前辈为榜样，心无旁骛，踏实做事，充分利用好时间，除此别无他途。我与同行们相比并没有做出多大成绩，只是勉力而为罢了。

就《汉堡剧评》的翻译答任昕同志

■ 张 黎

任昕，谢谢你如此关注我翻译莱辛《汉堡剧评》这件事。你的问题，引起我一段美好回忆，我很想借这个机会说说翻译《汉堡剧评》的经历和感受。

记得是“文革”后的1979年底，我去德国杜宾根大学访问，在那里遇见了昔日的老师汉斯·马耶尔教授。非常偶然，整整20年，由于国内外形势变化，我们中断了联系。我只知道，他因在莱比锡大学组织“重新评价德国浪漫派文学”讨论会，遭到民主德国官方学术界批判以后，去了联邦德国。由于多年不接触德文报刊，我一直不知道他落脚在哪里。从德国同行那里得知，他就住在杜宾根，于是我便约好时间，携带一束鲜花去拜访他。

他住在涅卡河畔一栋孤零零的小楼里。我揿响门铃，他满面春风地迎出来。我把鲜花递到他怀里，老人家用他那惯常的口头语连连说：“这可太好了，这可太好了！”这句话一语双关，既是对鲜花的欣赏，也是对师生重逢的感叹。老人家把我让进他的书房兼客厅，倒上一杯红酒，互相寒暄了几句，未容我仔细观察他的室内设施，便单刀直入地问我：“张先生，你当年答应我的事情做了吗？”

他的问题给我的第一感觉，如同当年在课堂上回答不出老师的提问一样。现在回想起来，当时我的样子大概十分尴尬。我们20年未见面，当年答应过他什么，我实在无从想起。他见我一时语塞，便提醒我说：“当年你的论文答辩完毕，你说回国以后要翻译《汉堡剧评》，还记得吗？”想起来了，当年毕业论文答辩是在他的办公室进行的，在场的只有我们师生二人。答辩完毕以后，老师未让我立刻离开，同我闲聊了几句，缓解缓解我的紧张情绪，大概怕我慌慌张张地走出去，发生不测。他问我回国后做什么工作，意思大概是选择什么职业，我不假思索地回答说，第一件事就是翻译《汉堡剧评》。老师听了颇为惊讶，仿佛没听懂我的话，又追问一句“做什么?”，我重复回答了一遍。他显得有些疑惑，可能觉得我的话太不靠谱。今天回想起来，我终于明白了，老师为何惊讶和疑惑。《汉堡剧评》是德国文化乃至欧洲文化中的经典著作，除了涉及德国文化知识之外，还涉及古希腊、罗马、意大利、西班牙、法国、英国等欧洲国家和阿拉伯世界的文化知识，这不是一个刚刚毕业的大学生驾驭得了的，更不要说像我这样来自完全陌生文化圈的年轻人。

幸好我在“文革”后期翻译完了这本书，尽管当时尚未出版，总算对老师有个交代。想不到，事过 20 年，老人家还记得这件事。我答辩完毕以后，怎么会那样冒冒失失地回答老师呢？任昕，说实话，我当时那样回答，既不是出于无知青年的轻率，也不是出于热血青年的冲动，如你所说，的确与我当年在莱比锡大学的学习经历有关系。

记得有一年，马耶尔老师开了一门德国启蒙运动文学大课。当年的系秘书，后来成了中国留学生的好朋友，维尔纳·舒伯特，为我们几位外国（来自中国、朝鲜和芬兰）同学请了一位辅导员，课余时间给我们开“小灶”。我还记得这位女同学名叫埃迪特，比我们高一年级，生得小巧玲珑，口齿伶俐，为人热情且懂得节制。通向教师办公室的走廊里，摆放着桌椅，供学生课前课后温习功课。埃迪特经常在这样的“临时教室”帮助我们补习功课。有几次她专门讲莱辛的生活经历与创作，给我留下了深刻印象。莱辛作为德国启蒙运动主将、现代文学奠基人，在批判代表封建势力的旧事物时，其文笔十分犀利，具有抓住真理、所向披靡的气魄。埃迪特讲到莱辛与高特舍德关于德国戏剧发展方向的论战时，引述了莱辛《当代文学的通讯》第 17 封信：《图书杂志》的编者说，无人否认，改善德国戏剧的大部分功劳，应该归功于高特舍德教授。说到这里，艾迪特用手重重地拍了一下桌子，“砰”的一声，同时模仿着莱辛的口气说：我就是这个“无人”，而且我一直否认这一点，高特舍德先生若是从来未插手过戏剧该多好啊；他对德国戏剧的改善，要么是些无关紧要的细枝末节，要么把事情弄得一塌糊涂。当时我对莱辛的生平与创作，已经有了一些粗浅的了解，莱辛这些论战性的话，从埃迪特嘴里说出来，而且还带着颇为男性化的手势，让我印象深刻。讲到莱辛为倡导市民戏剧，竭力反对王公、贵族占领舞台的倾向时，她又讲解了《汉堡剧评》第 14 篇“王公和英雄人物的名字可以为戏剧带来华丽和威严，却不能令人感动……”那一段名言。我记得当时对莱辛有一种崇拜的心情，觉得他不仅是个划时代的作家，更是一位用手中的笔进行反封建的斗士。再加上莱辛文风简洁明快，不像席勒论文那样思辨色彩浓厚，我怀着巨大兴趣自学了这部著作，产生了把它翻译成中文的想法。

我的运气不好，刚刚毕业便赶上大讲阶级斗争，学术界不讲做学问，只讲批判斗争。走进文学所遇上的头一件事，就是批判副所长唐棣华。她是黄克诚的夫人，黄克诚是“彭黄张周反党集团”第二号人物，唐棣华同志显然是受牵连。这场批判对于我来说，无异于一个“下马威”，从未见过这样的“阵势”，不知怎样应对。接下来又批判所长何其芳、西方组组长卞之琳。那年头时兴写大字报，一位从延安来的老同志，鼓励我积极参加斗争，他指着一张大字报说：“你看人家都写了大字报，你也写嘛”。我刚从国外回来，跟不上“斗争形势”，大字报不知从何写起，心里总是惶惶然，一有机会便主动要求下乡去“滚泥巴”，躲开城里这个“是非之地”。有一次卞之琳组长让我写点介绍卢卡奇的资料，我也没敢问做什么用，按照他的指示写了，还工工整整地抄在卡片上。没过多久，何所长在全所人员大会上检讨自己政治嗅觉不灵敏，他举例说文学所提供的卢卡奇资料，遭到中宣部领导批评，说介绍卢卡奇为何只写他是什么家、什么教授，就是不写他是修正主义分子！那时人们“政治警惕性”很高，会场上骚动起来，纷纷质问这是什么人写的，有人甚至大喊一声：“站出来！”我只好怀着忐忑的心情，站起来，承担责任，全所大会差点变成对我的批判会，幸好何所长和卞之琳组长把责任揽下，算我躲过一劫。从此以后，我差不多成了下乡“滚泥巴专业户”，久而久之，翻译《汉堡剧评》的想法，丢到了九霄云外了。

1972 年夏天，从河南干校返回北京以后，正值全国开展“批林批孔”。

经过5年“文革”的折腾，人们变得聪明了，意识到这运动背后的真实意图是“批周”，人们不再盲从，不约而同地纷纷当起了“逍遥派”。知识分子是不习惯用这样的方式消磨生命的，没多久，我便“逍遥”不下去了，翻译《汉堡剧评》的想法又“死灰复燃”。我找出已经泛黄发脆、灰头土脸的《汉堡剧评》；由于多年不动，粘在书架上，取下来的时候，发出刺啦刺啦的响声，我当时真有一种五味杂陈的感觉。翻开书本，那些德文字母认识我，我仿佛已经不认识它们了。那时，我们那一代知识分子，拿着65元钱的月工资，勉强维持生计，既不想上班参与“批林批孔”，也不必考虑翻译成果的出版问题，这是个自由自在搞翻译的绝好时机。于是，为了了却旧日的夙愿，我在研究所办公室、走廊、废纸堆里拣了些写大字报剩余的废稿纸，有的只剩下一半或三分之一空白，有的只写了个开头便扔掉了，也有一些虽然一字未写，却被揉搓得很不像样子。我把这些长短不一、颜色各异、格式不同的旧稿纸抱回到家来，做开了翻译《汉堡剧评》的梦。

因为“运动”的时间久了，眼看自己的青春年华白白荒废掉，很自然地产生了一种生命的紧迫感，希望干点实实在在的事情，这种欲望愈来愈不可遏制；一旦有了适当机会，这种紧迫感就会变成工作的动力，甚至根本不去计较条件。说来也奇怪，在这一年半的翻译工作中，就没有过累的感觉。今天想起来，不是因为我当年正值年富力强，而是多年不曾与书本打交道有关系，一旦有机会干自己感兴趣的事情，那种精神抖擞，那种遏制不住的亢奋，工作起来那种痛快淋漓，哪里还会有什么疲乏之感。再加上当时既不要写工作汇报，也没有出版社催稿，工作起来心态十分放松，有时近乎玩赏状态。正是因为有这种松弛心态，工作起来才那样兴味盎然，有一种享受感。

你问我翻译过程中，遇见过什么困难。首当其冲，就是多年不摸书本，德文几乎忘光了。好在翻译过程就是恢复德文的过程，这个困难不难克服，我毕竟是德语科班出身。其次，我的汉语功夫不够，这源于我的启蒙教育基础打得不好。我幼年时期在东北接受的是日本人的“奴化教育”，很少接触中华民族的传统文化。在两种语言的转换过程中，我常常找不到恰如其分的词汇，表达方式缺乏变化，往往用相同的汉语词汇，表达不同的德语词汇，文句显得单调呆板。这不是一年半载能够弥补的，我只好一边翻译，一边找些中国散文阅读。有一次我从办公室主任陈伟同志家里，借来一部《古文观止》，这部书大大开了我的眼界；从中了解了中国散文的传统，提升了遣词造句的自觉性。我感到自己的翻译，越往后越顺手。还有一个困难，就是我所学的那点欧洲文化知识不够用。解决这个困难的办法只有读书。翻译的过程就是读书的过程，研究的过程。翻译《汉堡剧评》必然伴随着大量读书，即使熟练地掌握中德两种语言，也不足以应对这部著作。我找来一些欧洲历史、文学史、哲学史类书籍阅读。当时那种“逍遥”环境，很适合我一边翻译，一边读书，干起活来，颇有“优哉游哉”的感觉。遇到有关古希腊罗马文化的知识，我便去问同一研究室的王焕生、陈洪文同志，在这个领域，他们是我的老师。时至今日，我们都是七八十岁的老人，遇到这方面的问题，我还是习惯性地请教王焕生同志，正应了“学问”不但要“学”，而且还要“问”的中国学人的老传统。

关于本书的出版，我还要说几句早就想说的话。我花了一年半时间，翻译完《汉堡剧评》初稿，便放进抽屉里。那时不可能出版这样的书，虽然我不相信当年的“愚民政策”会长此以往，但短时间里也看不见改变的希望。直到1978年，所里要恢复出版《世界文学》杂志，才算盼到了形势变化的曙光。

关于《汉堡剧评》的出版，我第一个要感谢的是邹狄帆先生。他当时是《世界文学》编辑部办公室主任，正在筹划杂志复刊的事情。他知道我翻译了《汉堡剧评》这本书。有一天他在走廊里遇见我，嘱咐我从《汉堡剧评》译稿里选择一部分，登在杂志试刊号上，投石问路。我那时对自己的译文能否印成铅字，没有把握，毕竟是初稿，尚未经过整理。他见我有些犹豫不决，便又动员我说：不着急，时间够了，你先整理两万字，给我看看。他又嘱咐我：写个简短按语，介绍一下这部分译文的内容。《汉堡剧评》译稿在抽屉里锁了5年，未想到会这样快与读者见面，我非常感谢邹狄帆先生，他给了我这个让“丑媳妇见公婆”的机会。两万字《汉堡剧评》译稿，在《世界文学》刊登以后，居然引起了读者关注。

记得“文革”后在广州召开第一次“外国文学学会”的时候，遇见南京大学赵瑞蕻教授。我在莱比锡读书的时候，他正在那里教汉语和中国文学，我常去他家叨扰，我们成了“忘年交”，回国以后很少有谋面的机会。这次一见面，赵教授就夸奖我做了一件有意义的事情，他对刊登的那部分译文表示满意，说读起来蛮通顺，按语写得也好，还鼓励我说，《汉堡剧评》很有价值，一个搞外国文学的人，一辈子能翻译这样一本书，值得。老一辈学者的鼓励，使我这个刚要迈入学术大门的人增添了勇气和信心。《汉堡剧评》出版以后，我的同行，译文出版社编辑韩世钟同志，当着我的面大大地鼓励了一番，还说：“你为社会主义文化建设又积累了一笔财富”。这话不仅是对我的鼓励，更重要的是，它提升了我的精神境界，提升了我对待翻译工作的责任感。朋友们的鼓励和关怀是刻骨铭心的，让我终生难忘；到了今天这把年纪，回想起来依然感激不尽，心里暖洋洋的。

我特别要感谢上海译文出版社社长，老翻译家包文棣先生。广州外国文学会议闭幕后不久，他风尘仆仆赶来我家谈《汉堡剧评》出版问题。包文棣先生是上海出版界的领导人、外国文学翻译界大权威，他是翻译车尔尼雪夫斯基著作的专家，他翻译的车氏《莱辛评传》是我国读者最早见到的比较全面评介莱辛的著作。包文棣先生高度近视，眼神不好，不知是怎样摸索到我家来的。那时，像他这样的专家，没有专用车，街上也没有出租，出门全靠挤公共，要么走路。他的屈尊下访，令我既惊讶又不安，不知道该怎样招待这样的大名人。显然，他来到我家也颇感意外；他大概不曾料到，像我这样的年轻知识分子，居住条件居然如此寒酸。我家15平方米的居室里，除了一张大床、一张小床、一张小二屉桌、两把凳子，真可谓家徒四壁，别无长物。他惊讶地问我：“你平时怎么工作?”我如实告诉他说，晚上我和爱人合用二屉桌，为了照顾我，她打横，孩子在凳子上写作业。包文棣先生为人稳重，甚至有些腼腆，话语不多，用手敲着面前那张又短又窄的二屉桌，操着一腔吴侬软语，颇为感慨地说：“在这样的小桌子上，竟然也能翻译大部头著作”。谈了些关于出版的话题，然后他嘱咐我说：“《汉堡剧评》工程量大，不必着急，你整理译稿，让你爱人帮忙誊写，完稿后寄给我”。他嘴里说不必着急，实际上还是希望我快些交稿。我理解他的心情，“文革”刚过，百废待兴，不论出版界，还是读书界，都处于“嗷嗷待哺”状态。他作为出版社领导，为物色书稿操碎了心，而我手头这部书稿可算是“生逢其时”了。我衷心感谢包文棣先生，如此热心地帮助我出版了这部《汉堡剧评》译稿。

由此我想到德国剧作家、诗人布莱希特写过一首诗，名叫《老子流亡途中著“道德经”的传说》；他在结尾处说过一句名言，经常被人引用，大意是：老子的智慧能够流传后世，固然值得赞扬，然而首先应该赞扬的，应该是向他索取智慧的那位关吏。任昕，谢谢你这位“关吏”，给我机会，让我说说与《汉堡剧评》翻译有关的事情。这些话，多年来我一直想说，但没有机会，谢谢你了。

（2013年7月11日，于北京车公庄“坎斋”）

（编辑：张　锦）

学刊钩沉

从《文艺理论译丛》到《世界文论》

——外文所域外文论译介阶段性回顾

■ 杜常婧

文论经典的诞生往往建立在对以往经典的研习、传承、反思之上，方始历经时光的淬炼，获得某种新生。早在中国社会科学院外国文学研究所成立之前，文学研究所的老专家们已经做过许多外国文学的基本建设工作。1964年，外国文学研究所在冯至先生等老一辈研究家的率领下，奋起于我国外国文学研究筚路蓝缕的初始阶段。在外国文论建设这块园地上，先后创办有《苏联文艺理论译丛》《外国文学研究资料丛书》《文艺理论译丛》《世界文论》《二十世纪欧美文论丛书》《外国文论》等出版物。这些孜孜以求的努力，对于我国文艺工作者、外国文学与教学工作者掌握国外文艺理论的发展动向，了解和研究域外的文艺理论、文学创作，起到了至为重要的作用。本文拟以现有资料为依据，谨就《文艺理论译丛》和《世界文论》两种刊物中域外文学理论的译介情况作一回顾。

一、《文艺理论译丛》（第一至第三辑，1983～1985）

《文艺理论译丛》（以下简称《译丛》）最初由中国社会科学院文学研究所于1957年创刊，1960年以后更名为《古典文艺理论译丛》。到“文革”为止，该刊相当系统地译介过外国古典文论，以及各国著名作家的重要言论，颇受文艺界重视；同期，文学所创办《现代文艺理论译丛》，主要译载当代外国文学评论及有关文学论争的资料。这两份刊物即为《译丛》的前身。它的复刊发轫于 20 世纪 80 年代初，盖因当时关乎外国文学的刊物，多如雨后春笋，然专门介绍外国文艺理论的，仍旧阙如。故而在 1983 ~ 1985 年的连续三年间，外国文学研究所陆续推出三辑《译丛》，旨在重点译介马克思主义文论、外国古典理论和著名作家、批评家的文章，以及当代西方文学流派的介绍性资料，每辑字数在 30 万上下。

由此，《译丛》划分为五大板块。复刊号首辑正值马克思百年忌辰，是以第一板块特辟为"马克思主义文论"，刊登首次从原文译出的马克思主义批评家的文字，敬作纪念。梅林的《马克思和比喻》（1908）与卢纳察尔斯基❶的《马克思论艺术》（1933），分别为纪念马克思逝世 25 周年和 50 周年而写。《三十年代对马克思恩格斯美学遗产的研究》（1966）扼要介绍当时苏联对于这些美学遗产的探讨和论争，指出可将研究马克思、恩格斯的观点看做一个完整的美学体系，它在美学的哲学、艺术学层面彼此联系、互为补充地展开。梅林的《美学初探》（1898）部分，分别选译"论康德美学"篇和"歌德与席勒"篇；前者简要概述康德美学的精华，后者从身世、气质、创作方法、哲学思想等方面，探讨歌德与席勒的差异。《马克思主义与美学价值》一文节译自《批评与意识形态》（1975），伊格尔顿表述的观点为，当前马克思主义文学批评所面临的最为重要的课题，是阐明作为生产的艺术与作为意识形态的艺术之间的关系；文学作品不可能是占据统治地位的意识形态的简单反映；单从文学作品中去搜索政治、经济乃至阶级斗争状况，是对马克思主义的庸俗化。另外一篇西方马克思学的文章《机械复制时代的艺术作品》（1979）亦独出机杼。本雅明在文中写道，艺术也是跟商品类似的一种"物"，其中凝结着人类的社会关系，人的感情和意识被转移至其中；文艺批评的任务，在于融化锁闭在艺术作品这个"物"内、凝结着人与人之间的关系的意识。李卜克内西❷的《论艺术》（1922）是关于艺术问题最为系统的论文，他于其中论述艺术的实质和作用、艺术表现现实的特点以及悲剧与喜剧、小说与戏剧

---

❶ 卢纳察尔斯基（1875 ~ 1933），苏联社会活动家、文艺批评家、作家。

❷ 卡尔·李卜克内西（1871 ~ 1919），德国马克思主义政治家。

的关系等问题。其他几篇中，值得一提的尚有狄慈根[1]关于美与艺术的言论，它是较早在美学领域对辩证唯物主义认识论的印证。《艺术和自然》（1910）一文，对于艺术趋向于自然，对于审美自觉的论说，在今日依然具有强烈的现实意义。葛兰西的《内容与形式》（1954），从“内容与形式不可分割”这一思想出发，揭示内容与形式的关系蕴含着“美学的”“历史的”两重含义。

《译丛》第二板块设为“外国古典理论”。第一辑刊载了18世纪启蒙运动思想家的文章：卢梭在《给达朗贝论戏剧的信》（1758）中，言辞激烈地辩论戏剧演出与道德风尚的关系，言说对于悲剧和喜剧的看法，以及演员的社会地位与道德修养问题；狄德罗《关于〈私生子〉的谈话》（1757）系统阐述了启蒙主义的戏剧原则，其中关于由环境真实所制约的人物性格的真实原则，关于着眼于日常生活的原则，以及艺术必然影响人的精神的原则，对法国及欧洲其他各国的新戏剧艺术曾产生较大影响。第二辑译介了17、18世纪欧洲作家论戏剧的三篇文章以及席勒论审美教育的书简。德莱顿主要作为“英国批评之父”而得以传世，此处刊载的《论诗剧》（1668），是他最为重要的批评文章。《演员奇谈》（旧译《演员是非谈》，1830）为狄德罗的一篇重要论文，于此首次以全译本与我国读者见面。狄德罗认为，演员在演出时该当十分冷静，他要表演的不是感情本身，而是感情的外在标志，意即人工胜过自然。这一与众不同的观点从表演艺术引申到文学和其他艺术门类，为理智主义美学奠定基础。《关于审美教育的书简》（1793~1795）为席勒的主要美学论著，写于法国大革命之后，其宗旨为探求非革命地、和平地改造社会的道路。席勒企图通过艺术，走出社会环境及舆论造成的循环圈子，他认为艺术和美能够净化人的性格，达致一种高尚化，使之成为完整的人。

“作家谈创作”为第三板块。19世纪英国现实主义小说家特洛罗普的《论小说及其写作技巧》（1950）一文，反复叮咛须重视文学的思想教育作用，并就当时小说得失的缘由道出不少透辟见解。《英国小说中的真实坦率》（1890）和《小说科学》（1891）为19世纪末期小说家、诗人哈代的两篇重

[1] 狄慈根（1828~1888），德国哲学家。

要论文，是其多年来小说创作实践的理论性总结。从文中可以看出，哈代在创作的理论和实践两方面，均自觉继承及发扬欧洲古典文学，特别是英国现实主义文学的传统。

在第四版块“西方现代主义文学资料”中，《译丛》首辑对 20 世纪初的“意识流”概念进行简介，提供三个方面的原始资料：哲学方面，选译亨利·柏格森关于“绵延”的论述；心理学方面，选译威廉·詹姆斯❶关于“意识流”的阐述、弗洛伊德的“无意识结构”和“梦的理论”以及荣格的“集体无意识”；作家论述方面，选译亨利·詹姆斯的“中心意识”、维吉妮亚·伍尔芙的《班奈特先生和勃朗太太》以及詹姆斯·乔伊斯作品的相关片断，以上三位均为意识流小说的先驱或大师。另一主题乃刊载存在主义文学代表人物的文章，第二辑是萨特，第三辑为加缪。存在主义文学是在第二次世界大战前后，于法国兴起的一种文学流派。该流派的作家在哲学思想上都直接或间接受到存在主义的影响，并在自己的作品中加以图解。存在主义以人为中心，认为人存在于无意义的宇宙之中，人的存在本身也没有意义，但人可以在存在的基础上自我造就；世界和人的处境的真相，最为清楚地反映在茫然的心理不安或恐惧的瞬间。“哲学的根本问题，即判断人生值得或不值得活着”，“看到生活的荒诞，仅仅是个起点”。加缪的行动准则是反抗，是挑战，既要认识到理性的局限，又要“义无反顾地生活”。因而，他既反对肉体上的自杀，也反对哲学上的自戕。加缪将觉醒到荒诞等同于笛卡尔的怀疑论，以此为出发点，探求构筑人类幸福的可能。

第五板块为“西方现代主义文学流派介绍”。第一辑选载苏联和美国辞书中“现代主义”和“意识流”两个近代文学流派的词条，以供参照。第二辑除苏联和美国评论存在主义文学以及萨特的资料外，另有选自外国辞书、有关意识流文学代表人物（萨特、普鲁斯特、伍尔芙、劳伦斯）的评介文字，是对第一辑存在主义流派译介之补遗。第三辑刊出有关存在主义和加缪的文章及词条，其观点不尽相同，各自呈现出鲜明的立场。依“编后记”所言，

❶ 威廉·詹姆斯（1842～1910），美国哲学家、心理学家、教育家。

受篇幅限制，未能译介波伏瓦的论著，引为憾事。由于出版方面的原因，《译丛》自1986年停办。

二、《世界文论》（第一至第四辑，1993～1994）

1991年，历经迂回曲折，外国文学研究所着手复刊事宜，并将《文艺理论译丛》更名为《世界文论》（以下简称《文论》）。学刊定位为“专门介绍外国文艺理论和批评的翻译刊物”，旨在接力《译丛》，为广大读者开启一扇领略世界文论、吸纳外国文论精萃的窗口。《文论》力求每辑突出一个重点，设置“马克思主义文论”“文艺学新论”“作家·创作·批评”“文学史研究”“术语译释”等栏目，计划每年发行4辑，每辑字数为20万上下。

《文论》第一至四辑，专题依次为“文艺学和新历史主义”，“后现代主义”，“重新解读伟大的传统——文学史论研究”，“陀思妥耶夫斯基的上帝——陀思妥耶夫斯基研究论述”；辟有四大板块，第一板块为“马克思主义文论”。梅林的《美学初探》第一部分以德国文学史为凭，着力证明德国唯物主义并不否认昔日文化的精神影响，但物质生活的生产方式毕竟制约着艺术家的创作过程；第四辑选译部分，对德国当今的自然主义运动进行评论。梅林的一些观点，如“历史唯物主义究竟为何物”“它在文学史上表现如何”以及他的政治责任感和艺术良心等，值得文艺批评界再三思量。《作为生产者的作家》（1934）谈的是作家（艺术家）的职能和任务。本雅明认为，作家即为艺术生产者，他们与群众之间存在着社会关系；作品的倾向性愈正确，作品的质量便愈高。其“艺术生产论”影响了同时代及之后的许多西方马克思主义理论家。芬克斯坦❶在《社会期望作家什么》（1968～1969）中写道，作家有两种历史作用：第一是作为艺术家，第二是手工艺者和仆人。他不应该独立思考，只能够用娴熟的语言和形象的技巧，肯定现有的、不可动摇的意识形态。《观察世界的艺术》（1927）为沃朗斯基❷一篇较为重要的文章，

---

❶ 锡德尼·芬克斯坦（1909～1973），美国文艺批评家、哲学家、社会学家。

❷ 亚历山大·康士坦丁诺维奇·沃朗斯基（1884～1943），前苏联文艺批评家。

它以荷马、普希金、托尔斯泰、福楼拜、普鲁斯特等不同时代、环境、气质的作家为例，提出激发一切艺术劳动的主要创作动因，在于“努力去重建、找寻和发现美的世界”。谈及当时的无产阶级文学，沃朗斯基批判了各种现代主义流派的个人主义倾向，申明新的现实主义对于印象主义、象征主义和未来派等不应采取回避的态度。《小说的功能》选译自马什雷❶的成名作《文学生产的理论》（1980），作者借对儒勒·凡尔纳作品的分析，阐释“作品并非一种再现”，并且指明“作品不可能再现全部意识形态”。

第二板块为“文艺学新论”，4 辑《文论》围绕各自的专题分别展开。首辑介绍“新历史主义”理论。新历史主义诞生于 20 世纪 80 年代的英美文化和文学界，逐渐于 80 年代后期发展为颇具影响的当代批评潮流之一。《通向一种文化诗学》（1989）出自该派主要代表人物格林布莱特❷之手，集中反映这场学术运动的初创设想和思想倾向。《文艺复兴研究中的新历史主义》（1987）评述该派的早期研究概况以及主要学术成果。《莎士比亚，文化物质主义和新历史主义》（1985）及《马克思主义与新历史主义》（1989）两篇文章，分别从文化唯物主义、马克思主义（主要指涉“西马”）、后结构主义等视角，对新历史主义作出分析评价及比较鉴别。“后现代主义”为第二辑专题，它兴起于 20 世纪 60 年代的美国和法国，后波及德国、日本，在前苏联及其他国家也有所表现。此处详载 70 年代末至 90 年代，美、法、德、俄诸国内，该思潮同文学艺术关系较为密切的几篇文章，观点和侧重面各不相同。《我们的后现代的现代》（1988）一文提出“后现代”时期的五个主要特征，对于了解和研究“后现代”时期及其理论体现有所助益。《后现代主义概念初探》（1987）将后现代主义的本质特征归纳为“不确定的内在性”——所谓不确定性，意指整个西方的话语领域，从社会政治、认识体系，到个人的精神和心理诸方面，各种现存概念及价值观在发生质疑和动摇；所谓内在性，主要指上述质疑和动摇源自于人类赖以把握世界的符号象征系统——语言系统——自身文本虚构性的暴露。《陡度的规律》（1991）结合俄国当代（包括

❶ 皮埃尔·马什雷（1938～），法国当代文艺理论家、阿尔都塞学派批评家。
❷ 斯蒂芬·格林布莱特（1943～），美国新历史主义批评发起人、理论家。

苏联后期）的后现代主义审美经验，具体探讨后现代主义中作者与作品人物的特殊关系、世界作为文本的审美原则、作品统一风格的消失等特征，文章认为这些均为合乎文化发展规律的现象。

第三辑回溯“古典浪漫主义文论”。《浅论艺术中的普遍性、宽容和仁爱》（1797）从艺术为神启的观点出发，申述普遍宽容的艺术观：艺术存在于自天而降的神启和情感交流之中，每件艺术作品都是独一无二、各有千秋的，因而人们应当以开阔而兼容并蓄的态度，去欣赏变幻无穷的艺术世界。曼佐尼❶透过《论浪漫主义》（1823）一文，从多个方面阐述浪漫主义的本质及其艺术特征，此文为意大利浪漫主义理论奠定了基石。第四辑溯源社会主义现实主义理论。该理论自 1934 年被确立为苏联文学及文学批评的基本方法后，走过了一条崎岖不平的发展道路。在苏联解体之后，研究社会主义现实主义从形成到基本终结的过程，全面总结这一创作方法的历史经验和训诫，已然提上日程。布哈林所作《“现实世界和人的感情世界”》（1934）是关于苏联诗歌、诗学，以及诗歌创作任务的报告；卢纳察尔斯基在《论社会主义现实主义》（1977）中的一些提法，如浪漫主义是社会主义现实主义的一部分等等，颇值得注意。

第三板块“文学史论研究”乃第三辑的轴心。《〈知识考古学〉导言》（1969）集中体现了福柯在历史学、认识论和文学创作三个领域中的重要突破。此文明确阐述福柯对于连续性、主体性、人本主义等观念、范畴的立场，完整论证了差异性原则、非主体性原则等新史学观念的认识论基础。《文学史写作问题》（1981）是绍伊尔❷为五卷本《德国文学史》所写的导读文章。绍伊尔在文中回顾了 18 世纪以来，文学史写作中出现的各种理论倾向和方法论论争，总结了战后德国文学研究者在革新文学史的过程中所做的诸多尝试以及成败得失，并阐发了对一种新型文学史的理论设想。《文学史——消失的总体性的片断?》（1984）一文探讨文学史的重建问题。古姆布莱希特❸设想出

❶ 亚历山德罗·曼佐尼（1785～1873），意大利浪漫主义诗人、作家。

❷ 赫尔穆特·绍伊尔（1943～），德国文艺理论家、文学史家。

❸ 汉·乌·古姆布莱希特（1948～），德裔美国文艺理论家。

一个"心灵史"，仅在历史上各学科之间扮演整合和组构的角色，以作为各专门学科的新视域。自19世纪末至20世纪20年代，英国文学作为一门学科，在英国的学府纷纷设立，原本备受尊崇的神学系和古典文学系，已渐渐失却往日的荣光，英文系在一定程度上成为"传道、授业、解惑"的重镇。此处选译的《时间的检验》（1986），分析经典的特点、经典的形成等问题。作者指出，我们认为某部作品是否伟大并不重要，重要的是大家认为它所以伟大的理由能够达成一致。

《文论》第四版块为"术语译释"。第一辑对什克洛夫斯基在《艺术是手法》（1917）中首次使用的"陌生化"手法加以介绍。第二辑引介"动情力"（pathos）、"阐释学"和"解构主义"三个名词。前者曾出现在黑格尔的《美学》一书中，现于美学和文艺学中时有现身；后两者是20世纪60年代以来，在西方世界较为流行的理论术语。第三辑描述"假定性"（условность）、差延（différance）和本体论（一译"存在论"，ontologie）的来源及语义。第四辑介绍后结构主义和后现代主义的一个重要术语——"话语定式"（diskurs），一种在特定的历史条件下形成，由社会规定、为公众普遍承认的话语方式。

三、《世界文论》（第五至第八辑，1995～1997）

就主题而论，《文论》第五至八辑不妨打乱次序来观察。第五辑和第七辑分别聚焦于"日内瓦学派"和"布拉格学派"。20世纪50～60年代的日内瓦学派，并不具备统一的纲领或理论体系，成员也不尽是瑞士人。他们只是几位同声相应、同气相求的卓越学者，彼此间存着深厚的友情和真诚的倾慕，从而组成一个史所罕见、各自独立却又鼎力相挺的批评家群体。论及方法，日内瓦学派是一种主题批评；论及哲学渊源，它是一种存在论批评或现象学批评；论及文学的总体观念，它则是一种意识批评。第五辑刊登的几篇文章，从不同侧面呈现出日内瓦学派的概貌。《文学批评的作用》（1973）一文对评论家的使命、任务进行探讨，认为文艺批评家不应置身于形势之外——"如果对眼前的危机提出的问题不表明自己的态度，所作的评论是不会有力量的”。《批评的关系》（1967）推举结构主义的方法，讨论批评话语的建构问题，并围绕当时的各种批评形式，提出一种理想的批评：方法论的严格与（摆脱任何系统束缚的）反应的灵活性的结合。《波佩的面纱》（1961）以唯美而深邃的笔触，从凝视古罗马美人神秘的面纱写起，延伸至阅读、批评的凝视：一种为泯灭自身的凝视，另一种为俯瞰的凝视。完整的批评则是一种时而要求俯瞰、时而要求内省的凝视。在许多情形下，批评更应忘记自身，让作品霎时间攫住自己——“凝视，为了你被凝视”。

以罗曼·雅各布森和扬·穆卡若夫斯基的著述为核心的捷克结构主义思想，自20世纪30年代中期获得公认，它提供了一种普遍适用的整体观与结构观。穆卡若夫斯基将文学艺术作品置入社会环境中来考察，从更为广博的视角审度语言学与文学理论之间的关系、语言功能与审美功能之间的关系，从而使“布拉格提纲”所表述的结构主义原理得以提升。第七辑选译穆氏较具代表性的两篇论文：《现代艺术中的辩证矛盾》（1935）和《对话与独白》（1940）。前者论述文学艺术的多功能问题，后者剖析功能思想中主体的作用。《文学作品的接受史》（1975）出自沃季奇卡❶之手，该文从“信息发出者-信息-信息接收者”这一语言交流的基本模式出发，提出文学作品作为审美符号系统的观点。

第六辑与第八辑遥相呼应，主题分别为“小说的艺术——小说创作论述”和“词与文化——诗歌创作论述”。前者中，《传记与小说》（1928）阐述传记与小说之间的差异与内在关联。什克洛夫斯基的理论对西方文艺学影响颇大，此处选译的《故事和小说的构成》为其《散文理论》（1925）的第三章，着重论述故事的构造，以及用故事构成小说的各类手法。巴赫金的《史诗和长篇小说》（1941）详尽分析史诗与长篇小说在取材、创作思想的定位以及同当代生活的关系等诸方面的不同特点，研究长篇小说的方法论。《小说的艺术》（1991～1992）首篇讲小说的“开局”，第二篇讲“书名”，第三篇讲“动机”。每篇均附有实例选段，读来清新可喜，对小说的创作及阅读皆具有

❶ 费利克斯·沃季奇卡（1903～1972），“布拉格学派”重要成员，美学理论家。

参考价值。莫拉维亚❶的两篇文论从对短篇小说与长篇小说的对比中，分析两者的主题骨架、布局、情节、人物、技巧等方面轩轾有别的特质。《形象的鲜明性》（1985）为卡尔维诺的绝笔书稿；作者广征博引，从理论与实践的结合上，对艺术形象的本质特征、形象与想象、幻想的关系、形象在小说构思和创作方法上的作用等一系列问题，作出了周密而富于见地的论述，系研究小说诗学难得的文字。此版块亦收入卢卡契和博尔赫斯的两篇文章。

转至第八辑，《谈诗》选译自《诗学和美学理论》（1924～1944）。瓦雷里❷在文中提倡纯诗，认为诗的形式即为诗的目的，而人的理智无法领悟事物的本质。随着俄国“白银时代”文化的升值、“回归文学”的兴起以及布罗茨基等当代诗人毫无保留的推崇，曼德里施塔姆在世界范围内得到越来越多的关注，其诗歌和诗论已被视为20世纪世界诗歌中一笔至为珍贵的遗产。《词与文化》（1921）是理解曼德里施塔姆整个诗歌观念的钥匙；“词”“文化”和“诗”，则是其诗学中三个最为核心的概念。对词的崇拜以及对文化的眷念，构成曼氏诗学的基本内容和首要特色。《诗是经验》（1955）一文中，“诗不是感情，而是经验”的自白，实则里尔克本人对诗的沉思。在他看来，诗不应是感情的瞬间勃发，而是来自于“物”、源自深邃的生存经验，这是诗人写诗的必要所在。

此4辑的“马克思主义文论”板块中，继续刊载梅林的《美学初探》。这部作品自问世至今已逾百年，对今天的读者而言或许有明日黄花之感，然而作者的忠诚立场和求真精神，仍跃然纸上，使人景仰。梅林的历史唯物主义文艺观及其具体践行，即便在时过境迁的形势下，依然不乏研究和借鉴的价值。《反映过程中功能性关系的辨析》节选自《文学反映论》（1981），由施伦施泰特❸编著，是关于文学反映论的历史及发展的理论著作。书中介绍马克思主义反映论发展的几个历史阶段，特别提出从功能和交流的角度，对反映关系作出新的阐释；它强调文学活动中的主体因素、实践性和辩证精神，论

---

❶ 阿尔贝托·莫拉维亚（1907～1990），意大利作家。

❷ 保尔·瓦雷里（1871～1945），法国诗人、文艺批评家。

❸ 迪特·施伦施泰特（1931～），德国文学史家、文艺理论家。

说功能影响乃功能－交流学派的理论核心。在“艺术家谈创作”板块，瓦格纳的《戏剧与戏剧艺术的本质》（1851）深入反映关于“艺术与革命”这一主题的思考。首先，戏剧作品应在人类社会的关系中，描写人的个性。因为个性的自由自治，是未来社会得以存在的基础。第二，戏剧的本质是动之以情，诗人的才能在于将理智变作感情，使作者的意图完全消融在艺术作品当中。第三，艺术要敢于提出理想：艺术中的理想主义，是艺术观察力和创造力至高无上的必然产物。茨威格的《艺术创作的秘密》（1938）短小精悍，见解犀利，少有学究气和说教意味，而富于灵气和形象感。自杀作为一种题材或主题，常常现身于文学作品中，激起人们对于人类生存环境的关切和觉醒。《自杀：文学主题的诸要素》（1974）一文，探讨自杀问题的三个方面：精神分析学、社会学方面；历史学、哲学方面；文学方面。另外，此部分还选译有德布林❶的《叙事体作品的建构》（1973）、艾略特的《论小说创作》（1959）和博尔赫斯的《和听众谈诗歌》（1985）等文。

“术语译释”板块介绍了“权力意志”和“互涉文本”两个名词。“权力意志”（Der Wille zur Macht）为尼采哲学和美学的一个重要概念。在尼采看来，权力意志是一种无法遏止的追求权力和占有的欲望，存在于世界万物之中，为世界的本质和存在基础。“互涉文本”（intertext）是后现代主义文论中经常使用的一个术语，意指在任何一个文本内，均存在其他文本或多或少变形后的痕迹，以引用、暗喻或插入叙事等方式出现。“互涉文本”虽已为多数文论家使用，但在理解上尚未归于统一。弹指五年间，《世界文论》艰难而顽强地勉力维生。出版八辑之后，由于客观方面的原因，不得不再度向读者告别。

四、结　　语

自《文艺理论译丛》至《世界文论》刊行的十余年来，从内容上看，两

---

❶ 阿尔弗雷德·德布林（1878～1957），犹太裔德国文学家。

种刊物以相当的篇幅，陆续刊登马克思主义文论在文学、美学方面的学说，译介的理论思潮有外国古典理论、现代主义、后现代主义、存在主义、意识流、新历史主义、形式主义、结构主义、解构主义，等等。从选译的对象国来看，主要集中在苏联、捷克、匈牙利，以及美国、英国、德国、法国、瑞士、意大利等欧美国家，东方文论自始至终处于缺席的状态。从配额比例来看，《文艺理论译丛》时期（20 世纪 80 年代上半期），马克思主义文论所占份额较重，《世界文论》时期（20 世纪 90 年代），重心逐渐转向西方的文艺学新论。学刊所选译的马克思主义文论本身，执著于阶级倾向、意识形态的意味稍显浓厚。譬如梅林的《美学初探》，并非书斋里与世无争的纯学术著作，而是站在无产阶级立场，针对各种文学现象而发的时评。作为一种批评思潮，其本身既富有生命力与启示性，同时也不可避免地带有时代的印记，透露出一定的片面性和局限性。而对西方文艺学新兴思潮的大力引荐，则堪称学刊与时俱进的锋芒之所在。

总体而论，刊物所设专题集中，具有较强的时效性和代表性，当中不乏灵光灿烂的思想学说，真知灼见俯拾皆是。文章译笔温润宕逸，语言平实质朴，举目之处使人心旷神怡，如饮甘露。“译者前言”“译者按”“原编者注”“告读者”或“编后记”为学刊的一撮亮点，不但彰显编者在选题上慎之又慎、精益求精的态度，亦且不时向书友发出温良恳切的提点，比如：威廉·詹姆斯和柏格森等人的哲学基础是唯心主义；李卜克内西认为文学不是反映现实而是创造现实的论点，值得商榷；对待任何的学说，都应当抱持科学而谦逊的态度，凡此种种，不一而足。《文艺理论译丛》和《世界文论》获得当时我国理论界、文学界乃至圈外人士的热切关注与汲汲支援。在学术著作出版维艰的年头，每一辑刊物甫一发行，旋即告罄。因而，当这份全国唯一的、专门介绍外国文艺理论与批评的学术丛书，由于无力克服的困难不得不中断出版的时候，众人的心情是难以平静却又莫可奈何的。

半个世纪恍如白驹过隙，千禧年以来，理论热明显地有所消减。文学理论在 20 世纪的繁荣，自有历史的背景和原因，也累积了一定的成果和经验。然而理论发展到极端，依稀盛极而衰、走向自身的反面，这似乎并不难理解。

在新的世界图景之下，整个世界以欧洲和美国为中心的观念悄然发生转变；西方对东方，尤其对于中国，开始产生更多了解的意愿和兴趣，由此也形成中外文论交流互动的有利时机和良好局面。于此转捩点，回首外文所前辈学人如霆如雷、积淀铸就的学术传统，既是一种守望，亦是一份期许——漫漫长路，吾谁与归？切盼后继者薪火相传，无畏接续。

（编辑：张　锦）

《外国文学评论》早期文学理论文章述评（1987～1996）

■ 张　锦

一、创刊：多种文论倾向交叉的拐点上

本文是对《外国文学评论》第一个十年所发表的诗学与文学理论研究文章的梳理和评述，以期在这本学术杂志的个案研究中窥测20世纪80年代末到90年代中这段重要的历史时期国内外国文论研究的状况，从而反思如何建立我们后来的评述机制、话语基础以及研究的内在意识。因为国内"文学的'内部'与'外部'之分、'让文学回到文学自身'的自律性同时也是政治性的声明、文学的审美特性以及文学的'人文精神'之间的关联等，诸种有关'文学'的知识表述都是在80年代建构起来的"，[1] 并进而影响到90年代甚至现在我们对文论和文学的思考。

1987年《外国文学评论》创刊基本是在80年代我国学界"文艺研究和文学评论方法论"大讨论之后、90年代"人文精神大讨论"之前，也是在形式主义和文学本体论、结构主义和叙事学研究的西方理论进来之后，解构主义即将成为热烈讨论的问题之前。正如戴锦华所说："80年代，整个中国知识界都在寻找新的理论和学术话语，希望从旧的准社会学式的思想方法和话语结构中突围出去。当时的文学、艺术批评是最活跃的领域之一，像一个大

---

[1] 贺桂梅：《"新启蒙"知识档案——80年代中国文化研究》，北京大学出版社2010年版，第333页。

的理论试验场，许多理论都被挪用到文学批评中来。”❶ 所以《外国文学评论》可以说创立在一个多种文论倾向胶着和交叉的拐点上。纵观前10年的国外文论研究，我们可以发现大的形式主义脉络包括新批评、形式主义、结构主义、解构主义等与现象学、解释学构成了研究的一个主体，“阐释和形式化已成了我们时代两个重大的分析形式……结构主义和现象学，在此凭其特有的排列，发现了能确定其公共场所（lieu commun）的一般空间”。❷ 而西方马克思主义、文化批评和各种新学、后学则与文学“内部”的“结构主义和现象学”比翼齐飞，构成了研究的另一主体。这也突显出从80年代末到90年代中，国内学界从80年代的去意识形态化向再意识形态化浪潮的转移，从韦勒克、沃伦的《文学理论》研究范式向特里·伊格尔顿的《二十世纪西方文学理论》研究范式的转移以及二者重叠交织的过程。

然而文论研究的这种转移并没有像思想史领域的转移那么快，所以《外国文学评论》所刊载的文章对纯文学的强调、对本体论研究的强调、对“文学性”以及形式研究的强调一直推向90年代甚至今天。1987年盛宁的《文学本体论与文学批评的方法论——关于西方当代文学批评理论的两点思考》，从人们观察视角的嬗变梳理了西方文学批评史上不同文学本体论模式和假设，并以艾布拉姆斯的图表归纳了各种本体论所反映的作者、作品、世界、读者的关系。作者认为，我国文学批评方法论改革的突破关键还在于“本体论”问题的研究，主张在文学本体论思考中，各种批评方法应该相互补充发展。当然，不能忘记另一脉络即西方马克思主义的脉络。这个脉络本来是从马列文论发展而来的，比如关于表现主义与现实主义在当时盛大的讨论就是这一延续的表征，但法兰克福学派在90年代的主流地位则似乎也延续着“纯文学”或者“高雅文学”的传统，即对现代性的审美批判。如果说八九十年代国内文论研究的形式主义和现象学与西方马克思主义尤其是法兰克福学派这两个脉络都是将文学问题放置在本体论和审美的范围内思考的话，那么解构主义与英国文化研究兴起后，各种新学、后学如女性主义、新历史主义、后

❶ 戴锦华：《犹在镜中——戴锦华访谈录》，知识出版社1999年版，第4页。

❷ ［法］米歇尔·福柯：《词与物》，莫伟民译，上海三联书店2001年版，第390～391页。

殖民主义则再度在世界、国内和文本之间重置了意识形态批评的维度。

《外国文学评论》第一个十年所刊载的理论文章比之后十五年文章的总和还要多，且当时各种流派一反在西方的历时线索都共时地涌进中国学界，可见当时文论大讨论的盛况，也可见这十年对我们文论研究话语形成的基底作用。下面我们将对前十年的文章进行综述。

二、理论的世纪：20世纪外国文论

（一）形式主义引起的革命与对形式历史观的遮蔽

第一个十年，形式主义、新批评、结构主义文论研究蔚为壮观；很多学者以为形式主义是没有历史和文化观的，但《外国文学评论》上的一些文章对形式主义文论的思考一开始就表现出形式与文化并重的特点。1987年蔡鸿滨所译的托多罗夫和雅各布森的两篇文章《关于形式主义理论的历史说明》和《诗歌语言理论研究与诗学科学探索》都对“形式主义”进行了正名。形式主义的末流总会忽视形式主义与历史、价值和标准的关系，以至于形式主义不能作价值判断成为形式主义被攻击的主要原因。1987年的这两篇译文都对这一问题做了深入的回应。1990年赵毅衡的《叙述形式的文化意义》在形式具有独立于内容的意义的20世纪形式美学翻转的基础上，进一步阐明了小说的叙述形式与整个社会文化形态之间的关系，并在中西方文学实践中阐发了叙述形式与文化状况和文化变迁的关系。1992年陶东风的《俄国形式主义的文学史观》论述了俄国形式主义文论中很重要的维度即历史，廓清了大家认为形式主义就没有历史观的问题。

当然，讨论文学性与本体论是主流。1988年周启超所译的斯列布霍夫的《艺术作品的时空机制》讨论了现代本体论意义上的艺术时空问题，尤其是艺术作品内部的时空机制，即作为艺术自身自足生产机制的时空的独立意义问题。1988年耿幼壮的《写作，是什么——评罗兰·巴特的“写作”理论及文学观》以“写作”的概念为核心论述了巴特“写作”概念的发展变化，并以“写作”评述了巴特的理论生涯。作者还对语言学、文学性以及文学中内容与形式的新关系进行了论述，对巴特所论述的福楼拜的现代性进行了说明。1988 年张寅德的《略论叙事学的理论特征》论述了法国叙事学发生、发展的情况，并从“语句”与“陈述”即陈述内容与陈述行为亦即叙事结构与叙事话语两方面对法国各位理论家进行了划分，突出了法国叙事学研究实践中的复杂性。1989 年赵毅衡的《符号学与符号学的文学研究》试图从现代符号学的意义上追述符号学的历史，并试图将意义的产生与符号的关系作为思考文学研究的一个普遍方式。李航的《布拉格学派与结构主义符号学》，对布拉格学派的形成过程及其结构主义符号学的理论与实践原则进行了评述。任雍的《罗曼·雅各布森的“音素结构”理论及其在中西诗歌中的验证》分析了雅各布森“音素结构”理论的有机性和系统性，并在中西诗歌中验证了此理论的有效性。

1990 年第 4 期设立了叙述学研究专栏。申丹分析了各位理论家对“情节”问题的不同定义和理解。黄梅以热奈特和巴赫金的理论与文本分析为实例说明了叙述模式某些区分的合理性以及有限性，倡导小说研究应该多元化而不拘泥于某种模式。微周认为，叙述学虽然在前史如西方文学史以及中国的小说评点问题中都已有所涉及，但是作为现代学科意义上的“叙述学”是一门与俄国形式主义、英美新批评以及法国结构主义等新学一起出现的新学科。1991 年第 1 期又开设了叙述学研究专栏，专栏既有文本分析也有理论介绍。韦傲宇的《“明修栈道 暗渡陈仓”——读罗兰·巴特〈叙述分析导论〉》说明了罗兰·巴特在“建构自己的结构主义叙述学理论时，就已在准备摧毁这一理论并开始了向后结构主义的文本阅读理论与符号学理论的演进”。1991 年第 4 期还专门讨论了小说技巧与理论。

1992 年胡苏晓、王诺的《文学的“本体性”与文学的“内在研究”——雷纳·威勒克批评思想的核心》，对威勒克的文学和文学作品观以及外在研究和内在研究理论做了介绍，并从“透视主义”即“视角主义”的角度说明了文学的价值与文学的标准相关。1993 年李俊玉的《当代文论中的文本理论研究》介绍了俄国形式主义、英美新批评、法国结构主义、解构主义以及泛文本理论等当代西方文论中的文本理论。蒋道超、李平的《论克林斯·布鲁克斯的反讽诗学》，对布鲁克斯所认为的文学批评对象即文学作品结构的原则“反讽”诗学理论进行了介绍。周荣胜的《试论艾略特“客观对应物”理论中的典象问题》，深入论述了艾略特的“客观对应物”理论如何将深刻的现代生活转化为文学典象的文学转换问题。1995年秦海鹰的《文学如何存在——马拉美诗论与法国二十世纪文学批评》是对现代文学本体论的思考。另外，作者还从纯精神性和哲理性与纯文本性和语言性两方面论述了马拉美与法国20世纪文学批评的关系。

解构批评与结构批评同时上演。1987年王逢振的《“分解主义”运用一例》，从“什么是分解主义”“分解主义”的来源和实质即语言的不稳定性和文学的互文性等方面介绍了解构主义的含义，然后以约翰逊评《毕利·伯德》为例简述了解构主义理论的运作过程。钱佼汝的《美国新派批评家——乔纳森·卡勒和分解主义》，对1979～1980年美国密西根大学系列讲座中的卡勒的演讲进行了评述，并对卡勒其人进行了简单的介绍。同时，钱佼汝还翻译了卡勒的原文《当前美国文学批评中争论的若干问题》。1990年郑敏的《解构主义与文学批评》阐述了解构主义与结构主义的关系以及解构主义的核心观念和意义，阐述了解构主义对天即逻各斯和神学本体论、人即传统的人文主义、文即语言和文字的解构。1992年陈晓明的《解构的界限》从哲学文本的隐喻阅读、语言符号的差异性、解构主义与历史的关系等方面对德里达理论的界限进行了自觉的反思和质疑，说明了德里达理论的意义和局限。1994年殷企平的《谈“互文性”》总结了“互文性”的基本含义，论述了互文性所具有的对文本的改写、文本的完成和文本的阐释等方面的特征。江宁康和童燕萍的两篇文章分别对“元小说”概念的来源、含义、特征、对小说概念的颠覆与重构以及与传统和现实的关系进行了评述。丁尔苏的《解构理论之症结谈》指出了索绪尔语言学的错误，即将封闭的、先验的语言系统作为语言和结构理解的一个预设。这一问题虽然被德里达发现并拆解，却仍然不能帮助人们解决意义的确定性问题。1996年苏宏斌的《走向文化批评的解构主义》从德里达的哲学思想入手分析了解构主义的哲学基础、文本理论以及意义理论，并在梳理解构主义各个代表人物观念的基础上论述了解构主义从文本向泛文化转向的新倾向。

（二）读者介入的文本理论

解释学、接受美学与读者反映批评在国内也不断得到阐释。1987 年张黎在《文学的接受研究》中对接受美学的来源、社会背景、流派都做了简单的介绍，并对民主德国以瑙曼为代表的“功能理论”进行了详细论述。蓝峰的《谋事在文，成事在人——读者反应批评评介》，用巴特的“谋事在文，成事在人”这种新的作品与读者关系方式的隐喻解读和评介了读者反应批评，分析了读者理论中的阅读期待问题以及读者与隐含读者层次和功能等问题。1988 年金惠敏、易晓明的《意义的诞生》从“隐在读者”“不确定性”“反叛的文学”以及“读者经验的重构”等方面对伊瑟尔的《阅读行为》一书以及接受美学的意义产生过程等观点做了介绍。姚基的《卡勒论读者的“文学能力”》阐述了卡勒的“文学能力”这一术语的含义，以卡勒阅读《伦敦》一诗为例来说明读者也必须在一种文化的意识和历史语境中才能获得和习得阅读文学的能力。1991 年姚基的《向文学本体论批评挑战——现代意图主义理论述评》介绍了美国学者赫施和朱尔的意图主义解释学理论，并对现代意图主义理论的合理性和不足进行了评价。胡万福的《赫施的意图论文本理论》，从赫施对作者对文本意义具有的决定性和保证出发，细绎了其意图主义理论。1994 年金元浦的《阅读：文学的本体存在》，从阅读进入文学本体、过程作为本质、演奏或游戏的阅读创作过程等方面解释了读者中心论文学范式。

（三）复调与资本主义意识形态的裂变

这十年中巴赫金研究的论文非常多，可以说巴赫金研究带动了国内文论方方面面的思考。1987 年钱中文的《复调小说：主人公与作者——巴赫金的叙述理论》，从主人公的主体意识出发描述了巴赫金“复调小说”概念多声部、对话性的具体内涵，说明了复调产生的社会原因，即“资本主义社会的分裂和作者内在意识的裂变”导致的个体主义和上帝、大写的我的消失，全知叙述被主人公意识替代。宋大图的《巴赫金的复调理论和陀思妥耶夫斯基的作者立场》，从巴赫金的超语言学即元语言学的研究出发，论述了巴赫金对独白小说和建立在对话关系上的复调小说的区分，指出了巴赫金和陀思妥耶夫斯基思想的不足和内在矛盾。干永昌所译的卢纳察尔斯基的《论陀思妥耶夫斯基的"多声部性"——从巴赫金的〈陀思妥耶夫斯基创作诸问题〉一书说起》，也从资本主义的社会原因和艺术流派的内部对比等方面具体阐发、分析了巴赫金的复调理论。1992 年张柠的《对话理论与复调小说》论述了巴赫金的元语言学、对话以及不可终结的对话和复调小说等理论。1995 年吴晓都在《巴赫金与文学研究方法论》中，谈到巴赫金对文学与意识形态关系的独特理解以及巴赫金通过杂语这种文学形式所实现的、载道的形而上方法与形式主义的形而下方法的有机结合。

（四）西方马克思主义研究：法兰克福学派的强势

文艺的民族性与世界性的关系、世界文学的概念、文艺与意识形态的关系、马恩文学批评中的比较方法探析、关于现实主义的讨论等方面的研究代表了马列文论的发展。但马列文论研究在这一期时期远远不如西方马克思主义研究的文章多。1987 年段炼的《"蕴意结构"：戈尔德曼发生结构主义》从集体意识与结构的关系出发，阐明了"蕴意结构"对文学和个人的内在作用，并对引起这种共时研究的语言学问题进行了简单描述。当然，作者对这位西方马克思主义者的批评也是显而易见的。1988 年吴岳添的《本文社会学——社会学批评的新发展》，论述了法国文本社会学理论产生的历史背景，论述了文本社会学的理论来源和基本概念以及文本社会学对其他批评方法的修正、补充和意义。

1989 年第 3 ~4 期专设了研究"西方马克思主义"美学的专栏。张鹂的《追寻闪烁着本质的瞬间——卢卡契"深度模式"文艺观在一个方面的展开》从现象与本质这对概念出发，评述了卢卡契"深度模式"的文艺观。卢卡契与布莱希特关于现实主义的争论在我国西方马克思主义和比较文学研究界也是备受关注的问题。范大灿的《两种不同的战略方向——卢卡契与布莱希特的一个原则分歧》，详细介绍了两位马克思主义者卢卡契和布莱希特在理解"现实主义"概念和问题上的分歧，认为卢卡契对现实主义的理解是基于人的完整性的恢复和人的解放，布莱希特的现实主义文学观主要立足于阶级和为无产阶级斗争服务这个观念上。杨小滨的《废墟的寓言——瓦尔特·本亚明的美学思想》对本雅明美学思想及其批评实践做了详细的论述，阐述了本雅明的政治理想以及他的犹太教神学思想与马克思主义政治学的关联。陈学明的《马尔库塞的“艺术革命”论》分析了马尔库塞的“艺术革命”论以及艺术革命论作为革命手段的实践方式，并对其与现代派艺术之间的关系进行了揭示和批判。陆梅林的《评阿尔都塞的艺术思想》，对阿尔都塞关于艺术的思考和见解做了梳理和评述。章国锋的《“否定的美学”与美学的否定——试论阿多尔诺美学思想的否定性》论述了阿多诺“否定的美学”的命题，这里的“否定性”被理解为艺术是“痛苦意识”，艺术与社会的关系应该是与社会彻底决裂，拒绝虚假表象。赵一凡的《马克思主义与美国当代文学批评》从60年代新左派学术革命、70年代以杰姆逊为代表的新马克思主义热潮以及80年代以来的文化研究等三个阶段评述了马克思主义在美国的演变与发展。王逢振的《伊格尔顿和杰姆逊：西方马克思主义文学批评的新发展》，对伊格尔顿和杰姆逊这两颗“西马”学术新星的著作和理论思想做了评介，认为伊格尔顿更注重文学作为一种审美意识形态对意识形态本身的生产方式和生产规律的研究，而杰姆逊更注意揭示文学中政治的无意识。

1990年第4期又设了专栏讨论“布莱希特与卢卡契关于现实主义问题的论争”。张黎的《布莱希特的现实主义主张》，详尽分析了布莱希特不同于卢卡契的文学现实主义观。范大灿的《两种对立的马克思主义文艺观——评卢卡契和布莱希特的分歧和争论》，评述了早在“表现主义之争”之前卢卡契和布莱希特两者就有的争论和观点分歧。章国锋的《卢卡契美学思想的哲学前提与方法论基础》以卢卡契的著作《历史与阶级意识》一书为主，介绍了卢卡契关于人的异化、物化理论，介绍了卢卡契的人道主义立场和辩证的总体观以及卢卡契对形式的客观性的理论主张。李健鸣所译的扬·克诺普夫的《“问题的实质是现实主义”——关于布莱希特与卢卡契的论战》，系统梳理了布莱希特与卢卡契论战的全过程以及一些主要观点的差异，并对这种误读和差异进行了历史和科学发展史的解释。袁志英的《布莱希特与卢卡契论争的由来》从对表现主义与现实主义包括自然主义、印象派等的不同理解，分析了布莱希特与卢卡契关于“现实主义”问题争论的由来。这些讨论都使我们加深了对“现实”和“现实主义”的理解。1993 年郑敏的《从对抗到多元——谈弗·杰姆逊学术思想的新变化》，从 1993 年 5 月杰姆逊访华并在社科院的演讲出发，论述了杰姆逊思想的新变化即从两极对抗转向矛盾复杂性分析。孙盛涛的《民族寓言：第三世界文本的解读视域——论弗·杰姆逊的世界文学观》，从“文化霸权”的意义上论述了杰姆逊的世界文学观，并试图以“典范文本”这个第一世界习惯的范畴来确立第三世界国家的民族文本典范意义。1994 年范大灿的《异化·对象化·人道主义——卢卡契的异化论》在“异化”理论大潮中分析了卢卡契的异化理论，阐述了卢卡契晚年对异化的积极意义和错误的区分，评述了卢卡契对“异化”产生原因的论述。张弘的《异化和超越——马尔库塞艺术功能论的一个层面》，评述了马尔库塞艺术功能论的哲学基础与传统的不同，评述了马尔库塞新感性论的哲学内涵。王雄的《试论皮埃尔·马谢雷的“文学生产理论”》对法国当代著名的“西马”文论家马歇雷的集合了结构主义、马克思主义以及精神分析等各种理论视角的“文学生产理论”进行了评析。1995 年黄力之的《资本主义文化批判与现代主义——卢卡契与法兰克福学派的比较研究》，在对资本主义进行文化批评的理论共识这一点上，确立了卢卡契与以马尔库塞、阿多诺、本雅明等为代表的法兰克福学派的批判思想的关系，并分析了卢卡契的古典主义文学观。杜卫的《美学，还是社会学——从〈美学与艺术社会学〉谈起》，从珍妮特·沃尔夫的《美学与艺术社会学》一书谈起，总结了沃尔夫的艺术社会学美学的特征。1996 年张辉的《现代性话语与审美话语——从一个侧面解读哈贝马斯》，从“现代性，以及现代性话语与审美话语的关系来解读哈贝马斯交往行为理论与审美研究的内在联系”。

（五）解构主义与文化批评影响下的新学：意识形态的再介入

女性主义及女权批评、新历史主义、后殖民批评等新学和后学也都在这一时期有所介绍。1989 年朱虹的《妇女文学——广阔的天地》从广义上回顾了西方文学史上的妇女文学与妇女形象，指出女性主义批评视角在重读文学史中大有可为。王逢振的《既非妖女，亦非天使——略论美国女权主义文学批评》，论述了美国女权主义文学批评的理论、实践以及各种批评纷争。秦喜清的《谈英美女权主义文学批评》，介绍了英美女权主义文学批评的发展过程、发展阶段以及学术成果，分析了女权主义对文本新意义的挖掘以及女权主义在理论与女性身份问题上的反思。1995 年第 2 期开设了女性文学研究专栏。张宽的《关于女性批评的笔记》介绍了波伏娃及其著作《第二性》，阅读了米利特、莫娃和斯皮瓦克的著作，并分析了她们连环解构男权的过程，指出，女权批评与妇女解放运动之间的差异及女权批评与启蒙批判话语的继承关系。陈晓兰的《女性主义批评的经验论》指出，女性主义批评和诗学的特征正是要关注女性的经验、处境和历史遭遇，并以之作为文学阅读和批评重构的对象。胡全生撰文《女权主义批评与“失语症”》，描述了失语症概念及其与女权主义的关系，并从理论与实践两方面分析了女权主义反抗男权语言和创造女性话语和文本的努力。1995 年第 3 期依然开辟了女性文学研究专栏。林树明的《女性主义文学批评的糊涂账》，从罗曼司对女性主义批评来说是天堂还是陷阱、身体书写、女同性恋问题以及男性对女性主义批评的态度等方面，梳理了西方女性主义文学批评的各种糊涂账。但作者认为，这种糊涂账可能正是女性主义批评和实践的旺盛生命力所在。

1993 年王一川的《后结构历史主义诗学——新历史主义和文化唯物主义述评》介绍了新历史主义理论，同时，作者以文本的政治性维度的介入评论了文化唯物主义即文化研究理论，并指出了二者的理论目的和缺陷。1994 年杨正润的《文学“颠覆”和“抑制”——新历史主义的文学功能论和意识形态论述评》，以格林布拉特对新历史主义的理解、建构和文本分析为基础，说明了新历史主义中政治和意识形态不同于新批评之前政治批评的含义。1995 年丛郁的《小说的“始源”、权威与霸权——萨伊德“文学霸权理论”管窥》，解释了萨义德所指出的“始源”与“起源”的区别，论述了在始源概念下萨义德对构成小说创作动力和生命的“权威”与“骚扰”的相互关系。

三、在传统中寻找现代民族国家的资源

浪漫主义是将主客体、主客观、自然、文明、浪漫、纯文学与民族想象、

人道主义、感性、理性、科学、人文等概念带入并深入到我国话语范畴中的重要文学流派。1993 年第 1～3 期分别设立了浪漫主义研究专栏。陆建德的两篇文章从具体的诗歌片段和诗人研究谈到英国浪漫主义的权力、道德、信仰等立场；郑克鲁的文章谈到法国浪漫派的斗争与政治诉求。1994 年李伯杰的《德国浪漫派批评研究》对德国浪漫派在德国的评价史进行了梳理，并在 19 世纪和 20 世纪德意志民族的历史与精神生活的意义上重述了浪漫派批评与德国人反省自我、理解自身的关系。

另外，陈中梅关于柏拉图的研究也让我们看到诗和哲学是建设城邦理想的有效力量。1995 年陈中梅的《诗与哲学的结合——柏拉图的心愿》，从柏拉图所感受到的诗与哲学的共性、真正的“爱”并不排除知识、诗与哲学的合作可以创造奇迹等方面，阐述了柏拉图对待诗、诗人、哲学和城邦政治的深层态度。

（编辑：任　昕）

附　　录

附录1：国内外文论新书简介

一、汉语文论新书简介

1.《梵学论集》，黄宝生著，中国社会科学出版社，2013年。

本集收录了作者梵学研究方面的论文29篇，内容涉及印度古代文学研究——其中包括印度古代文学批评和文学理论研究，中印文学、文化比较，古代印度文学、佛学对中国的影响以及古代印度文学、佛经中译本的序言等。

2.《后殖民女性主义文学批评研究》，肖丽华著，浙江大学出版社，2013年。

本书将研究视点放到当代西方文论的大背景中，充分考虑该理论与后殖民主义、女性主义、解构主义等诸多理论的错综复杂的关系，将该理论与具体的社会运动、社会热点问题紧密联系，同时进行了大量的文本解析，通过宏观和微观两个方面对后殖民女性主义文学批评进行建设性研究。

3.《文本·语境·读者：当代美国叙事理论研究》，唐伟胜著，世界图书出版上海有限公司，2013年。

本书在系统梳理经典叙事学的理论根基、研究方法和主要结论的基础上，将视点集中于当代美国叙事理论，全面介绍后经典叙事理论三个主要分支——女性主义叙事学、修辞叙事学和认知叙事学，论述这些分支的理论前提、发展历史、研究路径和重要观点，并就这些分支与经典叙事学的关系展开论述，既重视全面把握当代美国叙事理论各分支的历时沿革和流变，又注重把握各分支之间的共时区别和联系。

4.《西方文论中国化与中国文论建设》，王一川等著，经济科学出版社，2012年。

本书分3篇共12章节，从体制、理论和应用三个层面，结合中国现代文论建设中对于西方文论的接受、理解和消化的实际情况，对百余年来西方文论中国化进程作出全面而深刻的历史性反思，在此基础上探索中国文学理论现代形态的新发展，落脚点在于百年来中国现代文论生长、发展的历史进程。

5.《神话批评论：弗莱批评思想研究》，韩雷著，上海大学出版社，2012年。

本书以弗莱有关神话批评的主要专著和论文集为研究对象，采用史论结合、逻辑与历史并重而历史优先的研究方法，对神话批评最有代表性的人物弗莱的思想进行评述。

6.《哈罗德·布鲁姆的文学观》，张龙海著，上海外语教育出版社，2012年。

美国著名批评家哈罗德·布鲁姆在1973年发表的《影响的焦虑》中推出“对抗式批评”的诗学影响理论，对文论研究产生了不可低估的影响。本书通过分析这一理论的主要思想，并将其用于具体文本分析，窥探布鲁姆理论体系的发展脉络和核心价值，阐述布鲁姆关于文学的定义、经典的标准、文本与审美以及阅读等方面的论述，探索其对文学的独到见解，剖析其独特的研究视角和方法。

7.《新历史主义文化诗学：格林布拉特批评理论研究》，王进著，暨南大学出版社，2012年。

新历史主义和文化诗学是描述格林布拉特学术思想的两个维度——史学的维度和诗学的维度。本书将这两个概念合二为一，试图把格林布拉特的学术观念在文学研究的框架内整合起来。作为这种整合中心的诗学，其实也就是文本研究。格林布拉特真正的学术成就并非是提出了一种惊世骇俗的理论，而是他对文学和文化文本的分析方法与视角对文学研究的贡献。本书把研究的重点放在格林布拉特的“话语”方面，对其具体批评话语进行深入解读和分析，在此基础上归纳了格林布拉特“新历史主义文化诗学”的批评经验、话语范式及其背后的文学观念。

8.《文学的边界——语言符号的考察》，张汉良著，复旦大学出版社，2012年。

本书泛论比较文学与其他学科之间的关系和介面，特别运用语言符号学的研究方法，为中西比较文学开创了新的局面。其中若干章节引进最前沿的学术，如生物学和文学研究的关系，为国内开先河者。

9.《现代性的辉煌与危机：走向新现代性》，史忠义著，中国社会科学出版社，2012年。

本书从思想史的角度首先梳理了西方现代性的内涵，包括启蒙理性的主要价值观、自然法与个人主义、历史发展的方向和意义等，并从中西思想比较的角度辨析了理与理性和理念概念的差异；其次梳理了西方现代性危机的发展阶段、表现形式以及思想界和学术界对西方现代性的典型批判；最后分析了西方现代性危机与前代思想资源的关联。本书旨在为中国等第三世界国家的现代性发展提供一些前车之鉴，并在此基础上，提出了走向新现代性的观念及其指导思想，并从若干方面进行了理论务虚，具有相当的启发意义。

10.《跨文化视界中的文学文本/作品理论》，周启超著，中国社会科学出版社，2012年。

本书以比较诗学的视界，进入当代国外文学文本/作品理论资源的系统勘察。作者聚焦于近五十年来欧陆文论界与斯拉夫文论界在文学文本/文学作品理论的建树上最为突出的七位大家——翁贝尔特·埃科、米哈伊尔·巴赫金、尤里·洛特曼、沃尔夫冈·伊瑟尔、茱莉娅·克里斯特瓦、罗兰·巴尔特、热拉尔·热奈特的文学文本观/文学作品观，展开细致、精微的梳理和辨析，清晰地呈现出“作品大于文本”“作品小于文本”之不同的景观并解析其成因，阐释了文学作品理论/文学文本理论追求自立、获得自主、向外扩张，由“小写的文本”变成“大写的文本”之转变轨迹。

（任昕 辑录）

二、英语文论新书简介

1.《反叛的城市：从城市权利到城市革命》（David Harvey，*Rebel Cities: From the Right to the City to the Urban Revolution*，London: Verso，2012）

从19世纪中期巴黎城市大建设到20世纪美国城市大扩张、直到当代全球性的城市化浪潮，本书考察了城市化与资本主义之间的关系，认为城市化一直是解决剩余资本和剩余劳动力的有效手段，呼吁通过民主变革，重塑城市经验。

2.《文学事件》（Terry Eagleton，*The Event of Literature*.，Yale University Press，2012）

本书对文学理论关于文学性质的各种观点进行分析评述，指出文学是干扰现实并提出新问题的一种策略，因此是一种不断展开的改变性“事件”。

3.《文学的用处与滥用》（Marjorie Garber，*The Use of Abuse of Literature*，Knopf Doubleday Publishing Group，2012）

本书考察了柏拉图以来关于文学之用的思考，指出文学在数字化时代的个人生活、教育活动以及职业生涯中仍然占据中心地位，对于培养激进思维善莫大焉。

4.《妇女主义思想》（Layli Maparyan，*The Womanist Idea*，Routledge，2012）

本书从本体论、认识论、方法论以及逻辑结构等角度，全面系统地介绍和评价了妇女主义（womanism），并对其社会实践价值作了探讨。

5.《女性主义生态批评：环境、妇女和文学》（Douglas A Vakoch，*Feminist Ecocriticism*：*Environment*，*Women*，*and Literature*，Lexington Books，2012）

本书运用混沌理论和精神分析理论等方法，以18世纪的感伤小说直到当代科幻小说为分析对象，论证了生态环境恶化与妇女地位低下之间的联系，主张一并解决性别不公和生态危机。

6.《没有器官的身体：论德鲁兹及其后果》（Slavoj Zizek，*Organs Without Bodies*：*On Deleuze and Consequences*，Routledge，2012）

本书把德鲁兹理论与黑格尔哲学和精神分析学联系起来，以希区柯克等人的电影作品为个案，分析了德鲁兹与当代数字资本主义意识形态之间的关系。

7.《为我们的时代而阅读：再探〈亚当·彼得〉和〈米德尔玛契〉》（J. Hillis Miller，*Reading for Our Time*：*Adam Bede and Middlemarch Revisited*，*Edinburgh University Press*，2012）

本书通过对19世纪英国小说家乔治·爱略特的两部作品的分析，指出文学作品揭示意识形态对人的操控，读者看明白这一点，便可以在现实生活中多一份清醒。

8.《小说与大海》（Margaret Cohen，*The Novel and the Sea*，Princeton University Press，2012）

本书以笛福、库珀、麦尔维尔、雨果、康拉德等人的作品为线索，探究西方小说的兴起、发展、主题、形式等与海洋的关系，尝试一种新文学史书写方法。

9.《空间性》（Robert T.，Jr Tally，*Spatiality*，Routledge，2012）

本书对当代文学理论中出现的各种空间话语作了系统的介绍和梳理，对文学地理学和地理批评的现状进行了详细的描述和评价。

10.《时间性》（Russell West-Pavlov，*Temporalities*，Routledge，2012）

本书对文学作品中的各种时间表征作了全面的梳理和分析，结合心理学、经济学、性别、历史书写、后现代主义、后殖民主义等范畴，叙述了时间意义在西方文学和文化史中的衍变。

（萧莎　辑录）

三、俄语文论新书简介

1.《俄罗斯文学批评史：苏联时代与后苏联时代》，Е. Добренко，Г. Тинанов 主编，М.：Новое литературное обозрение，2011，792с.。

这部以别林斯基的肖像为封面的文学批评史，是对自1917年至后苏联时期俄罗斯文学批评进行全覆盖梳理的首次尝试 。作者大多是国际学界知名的俄罗斯文论研究者，其中有叶甫盖尼·多布连科、娜塔尼娅·柯尼延科、凯特林·克拉克、凯瑞·爱默生、威廉 ·托德、汉斯·君特、加林·吉汉诺夫。苏联批评、侨民批评、后苏联批评之基本的理论与流派在这里被置于相互关联之中而得到考察。该书着力于梳理文学批评与文学理论在政治、智性、建制三个基本领域里的流变，聚焦于俄罗斯文学批评的发展与结构及其不断变化的功能与话语。全书分为 15 章：1. 革命与国内战争时代文学批评与政治分化；2. 新经济政策时期文学批评与文化政策；3. 文化革命时代苏联文学批评制度之生成；4. 二十年代文学理论；5. 苏联文学批评与社会主义现实主义美学的形成；6. 三十年代苏联文学理论；7. 两次世界大战之间俄侨文学批评与文学理论；8. 战后与晚期斯大林主义时代的文学批评与文学制度；9. 解冻时代文学批评与文学批评与意识形态分野；10. 七十年代文学批评中苏联性的突变与苏联自由主义的命运；11. 后斯大林时代苏联文学理论的发现与突破；12. 第二次世界大战之后俄侨文学批评；13. 后苏联文学批评与文学在俄罗斯的新地位；14. 后苏联俄罗斯文学理论与学院派的复兴。15. 后苏联俄罗斯文学理论与学院派的复兴。

2.《文学理论· 卷二· 作品》，М.：ИМЛИ РАН，2011，376с.。

这是俄罗斯科学院世界文学研究所理论部在新世纪推出的四卷本《文学理论》的第二卷。最早问世的是《文学理论·卷四·文学进程》（2001），接着出版的是《文学理论·卷三·类别与体裁》（2003），然后是《文学理论·卷一·文学》（2005）。本卷的面世，标志着这一套书的出版历经十二载终于完成。本卷分为三编，分别是“作为现象的文学作品”“作品的内在组织”与“作品分析”。本卷的文章，有些出之于 С. С. Аверинцев，П. А. Гринцер，М. Л. Гаспаров 这些已经谢世的资深学者的手笔，有的则是现在还健在的名家 Ю. Б. Борев 的名篇，也有一些为中年学者新近探索的成果。

3.《米·里夫希茨与乔·卢卡契通信集（1931～1970）》，М.：GRUNDRISSE，2011，296с.。

这是 20 世纪两位著名的马克思主义文论家——匈牙利的乔治· 卢卡契（1885～1971）与苏联的米哈伊尔·里夫希茨（1905～1983）四十年间的通信集。这些书信的原文藏于匈牙利的乔治·卢卡契档案馆。绝大部分书信在这里是首次公布。附录在这些书信之后的是12份文献资料，它们可以映现出当年这两位挚友之间的这些通信得以产生的那些官方的历史背景。

4.《形式论学派与当代俄罗斯文学学》，Р. О. Якобсон 著，Т. Гланц 编；Е. Бобракова - Тимошкина 译自捷克文；М.：Языки славянских культур，2011，280с.。

该书是罗曼·雅各布森当年用捷克文写成的讲稿的俄译本。20世纪30年代中期，罗曼·雅各布森曾在捷克斯洛伐克布尔诺的马萨里克大学执教。1935年，他在这所大学里讲“形式论学派与当代俄罗斯文学学”。雅各布森在这里构建出他自己的形式论学派史版本。在他这里，文学学学说不是/不仅仅被看成是一种分析方法，而是被看成一种完整的“世界观”。捷克学者托马士·格兰茨从雅各布森的档案里发掘出这份讲稿，并对雅各布森当年准备这份讲稿时所依据的但并未明确征引的文献资料加以复现，还撰写了解读性文章“雅各布森的形式主义”；该书收录了一些说明雅各布森当年在捷克斯洛伐克教职提升时曾遭遇的一些冲突的文件资料，刊布了雅各布森生平与学术活动的一个年谱，还披露了那些涉及到20世纪50年代里捷克斯洛伐克对形式主义者的迫害的文献资料，以及20世纪60年代末雅各布森对捷克斯洛伐克最后几次访问的文献记载。

5.《巴赫金文集·卷三：小说理论（1930～1961）》，М.：Языки славянских культур，2012，880с.。

汇集于这一卷的是巴赫金在20世纪30年代里建构的小说理论。在巴赫金创作生涯的这一轴心年代，这位思想家的理论思索经历了由小说文体问题（《长篇小说中的话语》）到这一体裁哲学的基本问题这一路程；他写了一部论教育小说的著作（没有保存下来）；时空体理论得以建构出来。可是这个年月里的著述在当时都未能发表，只是在60年代末巴赫金的小说理论著述才得以面世。正是在60年代初，巴赫金小说理论之经典的表述才得以完成。这一卷的出版，也给俄罗斯科学院版六卷七册《巴赫金文集》长达15年（1996～2012）的出版工程画上了一个句号。

6.《尤里 ·洛特曼、扎娜 ·敏茨、鲍里斯· 叶戈罗夫通信集（1954～1965）》，Б. Ф. Егоров，Т. Д. Кузовкина，Н. В. Поселягин 整理并注释，Таллини：Издательство ТЛУ，2012，604с.。

这是符号学与俄罗斯文学史领域里三位杰出的学者尤里 ·洛特曼（1922～1993）、扎娜 ·敏茨（1927～1990）与鲍里斯· 叶戈罗夫（1954～1965）之间通信的一部分。这些通信，记录了塔尔图—莫斯科符号学派得以创建的那个年月里爱莎尼亚学术史上的一段时光。这部通信集，是塔林大学、爱沙尼亚人文学院、爱沙尼亚符号学遗产基金会“尤里·洛特曼书信整理并注释工作”的一部分。其中，扎娜 ·敏茨、鲍里斯· 叶戈罗夫的书信系首次刊发。

7.《形象理论》，Петровская Е. В. 著，М.：РГГУ，2012，281с.。

任职于俄罗斯科学院哲学所又执教于俄罗斯国立人文大学的这位作者，通过梳理当代主要的哲学家与文化学家——有现象学流脉上的（M. 梅洛－庞蒂等）、有解构论流脉上的（J. 德里达等）、有视觉艺术文本的符号学分析上的（R. 巴尔特等）——在可视性与非可视性问题上的不同视界与不同观点（“阅读”的非充足性、作为一套符号的视觉艺术，等等），作者力图勾勒出一个新的学科——视觉艺术研究——之问题场，而走向一种能回应今日人文思想需求的、独立的形象理论之表述。

8.《另一种学术：在对传记的寻找之中的俄罗斯形式主义者》，Я. С Левченко 著，М.：Изд . дом Высшей школы экономики，2012，304с.。

该书探讨十月革命前夕产生的形式论学派彼得堡分支的代表人物的某些文本里文学与学术之间的互相转换。形式论学派的方法论上的谱系与哲学上的谱系，在这里得到勘察。维克多·什克洛夫斯基与鲍里斯 ·艾亨鲍姆以其私密的散文体裁而呈现出来的批评文字所饱含的“自我意识”之创新性经验，在这里得以构建。该书的主人公，犹如对于形式论学派在其存在的早期阶段那样，就是文学性——这个已被抛弃、已经很少有人明白的观念，确实是同形式主义者们自身的学术创作密切关联的。该书分为四编，它们是“彼得堡形式论学派的产生”，“维克多·什克洛夫斯基：行为与叙事”，“鲍里斯 ·艾亨鲍姆：在文学史里寻找自己”，“电影艺术与其手法”。

9. 玛·乌姆诺娃：《“奥波亚兹”的文学理论与批评之先锋派定位》，М. В. Умнова 著，М.：Прогрсс－Традиции，2013，176с. 。

“奥波亚兹”（“诗语研究会”）的理论与实践之间的关联，在这本书里得到了分析。维克多·什克洛夫斯基，尤里·蒂尼亚诺夫、鲍里斯 ·艾亨鲍姆同20世纪第一个25年里那些最为激进的——先锋的——美学流派之间的关联，在这里得到梳理。这一互动，是由形式论方法之根基性的定位所预先决定了的：价值上的相对主义——价值只有在具体的艺术系统的框架之中才能成其为价值；看取文学的视界——将文学绝对地视为审美客体；评价文学的出发点——从作品究竟能在多大程度上向文学系统的发育给出新的向量来对作品加以评价。“奥波亚兹”的文学批评活动，在这里被置于两种文化类型相抗衡的语境之中加以考察：一种是“热”文化，这种文化奋起护卫那些在打破典律的新颖的艺术现象；另一种则是“冷”文化，这种文化竭力用某种方法保存住由过去承传下来的价值系统。令人惋惜的是，该书作者玛尼亚·乌姆诺娃英年早逝：1959年生，1998年已去世。她于1983年毕业于莫斯科大学语文系，1996年完成了题为《形式论学派的文学批评：理论基点与实践（以Ю. 蒂尼扬诺夫的批评著作为材料）》的副博士学位论文，并通过了答辩，后来在国立人文大学执教。

10.《米·米·巴赫金与“巴赫金小组”现象：寻找逝去的时光·重构与解构·圆之方》，Н. Л . Васильев 著，М.：Книжный дом，2013，408с. 。

该书的主题是对米·米·巴赫金与其最为亲近的朋友——В. Н. 沃罗申诺夫与П. Н. 梅德维捷夫，他们之间的友情合作如今已被称之为“巴赫金小组”——的生平与创作中那些很少受到研究、有些部分已然成为难解之谜的问题，加以清理、辨析。该书作者Н. Л . Василье生活于巴赫金当年曾在那里生活多年的萨兰斯克，且就在巴赫金曾在那里多年主持俄罗斯文学与外国文学教研室的国立摩尔达瓦大学执教。自1985年开始，这位学者就积极投身于巴赫金研究，发表了大量论文、书评以及国际巴赫金研讨会的述评。该书是作者几十年（1985—2012）来的巴赫金研究成果之汇集，资料丰富，对“巴赫金的语言学思想”“作为文化史现象的巴赫金主义”“苏联（俄罗斯）的巴赫金学现象”进行了阐述，对“有争议的文本”之著作权问题与版本问题、B. H. 沃罗申诺夫的生平、B. H. 沃罗申诺夫与米·米·巴赫金的关系、同时代人对 B. H. 沃罗申诺夫的评价进行了考证，尤其是提供了中学教师巴赫金、大学教师巴赫金、巴赫金与其研究生、巴赫金的“萨兰斯克文本”等史料的描述。

（周启超　辑录）

四、法语文论新书简介

1.《潜在文本的理论》（*Théorie des textes possibles*），Marc Escola 编，Rodopi 出版社，2012 年。

文学批评的本质和功能就是依附于第一文本的第二话语吗？是否只有所谓第一文本才具有创造性呢？阐释者是否可以与作者的决定相分离，把作者的选择当作所有可能的选择之一种？这本文集中的批评家对于可能的文本赋予了更重要的地位，与文学批评的传统不同，他们在伟大的文学文本中发掘作者本来可能的写作。

2.《法国科幻小说：一种理论和历史》（*La Science-Fiction en France：Théorie et histoire d'une littérature*），Simon Bréan 著，PU Paris-Sorbonne 出版社，2012 年。

本书重新勾画了法国科幻小说、确认其合法性的历史，把儒勒·凡尔纳和美国科幻的形象结合一处。通过梳理漫长和复杂的科幻出版的历史，作者提出科幻主题的原始想象，它与时俱进，成为丰厚的文学遗产。

3.《马拉美的错误——文学理论的冒险》（*La faute à Mallarmé：L'aventure de la théorie littéraire*），Vincent Kaufmann 著，Seuil 出版社，2011 年。

文学理论是 1950 年代，在法国新批评、结构主义运动和先锋文学的交织作用之下形成的。其首要目标是保卫文学空间的自主和独特性。文学理论产生的文化环境是什么？其关键到底是什么？本书的雄心就是要回答这些问题，并且试图提出作者独特的文学理论史。

4.《青少年的文学——为了一种文学理论》（*La littérature de jeunesse*：*Pour une théorie littéraire*），Nathalie Prince 著，Armand Colin 出版社，2010 年。

本书第一次提出建立一种新的文类理论。重新审视“童年感情”，试图以比较的方式建构一种青少年的文学史，这个研究所接触的是一个人格及其形成的问题。

5.《修辞学导论：理论与实践》（*Introduction à la rhétorique*：*Théorie et pratique*），Olivier Reboul 著，法兰西大学出版社，2013 年。

修辞是说服的艺术，同样也是有关这种艺术的理论，希腊人发明的修辞学是我们的人文学的重要组成部分。长久的衰落之后，它又强力回归。这个《导论》有五个目标：梳理从诞生直到如今的“系统”；介绍修辞的各种方法；运用：以修辞学来阅读不同的文本，看它们是如何运作的；一个包罗万象的指南。

6.《叙事的开头与结尾》（*Le Début et la fin du récit*：*Une relation critique*），Andrea Del Lungo 著。

作品范围的划定是一个极端重要的问题，但是其关键却很少有人谈及。这本书中的论文分析了叙事如何通过开头与结尾的接近于碰撞构建其意义。与三位当代作家的对话表明了文本的边界在文学创作的过程中具有决定性的作用。

7.《弗朗茨·卡夫卡：文学创作基本原理》（*Franz Kafka*：*Eléments pour une théorie de la création littéraire*），Bernard Lahire 著，La Découverte 出版社，2010 年。

是否真的有可能深入文学创作的奥秘，解答这一问题？社会学的研究是否真能切入肯綮？Bernard Lahire 面对现代派文学的代表人物卡夫卡，运用社会学和传记，研究了《审判》之作者的社会建构，从他最初的家庭经验到后来的生活经历。他理解了为什么卡夫卡被文学所吸引，并且理解了他所使用的形式和主题与其人生问题之间的密切关系。

8.《行动中的人：从亚里士多德到左拉的文学表象》（*L'Homme en action：La représentation littéraire d'Aristote à Zola*），Paolo Tortonese 著，Classiques Garnier 出版社，2013。

亚里士多德认为诗就是通过叙事来表现现实的能力：我们通过叙述来理解世界。这种理论在漫长的两千多年中被接受和修正。古人所操心的问题在今天以什么样的状态呈现呢？

9.《语言的心理动力学和文学文本的符号学：古斯塔夫·纪尧姆的理论作为文学分析方法》（*Psychomécanique du langage et sémiotique du texte littéraire：Théorie de Gustave Guillaume comme méthode de l'analyse littéraire*），Moshé Tabachnick 著，欧洲大学出版社，2011。

本书提出了文学文本的符号学研究的新方法，其基础是古斯塔夫·纪尧姆的语言心理动力学。其理论预设源于在符号学广为人知的一些理论，如格雷马斯、巴尔特、艾柯等，并构建了一种新的研究模式。

10.《法语文学与后殖民理论》（*Littératures francophones et théorie postcoloniale de*），Jean-Marc Moura 著，法兰西大学出版社，2013 年第 2 版。

去殖民化是现代意识的基本经验，其在文学中的表现是，作家运用文学代码的方式的国际化，以及新的出版和发行渠道的组织。法语文学的研究试图在比较的基础上构建新的文学史和批评，它是超国界和超区域的。

（钱翰　辑录）

五、德语文论新书简介

1.《新文学理论入门》（*Neuere Literaturtheorien：Eine Einführung*），科佩和温柯合著，梅茨勒出版社 2013 年版，334 页。

梯尔曼·科佩（Tilmann Köppe，1977～），哥廷根大学德语语文学讲师；西蒙娜·温柯（Simone Winko，1958～），哥廷根大学当代德语文学和文学理论教授。该书是一本当代文学理论教科书，它着重推介了 1980 年以来的重要文论：话语分析、解构、新阐释学、传媒学、认知诗学、性别研究和文化研究。全书内容如下：第一章 引论：论无理论地阅读文学的不可能性和加强文学理论素养的必要性；第二章 什么是文学理论；第三章 先驱：阐释学，形式主义，早期结构主义，作品内在性和新批评；第四章 结构主义；第五章 精神分析文学学：弗洛伊德的精神分析模式和拉康的结构的精神分析；第六章 接受美学；第七章 后结构主义：话语分析，解构和文本间性理论；第八章 阐释学的意向主义：新阐释学；第九章 社会科学的文学理论：马克思主义和意识形态批评，文学的社会史，文学的系统理论，布尔迪厄的文学场理论；第十章 女性主义文学学和性别研究；第十一章 文化学：新历史主义和以文化学为指归的文学学；第十二章 传媒学；第十三章 分析的文学理论；第十四章 经验的文学学和认知的诗学；第十五章 文学人类学。

2.《文学理论纲要：从阐释学到文化学》(*Einführung in die Literaturtheorie: von der Hermeneutik zu den Kulturwissenschaften*)，盖森汉斯吕克著，科学书局 2013 年版，176 页。

阿希姆·盖森汉斯吕克（Achim Geisenhanslücke, 1965 ~），雷根斯堡大学文学学教授，主要研究哲学美学和文学理论。该书是一本现当代文学理论的简编教科书，作者从哲学美学和阐释学出发，简述了从 18 世纪至当代重要的文学理论及其历史发展。全书内容如下：第一章 绪论；第二章 美学；第三章 阐释学：18 世纪的美学和阐释学，1800 年前后的阐释学转向（施莱尔马赫），阐释学和历史（狄尔泰），阐释学和真理（海德格尔），阐释学和艺术真理（伽达默尔），文学阐释学和语文学知识（彼得·宋迪），阅读阐释学（接受美学），力的阐释学（尼采、弗洛伊德、海德格尔），今日阐释学的可能性；第四章 结构主义；第五章 解构：后现代知识，肯定的美学（利奥塔），意义的逻辑（德勒兹），文字与差异（德里达），文字与文本间性（克里斯蒂娃），文学与修辞学（德·曼），女性主义解构主义和性别研究，隐喻的解构——解构的隐喻；第六章 话语分析：从文本到话语，话语分析和文学（福柯），交互话语和历史性的文学话语分析，从话语到文化（格林布拉特和新历史主义），文学场理论（布尔迪厄），系统理论和文学（卢曼），话语分析和传媒理论；第七章 今日文学理论。

3.《文学社会学引论：从马克思到布尔迪厄，从系统理论到英国的文化研究》（*Literatursoziologie*：*Eine Einführung in zentrale Positionen*），多尔纳和沃特格合著，施普林格出版社 2013 年版，337 页。

安德烈亚斯·多尔纳（Andreas Dörner，1960 ~），马格德堡大学政治学和传媒学教授；露德格娜·沃格特（Ludgera Vogt，1962 ~），乌珀塔尔大学社会学教授。该书是一本供大学教学和自学用的文学社会学教材，作者在古典范式的背景上深入浅出地评介了文学社会学的最新发展（卢曼的系统理论、布尔迪厄的文化社会学和英美的文化研究），探讨了文学生产、文本、接受、文学场、政治文化和文学评价等诸多理论问题；其特色在于将文学社会学与传媒理论勾连在一起，重视文字与图像、读者和观众之间的差异，其结论为文学乃是“交流和自我确认、社团形成和社会分层、集体反思和政治宣传的媒介”。

4.《文本间性引论》（*Intertextualität*：*Eine Einführung*），贝恩特和童格尔 – 埃尔克合著，艾里希·施密特出版社 2013 年版，292 页。

弗娒克·贝恩特（Frauke Berndt，1964 ~），图宾根大学语文学系教授，主攻文学理论和文学传媒理论。莉莉·童格尔 – 埃尔克（Lily Tonger-Erk），图宾根大学德语研究班助教。作者简介了经典的文本间性理论和影响研究，揭示了文本间性的颠覆力（克里斯蒂娃的意识形态批判和布鲁姆的“诗人是强迫症患者”），评介了后现代的文本间性理论（女性主义、性别理论、后殖民主义），并将文本间性理论与媒体间性理论勾连在一起，分析了两者的交叉与叠合。全书内容如下：第一章 引言；第二章 基础：对话性（巴赫金），从对话性到文本间性（克里斯蒂娃），文本织体和回音室（巴尔特），嫁接（德里达）；第三章 影响研究：源头和影响研究，影响和抵抗（布鲁姆），回复（女性主义和后殖民主义）；第四章 类型学：作为兼用法的文本（里法泰雷），作为重写手稿的文本（热奈特），作为记忆术的文本（拉赫曼）；第五章 媒体间性：从文本间性到媒体间性，文本和图像，文本和电影，文本和音乐，文本和文本（模拟文本与数码文本），跨媒体性；第六章 文本和语境。

5.《跨文化文学学引论》（*Interkulturelle Literaturwissenschaft*：*Eine Einführung*），霍夫曼著，威廉·芬克出版社2006年版，246页。

米歇尔·霍夫曼（Michael Hofmann，1957～），帕得博恩大学跨文化文学学和文化学教授。该书介绍了全球化背景下跨文化文学学的现状，指出本学科的重心乃是对文化差异的反思和研究。本书的第一章概述了跨文化文学学的理论模式和方案：跨文化性，异质性和差异；后殖民视角；跨文化视野里的文学理论和文化理论（异的阐释学、批判的理论、解构）；跨文化文学学纲领。第一章还探讨了本质论、文化内部的差异和不同文化间的差异、第三空间、杂交的身份和混成性文学等诸多问题。其余各章分别为德语文学史的跨文化因素、后殖民文学史的前景以及土耳其裔德语文学。

6.《跨媒体性·论超文学手法的美学》（*Transmedialität Zur Ästhetik paraliterarischer Verfahren*），迈尔主编，瓦尔斯坦出版社2006年版，328页。

乌尔斯·迈尔（Urs Meyer，1967～），瑞士弗莱堡大学文学学和传媒理论副教授。此书是一本当代传媒理论和传媒史论文集，收录了"作为媒体间性和跨媒体性之间的过渡形式的超文本嫁接""跨媒体性乃摩登艺术之特征"和"论人机交流的审美差异"等十篇论文。该论文集探讨了文艺领域媒体合作的方法、阶段、种类以及审美交流的跨媒体手法所创造的新的艺术表现形式，从而勾勒了"跨媒体性"概念的轮廓："媒体间性"概念强调的是不同媒体相结合的结果，"跨媒体性"概念则凸显了从始发媒体到目标媒体的转变过程。

7.《真实与虚构：普遍叙述理论的基本特征》（*Wahrheit und Erfindung*：*Grundzüge einer allgemeinen Erz？hltheorie*），柯绍尔克著，费舍尔出版社2012年版，480页。

阿尔布莱希特·柯绍尔克（Albrecht Koschorke，1958～），康斯坦茨大学文学学和文化理论教授。此书是一本普通叙述学的新作，分为六章：叙述的普遍性，基本操作，文化场域，社会时间的塑造，叙述和制度，认知和叙述。作者吸纳了精神科学、认知科学、心理学、神经生理学和物理学的新知，以洛特曼的文化符号学为基准，分析了历史学、法律、政治、经济和文学艺术领域的叙述实践，揭示了文学学、文化符号学和科学史的趋同现象，探讨了叙述的动机、条件、方法、时间、空间和意义，力图建立一种以全部的文化现象为研究对象的、不限于文学文本的、普遍的叙述理论。作者认为叙述是一种文化实践，是社会文化进行自我转换的主要方式，从而将叙述学定义为"文化持续的自我转换的工具论。"

8.《审美的性情·布尔迪厄艺术理论入门》（*Die ästhetische Disposition Eine Einführung in die Kunsttheorie Pierre Bourdieus*），卡斯特讷著，维也纳图里亚和康德出版社 2009 年版，207 页。

延斯·卡斯特讷（Jens Kastner，1970～），奥地利社会学和文化史学家，维也纳造型艺术学院艺术和文化理论讲师。这是一本介绍布尔迪厄的艺术理论和艺术社会学的专著。全书共十一章：布尔迪厄与图画，作为社会空间一部分的文化场，文化资本与符号交换的经济学，审美趣味，确认与排除（作为合法性确认机构的博物馆），作为合法性确认的承认（摄影），先锋派和承认，艺术场的自主不同于作品的自主，陷入场域，从场域走上大街，艺术作品和审美性情。作者认为布尔迪厄的艺术理论是多层次的：《艺术的法则》分析了艺术生产场的机制和结构；《区隔》则从社会文化的大视野研究了艺术及其巩固政权的作用。该书以布尔迪厄的造型艺术研究为重点，阐明了布氏艺术理论的发展脉络（早期的艺术研究、承认摄影为一门艺术、博物馆的排除机制和艺术感觉的社会学理论），揭示了他的艺术理论著作的理论性和实践性，凸显了他的艺术场研究对其社会理论的重要意义。

9.《克里斯蒂娃的文学理论：从泰凯尔到精神分析》（*Die Literaturtheorie Julia Kristevas: Von Tel Quel zur Psychoanalyse*），安格勒著，维也纳通路出版社 2007 年版，168 页。

爱娃·安格勒（Eva Angerer），维也纳大学比较文学博士。此书在 20 世纪下半叶法国文学理论的背景上描述了克里斯蒂娃的文论思想的发展进程。全书分为五章：泰凯尔小组，符号和象征，从符号学到精神分析，厌恶与压抑，走出现代和后现代。作者从克里斯蒂娃的思想基础（索绪尔的结构主义语言学和俄国形式主义）出发，分析了克氏的文学理论的发展脉络，并以文本间性这个概念为核心，阐明了克氏文论从静态的结构主义向动态的文学理论的演进，其结果为颠覆父权的符号学和反叛的精神分析学。

10.《作为批评学的文学学》（*Literaturwissenschaft als kritische Wissenschaft*），克莱因和克勒滕哈默主编，利特出版社2005年版，184页。

米歇尔·克莱因（Michael Klein，1954～），北莱茵－威斯特伐伦天主教大学跨文化文学学和社会学教授；西格琳德·克勒滕哈默（Sieglinde Klettenhammer，1957～），奥地利因斯布鲁克大学日耳曼语言文学副教授。本书探讨了文学评价的理论和实践问题，强调了文学接受和产生效果的过程性，试图在难以达成美学共识的当代促成一种具有批评倾向的文学学。全书收录了八篇论文：文学批评和文学学·为两门学科的互补性理解再辩护，文学学和文学批评·合作与竞争，困境与可能性·论一种批评的文学学的意义，“陛下，请您给予阅读自由！”·论文学经典化的愿望和徒劳，批评的理论和实践——彼得·宋迪的阐释学，施瓦布戏剧·批评的文学学的个案?，美国社会的书评和日耳曼学，教学法视角的文学批评。

（贺骥　辑录）

（编辑：张　锦）

附录 2：我们的作者与译者

扬·穆卡若夫斯基（Jan Mukařovský，1891～1975），20 世纪著名捷克文艺理论家、美学家，结构主义与符号学奠基者，布拉格学派领袖，著有《捷克诗学论文集》（三卷，1941，1948）、《美学研究》（1966）、《诗学与美学之路》（1971）、《扬·穆卡若夫斯基诗学研究》（1982）、《扬·穆卡若夫斯基文集》（2007）等。

罗曼·雅各布森（Ромам Якобсон，1896～1982），20 世纪著名语言学家、符号学家、诗学家、现代斯拉夫文论家，俄苏形式论学派分支“莫斯科语言学小组”发起人，布拉格学派奠基人之一。其“形式主义”阶段主要论著有《未来主义》（1919）、《最新俄语诗》（1919，1921）、《文学与语言学研究诸问题》（1928）等。

尤里·洛特曼（Юрий Лотман，1922～1993），著名苏联符号学家、文论家、文化理论家，“塔尔图－莫斯科学派”领袖，主要专著有《结构诗学讲稿》（1964）、《艺术文本的结构》（1970）、《诗文本分析》（1972）、《在思维的宇宙内部：文化符号学理论》（1990）、《文化与爆裂》（1992）等。

朱莉娅·克里斯特瓦（Julia Kristeva，1941～）当代著名文学批评家、文学理论家、符号学家、语言学家、心理分析学家，法国“如是”小组的代表性人物，结构主义—后结构主义哲学家、作家，现任巴黎第七大学语言学教授。其主要理论著作有《符号学：符义解析研究》（1969）、《小说文本》（1970）、《诗语革命》（1974）、《恐怖的权力》（1980）、《反抗的意义与无意》（1996）、《内在的反抗》（1997）、《某种反抗的未来》（1998）等。

特里·伊格尔顿（Terry Eagleton，1943~），当代著名文学批评家、马克思主义文学理论家，现任英国兰卡斯特大学教授、爱尔兰国立大学教授以及美国圣母大学客座教授，代表作有《批评与意识形态》（1976）、《马克思主义与文学批评》（1976）、《文学理论引论》（1983，1996）、《美学意识形态》（1990）等。

乔纳森·卡勒（Jonathan Culler，1944~），美国康奈尔大学英语和比较文学教授，康奈尔大学英语系、比较文学系、罗曼语研究系主任，2001年当选美国人文与科学院院士，2006年当选美国哲学协会会员，代表作有《结构主义诗学》（1982，2002）、《论解构》（1982）和《文学理论入门》（2002）等。

沃尔夫·施米德（W. Schmid，1944~），德国汉堡大学教授，叙事学中心主任，著有《陀思妥耶夫斯基中篇小说的文本建构》（1973，1986）、《审美内涵：论艺术手法的语义功能》（1977）、《俄罗斯现代主义的装饰性叙述》（1982）、《叙事学》（1998，2003，2008）等。

列昂尼德·赫勒（Leonid Heller，1945~ ），文学研究者、历史学家，洛桑大学斯拉夫学系教授，著有《原理之外的宇宙：关于现代幻想文学的思考》（1980），《词语 — 世界的尺度》（1994）等。2008年任瑞士、波兰、乌克兰三国学者合作创办、定位于文学学知识构型谱系之勘察的国际性学刊《米尔格罗德》编委。

让·贝西埃（Jean BESSIÈRE，1947~）法国巴黎新索邦大学比较文学教授，国际比较文学学会荣誉会长，近期主要著作有《文学及其修辞学》（1999）、《文学有何地位?》（2001）、《文学理论的原理》（2005）和《当代小说或世界的问题性》（2010）等 。

安托万·孔帕尼翁（Antoine Compagnon，1950~），法国巴黎四大（索邦大学）文学系教授。其博士学位论文《第二手资料——引述手法》（1979）是互文性研究的重要著作，另著有《文学第三世界共和国》（1983）、《现代性五悖论》（1990）和《反现代者》（2005）等。2006年，进入法兰西学院（Collège de France），获得现当代法国文学的讲席。

卡瑞尔·爱默生（Caryl Emerson）美国普林斯顿大学斯拉夫语言文学教授、比较文学教授，斯拉夫语文系主任，翻译、研究巴赫金的专家，著有 *The First Hundred Years of Mikhail Bakhtin*（1997，2000），主编 *Critical Essays on Mikhail Bakhtin*（1999）；在 19 世纪俄罗斯文学、俄罗斯文学批评史以及俄罗斯歌剧及声乐等方面也有著作。

亚历山大·马霍夫（Александр Махов），俄罗斯国立人文大学教授、俄罗斯科学院《20 世纪西方文学学百科全书》（2004）编委；与 E. A. 楚尔甘诺娃合作主编俄罗斯科学院《欧洲诗学（从古典时期到启蒙时代）百科指南》（2010）；著有《文学的音乐：欧洲诗学中文学里的音乐思想》（2005）等。

加林·蒂哈诺夫（Galin Tihanov），1998 年在牛津大学获文学博士学位，现任伦敦大学玛丽王后学院比较文学教授兼研究生部主任、国际比较文学学会文学理论委员会荣誉主席，著有《大师与奴仆：巴赫金、卢卡契以及他们那个时代的理念》（2000）；与阿·任甫卢合作主编《批评理论在俄罗斯和西方》（2010），与叶·杜勃连科合作主编《俄罗斯文学批评史：苏联与后苏联时代》（2011）。

张黎，1933 年生，毕业于德国莱比锡大学日耳曼语言文学系，获日耳曼语言文学学士学位；历任中国社会科学院外国文学研究所中北欧古希腊罗马文学研究室主任、研究员；曾任中国德语文学研究会会长、外国文学学会理事、中国翻译家协会理事等；著有论文集《德国文学随笔》。译著《汉堡剧评》《布莱希特论戏剧》（合译）获全国首届优秀外国文学图书奖，另译有《瓦格纳戏剧集》（两卷，合译）等。

王文融，1941 年生，1958～1963 年就读于北京大学西方语言文学系，毕业后留校任教，任北大法语系教授、博士生导师，从事文体学和叙事学等方面的研究，译著有《叙事话语：新叙事话语》《时间与叙事》等学术著作以及《情感教育》《贝姨》《绝对之探戈》《乡村教士》《暗铺街》等文学作品。

张汉良，1945 年生，台湾大学外国语文学系比较文学博士（1978），台湾大学外文系终身名誉教授（2008～），现任复旦大学中文系比较诗学特聘讲座教授，研究领域为文学理论及符号学，主要论著有《比较文学理论与实践》《方法：文学的路》《文学的迷思》以及 *Concepts of Literary Theory East and West*, *Traditions of Controversy* 等。

史忠义，1951 年生，文学博士，中国社会科学院外文所研究员，研究生院博士生导师，代表作有专著《20 世纪法国小说诗学》《中西比较诗学新探》《现代性的辉煌与危机：走向新现代性》等。

傅修延，1951 年生，文学博士，江西师范大学资深教授，博士生导师，主要从事叙事学与比较文学研究，代表作有《济慈诗歌与诗化的现代价值》（专著）、《元叙事与太阳神话》（论文）、《先秦叙事研究——关于中国叙事传统的形成》（专著）等。

汪洪章，1960 年生，文学博士，现任复旦大学外文学院英文系教授，研究领域涉及英美文学、西方文论、中西比较诗学，代表作有《〈文心雕龙〉与二十世纪西方文论》（专著）、《异乡人的国度：文学评论集》（译著）、《西方文论与比较诗学研究文集》（论文集）等。

张弛，1965 年生，巴黎第三大学比较文学博士，现为广东外语外贸大学西语学院法语系教授，兼任巴黎第四大学比较文学研究中心合作研究员，研究领域涉及法国文学、小说诗学、比较文学和比较文化学，代表作有 *Chine et Modernité: chocs, crises et renaissance de la culture chinoise aux temps modernes*（专著）、*Sartre en Chine: histoire de sa réception et de son influence*（1977 ~ 1989）（专著）和《中国文化的艰难现代化——"现代"焦虑视点中的 20 世纪初期中国文化演进》（专著）。

马海良，1962 年生，北京外国语大学英语学院教授，《外国文学》杂志副主编，主要研究方向为英国文学和英美文论，代表作有专著《文化政治美学》、编著《读解文化研究》和译著《新叙事学》等。

钱翰，1973 年生，2006 年获北京大学和巴黎四大联合培养的文学博士学位，现为北京师范大学文艺学研究中心副教授、硕士生导师，主要研究法国文学和欧陆文论，代表作有专著 *La double Face de la littérature. De la conception de l'œuvre à celle du texte*，译著《必须保卫社会》《不正常的人》《安全、领土与人口》等。

任昕，1968年生，文学博士，现为中国社会科学院外国文学研究所副研究员，代表作有专著《海德格尔诗学的意义》、论文《哲学向诗学习什么？——19世纪后期至20世纪西方现代哲学和文学思潮反思》《从“逍遥游”到“诗意地栖居”》等。

萧莎，1973年生，文学博士，现为中国社会科学院外国文学研究所副研究员，代表作有《德里达的文学论与耶鲁学派的解构批评》（论文）、《权力中的知识分子》（译著）、《英国的文学知识分子与社会，1870～1918》（论文）等。

张锦，1982年生，文学博士，现任中国社会科学院外国文学研究所《外国文学评论》编辑部编辑，研究领域为外国文论与比较诗学，代表作有《福柯的“异托邦”思想与比较文学方法论新探》（论文）、《“伪装”：破除真理和知识的神话——论尼采与福柯》（论文）、《福柯论现代“本体论”文学观的诞生——以〈词与物〉为例》（论文）。

周启超，1959年生，文学博士，中国社会科学院外文所研究员、博士生导师，从事俄罗斯文学、俄苏文论、现代斯拉夫文论、比较诗学研究，近年的专著有《现代斯拉夫文论导引》《跨文化视界中的文学文本/作品理论》等，论文有《当代外国文论核心话语之反思：跨文化的文学理论研究的一个新课题》等。

郑文东，1969年生，文学博士，武汉大学俄语系主任、教授、博士生导师，主要研究俄语文学修辞学与文化符号学，代表作有《文化符号域理论研究》（专著）、《父与子》（译著）、《洛特曼学术思想的自然科学渊源》（论文）等。

黄玫，1969年生，北京外国语大学俄语学院副院长、教授、博士生导师，从事俄罗斯文学、诗学研究，代表作有《韵律与意义：二十世纪俄罗斯诗学理论研究》（专著）、《后苏联时期文学批评现象刍议》（论文）、《见证人》（译著）等。

徐畅，1973年生，文学博士，现为中国社会科学院外国文学研究所副研究员，研究方向为近现代德语文学，代表作有《〈乌鸫〉：多重质疑下的自我和意义》（论文）、《以文学为业——罗伯特·穆齐尔的“诗人图”》（论文）、《穆齐尔散文》（译著）等。

乔修峰，1977 年生，文学博士，中国社会科学院外国文学研究所副研究员，主要研究 19 世纪英国文学与思想史，近期发表的论文主要有《卡莱尔的“社会理念”》《卡莱尔的文人英雄与文化偏执》《狄更斯的钱袋与风月》等。

鹿一琳，1977 年生，现为广西民族大学外国语学院法语系副教授，代表论文有《莫里亚克〈蝮蛇结〉的悲剧内涵及其哲学指归》《向死而生——试论圣埃克絮佩里作品死亡主题的多重价值》《圣埃克絮佩里——先知式的作家》。

李冬梅，1977 年生，文学博士，现为苏州大学外国语学院讲师，从事俄罗斯文论、俄罗斯文学研究，近期发表的论文有《浪漫主义文学传统规范的破坏者——艾亨鲍姆论青年托尔斯泰》《艾亨鲍姆的“形式论”诗学及其哲学基础》《艾亨鲍姆：俄苏“形式论”诗学的创建者、守卫者和超越者》等。

杜常婧，1982 年生，硕士，现为中国社会科学院外国文学研究所助理研究员，从事捷克文学、文艺理论方面的研究，近期文章有《穆卡若夫斯基诗学述略》《赫拉巴尔的天国花园》《〈白桦林〉的三重梦境：大尉·姑娘·“十九岁”》等。

刘雅琼，1988 年生，北京外国语大学在读博士，研究方向为英国文学及英美文论，发表论文《当我们读奥斯丁时，我们在读什么》；曾参与撰写国家社科基金资助重点项目《当代外国文学纪事丛书：1980 ~ 2000》中英国文学纪事的部分条目。

张欣，1988 年生，北京外国语大学英语学院博士生，英国现代小说/英美文论方向。

伍倩，中国人民大学外国语学院法语系讲师。

张怡，北京大学外国语学院法语系博士生。

（编辑　萧　莎）